中外语言文学学术文库

陀思妥耶夫斯基与
俄罗斯文化精神

Dostoevsky and the Russian
Cultural Spirit

何云波 著

华东师范大学出版社
East China Normal University Press

图书在版编目（CIP）数据

陀思妥耶夫斯基与俄罗斯文化精神 / 何云波著. —
上海：华东师范大学出版社，2019
（中外语言文学学术文库）
ISBN 978-7-5675-8736-6

Ⅰ.①陀… Ⅱ.①何… Ⅲ.①陀思妥耶夫斯基(
Dostoyevsky, Fyodor Mikhailovich 1821-1881)—文学研
究 Ⅳ.①I512.064

中国版本图书馆CIP数据核字（2019）第046818号

陀思妥耶夫斯基与俄罗斯文化精神

著　　者　　何云波
策划编辑　　王　焰
项目编辑　　曾　睿
特约审读　　汪　燕　徐曙蕾　胡顺芳
封面设计　　龚向华　陈　曦
责任印制　　张久荣

出版发行　华东师范大学出版社
社　　址　上海市中山北路3663号 邮编 200062
网　　址　www.ecnupress.com.cn
电　　话　021-60821666 行政传真 021-62572105
客服电话　021-62865537 门市（邮购）电话 021-62869887
地　　址　上海市中山北路3663号华东师范大学校内先锋路口
网　　店　http://hdsdcbs.tmall.com

印　刷　者　上海商务联西印刷有限公司
开　　本　710×1000　16开
印　　张　15
字　　数　248千字
版　　次　2019年4月第1版
印　　次　2019年4月第1次
书　　号　ISBN 978-7-5675-8736-6/I.2003
定　　价　60.00 元

出 版 人　王　焰
（如发现本版图书有印订质量问题，请寄回本社客服中心调换或电话021-62865537联系）

总　序
GENERAL PREFACE

　　改革开放以来，国内中外语言文学在学术研究领域取得了很多突破性的成果。特别是近二十年来，国内中外语言文学研究领域出版的学术著作大量涌现，既有对中外语言文学宏观的理论阐释和具体的个案解读，也有对研究现状的深度分析以及对中外语言文学研究的长远展望，代表国家水平、具有学术标杆性的优秀学术精品呈现出百花齐放、百家争鸣的可喜局面。

　　为打造代表国家水平的优秀出版项目，推动中国学术研究的创新发展，华东师范大学出版社依托中国图书评论学会和南京大学中国社会科学研究评价中心合作开发的"中文学术图书引文索引"（CBKCI）最新项目成果，以中外语言文学学术研究为基础，以引用因子（频次）作为遴选标准，汇聚国内该领域最具影响力的专家学者的专著精品，打造了一套开放型的《中外语言文学学术文库》。

　　本文库是一套创新性与继承性兼容、权威性与学术性并重的中外语言文学原创高端学术精品丛书。该文库作者队伍以国内中外语言文学学科领域的顶尖学者、权威专家、学术中坚力量为主，所收专著是他们的代表作或代表作的最新增订版，是当前学术研究成果的佳作精华，在专业领域具有学术标杆地位。

　　本文库首次遴选了语言学卷、文学卷、翻译学卷共二十册。其中，语言学卷包括《新编语篇的衔接与连贯》、《中西对比语言学—历史与哲学思考》、《语言学习与教育》、《教育语言学研究在中国》、《美学语言学—语言美和言语美 》和《语言的跨面研究》；文学卷主要包括《西方文学"人"的母题研究》、《西方文学与现代性叙事的展开》、《西方长篇小说结构模式研究》、

《英国小说艺术史》、《弥尔顿的撒旦与英国文学传统》、《法国现当代左翼文学》等；翻译学卷包括《翻译理论与技巧研究》、《翻译批评导论》、《翻译方法论》、《近现代中国翻译思想史》等。

　　本文库收录的这二十册图书，均为四十多年来在中国语言学、文学和翻译学学科领域内知名度高、学术含金量大的原创学术著作。丛书的出版力求在引导学术规范、推动学科建设、提升优秀学术成果的学科影响力等方面为我国人文社会科学研究的规范化以及国内学术图书出版的精品化树立标准，为我国的人文社会科学的繁荣发展、精品学术图书规模的建设做出贡献。同时，我们将积极推动这套学术文库参与中国学术出版"走出去"战略，将代表国家水平的中外语言文学学术原创图书推介到国外，构建对外话语体系，提高国际话语权，在学术研究领域传播具有中国特色、中国高度的语言文学学术思想，提升国内优秀学术成果在国际上的影响力。

《中外语言文学学术文库》编委会
2017年10月

序
PREFACE

　　歌德有一句名言："说不尽的莎士比亚。"别林斯基写道："普希金不是随生命之消失而停留在原有的水平上，而是要在社会的自觉中继续发展下去的那些永远活着和运动着的现象之一。每一个时代都要对这些现象发表自己的见解，不管这个时代把这些现象理解得多么正确，总要留给下一个时代说一些新的、更正确的话，并且任何一个时代都不会把一切话都说完……"这无异于说，"说不尽的"普希金。我想，世界所有伟大作家都会像莎士比亚和普希金一样，是"说不尽的"。这其中自然包括陀思妥耶夫斯基。

　　伟大作家之所以是"说不尽的"，原因很多，也很复杂。这是我们目前仍在探讨和研究的难题之一。在我看来，伟大作家之所以是"说不尽的"，这不仅是指一个时代或不同时代的读者会依据自己的个性、自己的方式、自己的生活经验、自己的想象与幻想来阅读作品；也是指伟大作家的创作本身所具有的无比丰富的潜能和底蕴，或者说，他们的作品像洋葱头一样，具有多层次性。正因为伟大作家创作的这种特点，使我们的文学研究有可能从不同的角度和方式来解读他们的创作：既可以从作者传记、社会历史、意识形态、精神心理等入手，也可以从类型比较、符号结构、读者接受、系统分析、文化阐释等入手。

　　陀思妥耶夫斯基的确是"说不尽的"。一个多世纪以来，探讨和研究陀思妥耶夫斯基的论文和专著，可谓汗牛充栋；阐述的方式也多种多样。仅就作家的祖国而言，有19世纪末20世纪初索洛维约夫、梅列日科夫斯基、罗扎诺夫、别尔嘉耶夫等从唯心主义和宗教思想出发的阐释；有俄国十月革命后格罗斯曼、吉尔波丁、古斯、叶尔米诺夫、布尔索夫、弗里德连杰尔等从唯物主义与反映论出发的研究；有巴赫金从"复调"或"对话"理论出发的探讨等。

在我国，陀思妥耶夫斯基的作品从20世纪20年代开始陆续翻译过来。鲁迅和瞿秋白曾对他的创作发表过著名评论。然而，由于种种原因，在很长的时间里，我国对他的研究著述却很少。就我所记，50年代出过一本小册子《陀思妥耶夫斯基和他的创作》；1980年《苏联文学》杂志出过一期"陀思妥耶夫斯基"专号，发表了一些研究论文。1982年辽宁人民出版社出过一本论述他的生平和作品的《陀思妥耶夫斯基》。特别值得一提的是，1986年在上海举行了一次全国性的"陀思妥耶夫斯基研讨会"。可是体现这次研讨会成果的论文集，至今尚未面世，这不能不说是一件憾事。此外，新时期以来，还发表了一些研究论文及各种《俄国文学史》教科书上写的有关陀思妥耶夫斯基的专章。与我国的研究状况相比，陀思妥耶夫斯基的作品及国外研究陀思妥耶夫斯基的专著的翻译却好得多。而且他的书信和他的评论集均已译成中文。现在有人已经在着手翻译作家的全集。这对我国的陀思妥耶夫斯基研究的深入开展，将会是十分有利的。高尔基说过："陀思妥耶夫斯基的天才是无可争辩的，就艺术的表现力来讲，他的才华只有莎士比亚可以与之并列。"不管高尔基的这个评论是否人人赞同，但作为世界文豪之一的陀思妥耶夫斯基及其创作，理应在我国得到全面和深入的研究，则是不容置疑的。而且还要与世界各国的陀思妥耶夫斯基研究专家进行对话与交流，并在这种对话与交流中发出中国学者独特的声音。现在应该是时候了！

可喜的是，我们看到了我们的同行、青年学者何云波同志的专著《陀思妥耶夫斯基与俄罗斯文化精神》的问世。这本书的出版标志着我国俄罗斯文学研究工作者在陀思妥耶夫斯基的探讨中迈开了新的一步；更值得注意和重视的是，它还是一次从文化角度全面阐释这位作家及其创作所作的有意义的尝试和探索。

文学是一种社会现象，也是一种文化现象。从文化的角度和方法阐释文学不仅是必要的，也是可行的。事实表明，何云波选取陀思妥耶夫斯基作为切入点，从文化的角度和方法探讨陀思妥耶夫斯基的创作思想和创作历程及其同俄罗斯文化精神的关系，无疑是陀思妥耶夫斯基研究中，特别是我国陀思妥耶夫斯基研究中的一种新的开拓。尽管我们十分尊重其他各种研究角度和方法的必要性，及其业已取得的成就，但文化阐释仍然具有不可替代的特色和优点。我以为，这种文化阐释对于19世纪俄罗斯文学尤为重要。

众所周知，19世纪俄罗斯文学的显著特点之一，就是它始终保持着同俄国现实生活的密切联系。正因为如此，我们可以从中看到一个不可忽视的事实：从一定意义上说，19世纪俄罗斯文学乃是俄罗斯社会思想和俄罗斯文化思想的一个独特组成部分，一个独特的来源和宝库。不论在普希金和果戈理、屠格涅夫和谢德林、涅克拉索夫和冈察洛夫、赫尔岑和车尔尼雪夫斯基的创作中，还是在列夫·托尔斯泰和陀思妥耶夫斯基的创作中，都或多或少、或深或浅地涉及了那些牵动时代发展的社会思想和文化思想的基本问题，这是其一；其二，19世纪俄罗斯在文化领域内，由于西欧文化大量地和强烈地冲击俄罗斯的传统文化，使俄罗斯文化中的两条路线——"西方派"与"斯拉夫派"、民主主义与自由主义、马克思主义与民粹主义、布尔什维主义与孟什维主义的碰撞与斗争日益剧烈尖锐，日趋错综复杂。俄罗斯文化中的这种矛盾和对立、态势和走向，迫使每个俄国作家要迅速表明自己的态度，作出自己的选择：或认同、或拒斥、或整合；其三，作为艺术家和思想家的陀思妥耶夫斯基，他在文化的选择中所表现出的困惑、犹豫和矛盾，所走的曲折、复杂和独特的道路，这就使我们有可能也有必要从文化角度来阐释陀思妥耶夫斯基的创作经历及其作品。

何云波同志的这部专著值得我们重视的，不仅仅是他选取的视角很新，很有必要，而且他写得很好，很有系统，很有条理，很有理论气息。首先，他把文学作为文化系统进行考察，然后从俄罗斯文化渊源、俄罗斯文化特质、文化影响下的文学精神的多层联系中，揭示陀思妥耶夫斯基的文化心理构成（人道主义、东正教信仰、"人民根基"），他与宗教、与城市的关系，他小说中的"西方"，他与现代主义、与俄罗斯民族精神的关系。这种文化阐释的确使我们看到了陀思妥耶夫斯基及其创作的某些新方面。与以往的陀思妥耶夫斯基的研究相比，这不能不说是一部别开生面的书。

我认识何云波同志较晚，1993年11月去长沙开会才第一次相识。在此之前，我已读过他写的有关苏联文学、比较文学方面的文章，也听说过他1988年在张家界举行的全国苏联文学研讨会上的发言。我因为那时在福州参加中外文学理论研讨会，未能出席张家界的会议。张家界会议以后，在与同志和朋友的谈话中，我们几乎一致认为何云波同志是俄苏文学研究界近些年来脱颖而出的一位新秀。1994年在无锡举行的苏联文学研讨会期间，我们有了较多的接触。他在讨论中的多次发言，总是以其新颖的视角、独特的观点和深入的理论分析吸引我。当他说到他要从文化角度探讨陀思妥耶夫斯基，我表示了支持的态度。现在摆在我面前的这部陀思妥耶夫斯基专著的稿子，像他以往的文章和发言一样，吸引着我。我希望他继续开拓，把研究工作做得更好。

吴元迈
1996年5月于北京

目录
CONTENTS

引　言

冰雪遮盖着伏尔加河，

冰河上跑着三套车，

有人在唱着忧郁的歌，

唱歌的是那赶车的人。

每当听到这首《三套车》，我们就会想起俄罗斯，想起俄罗斯的母亲河——伏尔加河，想起伏尔加河上的载满了忧愁的三套车，想起那将整个俄罗斯民族的苦难与希冀都深深勒进自己肩膊的伏尔加河上的纤夫。十九世纪的俄罗斯纤夫、马车夫、农夫们唱起的歌，歌声总是那样地凄凉和忧郁，那样地流淌着心灵的悲哀。"我举目四顾，人们的苦难刺痛了我的心。"拉吉舍夫在从彼得堡到莫斯科的旅途中，面对满目的疮痍、血泪，不禁茫然四顾，怆然涕下。普希金的奥涅金、阿乐哥，莱蒙托夫的"当代英雄"们，他们的灵魂永远在俄罗斯大地上游荡：

奔向伏尔加吧！是谁的呻吟

响彻在这俄罗斯大河的上方？

我们把这呻吟喻为歌唱——

那就是纤夫所喊的号子！

伏尔加啊，伏尔加！你春天的大水

能淹没这原野，

但人民那巨大的苦难

更充溢着我们的国土。

　　　　　——涅克拉索夫《大门前的沉思》

这注定了俄罗斯文化的沉重与悲怆。在专制主义、农奴制度的重压之下，人民在痛苦地呻吟。而农奴制改革后，资本主义像一只"怪兽"侵入俄罗斯，它带给俄罗斯的是社会的混乱、传统的解体、精神的丧失。费奥多尔·米哈伊洛维奇·陀思妥耶夫斯基（1821-1881），就是生活在这样一个时代。作为具有贵族名分的城市平民作家，他受到来自上层与下层、城市与乡村的多重挤压。而他所处的俄罗斯，面对西方文明的冲击，何去何从，同样时时在使他焦灼不安、苦苦寻求。他的一生，又是充满了那么多的不幸：阴暗的童年、双亲的早逝、死刑架、监狱、流放、疾病、贫穷、债务……生活中几乎没有哪一种苦难没有光顾过他。陀思妥耶夫斯基仿佛成了一尊苦难的雕像。

苦难，也许同时便意味着拯救。当人类偷吃了禁果，被逐出伊甸园，人类从此开始了漫漫无期的精神漂流。耶稣基督为替人类赎罪，来到人间传布福音，到处流浪，不被人理解，遭人唾弃，被人出卖、戏弄，最后被钉上十字架。而他的门徒，为拯救世人，宣讲福音，"直到如今，我们还是又饥又渴，又赤身露体，又挨打，又没有一定的住处。并且劳苦，亲手做工。被人咒骂，我们就祝福；被人逼迫，我们就忍受；被人毁谤，我们就善劝。直到如今，人还把我们看作世界上的污秽，万物中的渣滓"（《新约·哥林多前书》第4章第2节）。基督教的这种历难殉道的精神，对人类众生的悲悯，如同佛教中的"大慈与一切众生乐，大悲拨一切众生苦"，正构成了宗教精神的最动人之处。

当陀思妥耶夫斯基为那些被侮辱、被欺凌的人流下辛酸的眼泪，为那些在与外界、自我的冲突中走向精神分裂的人们焦虑不安，为人类灵魂中所潜藏的罪孽而忧心忡忡，同时也为处在东西方的夹缝中的俄罗斯苦苦寻求出路时，一种广大无边的对民族、对世上的芸芸众生的爱充盈了他的心胸。在他的神经质的外表下，包含的是一颗过于细腻、敏感而温情脉脉的心。而当他将民族的苦难、众生的苦难、自身的苦难集于一身，他便走向了苦难的十字架及其十字架上的超越。他怀疑上帝的存在，但同时又向冥冥中的上苍寄托了一份虔诚的祈盼。这构成了他作品的内在的宗教精神。这是对人生究竟的追问及其精神的超越，是人类的一种自我弃绝和自我拯救，是在死亡一般的境地中对生的价值的最深层的领悟，是对人生的终极价值的寻求，也是一种眼见迷途而不悔初衷、要在无路的地方开辟出一条新路来的壮烈的理想主义。当我们领悟了这一切，同时也就领悟了陀思妥耶夫斯基，领悟了他的苦难、圣爱与拯救。

陀思妥耶夫斯基永远只属于俄罗斯。俄罗斯大地孕育了他的生命、个性、思想及其整个创作。他的人道主义精神、东正教信仰、"人民根基"的理想，他强烈的民族忧患意识、社会使命感，他基于对他人及自我罪孽的体认的忏悔意识，他的城市批判及最终向土地的皈依，他的基于大俄罗斯民族主义对西方文明的拒斥，甚至他作品所蕴含的现代主义精神……这一切都只属于俄罗斯。因而，对陀思妥耶夫斯基的探寻，同时也就构成了对俄罗斯文化精神的寻访。

第一章
陀思妥耶夫斯基文化心理构成

　　在十九世纪的俄罗斯作家中，陀思妥耶夫斯基可以说是其中一位最有独特个性，同时思想又最为复杂的作家。他来到这个世界，就仿佛耶稣基督降临尘世，注定要经受苦难的种种考验。贫困、疾病、苦役、沙皇专制制度下的痛苦现实……在这个人与社会的双重苦难的挤压下，陀思妥耶夫斯基作为一个时代的孩童，还得经受信仰的巨大考验。他既对上帝，对社会中通行的价值观念，对现实中所存在的一切合理性充满怀疑，另一方面，他又不得不以理想主义的姿态，传播上帝的福音，拯救世道人心。这使陀思妥耶夫斯基的文化心理有着非常丰富而复杂的内涵，也导致对他作品的解读众说纷纭，莫衷一是。面对陀思妥耶夫斯基，就犹如面对一个无穷矛盾的海洋。从文化的角度对他的心路历程的揭示，借用俄罗斯思想家列夫·舍斯托夫《在约伯的天平上》的一句话，就仿佛是一次艰难而充满冒险乐趣的"灵魂中的漫游"。

一、动态考察：文化心理流变

　　"文化心理结构"是个复杂的问题，它主要通过人的思想、行为、心理、思维方式各方面表现出来。它的形成有先天因素，但主要是在社会生活、文化的影响下形成、发展的。这里既包含民族文化传统、现实社会政治、经济、意识形态因素的影响，也与作家个人的生活、气质、个性、教养息息相关。同时它呈现出来的并不是一种静态结构，而是时时处在动态的变化发展中，因而对某一个体的文化心理结构的探讨便变得非常复杂。对陀思妥耶夫斯基文化心理结构的探讨，我们不妨先从纵向考察入手。陀思妥耶夫斯基文化心理的形成、发展，大致可分为四个时期：形成期（1849年之前）、转变期（1849–1859年，即苦役十年）、新的探索期（十九世纪60年代）、定型期（十九世纪70年代）。

(一) 形成期

1821年10月30日，费奥多尔·米哈伊洛维奇·陀思妥耶夫斯基出生。他的父亲米哈伊尔·安德烈耶维奇·陀思妥耶夫斯基本是军医，复员后成了莫斯科马里英济贫医院的一名主治医生。这是一所具有慈善性质的医院，位于莫斯科最凄苦的地区——苏舍沃区，在它的边缘地带有一片墓地，埋葬在这里的人大多是被社会所摒弃的人：流浪汉、自杀者、罪犯及无人认尸的被杀者，人们把这块地方叫作"穷人之家"，而守护那些穷人坟墓的老人则被称为"看家神"，这里还有一个弃婴收留所和一个疯人院。1806年，人们在这片充满痛苦与不幸的地方建起了一个慈善机关——专门为穷人治病的医院。医院旁边的那条街道，就被叫作看家神大街。小费奥多尔从小接触的就是那些穷人，他喜欢跟住院的病人攀谈，喜欢观察那些面色憔悴、愁眉不展的病人。大城市下层人民的苦难与不幸生活就这样进入他的视界，[1]生活一开始就向他揭开了悲惨的一页。一方面他对这些不幸的人们生出深切的同情与关注，另一方面生活为什么会这样，又使他百思不得其解。这一切奠定了日后主宰作家一生思想与创作的深厚的人道主义精神，同时也使他的一生充满对生活探索的热情，为什么会这样和不能这样，构成了他骨子里的一种怀疑与否定精神。

陀思妥耶夫斯基的母亲玛丽亚·费奥多罗夫娜·涅恰耶娃，是一个商人的女儿。但在她身上，更多的不是商人的遗传因子，而是一种艺术气质。她喜欢诗歌、小说，也颇有音乐天赋。这种禀赋对孩子们的成长自然有着一种潜移默化的影响。母亲还是一个虔信基督的俄罗斯妇女，她给孩子们讲述《圣徒列传》的故事，以《新旧全约104个故事》作为他们的识字课本，在他们幼小的心灵中撒下圣爱的种子。而母亲的温驯、善良，因为丈夫性格的暴躁、易怒、多疑，使她在情感上饱受折磨，时时处在悒郁不乐之中。这使母亲作为伟大而受尽苦难的俄罗斯母亲的形象永远铭刻在陀思妥耶夫斯基的记忆中，化作他笔下一个个温驯善良又命运多舛的女性形象。

在陀思妥耶夫斯基的成长中，还有一个对他产生过较大影响的人，就是他

1　格罗斯曼：《陀思妥耶夫斯基传》，王健夫译，外国文学出版社，1987年。

们的姨妈，莫斯科商界知名人士亚历山大·库马宁的夫人亚历山德拉。陀思妥耶夫斯基回忆道，故世的姨妈"在我十六岁以前，对我们的生活有过很大影响，她在很大程度上促进了我们的智力发展"。[1]莫斯科商人阶层中数百年来形成的忠于教会和君王、尊奉正教传统习惯的思想在不知不觉中给孩子们以影响。同时，商人阶层中一种根深蒂固的观念：在世界上和人们的相互关系中，金钱起着万能的作用，人生的目的则在于不断地积攒金钱。这种"钱"的力量同时刺激着费奥多尔的幼小心灵，使他在日后的许多作品中都涉及一个主题，即金钱的力量，金钱对一个人的震撼性的影响。而他自己一生也在多多获取金钱的梦想中饱受精神的煎熬。

在陀思妥耶夫斯基文化心理的形成过程中，有两本书对他产生过重大影响。一本就是卡拉姆津的《俄罗斯国家史》，父亲每晚给孩子们念这本书，使他们了解了俄罗斯历史上许多重大事件，培养他们对俄罗斯民族的深厚感情。还有一本书就是母亲用以教他们读书认字的《新旧全约104个故事》，特别是其中一篇《约伯记》，讲述一个无辜的受难者如何毫无怨尤地忍受上帝加诸他种种灾难的故事：约伯家有七儿三女，大批牲畜、奴仆，生活称心如意。上帝认为他是一个从未作过恶、虔诚而正直的人。撒旦却不以为然，他与上帝打赌，要以种种苦难来考验约伯的忠诚。于是，种种不幸向约伯袭来，牲畜、仆人纷纷丧失，儿女也被废墟埋葬，但约伯对上帝仍忠心不二。撒旦又对约伯施以肉体的折磨，让他全身都染上厉害的麻风病，约伯开始抱怨自己不幸的命运，但他并未丧失信心，坚信上帝洞察一切，无比英明。为了褒奖这种虔诚，上帝终于在暴风雨中出现在约伯面前，让约伯忏悔了自己一时动摇的罪孽之后，把他的儿女与财产都归还给了他。约伯直到年纪老迈，最后满足而死。

这是一个讲述苦难并非仅仅是对一个人罪孽的惩罚，同时也包含对一个人善行的巨大考验的故事。陀思妥耶夫斯基还在很小的时候，就曾为这个故事深深感动，在以后的岁月里，他又多次重读这个故事。陀思妥耶夫斯基在1875年给妻子的信中写道："我读《约伯记》时几乎感到病态的愉悦。我往往放下书，在房间里来回走一小时，几乎要流下眼泪……这是我一生中最初看到的令人震惊的书之一，我当时几乎还是孩子。"很难说清陀思妥耶夫斯基是在什么时候转向对基督的虔信的，但有一点却是无疑的，在阅读《约伯记》，为《约

1　格罗斯曼：《陀思妥耶夫斯基传》，王健夫译，外国文学出版社，1987年，第9页。

伯记》感动时，宗教精神已在他心灵深处扎了根。

陀思妥耶夫斯基的人道主义、东正教信仰、民族主义精神及他日后转向宗法制农民立场，都在他青少年时代便播下了种子，但他的思想、心理都是未定型的、不稳定的。1837年当他来到彼得堡求学，开始真正面对外面的世界，过一种独立生活后，他的精神陷入到一种迷惘之中。一方面他立志研究"人和生活的意义"，另一方面他又感到这个世界是一个"沾染了邪恶的天上神灵的炼狱"，他像哈姆莱特一样痛感到这个世界的混乱与无聊，在心灵因痛苦而感到的压抑中想要"做一个疯子"。他在1838年给哥哥的信中曾谈到：

> 哥哥，活着而没有希望是悲哀的。向前看，未来使我感到可怕。我似乎在没有一丝阳光的寒冷极地的氛围中奔跑……我好久没有感到灵感的喷涌，却常常有这样的情绪，就好像在狱中死去了兄弟的"希伦的囚徒"一般。诗的神鸟不会向我飞来，不会温暖我冰凉的心灵。你说我内向，可是现在原来的理想抛弃了我，我曾写作过的文集也失去了光彩，以自己的光明点燃了我心灵的思想已经暗淡和冷却，或者我的心灵已毫无知觉，或者……我不敢讲下去了。如果过去的一切只是一场美梦，美妙的空想，我说出来都感到可怕……[1]

这段话一方面表明陀思妥耶夫斯基在其世界观、人生观的形成过程中正处于迷惘期，另一方面也反映了俄罗斯转型时期整个社会的混乱、无秩序给作家带来的心理影响。俄罗斯封建农奴制度正日益暴露出它的没落与腐朽，而资本主义所带来的社会罪恶，人的欲望无限膨胀，人的"精神本性规律被破坏"，也使不少俄罗斯知识分子对资本主义产生出一种恐惧。那么，俄罗斯究竟应该走一条什么样的发展道路，引起社会的广泛关注。

当陀思妥耶夫斯基从彼得堡军事工程学校毕业，在彼得堡军事工程绘图处工作，而后又退职，立志成为职业小说家后，一方面他为生计而拼命写作，另一方面对俄罗斯社会现状及其出路的关注，又使他在紧张的探索中接近了一个空想社会主义小组——彼得拉舍夫斯基小组。在这个小组里，一群青年人聚在一起讨论欧文、傅立叶的学说，讨论俄罗斯当时发生的各种事件和面临的各类

1　陀思妥耶夫斯基：《陀思妥耶夫斯基选集·书信选》，冯增义等译，人民文学出版社，1986年，第6—7页。

问题：农奴制、司法改革、书刊检查制度乃至婚姻、家庭问题。最让陀思妥耶夫斯基感兴趣的是那些空想社会主义的思想家们提出的改革社会的方案。无论是圣西门、傅立叶，还是欧文，他们都猛烈批判了资本主义制度。恩格斯曾指出："在傅立叶的著作中，几乎每一页都放射出对备受称颂的文明造成的灾祸所作的讽刺和批判的火花。"[1]启蒙学者关于"理性王国"的美好预言与资本主义的残酷现实形成鲜明的对比，傅立叶为此强调所谓文明制度实际上成了一切罪恶的渊薮，在资本主义的巨大文明中运行于"罪恶的循环"之中，"犯罪——乃是名副其实的文明制度的灵魂，文明制度靠犯罪营养，就像乌鸦靠腐肉来营养一样"，[2]那些"呻吟于苦恼之中"的文明社会的下层人民成了"社会契约"的牺牲品。傅立叶由此对整个资本主义制度的合理性产生了怀疑："还有能比这种引起一切灾难的文明制度更不完善的制度么？还有能比这种制度在将来的必要性和永久性方面更值得人们怀疑的东西么？它不过是社会发展过程中的一个阶段，难道还有什么疑问么？……因此，应该怀疑文明制度，怀疑它的必要性、它的优越性，以及怀疑它的永久性。"[3]在对资本主义的批判中，空想社会主义者纷纷提出了未来社会主义社会的设想。圣西门把自己所设想的未来社会制度称为"实业制度"，傅立叶把未来的社会称作"协调制度"，其基层组织即为"法朗吉"。这是一种面积约15-16平方公里，人口约1600-2000人的协作社。协作社的人都住在一个大厦里，傅立叶称之为"法伦斯泰尔"，人们在这里自由劳动，改变旧式分工方式，个人按照自己的志趣选择劳动，没有城乡差别。欧文也提出了他的"新社会体系"理论。

陀思妥耶夫斯基在彼得拉舍夫斯基小组中曾接触到空想社会主义者的著作。他在小组的星期五聚会中接触到傅立叶学说后曾公开表示，他非常赞赏这种"关于国家体制的浪漫主义设想"，即傅立叶主义。他后来在受审时写的供词中曾这样评价这种学说：

> 傅立叶主义是一种和平的体系，这种体系以其完备美好而令人入迷，以其对人类的博爱而令人神往；傅立叶是在博爱精神的感召下制定自己的体系的，他的体系以其严谨完备而令人叹服。这种体系不是

1　恩格斯：《反杜林论》，人民出版社，1970年，第262页。

2　夏尔·傅立叶：《夏尔·傅立叶选集》，第2卷，商务印书馆，1979年版，第40页。

3　夏尔·傅立叶：《夏尔·傅立叶选集》，第2卷，商务印书馆，1979年版，第51页。

以愤激的攻讦去吸引人，而是以其对人类的博爱去鼓舞人。这种体系中没有憎恨。傅立叶主义不诉诸政治改革，它只主张经济改革。它既不企图加害于政府，也不蓄意侵害私有财产……[1]

这是陀思妥耶夫斯基对傅立叶主义的评价，同时也显露了他自己的社会政治观点。傅立叶主义把实现社会理想的希望寄托在统治阶级身上，他们仅仅把实现理想的方式规定为舆论宣传或一种细小的实验，而反对暴力革命的手段，试图以博爱精神和人性向善来拯救社会，这正投合了陀思妥耶夫斯基的嗜好。空想社会主义学说对陀思妥耶夫斯基的影响是巨大的。尽管在彼得拉舍夫斯基小组中有人指出，陀思妥耶夫斯基年轻时也不可能是一个革命者，他参加的只是宣传团体和"思想上的密谋策划"，他参加小组聚会也仅仅限于发表一些演说。被捕后他曾供认自己的过错在于相信了某种"理论和空想"，并立志要从这种迷途中挣脱出来。但以人道主义精神为出发点的空想社会主义作为一种思想却一直留存在作家的头脑中。日后他对资本主义的批判、他的博爱主义、人性复归理想，他的关于"村社花园"、关于未来"黄金世纪"的设想，都深深地打上了空想社会主义思想的烙印。

（二）转变期

1849年4月23日，陀思妥耶夫斯基被捕，被关进彼得保罗要塞。随之而来的是审讯、死刑、被赦、苦役……1849年12月22日，对陀思妥耶夫斯基来说，是一个他永远忘不了的日子。这一天他被送上断头台，已经临近死亡的边缘，仿佛已窥见死亡天使，却又被从死亡线上拉回来，重新获得了生命。这生与死的巨大考验，也成了他一生思想与命运的一个转折点。"那个曾经进行过创造并以艺术的最高生命为唯一志趣的头脑，那个曾经意识到并已习惯于关注精神的最高需求的头脑，已被人从我的肩上砍去。"他在判刑那天这样给兄长写道。20年后，他还在《白痴》中通过梅诗金之口描述过这次可怕的死刑：

这人跟另外几个一起曾一度被押上刑场，当时对他宣读了死刑判决书：因犯有政治罪行予以枪决。二十分钟后，却又宣读了赦免令并代之以另一等级的刑罚。然而，两次宣判之间的那二十分钟，至少也有一刻钟，他是在确信无疑的状态中度过的，肯定自己几分钟后便要

1　格罗斯曼：《陀思妥耶夫斯基传》，王健夫译，外国文学出版社，1987年，第136页。

突然死去……行刑台那儿站着老百姓和士兵，离台二十步左右的地上竖着三根桩子，因为犯人有好几个……神甫拿着十字架挨个儿走到所有的犯人跟前。现在顶多只剩下五分钟可以活着。他说，那五分钟对于他像是无穷尽的期限，数不清的财富；他觉得在五分钟内他将度过好几生，此刻还根本谈不上最后一瞬，所以他还作了若干安排：他估计需要跟同志们告别，为此留出两分钟时间；另外又留出两分钟时间，准备作最后一次默想；还有一分钟准备最后一次环顾四周……后来，他跟同志们告别完毕，他留出准备默想的那两分钟开始了；他事先知道自己将想些什么。他要尽快、尽可能鲜明地想象，怎么可能这样：他目前存在着、活着，而三分钟以后便将成为某个……某个还是某物？到底是某个什么？究竟在什么地方？这一切他打算在那两分钟内想出个名堂来！不远处有座教堂，它那金色的圆顶在灿烂的阳光下熠熠闪亮。他记得当时十分固执地望着这教堂的屋顶以及从上面反射出来的光辉，他无法移开视线不去看那光华，他觉得这光芒是他新的血肉，三分钟以后他就将通过某种方式与之化为一体……那新东西究竟是什么，不知道；它使人感到极其可憎，但它必然会有，而且即将来临——想起来实在可怕。但是他说，彼时对他说来最难受的莫过于这样一个持续不断的念头："如果不死该多好哇！如果能把生命追回来，——那将是无穷尽的永恒！而这个永恒将全部属于我！那时我会把每一分钟都变成一辈子，一丁点儿也不浪费，每一分钟都精打细算，决不让光阴虚度！"他说，这个念头终于变成一股强烈的怨愤，以致他只希望快些被枪决。

正是在这一刻，他要去亲吻十字架，他想要留住永恒的生命，他想与大自然、与阳光的反照融为一体，他也宽恕了世间的一切。"如果有谁记得我的坏处，如果我和谁争吵过，如果我对谁产生过不好的印象，那么，要是你能见到他们，就请他们把这一切都忘了吧。我心里没有怨恨和愤怒，此刻我多么渴望能热爱和拥抱任何一位熟人。这是一种欢欣的心情，我今天在死亡边缘与亲人告别的时候体验到了。"[1]一种拥抱上帝、拥抱世界、拥抱世上所有人的心

1　陀思妥耶夫斯基：《陀思妥耶夫斯基选集·书信选》，冯增义等译，人民文学出版社，1986年，第47页。

情，仿佛一股汹涌的春潮在他心灵中回荡。在这一刻，少年时代播下的圣灵的种子萌生出绿意，在苦难中他拥有了上帝无边无际的爱。

回归宗教、回归俄罗斯大地，回到"人民根基"中，构成了这一时期陀思妥耶夫斯基文化心理转变的基本走向。在去往流放地的途中，俄国的三套马车载着他从涅瓦河畔走向无边无际、冰雪茫茫的西伯利亚。这是他第一次在广袤的俄罗斯大地上旅行，他曾这样写道：

> 越过乌拉尔是伤心的时刻。马和带篷马车陷在雪堆里。风雪迷茫。我们下了马车，这是在一个夜晚，我们站着等待马车从雪堆里拉出来。周围冰天雪地，下着暴风雪，这里是欧洲的边界，前面是西伯利亚和神秘莫测的命运，后面的一切都已成为过去——我感到悲伤，难过得掉下眼泪。[1]

乌拉尔山，把陀思妥耶夫斯基的生活分成了两个世界：迷途的过去和神秘的未来。在服苦役期间，陀思妥耶夫斯基开始真正接触到俄罗斯普通民众，发现了他们心灵的纯洁、美好。"在狱中四年，我终于在强盗中间看到了人。你信吗：存在着深沉的、坚强的、美好的人，在粗糙的外壳下面挖掘金子是多么愉快……多么好的人民！总之我的时间没有白过。如果我对俄罗斯还不够了解，至少我很好地了解了俄罗斯人民。"[2]同时，陀思妥耶夫斯基也痛感到上层贵族与下层人民之间的隔膜，人民对贵族的不信任乃至仇视。为此，陀思妥耶夫斯基认为只有放弃自己的空想社会主义信念（因为傅立叶主义是世界主义的，不适合俄国国情的），接受处于农奴地位的农民的宗教、道德观念，才是通向"人民根基"的唯一道路。

陀思妥耶夫斯基曾在日后的《作家日记》中谈到自己信念改变的原因："与人民的直接接触，在共同的苦难中与人民兄弟般的结合，自己已经和他们一样，和他们不相上下，甚至相当于他的最低的地位。……同时，我，大概，是比较容易回到人民根子上去，理解俄国人的内心，承认人民精神的一个人。我出身于俄罗斯家庭，而且是笃信宗教的家庭。从我记事时候起，我就记得父

1　陀思妥耶夫斯基：《陀思妥耶夫斯基选集·书信选》，冯增义等译，人民文学出版社，1986年，第52页。

2　陀思妥耶夫斯基：《陀思妥耶夫斯基选集·书信选》，冯增义等译，人民文学出版社，1986年，第58页。

母对我的爱。我们在很早的童年便会念福音书了，当我还只有十岁的时候，我几乎知道了卡拉姆津写的俄国史中的全部主要历史事件，这部书是父亲每晚给我们念的。每次朝拜克里姆林宫和莫斯科寺院对于我来说是一件庄严的事。"[1]对陀思妥耶夫斯基来说，空想社会主义乃是来自西方的产物，而只有在俄罗斯农民身上，才保留了纯正的东正教信仰，保留了俄罗斯民族主义的基本精神，因而回到"人民根基"中，也就同时拥有了东正教信念，拥有了对俄罗斯民族的爱。而这种信念的改变，并非完完全全地弃绝过去，而不过是青少年时代所形成的文化心理中某些方面的凸现，就像一颗麦子，在适宜的土壤和气候条件下，生根、发芽，结出了果实。"我实实在在地告诉你们：一粒麦子不落在地里死了，仍旧是一粒；若是死了，就结出许多粒来。"陀思妥耶夫斯基在《卡拉马佐夫兄弟》中引用《新约》的这段话，是否也是这个时候的他的写照呢？"监狱生活改掉了同时也培植了我身上的许多东西"，[2]正是在炼狱一般的死屋里经过苦难的十字架的洗礼，他在精神上获得了新生。

（三）新的探索期

结束四年苦役生活，陀思妥耶夫斯基充满了对新生活的期望。"……我出狱已经十个月了，开始了我的新生活。我把那四年当作是我被活埋并钉入棺材的岁月。这段时间有多么可怕，我都无法向你诉说，我的朋友。这是一种痛苦，难以言表，没有尽头，因为每一小时，每一分钟都像石块一样压在我的心头。整整四年没有一刻我不感到我是在服苦役。不过有什么可说的呢！我甚至给你写上一百页，你大概也想象不出我那时的生活情景。这起码要亲眼目睹——更不必说要亲身体验了。但这样的时刻已经过去，现在它好比噩梦一样留在我身后了，正如我原先想象的那样，出狱是欢快的觉醒和新生活的开始……"[3]

尽管陀思妥耶夫斯基曾表示要毫无怨言地去背十字架，尽管他曾强调受苦是伟大的，在苦难中可产生一种理想，但毕竟，从现实体验的角度来说，陀思

1　陀思妥耶夫斯基：《陀思妥耶夫斯基论艺术》，冯增义译，漓江出版社，1988年，第173页。

2　陀思妥耶夫斯基：《陀思妥耶夫斯基选集·书信选》，冯增义等译，人民文学出版社，1986年，第66页。

3　陀思妥耶夫斯基：《陀思妥耶夫斯基选集·书信选》，冯增义等译，人民文学出版社，1986年，第67页。

妥耶夫斯基无法摆脱身处噩梦般的现实中的感觉，因而，出狱，对他来说便成了真正新生活的开始。但紧接而来的又是西伯利亚边防营地的六年流放生活。他得为自己身上"已经不复存在的东西、已经在我身上转化为与原来相反的东西而受苦"，这同样使他苦恼不堪。那么，1859年当真正的自由生活来临的时候，一切又将怎么样呢？

俄罗斯思想家列夫·舍斯托夫在《在约伯的天平上》一书中认为，陀思妥耶夫斯基是个具有双重视力的人。天然视力指向对生活常态的认知，第二视力却造就了他对生活的独特把握，也使他参透了生与死的秘密。当从"一般"、从"共同世界"中逃离出来，"灵魂越分离越孤独，它就越能找到和碰到自己的创造者和上帝。"托尔斯泰当他有一天突然对生存的意义产生极大的怀疑，当他身处闹市和许多亲人之中却感到难以忍受的孤独，当他无数次表示"我怕活，想从生活中逃掉"（《忏悔录》），正是在这样的时刻，在对生、对死、对疯狂的向往与恐惧中，他终于顿悟：我们的生就是死。那么，死亡天使又是什么时刻降临陀思妥耶夫斯基头上的呢？舍斯托夫认为，既不是在死刑台上，也不是在西伯利亚阴暗的监狱中。在牢狱里，他一方面忍受着生活的磨难，一方面又不断规划未来生活的蓝图，怀着对新生活的热切期望，因为监狱之外那一大片自由的天空毕竟是诱人的。但是，当苦役及兵营生活结束后，在自由生活中，他却开始发觉，自由生活越来越像苦役生活，曾在监牢里无数次幻想过的那整个天空却像牢房的矮小顶棚一样令人窒息，理想遭到禁锢，整个人类生活，如同死屋囚犯生活一样，正在变成一场噩梦。

这时期陀思妥耶夫斯基有两部作品颇为引人注目，《死屋手记》（1861年）和《地下室手记》（1864年）。《死屋手记》记载的是西伯利亚"死屋"里囚犯们的生活。《地下室手记》却是写的一个自由人身处"地下室"的环境中，他的精神也处在意志与理性的矛盾之中，并且饱受践踏与折磨，"地下室"同时也就具有了一种精神内涵。"地下人"处在这外界与内心的双重"牢狱"之中，就仿佛"死屋"里的那些人，永远失去了精神的自由。"地下室"作为另一种意义上的束缚与禁锢人的监牢，与"死屋"构成一种对应关系，成为一种象征。而《罪与罚》中拉斯柯尔尼科夫所住的像橱柜一样阴暗狭窄的"斗室"，同样具有"死屋"一般的意义。人住在里面，连精神也会变得狭窄，受到窒息。而在人的心灵深处，陀思妥耶夫斯基同样发现了一个可怕的牢狱。"地下人"的作恶，拉斯柯尔尼科夫的犯罪，人的内心世界构成了另一重心灵的牢狱，从中滋生出种种"不义、邪恶、贪婪、恶毒、嫉妒、凶恶、争竞、诡诈、毒恨"[1]。正是在这种外界与内心的多重"牢狱"中，陀思妥耶夫斯基真正看到了 "死亡天使"的降临，也真正体会到了欧里庇得斯的那句名言："生就是死"。

面对这噩梦一般的现实，为寻找社会与人的出路，陀思妥耶夫斯基在这一时期仍旧处在紧张的探索之中。陀思妥耶夫斯基于 1859年12月获准回到彼得堡。这时正处在农奴制改革的前夜，俄罗斯面临一次大的社会转型，随着资本主义对俄罗斯的不断冲击，封建农奴制日益暴露出它的腐朽，特别是1854年的克里米亚战争。这场封建的俄罗斯与英法资本主义所支持的土耳其为争夺克里米亚半岛而进行的战争，成为封建主义与资本主义的一次直接对垒。俄罗斯的失利，使社会上上下下普遍认识到农奴制成了阻碍俄罗斯发展的致命桎梏。1857年沙皇终于签署了关于在新的原则基础上安排农民生活的诏书，报纸也开始讨论农奴制问题。陀思妥耶夫斯基和他的哥哥获准办了一个刊物《时报》。1860年9月，《时报》杂志发表了一篇声明，作为陀思妥耶夫斯基对当时一些迫切问题的回答，它成了一篇根基主义的宣言书：

> 自从彼得大帝实现改革以来，人民群众同我们这个有文化教养的阶层只有过一次结合，即便是在1812年，而且我们已经看到，我国人民表现得多么出色啊！……我们终于确信，我们也是一个独立的民族，而且是一个出类拔萃的民族，我们的任务就是要为自己建立一种新的形式，一种我们民族所固有的形式，这种形式源出于我们的根基，源出于人民精神和人民的基础。我们预料，我们未来活动的特点应该真正是全人类性的，俄罗斯思想也许会把欧洲各个民族以顽强意志和勇敢精神发展起来的各种思想融合起来，那些思想中一切敌对的因素也许会同俄罗斯民族性协调起来，并得到进一步发展。[2]

格罗斯曼指出"根基主义纲领是以唯心史观，对俄国现实生活的理想主义理解以及斯拉夫派关于俄国农民温顺谦恭、逆来顺受的学说为依据的"。[3]村

1 《新约•罗马书》第1章第29节。
2 格罗斯曼：《陀思妥耶夫斯基传》，王健夫译，外国文学出版社，1987年，第283页。
3 格罗斯曼：《陀思妥耶夫斯基传》，王健夫译，外国文学出版社，1987年，第283页。

庄、土地、东正教，沙皇、地主和农民，知识分子与下层民众的普遍和谐构成了陀思妥耶夫斯基的最高理想，它标志陀思妥耶夫斯基彻底转到了宗法制农民的立场上来。由此，陀思妥耶夫斯基展开了对资本主义的猛烈批判。如果说在他服苦役前写的作品如《穷人》、《孪生兄弟》，主要是对沙皇专制制度下人民苦难与不幸的揭示，那么这时期的作品，却开始转向主要是对资本主义的批判，《被侮辱与被损害的》（1861年）揭开了这种批判的序幕。《地下室手记》、《罪与罚》揭示的是资本主义社会的思想意识对人的腐蚀作用。几次游历西欧的直接成果：《冬天记的夏天印象》（1863年）、《赌徒》（1866年）等，矛头直接指向西方资本主义现代文明。这种批判的出发点，可以说都是源于陀思妥耶夫斯基的宗法制村社理想。

拯救俄罗斯、拯救在分崩离析的社会中那些迷途的罪人，陀思妥耶夫斯基由此展开了对它的不倦探索。根基论代表了他的社会理想。"罪"与"罚"则包含着他的人性理想。冲破现实与人心的"牢狱"，寻求新天地的到来，呼唤新人的出现，便构成了陀思妥耶夫斯基在下一时期、他生活的最后十年的文化追寻主题。

（四）定型期

在陀思妥耶夫斯基生活的最后十年，他一方面继续从事小说创作，一方面参加各种社会活动，集会，编辑杂志，写作政论，发表演说。青年时代的幻想、狂暴的激情、忧郁与不安、苦役流放生活中的精神与肉体的巨大考验，以及60年代的紧张探索，都被代之以一种睿智、静谧与安详。因债务缠身、生活拮据而产生的金钱焦虑也慢慢得到缓解。曾经因对轮盘赌迷恋而导致的身心的巨大骚动，也已趋于平静。特别是随着作家声誉的不断扩大，社会地位的提高，思想的日趋成熟，使他时时以智者的姿态发表对世态人情的评说，指点江山，激扬文字，充当起济世救人的救世主式的教化使命。他晚年跻身于上流社会，那种小人物在社会、他人及自我的多重挤压下所导致的身心焦虑也渐渐淡薄，小人物的生存不幸的主题也慢慢被一种思想的巨大冲突的主题所取代。这一切预示了陀思妥耶夫斯基的文化心理结构已基本趋于定型。

如果说人道主义思想贯穿了作家一生的始终，以人道主义精神为出发点，东正教、民族主义、"人民根基"组成的文化心理结构，在这时期已完全磨合在一起，构成了一种"三位一体"式的定型结构。作家以此作为批判武器，一方面继续深化对资本主义的批判主题。金钱与情欲，构成了这一时期他的小说批判主题所关注的焦点。恰恰是资本主义极大地激活了人的欲望，资本主义的金钱至上原则也使人与人之间的关系变成了赤裸裸的金钱关系。陀思妥耶夫斯基正是抓住这一焦点进一步深化了他的资本主义批判主题，从《白痴》到《少年》《卡拉马佐夫兄弟》，莫不如此；另一方面，陀思妥耶夫斯基在这一时期的政论和小说中，全面地提出了他的社会政治理想和人性道德理想。

还是在1868年底，陀思妥耶夫斯基就产生想写一部关于无神论主题的规模宏大的史诗性作品的设想。小说定名为《大罪人传》，写一个俄国怀疑论者一生的经历，他经过长时间的犹豫彷徨，在各种神学派别和民间教派中间动摇不定之后，终于皈依东正教和俄罗斯土地，这一构思虽然未能实现，但其主题在他70年代写的三部小说《群魔》、《少年》、《卡拉马佐夫兄弟》中不同程度地体现出来。小说既写到罪恶与恶行，也写到拯救。还有在1868年发表的《白痴》中，陀思妥耶夫斯基就塑造了一个新人形象。而在《少年》中通过民间香客马卡尔、《卡拉马佐夫兄弟》中通过佐西马长老及长老的思想继承者少年阿辽沙，陀思妥耶夫斯基提出了自己的社会与人性拯救的理想。一切大地上的国家完全转变为教会，使整个社会组织成为一个统一的大教会，人人投身于大地母亲的怀抱，在对代表人性与道德理想的上帝的信仰中，在俄国人民的"根基"中，人人向善、相爱，一个人间天堂也就到来了。陀思妥耶夫斯基通过佐西马之口，表达了人间天堂一定会在大地上实现的坚定信仰："将来一定会这样，一定会这样，哪怕是到了千年万年之后，因为这是注定要实现的。"

作家还在《一个荒唐人的梦》中直接表达了这种"黄金世纪"的理想。"这是没有被人类罪恶所统治的一片净土，住在这里的全是清白无罪的人，他们好像生活在我们整个人类的各种传说中谈到过的、我们有罪的始祖居住过的那种天堂里。"这里，人与人，人与自然、宇宙构成完美的和谐，人人自由劳动、享受，没有淫欲的狂暴冲动，没有争执，没有嫉妒，所有人共同组成一个家庭，平静友好地生活，安详地死去，就如同《圣经》里面所描写的"启示世界"："一个新天新地……不再有死亡，也不再有悲哀、哭骂、疼痛，因为以前的事都过去了。"[1]陀思妥耶夫斯基把《一个荒唐人的梦》称之为一部"幻想小说"。陀思妥耶夫斯基曾在西伯利亚的监牢里，每天透过那一方小窗，望

1　《新约·启示录》第21章第1节。

着蓝天、大地、阳光、流水……而在如同被囚禁的自由生活里，在那身外与身内的多重"牢狱"中，他无数次地幻想另一天地。挣脱束缚，挣脱锁链，从阴暗室闷的"死屋"、"地下室"、"斗室"、"畜栏"奔向阳光明媚的大地，这种冲动无数次在他内心深处奔涌。当他仿佛终于找到了自己的理想，以上帝为精神信仰，以民族为支点，以"人民根基"为基础，以个人道德的完善、社会的美好和谐为指归，他也就仿佛超越"死亡天使"，找到了归乡之路。尽管在这寻找归乡之途的历程中有可能要经受痛苦乃至生死的巨大考验，如拉斯柯尔尼科夫，如少年阿尔卡其，如德米特里·卡拉马佐夫……但他们正是在这考验中有可能成为新人，因为他们毕竟走在了归乡之途。这也正应验了托尔斯泰老人的那句话：我们的死即是生的开始。

二、静态分析：文化心理构成

在陀思妥耶夫斯基的文化心理结构中，有三个方面相辅相成，构成既相互矛盾又相互协调的统一体，这就是人道主义、东正教信仰、"人民根基"。下面我们便分别作阐析。

（一）人道主义

人道主义作为一种社会思潮产生于文艺复兴时代。文艺复兴作为14—16世纪欧洲资产阶级在意识形态领域里的一场反封建革命，它高举的思想旗帜就是人道主义。中世纪神学竭力否定人的价值，称颂上帝的伟大。上帝"至高、至美、至能、无所不能，至仁、至义、至隐、无往而不在，至美、至坚、至定，但又无从执持，不变而变化一切，无新无故而更新一切；'使骄傲者不自知地走向衰亡'，行而不息，晏然常寂，总持万机，而一无所需；负荷一切，充裕一切，维护一切，创造一切，养育一切，改进一切；虽万物皆备，而仍不弃置"。[1]人应该蔑视自己，弃绝自己："轻视自己的人，在上帝那里受到尊重。不顺从自己的人，便顺从了上帝。可见，你应当把自己看得很微小，这样，在上帝眼中，你就是大的，因为你愈是为人间所蔑视，你就愈是得到上帝的珍视。"[2]针对中世纪神学以神为中心，贬低人的价值，否定现世生活的意

1　奥古斯丁：《忏悔录》，商务印书馆，1963年，第5页。

2　中世纪神学家安瑟论语，转引自费尔巴哈：《基督教的本质》。

义，提倡禁欲主义的观点，新兴资产阶级提出了以人为中心的人道主义思想，歌颂人的伟大，肯定人的价值，提倡尊重人的尊严，提倡意志自由、个性的自由发展，肯定现世生活的意义，提出享乐尘世的要求。18世纪的启蒙思想家，进一步提出了"天赋人权"，"自由、平等、博爱"的人道主义理想。十九世纪费尔巴哈从人本主义的立场揭示了宗教异化；空想社会主义者从人、人性的角度批判了资本主义，提出了改良社会、完善人性的理想。孔德将基督教与人道主义糅合起来，建立了他的"人道教"。而到二十世纪，现代神学的基督教人道主义，存在主义的人道主义，又构成了人道主义的新景观。陀思妥耶夫斯基作为一位古典与现代相融合的作家，正是处在这样一个历史的转折时期。

人道主义，可以说贯穿了作家一生的思想和创作的始终。如果说作家的信仰经历了一个转折期，而他思想中的人道主义精神，却是始终如一的。正如苏联评论家布尔索夫所指出的："伟大的人道主义力量在陀思妥耶夫斯基的人生观中占有统治地位。"[1]少年时代对城市下层人民生活的了解，及日后作家自身的贫困与苦难，首先培养了他同情下层人民不幸遭遇的深厚的人道主义感情。他的许多作品（特别是早期和中期作品），都表现出对人的命运的关注，对小人物的不幸的同情。特别是像《穷人》、《被侮辱与被损害的》等作品，表现小人物的不幸构成了这些作品的基本主题，它承继了俄罗斯文学中的小人物主题。也正因为如此，陀思妥耶夫斯基被划归俄罗斯"自然派"，他的《穷人》使涅克拉索夫预言：一个"新的果戈理出现了"。

显然，《穷人》还是属于传统现实主义小人物主题的"煽情催泪"式写法。作家惯于通过设置真切感人的悲剧性场面激发读者的同情之泪。无论是写一个大学生之死，老父亲光着头，冒着冷嗖嗖的秋雨失魂落魄地跟在儿子灵车后面奔跑；还是一个小官吏因为受冤屈而打官司，在一贫如洗、儿子饿死的绝望时刻，因为官司的胜诉，狂喜之下消受不了反而一命呜呼；或是杰符什金对瓦莲卡的感人的爱，令人痛断肝肠的离别……格里戈罗维奇曾回忆阅读《穷人》手稿时的情景：

> 大学生之死那一段是涅克拉索夫朗读的，当他读到老人跟在儿子灵车后面拼命奔跑那一段时，我忽然发觉他的声音哽咽了好几次……

1　布尔索夫：《陀思妥耶夫斯基的个性》，苏联作家出版社，1974年，第100页。

最后一页由我朗读，当我读到杰符什金老头同瓦莲卡分别那个场面时，我实在抑制不住自己，开始啜泣起来；我偷偷地瞧了涅克拉索夫一眼，他也泪痕满面。[1]

陀思妥耶夫斯基在其后的作品中，仍不时沿袭这种写法。那些被侮辱、被欺凌的人们，似乎永远在激发陀思妥耶夫斯基的创作灵感。《被侮辱与被损害的》中两家人的不幸，《罪与罚》中马尔美拉陀夫的酗酒、死亡，全家流落街头，乃至最后一部作品《卡拉马佐夫兄弟》中德米特里梦中见到的遭逢火灾的村庄，瘦骨嶙峋的村妇以及她们手中抱着的嗷嗷待哺的婴儿……陀思妥耶夫斯基通过对小人物的不幸的描写，由此展开了他的社会批判主题。"为什么人们这么贫穷？为什么这些婴儿这么穷苦？为什么草原上一片光秃秃？为什么他们不拥抱接吻？为什么他们不唱欢乐的歌？"德米特里的一系列为什么，归根到底是在追问：这是谁之罪？

从穷人杰符什金的"抹布"一般的卑微的处境，从双重人格者戈里亚德金因受辱所导致的精神分裂，从《被侮辱与被损害的》人们的不幸中，我们不难发现沙皇专制制度下不合理的社会现实乃是导致这一系列"不幸"的根源，而其后资本主义的侵入，更加剧了社会的贫富对立、道德的退化、欲望的膨胀、罪孽的滋生。这种对小人物不幸命运的同情，对俄罗斯专制制度与农奴制度的批判，对资本主义的批判，便构成了陀思妥耶夫斯基人道主义精神的第一个层面。在这个层面上，陀思妥耶夫斯基与俄罗斯传统的"自然派"文学是一脉相承的。

但是，陀思妥耶夫斯基并没有停留在这一层面上。在他的对人这个"谜"的探索中，不仅发现了人的高贵与伟大，人的价值，同时也发现人性中的许多卑劣的东西。如果说文艺复兴人文主义经历了一次人的发现，那么陀思妥耶夫斯基则经历了一次人的再发现。当他深入到人性深层，他发现人的内心世界同样蕴藏着一个可怕的深渊。人往往受意志的支配，每个人身上都潜藏着野兽，刽子手的特性存在于每个人的心中，《卡拉马佐夫兄弟》中的伊凡在论及对上帝的信仰时曾强调，他承认上帝，但不接受上帝所创造的世界，因为这个世界里包含着太多的罪恶，就像人照自己的模子创造了上帝一样，人同样照自己的

1　格罗斯曼：《陀思妥耶夫斯基传》，王健夫译，外国文学出版社，1987年，第75页。

样子创造了魔鬼："我是想，假如魔鬼并不存在，实际上是人创造了它，那么人准是完全照着自己的模子创造它的。"正是人性中的本性之恶，使这个世界有着太多的罪孽、不合理乃至荒诞的东西，伊凡由此感到："世界就建立在荒诞上面，没有它世上也许就会一无所有了。"

陀思妥耶夫斯基由此从社会批判转向了人性批判。社会的不合理、罪恶固然导致了许多人间悲剧的产生，但人的犯罪却并不能仅仅归罪于社会环境。陀思妥耶夫斯基在《作家日记·环境》一文中谈道："如果随便逃避自己的哀伤，而且为了自己不受苦而不断地辩解——这样做实在太容易。而且这样的话便会逐渐得出结论，罪行根本是没有的，全是'环境的过错'。根据混乱的思想，我们会走到这一步，甚至认为罪行是一种责任，是对'环境'的一种崇高的反抗。"[1]在陀思妥耶夫斯基看来，邪恶的产生并不仅仅是社会环境造成的，人性中就包含着许多邪恶的东西。"很清楚和十分容易理解，藏匿于人类中的恶比包医百病的社会主义者所想象的要深得多，没有一种社会制度能避免恶，人的心灵不会改变，不合理和罪恶源自人的心灵本身……人类的评判者应该有自知之明，即他还不是最后的评判者，他自己是有罪的……"[2]

每个人都是有罪的，显然，陀思妥耶夫斯基在对人性的探索中，深受基督教"原罪"意识的影响。基督教《圣经》构想了一个关于人类的"原罪"的神话。事实上，魔鬼的诱惑来自人自身。当人类一产生，邪恶与犯罪似乎就作为人类的伴生物产生了，因而上帝创造了人，但上帝又因为随着人类的增多，罪孽也在不断滋生而心里充满了忧伤。《圣经》作为一部惩恶劝善之书，它对人类从善的可能性又充满了怀疑。"常行善而不犯罪的义人，世上实在没有"[3]，"没有义人，连一个也没有；没有明白的，没有寻求上帝的；都是偏离正路，一同变为无用。没有行善的，连一个也没有。他们的喉咙是敞开的坟墓，他们用舌头弄诡诈，嘴唇里有虺蛇的毒气，满口是咒骂苦毒；杀人流血，他们的脚飞跑，所经过的路，便行残害暴虐的事"[4]。正因为人类充满了如此

1　陀思妥耶夫斯基：《陀思妥耶夫斯基论艺术》，冯增义译，漓江出版社，1988年，第132页。

2　陀思妥耶夫斯基：《陀思妥耶夫斯基论艺术》，冯增义译，漓江出版社，1988年，第244页。

3　《新约·传道书》第7章第20节。

4　《新约·罗马书》第3章第16节。

多的邪恶，上帝要派他的独子耶稣来替人类赎罪。基督教的原罪观念事实上体现了对人类本性之恶的认识，"罪"是普遍的、与生俱在的、属人性的，因而，每个人都是有罪的，"我们若说自己无罪，便是自欺……我们若认自己的罪，神……必要赦免我们的罪，洗净我们一切的不义"。[1]

那么，人的拯救之路何在呢？基督教强调每个人心中都潜藏着一个地狱，但同时天国也就在你的心中。对于陀思妥耶夫斯基来说，一方面他揭示了人的本性之恶，另一方面也看到人追求善的无限可能性，看到了人的伟大。陀思妥耶夫斯基笔下的人物，无论在怎样痛苦的境地，他们都有着强烈的自我意识，有着高度的自我尊严感。他在评雨果的长篇小说《巴黎圣母院》时曾谈到，小说的"公式就是恢复一个不公正地遭到环境、几个世纪的停滞和社会偏见窒息而堕落的人的本来面目。这个思想就是为社会上被污辱和唾弃的毫无权利的人辩护"。[2]这同样也是陀思妥耶夫斯基自己的一种艺术追求：恢复人的本来面目，为被侮辱的人作辩护。

陀思妥耶夫斯基强调任何时候都要以人道的态度对待人，正如《死屋手记》中所说："世上无论哪个人，不管他是什么人，不管他是本能地或是无意识地忍受屈辱，他还是要求人们赋予他以人的尊严，……因为他确实是个人，所以就应该以对待人的态度来对待他。我的上帝啊！人道主义的哲理，甚至能使那些连上帝形象都在心里早已变得黯淡无光的人们也会重新恢复人性。对待这些不幸的人，也应当采取最人道的态度。"陀思妥耶夫斯基由此深入到人的心理深层，既写出他们内心的邪恶，又发掘出他们（哪怕是在罪犯身上）人性的闪光。正如斯特拉霍夫在回忆录中所说："陀思妥耶夫斯基之所以如此大胆揭露那些可怜的、可怕的人物和各种心灵创伤，是因为他善于或者自认为善于对他们进行最高的审判，他在最堕落的、最反常的人身上看到了上帝的灵光；他注视着这种灵光最微小的闪耀，并且往往能从那些我们惯于以鄙视、嘲笑或者厌恶的态度加以对待的现象中发现心灵美的特点……这种温柔的、崇高的人道主义精神可能就是他的缪斯，正是他给了他一种衡量善与恶的尺子，他带着

1　《新约·约翰一书》第1章。

2　陀思妥耶夫斯基：《陀思妥耶夫斯基论艺术》，冯增义译，漓江出版社，1988年，第102页。

第一章　陀思妥耶夫斯基文化心理构成

21

这把尺子到了最可怕的灵魂深渊……"[1]

由此，陀思妥耶夫斯基一生都在不倦地探索着人性复归的理想出路。对人命运的关注，对小人物的同情构成了陀思妥耶夫斯基与"自然派"作家的相近之处，但自然派作家对"理想王国"、"人性美好"的希望是建立在对社会批判和改造的基础上的。人是一种社会性存在，人性的恶、穷人的悲剧是社会环境造成的，只有改造社会才能拯救穷人。陀思妥耶夫斯基则更关心人的精神性存在，因而人的拯救之路更多包含着精神的自我拯救。面对社会的邪恶，他笔下的人物面临着几种选择，或者像可怜的小人物的选择：退回内心，永远像"抹布"、"虫豸"一般地活着；或者像"撞墙者"，以自己的意志去对抗社会，像《死屋手记》中的彼得罗夫，《罪与罚》中的拉斯柯尔尼科夫。"他们都是勇敢的、无畏的，不愿受任何约束的人"，"再也没有什么东西是神圣的了，他仿佛一下子急于摆脱一切法律和权力的约束，尽情地享受不受任何限制的自由"（《死屋手记》）。但是，无论是退回内心，泯灭意志，还是主动以个人意志去对抗社会，最终的结果都是使自身永远失去意志的自由，由此，陀思妥耶夫斯基在一系列"新人"形象中，如《白痴》中的梅诗金、《卡拉马佐夫兄弟》中的阿辽沙，他们试图以爱去拯救邪恶，以信仰作为精神存在的根基。

由此，陀思妥耶夫斯基的人道主义从对人的出路的寻求，最终走向了上帝。上帝代表了人的一种道德理想，寻求上帝，也就是寻求人的永恒存在。"存在上帝就存在永生。没有上帝就意味着一切都随着人的肉体死亡而结束。"[2]当你找到了上帝，也就找到了理想与永恒。陀思妥耶夫斯基最终走向了一种宗教式的人道主义。这点，我们将在第二章中作详尽阐析。

（二）东正教信仰

陀思妥耶夫斯基在其"根基"论中曾强调，农民、东正教罗斯就是我们的根基。显然，东正教信仰，在陀思妥耶夫斯基文化心理结构中占有重要的位置。一方面它源于一种道德需要，东正教的上帝便代表了道德的最高理想，人的精神的最后归宿；另一方面，在陀思妥耶夫斯基那里，东正教又永远是跟俄罗斯民族联系在一起的，乃是俄罗斯民族精神的体现。因而上帝既是道德化的上帝，又是民族化的上帝。

1　布尔索夫：《陀思妥耶夫斯基的个性》，苏联作家出版社，1974年，第31页。

2　布尔索夫：《陀思妥耶夫斯基的个性》，苏联作家出版社，1974年，第164页。

俄罗斯正教的产生，源于公元988年。基辅罗斯王公弗拉基米尔命令全国居民到德聂伯河中受洗，皈依基督教。由于弗拉基米尔大公的努力，基督教在罗斯以外的地区也逐渐发展起来。1054 年，东西教会分裂，东部教会自称"正教"（即东正教），俄罗斯东正教也就成为其中一个分支。在以后的各个世纪中，俄罗斯历代王公无论是在扩张领土的战争中，还是在抗击异族的侵略中，都利用东正教作为号召和组织信徒的旗帜。公元1462年，伊凡三世即位，他经过多年的东征西伐，奠定了俄罗斯帝国的基础。他自称"沙皇"，并娶已经亡国的拜占庭帝国末代皇帝的侄女索菲娅·帕列奥洛珈为妻。他由此把自己视为东罗马帝国（拜占庭帝国）皇位的合法直系继承人，以拜占庭帝国的双头鹰徽号作为俄罗斯帝国的徽号。伊凡三世去世后，其子瓦西里三世以"统治全俄罗斯领土的君主之君主"的名义登上了沙皇宝座。东正教会则宣称："君主的旨意就是上帝的旨意。"在这期间，在俄罗斯统治阶层和东正教上层神职人员中，逐渐形成一种思想，即"莫斯科是第三罗马帝国"。鉴于拜占庭帝国在政治上的死亡和宗教上的毁灭，莫斯科注定要成为这个基督帝国的新领袖。这种视俄罗斯为"第三帝国"的思想，成为以后历代沙皇俄国政府制定对外政策的指导思想。1448年，俄罗斯正教会曾自行召开主教会议选举俄罗斯人梁赞主教约纳为都主教以摆脱君士坦丁堡"普世牧首区"的控制。到1589年，俄罗斯正教会正式获得自主地位，成了东正教会中最大的教会。到18世纪初，彼得一世在政治、军事、经济上施行改革，同时也对俄罗斯正教进行了改革，公元1721年，他颁布敕令宣布：废除俄罗斯正教的牧首制度，建立由政府管辖的"俄罗斯正教宗务会议"，其首脑由沙皇直接任命。一些教会史上，把彼得一世颁布这一敕令的年份，看作俄罗斯正教成为沙皇俄国国教的开始之年。从此，俄罗斯正教不仅在国内成为沙皇俄国政府实行思想统治的工具，而且也成了沙皇俄国对外侵略扩张的工具。1832年保守的贵族思想家谢·乌瓦罗夫伯爵提出了"东正教、专制制度和民族性"三位一体的公式，马上为沙皇政府所首肯，并作为俄国的基本政治口号贯彻于社会生活之中。东正教与专制制度，成为俄罗斯社会的两大基石，而民族性，则是特指俄国人民笃信宗教、忠于沙皇的品质。

陀思妥耶夫斯基生长在一个笃信宗教的家庭，由卡拉姆津的《俄罗斯国家史》培养起来的爱国主义感情及对人民的爱，使他钟情于俄罗斯人民的宗教

——东正教。日后他所经受的人生苦难，他对处于罪孽之中的人的拯救的期望，对个人道德完善的追求，及随着对西方资本主义及其天主教的失望，对大俄罗斯民族使命的热望，更使他对东正教信仰产生了一种强烈的需要。"唯有上帝能拯救俄罗斯"，《卡拉马佐夫兄弟》中佐西马长老的话，道出了陀思妥耶夫斯基的心声。这上帝又是俄罗斯人的上帝。俄罗斯社会的发展必须依赖上帝，依靠东正教。"我们在地上确实就像是在盲目游荡，假如我们面前没有可贵的基督的形象的话，我们真会完全迷路，遭到灭亡，就像洪水来临前的人类一样。"（《卡拉马佐夫兄弟》）

东正教在得救之道上，不像罗马天主教着重"救赎论"，而强调"道成肉身"，认为人之得救，在于把有罪必死之人，变成神的、永远不死的生命。而人要获得拯救，只有选择善行，才具备获得拯救的条件，才能取得天主赐予的恩典。每一个人都在亚当的罪中犯了罪，拯救既要依靠自身，也要依靠天主；每一个人只要行善和信从天主，便能获得拯救。陀思妥耶夫斯基一方面向尘世间的所有有罪之人指出了一条去恶从善、皈依基督之路，而基督就是一个绝对美好的人物，是善、理想、真理的化身；另一方面，又强调民族就是上帝的躯体，"上帝是一个民族在其从诞生直到消亡的整个期间综合了全体人民的特征而形成的个人。……每一个民族总是拥有一个与众不同的上帝。……一个民族越是强大，它的上帝也越是独特。"（《群魔》）俄罗斯民族就是一个拥有自己的独特上帝的民族，它对人类负有特殊的东正教使命。"倘若一个伟大民族不相信只有在自己身上才有真理……倘若它不相信，只有它才具有能力和天赋凭借自己的真理使所有人复活并拯救他们，那它立刻就会变成人种学的材料，而不成其为伟大民族了。"（《群魔》）俄罗斯民族正是这样一个伟大的民族。"俄国的使命就在于东正教，在于来自东方之光，它将指引西方盲目的、失去了基督的人类。欧洲的不幸，一切的不幸，无一例外地都起源于与罗马教会同流合污而丧失了基督。而且后来还以为没有基督也可以生活。"[1]

显然，在陀思妥耶夫斯基的东正教信仰中，既有浓厚的道德化色彩，也有浓厚的斯拉夫主义色彩。对资本主义欧洲的厌恶导致他对俄罗斯民族的崇拜，俄国落后的宗法经济，古朴的宗教道德习俗，都无比地优于西方。他把欧、俄

---

[1]　陀思妥耶夫斯基：《陀思妥耶夫斯基选集·书信选》，冯增义等译，人民文学出版社，1986年，第264页。

社会发展上的差异首先归因于各自民族天性的不同，他认为俄罗斯民族天性中一种以温驯而不是以阶级斗争为特点的聚合力使俄国保持了政治统一，避免了欧洲毁灭性的阶级斗争。而俄国人民天性的取得，乃是来自俄国农民特别虔诚的宗教感情，东正教对俄罗斯民族精神的成长具有决定性的意义。他一贯强调，不理解东正教就不可能理解俄国民族。而俄国民族的统一既有赖于东正教，也有赖于君主专制。他在《作家日记》中曾谈到，在欧洲发明科学的时候，"我们建立国家，有意识地造成了它的统一。"经过一千年之后，"我们有了国家和史无前例的政治统一。而欧洲的道德和政治状况几乎到处都不稳定了"[1]。俄罗斯民族形成统一国家的历程，乃是君主制和东正教的胜利。

东正教、君主专制、民族性，在陀思妥耶夫斯基的思想体系中都糅合在一起了。上帝是民族的道德理想，民族是上帝的躯体。首先个人道德的自我完善是整个社会的基础，是一切社会制度甚至民族本身的根源。"在各个人民、各个民族的开头，道德思想总是先于民族的产生，因为是思想建立了民族。这个道德思想来自神秘主义的思想，来自这样的信念：人是不死的，他不是简单的地上生物，而是与来世与不死联系在一起的。这些信念永远和到处表现为宗教，表现为对新思想的信仰；并且总是每当一个新宗教刚出现，新的民族就立刻非宗教地建立起来。……请注意，每当一段时间或几世纪后（因为这里同样有不为我们所知的它自己的规律），该民族的精神理想开始动摇和削弱，这民族就立刻开始衰落，它的整个公民制度也同时衰落，所有在它身上成功地形成的公民理想都会黯然无光。一个民族的宗教是什么性质，这个民族的公民模式也就会以什么性质形成和表现出来。"[2]

宗教赋予了人灵魂不死的信念，也决定了民族的性质、特点、发展历程。当个人在生命的某一瞬间得见上帝的奥妙，在这"最崇高的一瞬间"，他的生命也就走向了永恒。"存在着一些瞬间，您可以达到这些瞬间，而时间却会突然停止，那时它就会成为永恒。"这是梅诗金在谈他癫痫病来临前的感受，也可以说是一种宗教的体验。《群魔》中的斯塔夫罗金说："《启示录》里的天

1　陀思妥耶夫斯基：《陀思妥耶夫斯基论艺术》，冯增义译，漓江出版社，1988年，第197页。
2　刘虎：《民族是上帝的躯体——陀思妥耶夫斯基历史哲学初探》，《文史哲》，1985年，第2期。
3　刘虎：《通过农民的劳动找到上帝》，《俄苏文学》，1985年，第5—6期。

使断定，往后不会有时间了。"基里洛夫赞同说："当全人类都得到幸福的时候，时间也就不会有了，因为用不着了。"而从民族发展的角度看，如果说历史的起点源于一种道德理想，而历史的终点则取决于人的道德完善，取决于人心的顿悟与觉醒。"天堂藏在我们每个人的心里，……只要我愿意，明天他就真的会实现"（《卡拉马佐夫兄弟》），什么时候人在自己心里发现了真理，即上帝，什么时候天国就来到了，而历史也发展到了终点。人类的历史就是一部宗教发展史。陀思妥耶夫斯基在《三大思想》一文中把世界历史划分为三大宗教思想的斗争，这三大思想依次是罗马天主教、新教和东正教，他们分别代表了法兰西、德意志、俄罗斯三个民族，而"唯一体现了上帝的旨意的是俄罗斯民族"。俄罗斯正是上帝的特定选民，负有拯救整个人类的伟大历史使命，领导世界实现全人类的最终统一。"以基督名义的全世界统一……这就是我们俄国的社会主义……"这是他临终前的遗愿。陀思妥耶夫斯基的最高理想就是全世界的民族、宗教在俄罗斯的旗帜下统一起来，所有的国家都上升为一个统一的大教会，此时，人类的黄金世纪也就到来了，历史将走向永恒，"再没有时日了"。

（三）"人民根基"

结束流放岁月，陀思妥耶夫斯基在与他哥哥合办的《时报》杂志中提出了"根基主义"纲领。如果说东正教乃是俄罗斯民族的象征，那么在陀思妥耶夫斯基看来，最完全地保持了东正教信仰的乃是俄罗斯宗法制农民。由此，作家给俄国人民下了这样一个定义："我们的人民……把自己称作'农民'，即'基督徒'。这不仅仅是一个词，这是包含它的整个未来的思想。"唯有上帝能拯救俄罗斯，而"拯救将来自人民，因为他们保持着信仰和谦恭"（《卡拉马佐夫兄弟》）。因而，农民、东正教罗斯，便构成了俄罗斯民族的根基。

陀思妥耶夫斯基在幼年时代，在来自农村的保姆为他吟唱的民间歌谣里开始接触到俄罗斯农民的形象。而在9岁时，在父亲的庄园，农民马列伊在他因为听到"狼来了"的叫声而吓得惊慌失措时，给予他亲切的抚慰，陀思妥耶夫斯基在监狱生活中回忆起这一段往事，不是偶然的。在监牢里，他痛感到俄国上层贵族与下层人民之间的隔阂，俄罗斯普通民众对贵族的不信任乃至仇视，同时，与人民的直接接触也使他很好地了解了俄罗斯人民，他甚至在那些罪犯身上发现了人性美的光辉，由此使他抛开了自己的空想社会主义学说，而转向了俄罗斯农民。在陀思妥耶夫斯基看来，正是俄罗斯农民保持了信仰与谦恭，保持了美好的人性、纯正的基督教信仰，同时也蕴含了"整个未来的思想"，即东正教社会主义思想，因而，他把复兴俄罗斯的整个希望都寄托在了俄国农民身上。在《卡拉马佐夫兄弟》中，作家借佐西马长老之口全面阐述了对俄罗斯人民的看法："只有人民能拯救俄罗斯。而俄国的修道院从古以来就和人民在一起。人民像我们那样地信仰上帝……人民一旦起来迎战无神派，战胜了他们，统一的、正教的俄罗斯就会出现。你们应当珍重人民……因为人民的心中是有上帝的。"

　　既然作家把俄国农民视为俄国复兴的希望所在，在作家看来，俄国的贵族、知识分子就应都到俄国农民中间去，与他们融汇在一起，从农民身上去汲取精神与道德的力量，同时也去向农民传授新的知识。由此，陀思妥耶夫斯基在《作家日记·论对人民的爱》中强调："我们应该崇拜人民，期待人民的一切，包括思想和方式：崇拜人民的真理并承认人民是真理，甚至在人民部分出自《东正教圣徒传略汇编》的骇人听闻的情况下都是如此。总之，我们应该低下头来。就像离家二百年的浪子，但重返家园时终究成了俄国人，这也是我们伟大的功绩。但是，我们只能在唯一的条件下顶礼膜拜，这是必不可少的：人民也能够接受我们带来的许多东西。"[1]

　　陀思妥耶夫斯基在对普希金的评价中颇能显示他的这种回归人民的理想。在他看来，普希金是一个最富于"人民性"的诗人，他对人民的爱并不仅仅是出于同情，而是整个身心都与俄国普通老百姓融化在一起。"普希金热爱人民不仅仅是由于他们的痛苦。痛苦引起了同情，而同情则常常是和蔑视并行的。普希金爱人民之所爱，尊敬人民所尊敬的一切。他热爱俄国的大自然达到了狂热、感动的程度，热爱俄国乡村。他不是一个因为农民的悲惨命运而怜悯农民的仁慈和人道的老爷，他全副身心已转化为一个老百姓，转化为老百姓的本质，几乎是具有民众的形象。"[2]普希金在自己的作品中也天才地表现了这种人民性。陀思妥耶夫斯基在1880年6月8日俄国语文爱好者协会会议上的发言中

1　陀思妥耶夫斯基：《陀思妥耶夫斯基论艺术》，冯增义译，漓江出版社，1988年，第186页。

2　陀思妥耶夫斯基：《陀思妥耶夫斯基论艺术》，冯增义译，漓江出版社，1988年，第259页。

指出： 普希金在阿乐哥身上已经找到并天才地描画了在我们脱离了人民的社会中，历史地必然产生的那种不幸的、在祖国大地上流浪的人，历史性的俄国受难者。奥涅金缺乏根基，这是一棵被风卷起的小草。而达吉雅娜则是牢牢立足于自己基础之上的一个坚强的人，就是在她感到她的生活已经毁灭的绝望和痛苦的意识中，总还有她的心灵赖以依托的某种坚实和不可动摇的东西，这是她童年的回忆，故乡，偏僻的乡村的回忆。阿乐哥、奥涅金都是缺乏根基的多余人、流浪者，达吉雅娜则把自己深深扎根于乡村之中。

从陀思妥耶夫斯基对阿乐哥、奥涅金的否定和对达吉雅娜的偏爱中，我们不难发现他的价值取向，而他作品中的人物同样以是否具有人民性可分为不同的类型。"地下人"、拉斯柯尔尼科夫、斯塔夫罗金、维尔西洛夫……都是脱离了人民根基的人、受西方思想影响的个人主义者。索尼雅、梅诗金、马卡尔·佐西马长老则都与人民相接近，代表了人民的理想，他们在生活中往往充当了生活的引导者的角色，作为精神母亲或精神父亲，引导那些脱离了根基的人重新回归到土地、人民之中。《卡拉马佐夫兄弟》中的三兄弟伊凡代表"欧化"的人，阿辽沙代表"人民的理想"，德米特里代表"地道的俄罗斯"，陀思妥耶夫斯基为德米特里指出的出路就是通过受苦洗尽自身的罪孽，回归"人民的理想"，做一个洗心革面的新人。这同样构成一种象征：在西方资本主义影响下罪孽日深的"地道的俄罗斯"，将在宗法制村社、农民根基中重新获得新生。

在陀思妥耶夫斯基生活的时代，资本主义刚刚侵入俄罗斯，他敏锐地感觉到资本主义金钱关系、个人主义原则给俄罗斯社会带来的巨大冲击，他所属的阶级将首先成为吞噬一切的资本主义异化的牺牲品。因而在其他作家还在忙于批判封建农奴制的时候，他就把批判的矛头指向了资产阶级，这使他的作品充满了强烈的反资本主义精神。而资本主义便代表了"欧化"，因而在俄国历史发展道路的探索中，他首先否定了俄国必须走资本主义的发展道路。40年代他也曾经着迷于空想社会主义，但他很快意识到这是一时的"迷误"。既然无论资本主义还是社会主义道路都走不通，那么俄罗斯便只有唯一的选择：走俄国农民的道路，通过农民的劳动去找到上帝。

通过农民的劳动找到上帝，成了陀思妥耶夫斯基社会政治理想的核心。他把农民阶级当作社会领导力量，把以村社为组织形式的社会结构当作俄罗斯发展的必然之路。既然农民阶级是国家的领导阶级，那么，他们便应掌握土地。陀思妥耶夫斯基多次提出关于土地所有制的问题。还是在十九世纪五十年代末写的《死屋手记》中，他在描写农民犯罪时就指出："一个人如若不劳动，如果没有合法的、正常的财产，他就不能生存，他就要腐化堕落，变成兽类。"苦役流放生活使他清醒地认识到在封建统治与资本主义双重压迫下丧失土地的农民被迫走上犯罪道路的残酷现实。1876年，他写了一篇集中论述土地问题的文章《土地和孩子》，孩子在陀思妥耶夫斯基那里代表了一种美好纯朴的社会理想，而土地对人民来说则意味着它的一切："因为有一个至今保持在我们人民中的原则，就是：土地对于它就是一切，……每一个国家的各种制度——政治的、公民的、各种各样的——总是与土地和这个国家的土地所有制的性质相联系的。土地所有制具有什么性质，其他一切也就具有什么性质。……这里有整个世界的历史……"[1]土地对农民来说意味着自由、生命、荣誉、家庭、子女、秩序、宗教……当每个人拥有了一份土地，他就有了"村社的花园"，陀思妥耶夫斯基由此大声疾呼："在土地，在土壤里有某种圣体。如果您想把人类改造得更好，差不多是把野兽变成人，那么就分给他们土地吧 ——您就会达到目的了。"

归根结底，陀思妥耶夫斯基构想的是一种宗教村社社会主义。以东正教思想为统治思想，以农民为领导力量，以村社为社会基础，以统一的大教会为最终社会形式，以宗教道德的复兴为社会发展最终目标，这成为陀思妥耶夫斯基一生的追求，直到生命的终结。

1　刘虎：《通过农民的劳动找到上帝》，《俄苏文学》，1985年，第5—6期。

第二章
陀思妥耶夫斯基与宗教

俄罗斯民族，是一个具有强烈宗教意识的民族。俄罗斯文学，以其对社会现实的深刻揭示，对专制制度的猛烈批判，对下层人民的深切同情而著称于世，但不少作家最终又把这种批判与同情归结到爱和道德完美的说教之中，从而形成一种批判与宽恕、愤怒与忍让的奇妙融合。陀思妥耶夫斯基便是其中一个有代表性的作家。一方面他把自己称作一个没有信仰时代的孩童，另一方面其信仰唯其经过了"怀疑的巨大考验"，而更显其强烈与狂热；一方面他被人们称作是一个"残酷"和"病态"的作家，另一方面他的一生又表现出对基督的理想人格的不懈追求。他的宗教意识是复杂的。宗教对他的生活及精神历程，对其思想、人格的形成及艺术创作亦有着巨大而复杂的影响。本章所要探讨的就是陀思妥耶夫斯基宗教意识的性质、形成原因及其对他的小说创作的影响，以期对陀思妥耶夫斯基整个思想与创作有一个新的认识。

一、宗教特质：人道宗教与民族宗教

宗教，自它产生以来，经历了各个时代的历史变迁，它以其灵活的适应性、宏大的包容性，适应了各时代的变化。也就是在这种适应中，自身也不断地发展变异。我们不能不惊异于它的顽强生命力，也不能不为人类对宗教的不可或离的需要陷入深深的思索中。如果说，在中世纪，基督教表现为一种绝对的神的宗教，神性与人性迥然对立，人无限止地贬低自己，同时又无限地抬高作为人的本质力量的对象化的神，人在对神的顶礼膜拜中，获得了一种喜乐感、安稳感，但是人也就同时失去了自我，甚至连起码的人性要求也被残酷地压抑住了。正因为如此，才有了文艺复兴的以人为中心的、提倡人性反对神性的人文主义。作为欧洲人道主义思想的前奏，人文主义是以反封建、反教会，肯定个人感情、价值为特征的。

而在资本主义全面胜利后，人道主义却渐渐成了一种宽恕、忍让、人人相爱的说教。与此同时，在宗教领域，人们已慢慢丧失了宗教对宇宙、对人的解释的兴趣，甚至开始丧失对作为至高无上的统治者——神的兴趣，人们逐步把神从高高的天国拉回到尘世间，以神为中心的、对神的膜拜渐被以人为中心的对人的关心所取代，对宗教的信仰逐渐变成了一种道德与情感的需要。于是乎，便产生了一种奇特的现象：人道与宗教，这曾截然对立、水火不容的两极，互送秋波，终于出现了历史性的联姻，而它们的媒介便是——爱的说教。康德的道教宗教，把上帝作为人的道德行为和道德生活完美实现的理想假设和保证。费尔巴哈在揭示宗教的本质便是人的本质异化的同时，又宣扬一种爱的宗教，以此来代替神的宗教，建立超越神学意义之上的道德意义上的世界秩序。孔德的"人道教"索性公开把人道与宗教捏合在一起，以建立一种人与人、人与世界的和谐情状。而雨果，通过米里哀主教对冉阿让的灵魂的拯救所表现出来的，仍不过是一种宗教式的人道主义……正是在这样的历史背景上，当我们为陀思妥耶夫斯基身上所体现的极其复杂的宗教意识所困惑时，仿佛突然感应到上帝的一线灵光，获得了"启示"，为描述陀思妥耶夫斯基宗教意识的特征找到了一个适当的对应词——人道宗教。

（一）人道宗教

基督教的一个根本问题便是：人的罪恶从何而来？如何得到拯救？下面我们就来看看陀思妥耶夫斯基对这一问题的解答。

1. 原罪说

基督教认为，人的原罪源于人类的始祖亚当和夏娃，他们违背上帝的意志，偷吃了禁果，从而被上帝逐出伊甸园，人类一代代都背上了这沉重的枷锁，生而有罪了。陀思妥耶夫斯基当然不相信基督教的这种解释。但当他研究人这个"谜"、深入到人的灵魂深处时，他惊异地发现，人的身上存在着一个多么可怕的深渊！他比弗洛伊德更早地发现了人的恶的本能，他感到，所谓原罪即来源于此。人始终处在意志与理智的冲突之中，理智往往无能为力，而人的意志（即本能、性本能、作恶本能）却支配了一切。《地下室手记》典型地表现了这种冲突。"理性是个好东西，这用不着争辩，但理性终究不过是理性，它只能满足人的理智的能力，但意愿却是整个生活的表现，即整个人的生活，连同理性、连同一切感觉的表现……我完全自然地想为满足我的全部生活能力而生活，可并不是为了仅仅满足我的理性的能力，即我的全部生活能力的一个二十分之一……""地下人"正是在盲目的意志的支配之下，听凭"自己本身的、随心所欲的和自由的意愿，自己本身的、即便是最野蛮的任性，自己本身的、有时甚至激怒到发狂程度的幻想"的冲动，在折磨他人和折磨自己中感到一种快意。 "地下人"的所思所为，正是对犯罪作恶本能的一种形象化诠释。《赌徒》中波琳娜对"赌徒"的猫玩老鼠式的戏弄，使赌徒感到"人的天性就是要做暴君，喜欢折磨人"。同样，《卡拉马佐夫兄弟》中将军唆使猎狗把用石子伤了他狗的小孩活活撕裂，父母把亲生女儿关在厕所里，把屎抹在女儿脸上，这使伊凡发现，"自然，每个人的身上都潜藏着野兽，——激怒的野兽，听到被虐待的牺牲品的叫喊而情欲勃发的野兽，挣脱锁链就想横冲直撞的野兽，因生活放荡而染上痛风、肝气等疾病的野兽"。正因为如此，《死屋手记》，陀思妥耶夫斯基在对犯罪心理的剖析中，发现"刽子手的特性存在于现代人的胚胎之中"，正是这种作恶本能，使那些鞭笞犯人的军官在棍棒的夹击声中获得一种极大的快意，使某些犯人犯罪（包括杀人）仅仅是出于一种嗜好、一种取乐、一种虐待欲的满足。

人不仅受恶的本能的支配，也是情欲的奴隶。"赌徒"的那种沉醉在赌博之中的狂热不过是情欲的变相发泄。卡拉马佐夫们，他们狂热地毫无顾忌地放纵邪恶的情欲，摧毁人间的一切道德规范，推倒理性的樊篱，让情欲的本能踞于理智之上，得到充分的、全面的发泄。正是这种情欲的勃发、激情的宣泄，成了陀思妥耶夫斯基笔下人物的一个重要特征。

陀思妥耶夫斯基把人的罪恶看作是一种天性，有时甚至把它跟生理病理学、遗传学联系起来。陀思妥耶夫斯基笔下的恶魔者，往往都伴随一种器质性的病变，一种"不疯的疯狂"，有时甚至是出于恶的因子的遗传。陀思妥耶夫斯基在分析卡拉马佐夫家人的气质时，把它当作是一种"卡拉马佐夫式的原始力量……原始的、疯狂的、粗野的……甚至是不是有上天的神灵在支配着这种力量"。尽管纯洁的阿辽沙承继的主要是母亲身上那种顺从、忍耐、对上帝的虔诚，但米卡不止一次说他身上也存在着卡拉马佐夫气质。至于米卡、伊凡及老卡拉马佐夫的私生子斯麦尔佳科夫，他们都直接承继了老卡拉马佐夫那种放荡不羁、享乐一切的气质。从而，陀思妥耶夫斯基把人的罪恶追溯到了遗传学的根源之中。

从以上分析可以看到，陀思妥耶夫斯基从心理学、病理学、遗传学的角度解释了人的"原罪"，认为人的一切罪过都来自人的恶的本能。正如陀思妥耶夫斯基在分析《安娜·卡列尼娜》时所说："显而易见，恶深深地隐藏在人类中，超过了社会主义药剂师的想象，无论在什么样的社会结构中你们也无法避免恶；人的灵魂仍然是那样：不正常和罪恶来自它本身……"既然罪恶主要不是因为社会环境，而在于人的本能，那么，救赎也就主要不依赖于社会的改造，而是人本身的提升——去恶从善、皈依基督。

2. 救赎论

陀思妥耶夫斯基在揭示人的恶的本性的同时，又无时无刻不在发掘人的善良、纯真。他在《荒唐人的梦》中说道："人是能够变得美好而幸福的，而且绝不会失掉在世上生存的能力。我不肯也不能相信，邪恶是人类的正常状态。"如果说，每个人身上都藏着一个"魔鬼"，那么同时，"天堂"也藏在每个人心中。哪怕是穷凶极恶的罪犯，也并没有完全泯灭人性中善的因素。陀思妥耶夫斯基在《死屋手记》中，对那些罪犯又寄予了同情，他从这些貌似凶恶的人身上，也看到了善良、纯洁，对生活的渴望，他们在劳动和娱乐中所表现出的巨大创造力。正是从人性的角度出发，陀思妥耶夫斯基在《罪与罚》中描写拉斯柯尔尼科夫杀人犯罪的同时，又写了他的善良，对弱小者的同情，写了一生罪孽深重的斯维德里加依洛夫的突然的良心发现。就是在痛饮生活之杯的德米特里·卡拉马佐夫身上，我们又发现了多少坦率、诚挚啊，正是人的这种善，奠定了他们向上帝忏悔，走向自新之路的根基。而其具体途径便是经过苦难的净化、爱的洗礼，以消除心中邪恶的魔鬼，使善的因素得到升华，从而实现道德的完善、人格的完美。

（1）用痛苦来净化自己

"苦难的理想化"，这不仅是叶尔米洛夫，也是几乎所有评论家对陀思妥耶夫斯基的一种评价。十年苦役，使陀思妥耶夫斯基经历了"碱水"、"盐水"、"血水"的浸泡，消除了身上的罪恶，在对基督的皈依中焕然成了新人。这使陀思妥耶夫斯基欣然感到痛苦的可贵。而基督教所宣扬的，也正是人须受苦，方蒙救赎。人子耶稣以自己的血肉拯救了世界的恶。而耶稣的门徒们，为拯救世人，宣讲福音，"直到如今，我们还是又饥又渴，又赤身露体，又挨打，又没有一定的住处。并且劳苦，亲手做工。被人咒骂，我们就祝福；被人逼迫，我们就忍受；被人毁谤，我们就善劝。直到如今，人还把我们看作世界上的污秽，万物中的渣滓"[1]。基督教对苦难的理想化，使陀思妥耶夫斯基深切感到，世人要想赎罪，就必须经过苦难的净化，背负起沉重的十字架，舍己以跟随基督，方能走向天国之路。陀思妥耶夫斯基笔下的人物，正是沿着这条道路，走向了新生。"受苦是伟大的……在受苦中会产生一种理想"，波尔菲里这样开导拉斯柯尔尼科夫。拉斯柯尔尼科夫在杀人后，正是经受了精神上和肉体上的绝大痛苦，才使他有了向上帝悔罪的迫切需要。而索尼雅，"耻辱"和"卑贱"与另一种"神圣的感情"既互相对立，又互为依存，乃至拉斯柯尔尼科夫要跪在她的脚下，向人类的一切痛苦膜拜。于是，一个"杀人犯"，一个"卖淫妇"，一同背着十字架，一块儿去受苦，终于在那遥远的西伯利亚，一同享受到了上帝的灵光。米卡，这位敢于摧毁一切的人，在牢狱里，在上帝的默然注视下，也突然感到了受苦的伟大。他对阿辽沙说："兄弟，我在最近两个月里感到自己身上产生了一个新人。一个新人在我身上复活了！他原来藏在我的心里，但是假如没有这次这一声晴天霹雳，他是永远也不会出现的……我没有杀死父亲，但是我应该去，我甘愿接受！……是的，我们将身带锁链、没有自由，但是那时，在我们巨大的忧伤中，我们将重新复活过来，体味到快乐——没有它，人不能活下去，上帝也不能存在，因为它就是上帝给予的，这是他的特权，伟大的特权。……罪犯是少不了上帝的，甚至比非罪犯更少不了他！那时候，我们这些地底下的人将在地层里对上帝唱悲哀的赞美诗……"正是苦难，像一声"晴天霹雳"，震醒了米卡沉睡已久的良知，使他自愿接受对本不直接属于自己的罪过的惩罚，在痛苦中获得了新生。

（2）用爱洗净全世界的恶

如果说罪犯必须经过炼狱之火的烧炼，那么同时人们必须用爱和宽恕来拯救他们。基督教所有诫命，"都包含在爱人如己这一句话之内了"[2]。佐西马长老临终告诫人们："你们要彼此相爱……爱上帝和人民……那时候你们每个人就会有力量用爱获得世界，用泪洗净全世界的恶。"陀思妥耶夫斯基多次

1　《新约·哥林多前书》第4章第11节。
2　《新约·罗马书》第13章第9节。

强调，世俗法庭的责罚并不能使罪犯改过自新，而只会把他推向更深的泥潭之中；而爱和宽恕，却可以拯救一个人。在《卡拉马佐夫兄弟》中，律师为米卡辩护道："我敢发誓：你们的控诉能使他感到轻松，使他的良心释去重负，他将诅咒他所犯下的血案，却并不感到遗憾。……如果是这样的话，那么你们用慈悲来降服他吧！……有些心灵由于本性狭窄而怨天尤人，但一旦只要用慈悲降服了它，给予它爱，它就将诅咒他的所作所为，因为它里面有着许多善良的因素。心胸会宽阔起来，会看出上帝是慈悲的，人们是善良的。忏悔和他今后应尽的无数责任将使他震惊，使他感到沉重。"

拉斯柯尔尼科夫犯罪后饱受良心的煎熬，当他终于向索尼雅坦露了自己的内心，索尼雅紧紧抱住了他。这一举动，"在他的心坎里浪潮般地涌起一股已经好久没有过的感情，他的心一下子就软下来了……从他的眼眶里滚出来的两滴泪水，挂在睫毛上"，这使我想到了雨果笔下的卡西莫多在受刑后，焦渴难忍之际，因曾被他抢劫过的爱斯美腊达的一碗水而滚出的那两滴泪珠。爱是一种怎样的伟力啊！最后，索尼雅跟着拉斯柯尔尼科夫去流放地，当有一次，他们坐在一起，"在这两张痛苦满面、苍白的脸上已经闪烁着新的未来和充满再生和开始新生活的希望的曙光。爱情使他们获得了新生，对那一颗心来说，这一颗心潜藏着无穷尽的生命力的源泉。"正是在索尼雅高尚无私的爱的感召下，拉斯柯尔尼科夫看到了自己新生活的曙光，走上了自新之路。

爱，不仅可以拯救罪人，也可以使自己获得坚定的信仰。佐西马长老教导人们，信仰的获得不是靠理智，而是靠积极的爱的经验。"你应该积极地、不倦地爱你周围的人，你能在爱里做出几分成绩，就能对于上帝的存在和您的灵魂的不死获得几分信仰。如果你对于邻人的爱能达到完全克己的境地，那就一定可以得到坚定的信仰，任何疑虑都不能进入你的灵魂里去。"只要能积极地爱，就能在突然之间清楚地看到冥冥之中上帝的力量，就能成为"圣者"，人人相爱，大家全是上帝的儿子，没有高低贵贱之分，于是，真正基督的天国便降临了。

可以看出，陀思妥耶夫斯基的"原罪"说和"救赎"论，其出发点及最后归宿都是人，而不是神。他一生所关心的正是人在现世中的生活，人的道德的完善。他一辈子都在怀疑上帝的存在，但他从来没有放弃通过理想的人——基督解救人类的希望。他的整个创作，在揭露社会不公平、同情下层人民不幸的同时，又在着力挖掘普通人的人性美，展示他们对人的价值和尊严的追求，他的神的形象乃是人的形象的理想化，这理想的"人"的形象便成了尘世的人的最后归宿。从而在宗教的说教中表现出一种深刻的人道主义倾向，形成基督教（更确切地说应是东正教）与人道主义的一种奇特交融——人道宗教。

对于人道主义，有人作了这样一个概括："世世代代无数正义的人们一直在思考着这样一些既十分古老又永远崭新的问题：人和人性是什么？人性的价值和目的何在？人类从何处来又向何处去？人怎样才能挣脱现实的苦难以求得幸福？……对这些问题的回答，各个时代、各个阶级的人们虽然其正确和深刻的程度不尽相同，然而凡是采取积极态度的，总是普遍肯定自主和自由这些人类本性要求，强烈谴责和抗争人的异化，热爱向往和追求人性解放，渴望建立一种合乎人性要求的社会制度，把人性的解放程度作为评判社会进步的最终标准。我们认为，上述这样一种贯穿人类阶级社会始终的世代相继的进步社会思潮，就是人道主义。"[1]这里自然强调的是作为一种精神的人道主义，而非作为一种社会思潮的人道主义。

陀思妥耶夫斯基充满了一种深刻的人道主义精神。在人的问题上，他摒弃了正统基督教的那种解答：人是上帝的子民，源于上帝又归于上帝，人生的价值便是体现在对上帝的顺从、依赖之中，而人要解脱苦难则必须彻底克制自己、弃绝自己，以求得上帝的宽恕。陀思妥耶夫斯基把人、人性提到首要地位，把人对基督的皈依看作是人的自我价值的追求，人的自我超越与实现。

前面已经提到，陀思妥耶夫斯基在揭示人的恶的本能的同时，又看到了人的善良天性，人潜在地追求真善美的本能，也就是说，看到了人的伟大。陀思妥耶夫斯基笔下的人物，都存在着强烈的自我意识，都在不断寻求自我价值、自我尊严。杰符什金首先喊出了"我毕竟是一个人，我的身心、思想都说明我是一个人"的人道主义的强烈呼声。甚至那些恶魔，在放纵恶的本能时，也往往是为了从屈辱的境地中摆脱出来，以显示自身的优越感、自尊感、价值感，或者哪怕仅仅为了显示自己是作为一个人而存在着。双重人格者戈里亚德金，正是不甘于自我的屈辱地位，才想到要去扮演奸诈者、诌媚者、作恶者。"地下人"感到自己"在整个这个世界面前是苍蝇，一只肮脏、放荡的苍蝇——最聪明、最有修养、

1　胡皓等：《试论人道主义》，见《人是马克思主义的出发点——人性、人道主义问题论集》，人民出版社，1981年。

最高尚（这是不消说的）的苍蝇，然而总是不停地对一切退让、受尽一切侮辱与损害的苍蝇"，并且有时想做"苍蝇"居然也不可得，正因为如此，他要在对他人及对自己的折磨中显示其"精神上的优越性"。拉斯柯尔尼科夫，杀人犯罪，在出于金钱考虑的同时，也感到自身是软弱的、屈辱的，因而他要做拿破仑，在犯罪中证明自己。"当时我要知道，要快些知道，我同大家一样是只虱子呢，还是一个人？我能越过，还是不能越过？我敢于俯身去拾取权力呢，还是不敢？我是只发抖的畜生呢，还是我有权利？"卡拉马佐夫们，他们放纵本能，听任情欲的冲动，痛饮生活之杯，从而获得一种痛快淋漓的自我享受。"我总是愿意活下去，既然趴在了这个酒杯上，在没有完全把它喝干以前，是不愿意撒手的……的确，这种对生活的渴求，一定程度上是卡拉马佐夫家人的特征……"即使在牢墙内，米卡还是充满了对生活的强烈渴望："不，生命是无所不在的，生命在地底下也有！……阿辽沙，你想象不出我现在是多么想活下去，就在这剥落的牢墙内，我心中产生了对于生存和感觉的多么强烈的渴望！"正是在这种对生活的渴求中，米卡有了对自我的新确信。

　　人的犯罪、情欲的冲动，在某种意义上仍是一种自我的寻求，对自我的一种肯定。但在陀思妥耶夫斯基看来，这种寻求是失败的。人成了情欲、罪恶欲的奴隶，人在寻求自我的同时也就失去了自我，产生了自我的异化。于是陀思妥耶夫斯基给有罪的人们指出了一条新路——皈依基督，实现自我人格的完美与统一，从而产生了他的救赎论。正如《卡拉马佐夫兄弟》中所说："他们希望在长久的修炼之后战胜自己，克制自己，以便通过一辈子的修炼，终于达到完全的自由，那就是自我解悟，避免活了一辈子还不能在自己身上找到真正自我的人的命运。"人，正是在对基督的信仰中找到了真正的自我。而基督，终不过是道德理想的化身。神，从来就是超自然、超人类的具有无限性的存在物。在宗教中，人和神的距离被无限拉大，人越是卑贱，神便越是崇高，神的崇高正是在人的自我否定、自我贬低中获得的。而陀思妥耶夫斯基，在肯定人、人性的过程中，把基督从高高的天国拉回到了人间，变成了一个"人神"。因此他一方面怀疑基督的存在，一方面又把基督作为道德理想的象征供奉在自己的祭坛上。他在自己的书信中多次提到过作为"人和道德的形象"的基督，把基督当作"如此崇高的人的概念……人类永恒的理想"，[1]是"一个

1　陀思妥耶夫斯基：《陀思妥耶夫斯基选集·书信选》，冯增义等译，人民文学出版社，1986年，第177页。

第二章　陀思妥耶夫斯基与宗教

37

绝对美好的人物"，[1] "一位非凡的、不平常的、与所有好人和优秀人物相似的人物"[2]。"基督本身和他的言行体现了美的理想"[3]。所以，世上再也没有比基督更完美的了。它成了人的道德追求、人的永恒追求的最高理想。把基督当作"人"的概念，这是对基督教的一种背叛，也正是在这种背叛中，闪现出了人道主义的光辉。

陀思妥耶夫斯基时时要求人们，无论对怎样卑贱或怎样穷凶极恶的人，都要采取人道的态度，赋予他们人的尊严。而这种人道的态度便是爱和宽恕，也就是宗教的态度。陀思妥耶夫斯基一生都在追求人的幸福、完美，那么他对于人的最高理想究竟是什么样的呢？他在1864年4月16日的日记中写道："自从基督作为有血有肉的理想的人出现之后，一清二楚的是：个性最高和最终的发展……正是要达到使人发现、意识到并且完全相信，在个性和自我充分发展的情况下，人的最大用处似乎就在于消灭这个'我'并全部无偿地贡献给大众，献给他们中的每一个。这就是最大的幸福。这样一来，'我'的法则与人道主义的法则就融合在一起了，在融合中双方，即'我'与'大众（看来是两个相对立的极端）既是互相消灭，同时又各自都能达到自我个性发展的最高目标。这就是基督的天堂。无论是人类，还是人类的一部分和单独的个人，他们的全部历史就是发展、斗争、追求和达到这一目标。"[4]这是宗教的理想，也是人道主义的理想。

需要指出的是，在这种宗教式的人道主义中，陀思妥耶夫斯基并没有否定人的个性。人的个性与个人主义有别，正是因为陀思妥耶夫斯基看到了西欧"为所欲为"的自由，欧洲人天性中"个人的原则，超凡脱俗的原则，加强的自我保存、自我追求、自我里面的自决的原则，我跟全部天性以及一切其余的人针锋相对的原则……"（《冬天记的夏天印象》），从而产生了竞争、堕落、自私自利、绝对的个人主义……而这一切又大有在俄国蔓延之势，所以陀

1　陀思妥耶夫斯基：《陀思妥耶夫斯基选集·书信选》，冯增义等译，人民文学出版社，1986年，第191页。

2　陀思妥耶夫斯基：《陀思妥耶夫斯基选集·书信选》，冯增义等译，人民文学出版社，1986年，第418页。

3　陀思妥耶夫斯基：《陀思妥耶夫斯基选集·书信选》，冯增义等译，人民文学出版社，1986年，第328页。

4　布尔索夫：《陀思妥耶夫斯基的个性》，苏联作家出版社，1974年，第163页。

思妥耶夫斯基才急急忙忙抬出基督作为人的最高理想，根本上说，其出发点是以人为中心的人道主义。所以，陀思妥耶夫斯基接着上面所引的那段话又说："但是，如果达到目标时一切都要熄灭和消失，就是说如果在达到目标之后人就没有了生命力了的话，那么在我看来，达到这样伟大的目标则是毫无意义的。"[1]可见，只有人，人的个性、人的价值、人的整个生命力，才是陀思妥耶夫斯基思考问题的中心。无论任何思想、理论，哪怕是无限神圣的基督，都是为实现人的理想服务的。正因为如此，陀思妥耶夫斯基才一方面认为每个人无论怎样卑微、屈辱，都要求人们赋予他以人的尊严，另一方面又反对个人主义、自我中心主义；一方面揭示了人心灵中存在的善与恶的矛盾，另一方面又向每个人指出了一个更高的精神境界，以使他得到解脱与超越。这便是基督的最高理想，人的最高理想，个人完全"把整个我，整个自己牺牲给社会，不但不要求自己的权利，相反，却不附任何条件地把自己的权利交给社会……我以为，自愿的、完全自觉的、不被任何力量所强制的为大众利益而献出自己的自我牺牲精神，是最高的个性发展、最高的个性威力、最高的自制力以及最高的意志自由的标志。自愿为大家把生命牺牲，为大家去背十字架，去受火燎之刑，只有最发达的个性才能够办到"（《冬天记的夏天印象》）。从人道主义出发，以宗教的说教告终，这正是陀思妥耶夫斯基人道宗教的根本所在。

（二）民族宗教

宗教的发展、变化，常常是在世俗化的同时，又走向国家化。随着政权势力的扩大，宗教逐渐为世俗政权所控制，演变成一种国家宗教，教会成了国家的一个组成部分。在俄罗斯，十世纪的"罗斯受洗"，接受基督教为官方宗教，恰恰是为了适应统治阶级的需要，为了罗斯公国的强盛，当十五世纪俄罗斯正教会脱离君士坦丁堡，莫斯科被当成了"第三罗马"，俄罗斯成了新的世界中心，而这个世界中心的中心，恰恰已不是牧首，而是沙皇。在1986年苏联一次关于教会在俄国历史上的作用的研讨会上，B·克列安德罗娃认为，俄罗斯教会和国家关系的基本趋势就是"国家化"，教会逐渐变成国家机构的一个组成部分。[2]沙皇逐渐变成了地上的上帝。因此，在俄罗斯，对东正教的信仰往往与对皇权、民族的崇拜糅合在一起（当然不能说没有例外，如托尔斯

1　布尔索夫：《陀思妥耶夫斯基的个性》，苏联作家出版社，1974年，第163页。

2　《教会在俄罗斯历史上的作用》，莫斯科《历史问题》，1986年。

泰，不过他的宗教已不是正统东正教）。十九世纪俄罗斯国家宗教的重要特征便是宗教界的官僚化，国家机构对教会的控制，教理教义从属于专制政体，教会为统治阶级服务。而陀思妥耶夫斯基，宣扬一种以大俄罗斯民族为中心、以君主为塔尖、以人民为根基，向世界传播罗斯基督福音的民族宗教。它与国家宗教有别，但它们又有着千丝万缕的联系。陀思妥耶夫斯基民族宗教的基本内容便是：神圣君王、神圣人民、神圣民族、神圣使命。

1. 神圣君王

宗教以神为统治中心，以对神的崇拜代替人对自我的崇拜这种思想方式，使它在现实生活中，往往很容易与地上的神——君王的崇拜混合起来。法国启蒙主义者认为，神学宗教中的神就是摄取了地上的帝王和暴君的种种特性塑造出来的。弗洛姆在《逃避自由》中认为人类有一个普遍的逃避自由的心理机制，人在获得自由的同时，又感到了孤独、恐惧，于是又要逃避自由，重新依附权威，这权威便是地上的统治者或天上的神。而这两者又常常混淆，君王常成了下世的神，成了连接人间与天堂的桥梁。君权神授，十九世纪三十年代的《俄罗斯帝国法律大全》中说得明白："皇帝犹如基督教的君主一样，是宗教教义的最高捍卫者和保护人，也是笃信上帝、遵守一切教规的监护人。"[1]沙皇成了宗教机构和宗教信仰的最高权威，对东正教的信仰成了一种国民义务。这种把沙皇当作地上上帝的观点，在陀思妥耶夫斯基式的宗教中，并不少见。陀思妥耶夫斯基在念念不忘俄罗斯东正教使命的同时，从来没有忘记过要有一个理想的君主。沙皇便是在世上实施东正教崇高使命的承担者。在《死屋手记》中，犯人卢奇卡杀死少校，就是因为少校说了："我是上帝，我是沙皇。"卢奇卡认为："上帝只有一个。我们的沙皇也只有一个，他是上帝亲自派来统治我们大家的。"这是尚未觉醒的俄罗斯普通民众一种基本心理倾向，而这又恰恰为陀思妥耶夫斯基所激赏、乐道。陀思妥耶夫斯基把基督看作是仁慈的父亲，而对沙皇也做了不少类似的譬比。"皇上善良、仁爱"，是俄国人民的恩主，是对人民爱的体现者、俄国发展的"支柱"。"在我国，如果有谁有所建树的话，那当然只有他一个（而且也不是因为这一点，而仅仅因为他是受到俄国人民和我个人热爱的沙皇，因为是沙皇，我们的人民对我们任何一个沙皇，无论过去和现在都表达了自己的热爱，并且对他完全信赖。对于人民

1　克雷维列夫：《宗教史》，乐峰等译，中国社会科学出版社，1984年。

来说，这是神秘莫测的，是天赐神惠，是圣礼）[1]。而当王位继承者（指亚历山大三世）以救灾委员会主席的慈善面目出现时，又使陀思妥耶夫斯基感到："俄国又表明了对他的希望和热爱。是的，只要对天父一半的爱就够了。"当然，在陀思妥耶夫斯基把天父与沙皇联系在一起，把沙皇君临俄国看作"天赐神惠"、"圣礼"时，社会的动乱、凋敝、人民的困苦，沙皇的不尽如人意，又使他陷入一种深深的痛苦之中。因此，在他的民族宗教里，以现世的沙皇为蓝本，实际上是在呼求一个理想的君主形象的出现。正像果戈理的个人理想化与君主理想化的宗教，他把君主看作应该是基督的化身，"如果君主感觉不到他应该是天上的神在地上的形象，君主的权力就毫无意义"[2]。理想君主应是"领悟到自己的崇高使命——成为大地上爱的规范"[3]。同样，陀思妥耶夫斯基也是在现实的君主里面捕捉善良与仁慈的踪影，把君主神化、理想化，以此引导俄罗斯这个巨人走向福乐之境。

2. 神圣人民

如果说君主是塔尖，而人民便是根基，陀思妥耶夫斯基在把君王神化的同时，又把人民理想化。陀思妥耶夫斯基把东正教和人民当作一个密不可分的整体，人民（准确地说是宗法制农民）是正教的载体，是恭顺、忍让、爱的完美体现。脱离了人民这个最大的基督，便会失去信仰，变成无根的浮萍四处飘荡。陀思妥耶夫斯基在十年苦役生活里，在自我反省和忏悔中，发生的两个大的转折便是：转向上帝、转向宗法制农民，而这两者又是紧密联系在一起的。农民即"基督徒"，正是他们代表了俄国的未来。陀思妥耶夫斯基甚至在罪犯身上也发现了"不寻常的人"，"最有才华、最强有力的人"，剥开粗硬的表皮，便会发现人民心中所藏着的温柔与和善，他们的"正义感和对正义的渴望"（《死屋手记》）。

正是这种发现，使陀思妥耶夫斯基彻底转向了宗法制农民。而他在农民身上看到的，恰恰只是作为东正教的思想观点的体现的勿抗恶、温驯、忍让、善良、慈爱。陀思妥耶夫斯基在《农民马列伊》中写了这样一个故事：在"我"

1　陀思妥耶夫斯基：《陀思妥耶夫斯基选集·书信选》，冯增义等译，人民文学出版社，1986年，第198页。

2　伊·佐洛图斯基：《果戈理传》，刘伦振等译，天津人民出版社，1982年，第507页。

3　伊·佐洛图斯基：《果戈理传》，刘伦振等译，天津人民出版社，1982年，第506页。

九岁时，有一次在野外玩耍，突然听到"狼来了"的叫声，惊慌往回跑，正在犁地的农民马列伊带着"慈母般的微笑"抚慰"我"，消除了"我"的幻觉。陀思妥耶夫斯基正是通过这件事发现："一个粗野的、极不礼貌的、当然并没有盼望、也没有想到以后会获得自由的俄国农奴，他的心灵却充满了如此深邃的有高度文明的人性，充满了如此细致的、近乎女性的温柔。"马列伊，成了心灵纯洁和合乎道义的纯朴象征，成了俄罗斯人民精神美的化身，正是他们代表了东正教。陀思妥耶夫斯基反复强调，"只有人民能够拯救俄罗斯。而俄国的修道院，自古以来就和人民在一起"。"拯救来自人民，因为他们保持着信仰和谦恭"（《卡拉马佐夫兄弟》）。因此，凡是脱离人民的人，也就将丧失对祖国和上帝的信仰，成为"群猪"、虚无主义者、社会主义者、杀人犯。"我确实认为没有信仰是万恶之源，不过否定人民性的人也会否定宗教信仰……因为我们的人民性建筑在基督教之上。农民、东正教罗斯——这几个字实际上是我们的根基。在我们这儿，否认人民性的俄国人（他们人数很多）肯定是无神论者，或者是冷漠无情的人；反过来说，凡是不信教的或者冷漠无情的人，根本无法理解俄国的人民性。"[1]人民是神圣的，人民就是俄罗斯大地、俄国的未来，是正教思想的体现。植根于人民之中，便能获得真正的信仰。

3. 神圣民族

把沙皇尊为地上的神，把俄国农民作为基督理想的代表，必然导向对俄罗斯民族的神化，把俄罗斯民族当作全世界的中心、拯救者来加以崇拜。在犹太教中，犹太人把自己的民族当作上帝特选的民族，君临万邦，在"流奶与蜜之地"沐浴上帝的荣光。而基督教，当彼得说："唯有你们是被拣选的族类，是有君尊的祭司，是圣洁的国度，是属神的子民，要叫你们宣扬那召你们出黑暗，入奇妙光明者的美德。"[2]于是乎，罗马当仁不让自认可君临万邦。而东西教会的分裂，也正是因为拜占庭帝国需要把自己国土看作神域、地上的天国，君士坦丁堡是第二罗马。而俄罗斯教会在脱离君士坦丁堡之后，俄罗斯民族被当成了上帝特选的民族，莫斯科成了"第三罗马"。

在陀思妥耶夫斯基看来，代表天主教的法兰西，代表新教的德意志民族，

1　陀思妥耶夫斯基：《陀思妥耶夫斯基选集•书信选》，冯增义等译，人民文学出版社，1986年，第454页。

2　《新约•彼得前书》第2章第1节。

都已经堕落，而独有代表东正教的俄罗斯民族是"唯一体现了上帝旨意的民族"（《群魔》）。陀思妥耶夫斯基把民族的产生归结为一种神秘的原始之力，"还没有一个民族是根据科学和理性的原则组织起来的……各民族是由另一种控制并统治着他们的力量所形成和推动的，但这种力量的起源却是人们既不知道也说不清的。这种力量是一种孜孜不倦证明自己的存在并否认死亡的力量。它是生命的精髓，就像圣经所说，是'活水之河'"（《群魔》）。这种神秘之力就是宗教，是"寻找上帝"。民族是上帝的躯体，"上帝是一个民族在其从诞生直至消亡的整个期间综合了全体人民特征而形成的个人……每一个民族都拥有一个与众不同的上帝……一个民族越是强大，它的上帝也越是独特"。一个伟大的民族倘若不相信"只有它才具有能力和天赋凭借自己的真理使所有的人复活并拯救他们，那它立刻就会变成人种学的材料，而不成其为伟大民族了。真正伟大的民族永远也不屑于在人类当中扮演一个次要角色，甚至也不屑于扮演头等角色，而是一定要扮演独一无二的角色。一个民族若是丧失了这种信念，它就不再是一个民族。然而真理只有一个，因此在所有民族当中只有一个民族可能拥有真正的上帝，尽管其他民族也各自拥有自己独特而伟大的上帝。唯一'体现上帝旨意的民族'就是俄罗斯民族"。

4. 神圣使命

一切宗教的基本思想都是普渡众生，使人摆脱现实的苦难，享受天国之乐。佛教讲究自我解脱，基督教则是救世主基督对人的拯救，而一旦宗教变异为民族宗教，民族常常成了救世主的象征。在日本这个"日出之国"，天皇便是君临人类的中心，大和魂即体现在他国与这个太阳民族的合并中。而在西欧，发达国家对殖民地的征服，常被当作履行上帝的神圣使命，为其他民族带去自由、幸福、文明。陀思妥耶夫斯基的时代，古老的俄罗斯正处在资本主义日甚一日的冲击之下，不少自由派人士看到俄国专制制度的腐朽、没落，向西方寻求出路。而陀思妥耶夫斯基，在一种罗斯中心、罗斯正教至上的观念的支配之下，游历西欧，看到的不过是贫富的对立，自由、平等、博爱的虚假，金钱统治一切，自由竞争，个人主义，腐化堕落，而这一切，又都与天主教的堕落有关，于是产生了一种神圣的使命感，要用俄罗斯的基督来教化西方。

这使人想到十九世纪处在西方日甚一日冲击之下的中国士大夫阶层，在传统文化心理（华夏中心论、礼教至上论、"用夏变夷"论）的支配下对西方文明的拒斥、强制同化，只不过中国士大夫的法宝是孔子圣学，而陀思妥耶夫斯基的法宝则是罗斯正教。代表了陀思妥耶夫斯基理想的"十全十美的人物"梅诗金公爵，同时也是个狂热的斯拉夫主义者。他慷慨激昂地说道："必须让我们的基督放射出光芒给西方以迎头打击！我们所保存的基督是他们从来所不知道的！我们现在应当站在他们面前，不是俯首贴耳上耶稣会教士的钩，而是把俄罗斯文明带给他们。""将来也许唯有俄国的思想、俄国的上帝和基督才能使全人类面目一新、起死回生"。陀思妥耶夫斯基感到，欧洲的一切不幸都在于同罗马教会同流合污而丧失了基督，因此"俄国对于人类负有特殊的东正教使命"，[1]要向西方展示他们从未见过的俄罗斯基督，使全欧洲在俄罗斯文明的熏染下得以复活。而实现这一使命的关键就是要保持俄罗斯的独特性。因为，"由于博大精深的俄罗斯精神，本身就拥有可以给世界带来光明的能力"[2]，要确立俄罗斯民族的霸主地位，"眼下正在为全世界准备一场通过俄罗斯思想（它与东正教紧密相联）进行的伟大革新，它一定会在某个世纪内完成，这是我狂热的信念。为了完成这一伟大事业，大俄罗斯民族必须对一切斯拉夫民族最终地和不容争辩地确立政治权利和盟主地位"[3]。

于是，"灿烂的星星"将从东方升起来，在它的照耀之下，世界将变成真正美好的乐土，黄金时代也就重新到来。

陀思妥耶夫斯基的人道宗教与民族宗教，都是一种宗教的变异。人道宗教的出发点是人，最终目的则是实现理想化的人——是一种消除了罪恶欲、狂暴情欲的人，是人向童年的回归。而民族宗教的目的则在于拯救世界。通过俄罗斯东正教担负起地上的伟大使命，消除世上的罪恶，最后国家上升为教会，一个全球的教会，一个人人平等、相爱、安乐的大同世界。这是人类向自己的童年——黄金世纪的回归。正像在《荒唐人的梦》中所描写的："这是没有被人类罪恶所玷污的一片净土，住在这里的全是清白无罪的人，他们好像生活在我们整个人类各种传说中谈到过的、我们有罪的始祖居住过的那种天堂里……他

1　陀思妥耶夫斯基：《陀思妥耶夫斯基选集·书信选》，冯增义等译，人民文学出版社，1986年，第205页。

2　陀思妥耶夫斯基：《陀思妥耶夫斯基选集·书信选》，冯增义等译，人民文学出版社，1986年，第289页。

3　陀思妥耶夫斯基：《陀思妥耶夫斯基选集·书信选》，冯增义等译，人民文学出版社，1986年，第195页。

们不存奢望，生性淡泊，他们不像我们那样热切地渴望了解生活，因为他们的生活已很充实……他们不靠什么学问就能懂得应当怎样生活。"他们观赏树木，"仿佛他们是在跟自己的同类互诉衷曲……他们懂得树木的语言，我深信树木也能了解他们……他们都像孩子一样活泼愉快……他们男女相爱、生儿育女。但是我从未看到他们有淫欲冲动的表现……他们之间没有争执、没有嫉妒，甚至根本不知道这些东西是什么意思"。老人"像入睡一样安祥地死去……为人们祝福，向人们微笑"，而他人"并不伤心落泪，只有仿佛近乎狂喜的爱，一种平静、丰富、深沉的喜悦"。"他们那里没有庙宇，但他们和整个宇宙形成了某种息息相关、生气盎然、不可分割的整体；他们没有宗教信仰，但他们坚决相信，只要人间的欢乐达到尘世上的最大限度，那么对他们（无论是生者和死者）来说，同整个宇宙进行更广泛接触的时刻就会到来。"

这就是陀思妥耶夫斯基宗教理想的最高境界，人与人，人与自然、宇宙组成一个完美和谐的整体，清静自然，无知而全知，无为而无不为。这是《圣经》中描写人类始祖居住过的乐园，也是老庄人生理想的一种再现。陀思妥耶夫斯基不仅熟读精研基督教《圣经》，对东方思想也颇感兴趣。老庄深感"人为物役"，提倡自然无为、清静恬淡、复返天真，"常德不离，复归于婴儿"。所谓"至人"、"真人"、"神人"即正是理想人格的最高境界，无知无欲，无目的而合目的，无为而无不为，于是，"卧则居居，起则于于，民知其母，不知其父，与麋鹿共处，耕而食、织而衣，无有相害之心，此至德之隆也"。（《庄子·盗跖》）这也正是陀思妥耶夫斯基在《荒唐人的梦》中所表现的梦想。

陀思妥耶夫斯基的理想毕竟是一种乌托邦式的梦想，有人把它称作"基督教社会主义"，也许是他早年所信奉过的空想社会主义并没有完全从他的头脑中消失，而当他自称改变了信仰，转向了基督的理想，于是又为那种空想社会主义加上了宗教的灵光圈。这注定了陀思妥耶夫斯基所构筑的不过是一座空中楼阁。他的人道宗教意在消除人的异化而指出一条皈依基督之路，但无论其出发点如何，对基督的皈依必然要产生新的异化，必然会从自我实现出发以自我丧失告终。不改造社会，不推翻沙皇专制制度，而单靠人的自我完善、自我提升，注定了真诚的梦想家陀思妥耶夫斯基的历史悲剧。

也正因为如此，也许连陀思妥耶夫斯基自己都感到了自己的软弱与空幻。

他的宗教意识中存在着深刻的矛盾。他对上帝的存在有着根深蒂固的怀疑。他在一封信中写道："我是时代的孩童，甚至进入坟墓都是一个没有信仰的和充满怀疑的孩童。"[1]而拟想中的《大罪人传》的主要问题就是陀思妥耶夫斯基"有意无意之间为此苦恼了一辈子的问题——上帝的存在"。作品的主人公在自己的一生中"时而是无神论者，时而是信神的人；时而是宗教狂和教派教徒，时而又成为无神论者"[2]。这个主人公在某种意义上就是陀思妥耶夫斯基自我的投影。

陀思妥耶夫斯基一生不遗余力地攻击无神论者，但在他的后期书信中，又不止一次地把无神论者说成是优秀人物。当《少年》的"我"拿宗教问题纠缠维尔西洛夫时，他答道："应该信仰上帝"，而"我"又问如果不相信呢？维尔西洛夫觉得"那也是好事"，他说："因为俄国的无神论者，只要他确实是无神论者，并且稍微有些智慧——是全世界最优秀的人物，因为他总是善良的，所以也有爱上帝的意向；而他所以是善良的，是因为他无限地满足于他是个无神论者。我们的无神论者们都是可尊敬的人，十分可信赖的人，可以说，是祖国的栋梁……"这种复调的另一方的对话，恐怕也不能完全独立于作者的观点之外，复调双方，恰恰是陀思妥耶夫斯基的矛盾性、复杂性、双重人格的反映。

陀思妥耶夫斯基狂热地鼓吹爱和宽恕，但涅莉对引诱了她母亲又把她母亲抛弃、使她母亲在贫病交加中死去的瓦尔科夫斯基公爵，理直气壮地说道："我不能宽恕他，你还要告诉他，我近来读了福音书，那里面说要宽恕所有的仇敌。我虽然读过，但我还是不能宽恕他；因为妈妈临死前还能说话的时候，她最后说的一句话就是：'我诅咒他'。"索尼雅，这个纯洁、善良的天使，自认为"对任何人小心、和气、顺从是可以消灾免祸的"，但在受到卢仁无端的诬陷之后，尽管以后表明她是无辜的，但她毕竟感到太失望、太痛苦了，一种孤独无助和受了凌辱的感觉终于使她号啕起来。陀思妥耶夫斯基在最后一部小说《卡拉马佐夫兄弟》中最集中地表现了他自己的宗教理想、对上帝

1　陀思妥耶夫斯基：《陀思妥耶夫斯基选集·书信选》，冯增义等译，人民文学出版社，1986年，第64页。

2　陀思妥耶夫斯基：《陀思妥耶夫斯基选集·书信选》，冯增义等译，人民文学出版社，1986年，第247页。

的狂热信仰。但当伊凡历数了虐待孩子者的残忍，提出了那个"不能解决的问题"："假使大家都该受苦，以便用痛苦来换取永恒的和谐，那小孩子又跟这有什么相干呢？我不愿意使母亲和嗾使群狗撕咬她的儿子的人互相拥抱！……关于她的孩子被撕碎的痛苦，她并没有宽恕的权利。"阿辽沙也凭着感情脱口而出："枪毙！"尽管最后他又凭着信仰把基督抬出来，让他代表一切去宽恕，但问题太尖锐，回答却软弱无力，等于没有回答。大概陀思妥耶夫斯基自己也在怀疑，果真有权利宽恕么？陀思妥耶夫斯基对米卡痛饮生活之杯的豪举，又倾注了多大的热情啊！不顾一切获得生活的享受，这种"卡拉马佐夫气质"，这种痛快淋漓的伟大罪恶，使得俄罗斯文学中的多余人、新人、忏悔的贵族都显得相形见绌。

尽管陀思妥耶夫斯基的理想是宗教的理想，占据了小说那么多篇幅的也是宗教的说教，但在生命力的洪流面前，都显得岌岌可危，大有被冲得无影无踪之势。叶尔米洛夫一针见血地指出，陀思妥耶夫斯基"在老年，在生活道路的结尾，起来反叛一切容忍和一切宽恕的死气沉沉的现象。自己对苦难所加上的理想化，用比他力图扑灭反叛所写的一切作品更强大得多的艺术力量来展开这个反叛。——光是这一点，就证明，怀着勉强加在自己身上的教会的温驯，他不可能活下去。并且他的天性绝不是佐西马似的。无怪自发性的反叛、愤慨和骚动从青年时代起就诱惑了他，并且以这样巨大的力量在一生结束的时候重新响应起来。"[1]确实，就陀思妥耶夫斯基的天性来说，他决不可能是一个正统虔诚的基督教徒，他的宗教不过是表现为一种需要。托尔斯泰被当作"一个毫无理性的宗教狂热者"，怀着歪曲信仰、疏远教会、民族的倾向，鼓吹无政府主义的危险分子而被开除教籍，而陀思妥耶夫斯基，他的宗教信仰，既受到革命民主派、自由派人士的攻击，也为具有保守倾向的作家如列昂切夫、梅列日科夫斯基等所不满。列昂切夫在《卡拉马佐夫兄弟》出版后指出，不是伊凡而是陀思妥耶夫斯基放弃了天堂的门票，他在普希金纪念会上的演说"关于人们凭借基督普遍和解的预言不是东正教的预言，而是某些一般人道主义的预言"[2]。而梅列日科夫斯基在《托尔斯泰和陀思妥耶夫斯基》一书中认为陀思

1　叶尔米洛夫：《陀思妥耶夫斯基论》，满涛译，上海译文出版社，1985年，第288页。
2　刘虎：《用温和的爱征服世界——陀思妥耶夫斯基的宗教伦理学》，《外国文学研究》，1986年，第1期。

妥耶夫斯基的宗教观念"融合了两种极端矛盾的思想，并在两个都不是真正的基督中迷失方向"，他甚至感到陀思妥耶夫斯基是"东正教会的最危险的持异端者和叛逆者，比托尔斯泰和尼采要更危险和叛逆得多"。[1]这恰恰是因为，陀思妥耶夫斯基的人道宗教和民族宗教，都不过是一种宗教的变异。

　　陀思妥耶夫斯基以人为出发点的思想方式，使他一方面把基督作为人自我拯救、自我完善的理想目标，而当社会的"恶"对孤独无助的个人施行压制、摧残时，又使陀思妥耶夫斯基感到难以容忍，不可宽恕。人道与宗教，使陀思妥耶夫斯基陷入一种永远也挣脱不出的两难困境。而他的民族宗教，在宣扬大俄罗斯民族的神圣使命时，面对西方的无可争议的先进文明，内心又是多么虚弱！《冬天记的夏天印象》中记载过一件事，有一次他经过科隆的一座新桥，仿佛感到了桥上收税人嘲弄的目光："可怜的俄国人"，你们"好比是一条蛆虫，因为你那里没有这么一座漂亮的桥！"他忍不住狂怒起来，"见他的鬼……我们也发明过茶炊……我们有杂志……我们制造第一流的东西……"，在西方文明面前的深深自卑又导致了病态的自尊，认知西方世界时的屈辱又使他竭力从自己民族中寻找古已有之的东西，宣扬一种东正教俄罗斯对"野蛮"民族的教化论，以求得心理的平衡，可最终又不得不眼睁睁看着西方 "野蛮"文明的一步步蚕食，古老俄罗斯的一步步退让、被"教化"。这不能不说是历史向陀思妥耶夫斯基开了一个不太好笑的玩笑。

二、宗教皈依：道德与情感需要

　　陀思妥耶夫斯基的宗教意识是复杂的、矛盾的，也是独特的。 而当我们探讨其根源时，常常要面临这样一些问题：为什么陀思妥耶夫斯基一方面怀疑上帝的存在，一方面又对上帝表现出那么深切的依恋？为什么陀思妥耶夫斯基要把基督人化、当作人的美好形象的体现？陀思妥耶夫斯基对天主教、新教深恶痛绝，为什么独独对罗斯正教表现出一种偏激的狂热？我苦苦思索这些问题，在困惑中突然感到，需要，这一切都是出于一种深刻的内在需要。陀思妥耶夫斯基并不一定相信上帝，但他需要上帝。他需要以俄罗斯的基督来拯救

1　刘虎：《用温和的爱征服世界——陀思妥耶夫斯基的宗教伦理学》，《外国文学研究》，1986年，第1期。

人、拯救世界，他需要通过信仰来实现自身人格的完美与统一，实现自我的超越，他需要在基督慈祥的抚爱下逃避现世的痛苦、享受宗教的温暖。

撇开陀思妥耶夫斯基，从认识论的角度来说，需要乃是认识和实践的出发点及最后归宿。而就整个文化史来说，需要，是文化产生、发展的原动力。正是因为人类有了认识世界、改造世界的需要，才产生了科学；有了协调人与人、人与社会关系的需要，才有法律、道德；有了娱乐和审美的需要，才有了艺术。而宗教，作为文化的要素之一，同样是产生于人的需要。原始宗教的产生与人类的直接生存需要有关。科学（主要是一种原始认识和生产活动）与宗教，乃是原始人的两大基本活动。当科学在自然面前显得无能为力时，宗教便应运而生。各种原始崇拜，如自然崇拜、图腾崇拜、祖先崇拜、生殖崇拜，都和人类的基本需求和繁殖需要有关。而现代人对宗教的信仰，更主要是出于一种精神上的认识与道德及心理与情感的需要。人对自我人生的探索，对道德纯洁的追求及其在痛苦境地中寻求出路的需要，这些需要又常常无法在现世生活中获得满足，于是只能求助于神、虚幻的彼岸世界。对此，笔者在《论宗教意识产生于人的需要》一文中作了全面阐述，现只就陀思妥耶夫斯基宗教意识的产生作一具体探讨。

陀思妥耶夫斯基生活在一个具有浓厚宗教意识的家庭。特别是他的母亲，是个虔信基督的俄罗斯妇女，她给孩子们讲述《圣徒列传》的故事，而他们的识字课本便是《新旧全约104个故事》。福音书所宣扬的慈善、忍让、爱，在小费奥多尔幼小的心灵里就播下了种子。有人认为，《卡拉马佐夫兄弟》中阿辽沙小的时候，母亲在落日斜晖下为他祈祷的情景，就有着陀思妥耶夫斯基对自己童年回忆的影子。而全家人围在一起阅读卡拉姆津的《俄罗斯国家史》，培养了陀思妥耶夫斯基对大俄罗斯民族的坚定信念。

卡拉姆津是个具有保守倾向的历史学家，在他的著作中充满了对专制制度的歌功颂德，对贵族统治地位的维护，对正教教会至高无上权威的崇拜。[1]陀思妥耶夫斯基认为自己是"依靠卡拉姆津的作品成长起来的"[2]，并对《俄罗斯国家史》颇多赞美之辞，可见这本书对他的影响之深。从陀思妥耶夫斯基

1　孙成木等主编：《俄国通史简编》（下），人民出版社，1986年，第95页。
2　陀思妥耶夫斯基：《陀思妥耶夫斯基选集·书信选》，冯增义等译，人民文学出版社，1986年，第267页。

的晚期小说《群魔》中对其著作充满了对农奴制、专制制度的谴责和批判的历史学家格拉诺夫斯基的漫画式攻击中，不难看出陀思妥耶夫斯基的选择。而陀思妥耶夫斯基所生活的环境（一所贫民医院，所见所闻都是颠沛流离的贫民的痛苦呻吟），使他从小即目睹了下层人民的不幸和痛苦，培养了他深厚的人道主义感情。这种基督教、民族主义、人道主义的交融，为他后来的人道宗教和民族宗教打下了基础。当然，幼年所受的熏陶并不能决定一个人的一生。如果不是陀思妥耶夫斯基后来对现实人生及自身的认识及痛苦的生命历程使他产生对宗教深刻需要的话，他也就不会成为上帝的顺民了。正是一次次的打击和磨难，并由此体会认识到自身人格分裂、罪孽，俄国社会的混乱不堪、道德堕落，西方个人主义、金钱主义、利己主义的种种毒瘤，从而使他产生了用宗教来济世救人的愿望。从小在陀思妥耶夫斯基身上形成的认识结构及以后生活的沉浮使他感到对宗教的深刻需要，逐渐建构了他的宗教信仰体系。"总得相信什么！总得相信谁!"（《白痴》）"人是不可能不崇拜什么的；这样的人就会无法活下去，而且也不可能有这样的人。假如他不相信上帝，那就会崇拜偶像——木头的，或黄金的，或思想上的偶像。他们都是偶像崇拜者。"（《少年》）正是这种需要，成了陀思妥耶夫斯基宗教意识产生的内在动力。

（一）道德需要

基督教发展到十九世纪，逐渐由神学宗教向道德宗教演化。上帝已经死了，上帝造人永远成了一个神话，作为神的宗教越来越失去了它在人们心目中的地位，但基督教所蕴含的道德意义却仍旧是人们所需要的。在金钱万能的社会里，人与人的关系就是一种金钱关系。人情冷漠，道德堕落，这常促使人到传统的宗教伦理道德中去寻求温情，寻求约束自我及他人的道德规范，获得一些精神上的慰藉。基督成了道德的最高象征。现代许多科学家信奉宗教的原因也正在于此。爱因斯坦认为，宗教的目的就在于把人从各种欲望的奴役中解脱出来，在人身上培养出一种真善美的力量。出于一种道德需要而信仰宗教，这也恰恰是陀思妥耶夫斯基宗教意识产生的根本所在。

十九世纪的俄国，正是一个变革、转折、骚动不宁、新旧交替的时代。西方文明与俄罗斯传统文化发生撞击，古老的宗法式社会急剧崩溃，随着资本主义的渗透，金钱主义、个人主义、利己主义，也随之涌进了俄罗斯，给俄罗斯传统的宗法式伦理道德以毁灭性的打击。如果说相对于俄国专制制度下个人完全丧失其独立性、自主性，成为专制社会的附属物，个人主义毕竟是一种进步；而以金钱主宰一切取代等级主宰一切也具有历史性进步意义，而在陀思妥耶夫斯基却是忧心如焚，痛心疾首，慨叹人心不古、世风日下。在陀思妥耶夫斯基看来，这个世界是"沾染了邪念的天上神灵的炼狱"[1]，而俄国社会"骨子里就有毛病，存在着病态"[2]。因此陀思妥耶夫斯基要急急忙忙抬出作为俄罗斯传统文化最高体现的东正教，抬出具有纯洁、高尚道德美的俄罗斯基督，作为一种道德凝聚力，拯救俄罗斯大众回到古老、纯朴的东正教伦理道德中去，给因天主教的过错而失去基督走向堕落的西方带去新的光明。从而使人人都像基督一样具有道德的纯洁性，使世界变成安乐美好的天国乐园。

由此可见，陀思妥耶夫斯基对宗教的恭顺，实质上是出于一种道德的需要。"可想而知，有一种思想比一切灾难、荒歉、酷刑、瘟疫、麻风更厉害，比整个地狱之苦更厉害，而要是没有这种把大家拴在一起，给心灵引路，使生命的源泉永不枯竭的思想，人类是无法熬过来的！请给我们指出，在我们这个混沌和铁路的时代，有什么能和那种力量相比？……财富增加了，但是力量减弱了；把大家拴在一起的思想没有了；一切都变软了，一切都酥化了，人人都酥化了！"（《白痴》）在这个"人类变得过于喧闹、过于追求实利，缺乏精神上的安宁"的时代，正是需要宗教的道德力量"把大家拴在一起"。（《白痴》）米卡，在牢墙内也感到了对宗教的需要："要是没有上帝，人就成了地上的主宰、宇宙间的主宰。妙极了！但是如果没有上帝，他还能有善么？……因为那时候叫他——人——去爱谁呢？叫他去感谢谁？对谁唱赞美诗呢？"老卡拉马佐夫，这个放荡成性的淫鬼，唯一关心的只是阴间里有没有钩子，"假使没有钩子，那就一切都滚它的蛋吧!"可见，代表了"阴间的钩子"的道德惩罚是唯一能稍稍约束这个老淫鬼的力量。宗教对人起着道德的约束作用，陀思妥耶夫斯基看中的正是这一点。他在一封信中谈到："现在请你设想一下，世界上不存在上帝，灵魂也并非不朽……那么请问，我何必要好好生活、积德行善呢，既然我在世上要彻底死亡，既然不存在灵魂的不朽，那事情很简单，

---

1 陀思妥耶夫斯基：《陀思妥耶夫斯基选集·书信选》，冯增义等译，人民文学出版社，1986年，第3页。

2 陀思妥耶夫斯基：《陀思妥耶夫斯基选集·书信选》，冯增义等译，人民文学出版社，1986年，第389页。

无非就是苟延残喘，别的可以一概不管，哪怕什么洪水猛兽。如果是这样，那我（假如我只靠我的灵活与机智去逃避法网）为何不可以杀人。而且直接投靠别人来养活，只管填饱自己的肚皮呢？要知道我一死就万事皆休了！这样一来就会产生下列情况：唯独人类这个机体不受普遍规律的约束，它活着仅仅是为了拯救自己，而并非为了生存并养活自己。假如人与人彼此为敌，那还成什么社会呢？"[1]这段话正道出陀思妥耶夫斯基因道德需要乞灵于宗教的奥秘。如果没有上帝，则人尽可为所欲为，所以需要上帝来约束人，实现人的完美，社会的理想和谐。

如果说以上是陀思妥耶夫斯基出于认识上的原因（即认识到宗教能清除人身上的罪恶，以达到道德的完善，从而感到了对上帝的需要），那么，从陀思妥耶夫斯基的人格、气质的角度来说，出于道德的原因，他又有一种对宗教的内在需要。陀思妥耶夫斯基的神经质、好冲动、好走极端、人格分裂，使他常有一种深重的罪孽感。陀思妥耶夫斯基有过自我剖析："我太容易冲动，病态地敏感，可以曲解最一般的事物，赋予它们另一种外观和规模。"[2]"我的性格卑劣而十分狂热，我在任何场合和一切方面总是走极端，一辈子都漫无节制。"[3]确实，在俄罗斯作家中，我们也许再也找不到像陀思妥耶夫斯基这样内心翻滚着如此激烈骚动的作家了。他永远是激情的奴隶，连赌博都不过是一种对狂热的嗜好。他的心中永远翻腾着破坏性本能，这从他对读者的严酷、对他人的无端嫉妒、对自己的折磨中就可以看出。

但另一方面，陀思妥耶夫斯基又是个善良、正直、嫉恶如仇、对人怀着拳拳之心的赤子。评论家们往往过分强调了陀思妥耶夫斯基的神经质、狂热、犯罪冲动的一面，而忽略了另一方面。陀思妥耶夫斯基在给迈科夫的一封信中谈到自己："由于你十分了解我，你肯定对我有一个公正的评价，即我认为美好

1　陀思妥耶夫斯基：《陀思妥耶夫斯基选集·书信选》，冯增义等译，人民文学出版社，1986年，第356页。

2　陀思妥耶夫斯基：《陀思妥耶夫斯基选集·书信选》，冯增义等译，人民文学出版社，1986年，第82页。

2 陀思妥耶夫斯基：《陀思妥耶夫斯基选集·书信选》，冯增义等译，人民文学出版社，1986年，第174页。

3　陀思妥耶夫斯基：《陀思妥耶夫斯基选集·书信选》，冯增义等译，人民文学出版社，1986年，第76页。

的和正直的一切是我一贯的准绳，我不做违心事，而且我一旦为之献身，便会投下全部热情。"[1]确实，对陀思妥耶夫斯基，我们还需要理解，更深刻、更公正的理解。他永远怀着一颗诚挚的心，孜孜不倦地探索祖国的道路、人民的命运，他对下层人民的不幸和痛苦永远怀着深切的同情。即使在日常小事上，也经常表现出他的善良与无私。他在流放期间分明爱着伊萨耶娃，但当伊萨耶娃有段时间与一位小学教师接近，他又无私地写信请求别人给那个小学教师一个更好的职位，而他在与伊萨耶娃结婚后，他对伊萨耶娃与其前夫生的儿子竭尽了照顾之力，表现了拳拳爱子之心。他对死去的哥哥一家的无私照顾，对孤苦贫病的普通人的无限关怀，使人感动。这一点，深知他也深爱他的安娜应是最有发言权了。陀思妥耶夫斯基不断地遭受生活的打击，在他抱怨命运不公的同时，又从未丧失对生活的希望，放弃对他人、对世界的爱。他在安娜怀孕时无微不至地关心她，照顾她，甚至为了记住助产士的住所，不顾正患哮喘，天天要作一次远征经过那里。他对孩子深切的爱，使安娜感到他不仅是一个善良的丈夫，也是个慈祥的父亲。

总之，在陀思妥耶夫斯基神经质的外表下，包容的却是一颗对人、对世界的深挚爱心。我们忽视了陀思妥耶夫斯基人格的任何一个方面，都将无法理解他的宗教意识。正是由于他内心深处经常翻涌着本能的激情，犯罪的冲动，而同时他的善良、正直、对美好事物的追求，使他在道德纯洁感的支配下保持一种清醒的自我意识，强烈的自我批判精神，从而深切地感到自己性格的卑劣。正如托马斯·曼所说，伟大的道德说教者常常是伟大的罪人，而我们也可以补充说，真诚地进行道德说教的人往往会夸大自己的罪孽。正是这个被夸大了的深重罪孽感，使陀思妥耶夫斯基产生了道德的需要，产生了对信仰的强烈渴望。请看一段陀思妥耶夫斯基对一次赌博输光后的描述：

> 将近九点半钟，我发狂似地走了出来，非常痛苦，于是马上向牧师奔去……我在黑暗中，沿着陌生的街道向他奔去，一路上老是在想：他是上帝的牧师，我和他不是进行私人谈话，而是忏悔。……
>
> 我似乎在道德上获得了新生……在我心上了却了一件大事，折磨

1　陀思妥耶夫斯基：《陀思妥耶夫斯基选集·书信选》，冯增义等译，人民文学出版社，1986年，第275页。

我达十年之久的、可悲的幻想消失了。[1]

正是这种道德上的忏悔，使陀思妥耶夫斯基感到了对上帝须臾不可或离的需要。在这里，宗教代表了一种超我的道德理想、道德约束。弗洛伊德认为，陀思妥耶夫斯基的自我惩罚是出于弑父意识而产生的悔罪感，未免片面化了。陀斯妥耶夫斯基的自我惩罚应该说是出于认识到自己性格的卑劣而产生一种道德需要，这种道德需要恰恰导致了他对上帝的需要。

"自然上帝只是一种假设，……但是……我承认他是需要的，为了秩序……为了世界的秩序，等等。……如果上帝不存在，也应该把它造出来。"《卡拉马佐夫兄弟》中的小柯里亚的一番貌似幼稚的话语，却道出了陀思妥耶夫斯基宗教信仰的实质。为了世界的秩序，为了自身道德的完美，需要一个上帝。无独有偶，果戈理狂热地宣扬对天上神灵的爱，又无可奈何地感到："我心中根本没有信仰……我只是想要信仰。"[2]也就是说，他只是要通过宗教实现人的理想化，人与人之间的道德和谐、完美。而托尔斯泰，也正是在不断自我拷问和自我忏悔中，产生对于信仰的渴望，创立了一门道德宗教。道德完善的需要，恐怕是俄罗斯文学具有浓厚宗教意识的一个重要原因。

（二）情感需要

陀思妥耶夫斯基宗教意识产生的另一个重要原因即是出于情感的需要。对于上帝的存在，奥古斯丁的"先验证明"和托马斯"从经验出发"的证明在近代都已显出虚妄。宗教在理性面前一步步退缩，但它并没有因此丧失在人心灵中的阵地。这里当然有如前所述的道德因素，但更重要的恐怕是人在情感上对上帝的依赖。如果说托尔斯泰的道德宗教带有较多的认识、理性化色彩，那么陀思妥耶夫斯基的宗教信仰却往往伴随着更为强烈的情感体验。对于激情洋溢而又历尽磨难的陀思妥耶夫斯基来说，宗教成了他情感寄托的重要途径。在狂热的激情中体验到一种宗教的温暖，从而不自觉地产生对宗教的强烈的渴望。从宗教快感的角度揭示宗教意识的产生，可以说是一个新的课题。就基督教来说，它以其超验神秘的神、虚幻缥缈的彼岸世界，使人超出于现世苦难而获得一种解脱感，使孤独无助的个人在对神的依赖中获得一种安稳感、愉悦感；同

1　陀思妥耶夫斯基：《陀思妥耶夫斯基选集•书信选》，冯增义等译，人民文学出版社，1986年，第275页。

2　伊•佐洛图斯基：《果戈理传》，刘伦振等译，天津人民出版社，1982年，第567页。

时，又以生即罪、罪即须受惩罚的启示使人甘于忍受现世痛苦，获得一种受虐性的满足。也正是这种宗教快感，使陀思妥耶夫斯基在自虐与解脱双重矛盾的交融中对绝对美好的人物——基督唱出了一支支感恩的颂歌，产生了一种发自内心的依恋。这种宗教快感具体表现在：

1. 出于负罪意识而产生自我惩罚的需要，在对上帝的忏悔中获得一种受虐快感。

前面我们从道德的角度分析了陀思妥耶夫斯基的负罪感及自我惩罚，而这自我惩罚恐怕还有着情感上的原因。基督教所宣扬的原罪与救赎，都是基于人对自己的屈辱，人无限地贬低自己，感到自己的无能与无权，而后产生对上帝的服从，祈求上帝的宽恕与惠赐。归根结底，这是人一种受虐欲望的变相表现。人感到自己有罪，于是祈求神赦罪；人感到孤独、缺乏安全感，于是在对神的依赖中获得一种假想的满足。

陀思妥耶夫斯基也从来没有摆脱过自身的罪孽感。罗加乞夫斯基认为："癫痫病患者呈现达到精神病者的症状渐多忧郁而少有新鲜活泼之气。他们往往敌视周围的事物，发生残酷行为，变为怀疑者。他们产生与自己性格矛盾的宗教倾向，纯于道德观念。病者常毫无缘故地突然变成怯弱者，对一切特别小心周到，极端顺从，每呈现剧烈的绝望失意之态。"[1]与陀思妥耶夫斯基有过密切交往的斯特拉霍夫记叙过陀思妥耶夫斯基癫痫病发作之后的情状："他的精神状态十分沉重；他吃力地克制着自己的忧郁和敏感。据他说，这种忧郁的特征让他觉得自己是个罪犯，他感到一种无知的负罪感，犯下一件大暴行的感觉压抑着他。"[2]这是一种犯罪夸大妄想，也可以说，陀思妥耶夫斯基比常人更清醒地意识到自己的犯罪欲念，从而产生严厉的自虐倾向，在忏悔中乞求上帝惩罚自己的罪孽。而对于有着折磨自己天性的陀思妥耶夫斯基来说，这恰恰是一种享乐，从中获得了某种快感。

弗洛姆认为现代许多人"并不相信神"，他们信奉宗教是为了消除"孤立的个人本身，成为外在强权的手中工具。藉着这种办法，来寻求肯定"[3]。陀

1　罗加乞夫斯基：《杜思退益夫斯基论》，建南译，《小说月报》，1931年，第22卷，第4号。

2　布尔索夫：《陀思妥耶夫斯基的个性》，苏联作家出版社，1974年，第56页。

3　弗洛姆：《逃避自由》，上海文学杂志社，1986年沪内版，第44页。

思妥耶夫斯基也正是这样，通过自觉地忍受苦难，屈从于上帝，以获得痛苦的满足与自我的肯定。写到这里，我们似乎可以揭开陀思妥耶夫斯基"苦难的理想化"的奥秘了。一般都着重从人格心理的角度揭示其原因。其实，这种对"苦难的理想化"，恰恰是植根于他的宗教意识，因为宗教所宣扬的正是人须自愿地忍受现实的苦难而后方得拯救。而反过来，他在上帝的惩罚中又获得了一种受虐快感，从而对上帝产生了一种由衷的依恋。

通常我们把苦役十年看作是陀思妥耶夫斯基思想转变的时期。确实，经过监狱、假死刑、苦役及军营生活的磨炼，青少年时代的狂暴激情，不安的躁动渐趋于净化。"真想一下子把整个世界碾成齑粉"[1]的愤激开始变为对天上和人间神灵的絮絮低语，一时的改革社会的空想也为基督的永恒理想所取代。一句话，苦役十年，是他的宗教意识（他的接近人民、了解人民更坚定了他对基督的信念）彻底形成的一个重要时期。他感到，"监狱生活改掉了同时也培植了我身上的许多东西"。[2]陀思妥耶夫斯基曾参加彼得拉舍夫斯基小组，但当他被监禁，并在就要死去的一刹那蒙受了沙皇的"无边洪恩"，他深深地悔罪了，把惩罚看作是他罪有应得。在流放生涯中，他不断反省自己，对自己作严格的自我批判。"我在精神上处于孤寂状态之中，重新审核过去的全部生活，对一切作了细微之至的分析，对过去的生活加以沉思，严格而毫不容情地批判自己，甚至有时还感谢命运给我带来这与世隔绝的机会，否则就不会有对自己的批判，对昔日生活的严格的审核"（《死屋手记》）。正是这种"严格审核"，使他产生了对于"复活"，对于重新做人，对于新生活的热切渴望。

从小就浸染了浓厚的宗教气息，而在青年时代想把世界碾成齑粉的同时又无可奈何地叹息"要忍耐就忍耐吧"，在渴望自由地飞翔哪怕做一个疯子的同时又赞美"与现实妥协时刻"的陀思妥耶夫斯基，在监狱里，一遍遍读着《圣经》，一次次听着耶稣的呼唤："天国近了，你们应当悔改"，[3]自然而然地，陀思妥耶夫斯基感到自己有罪，感到惩罚的必要。正是在这样的时刻，他感到了对宗教的深刻需要。正如他自己所说："在这样的时刻，谁都会像'一

1　陀思妥耶夫斯基：《陀思妥耶夫斯基选集·书信选》，冯增义等译，人民文学出版社，1986年，第55页。
2　陀思妥耶夫斯基：《陀思妥耶夫斯基选集·书信选》，冯增义等译，人民文学出版社，1986年，第82页。
3　《新约·马太福音》第4章第17节。

株枯萎的小草'一样渴求信仰，而且会获得信仰，主要是因为在不幸中能悟出真理。"[1]

"苦难"与"苦难的理想化"，这其中似乎并没有必然的联系。同样的假死刑，同时的监狱、流放，而车尔尼雪夫斯基却更坚定了自己的革命民主主义的信仰，加深了对沙皇专制制度的痛恨。而陀思妥耶夫斯基却视苦役为天赐，从对上帝的依恋中获得一种极大的享受，对苦难的嗜好，正是他皈依代表超我惩罚机制的上帝的重要原因。正如耶稣所宣讲的："若有人要跟从我，就当舍己，背起他的十字架，来跟从我。"[2]陀思妥耶夫斯基正是在这种自我舍弃、自我批判中，获得了一种释放罪孽感之后的快感。难怪在谈《约伯记》时，对于约伯因上帝与撒旦打赌而经受了家毁人亡、各种疾病的考验，最终得到上帝更大的赏赐，陀思妥耶夫斯基为此流下了热泪，感到一种"病态的愉悦"[3]。对于有着受虐天怂的陀思妥耶夫斯基来说，正是这"病态的愉悦"，使他陷入宗教的狂热中而不能自拔。

2. 宗教快感还表现为出于逃避现世的苦难而到宗教的虚幻境界中寻求慰藉的解脱感。

陀思妥耶夫斯基的一生是痛苦的一生、屈辱的一生、受尽折磨的一生。苦役、疾病、贫穷、债务、早年丧父母、中年丧儿女……可以说，生活中没有哪一种苦难没有光顾过他，而幸福，却对他显得过于吝啬。当他向安娜表白爱情时，曾借他构思中的一部作品的主人公谈到自己："主人公是个未老先衰的人，患有不治之症（一只手瘫痪），忧郁、多疑……也许，他具有超人的才华，却始终是个失败者，一生中从未有过施展自己才华和抱负的机会，他为此苦闷，被不公正的命运无情折磨。"[4]正是生活的无尽痛苦，在现实中又无由解脱，而只能逃到宗教的虚幻境界，在上帝所许给的一张虚假的天国门票中得到一丝慰藉。"人毫无作为，却发明了一个上帝，为的是活下去，不自

1　陀思妥耶夫斯基：《陀思妥耶夫斯基选集•书信选》，冯增义等译，人民文学出版社，1986年，第64页。

2　《新约•马太福音》第16章第24节。

3　陀思妥耶夫斯基：《陀思妥耶夫斯基选集•书信选》，冯增义等译，人民文学出版社，1986年，第319页。

4　安娜•陀思妥耶夫斯卡娅：《回忆陀思妥耶夫斯基》，路远译，陕西人民出版社，1984年，第31页。

第二章　陀思妥耶夫斯基与宗教

57

杀，这是迄今为止的全部世界史。"（《群魔》）因为上帝向人们许诺了："等你们暂受苦难之后，必要亲自成全你们，坚固你们，赐力量给你们"[1]。所以，"在我们这个罪恶的时代……对至高无上的神的信仰，是人类在遇到人生的一切不幸和磨难，以及在希望获得上帝许给德性端正的人永恒幸福的唯一避难所。"（《群魔》）"对于俄罗斯普通人的温驯的灵魂，对于被劳累和忧愁所折磨，特别是被永远的不公平和永远的罪孽（自身的和世上的）所折磨的人，见到圣物和圣者，跪在他的面前膜拜，是一种无比强烈的需要和巨大的安慰。"（《卡拉马佐夫兄弟》）宗教，正是以它的慰解作用，使陀思妥耶夫斯基对它感到了"无比强烈的需要"。梅列日科夫斯基曾在《托尔斯泰与陀思妥耶夫斯基》一书中根据斯特拉霍夫的转述引述了陀思妥耶夫斯基本人谈他癫痫病发作前仿佛与上帝的最高存在融为一体的感觉：

> 在某些瞬间，我感受到一种在平常状态中不可能有的，而且别人一无所知的幸福。我感到自己和整个世界都十分和谐，这种感觉是那样地强烈和甜蜜，为了获得这几分钟的无比幸福，我可以献出十年的生命，甚至是整个生命。[2]

这种体验在《白痴》中还有过更为生动的描述。陀思妥耶夫斯基在这一刻神游天下，一享天堂的快乐。而宗教，也如癫痫病发作前的幻影，使他的精神一下子超越尘世的苦难，刹那间获得解脱。宗教成了他逃避现世痛苦的理想方式。他与安娜所生的大女儿索菲亚和小儿子列沙都先后早夭。特别是列沙死于癫痫，这使他痛苦不堪，开始抱怨那纠缠了他一辈子的不公命运。安娜劝他去修道院拜见著名长老索罗维耶夫。他在领受了索罗维耶夫的慰解后，摆脱了忧郁，心情大为好转。索罗维耶夫的劝告，后来被陀思妥耶夫斯基写进了《卡拉马佐夫兄弟》佐西马长老对那位绝望的母亲劝慰：

> "女人，你应该快乐，不必哭泣。你的儿子现在也成了上帝的天使中的一个了。"这就是古时候圣徒对一个哭泣的女人所说的话。
> ……所以你要知道，你的孩子现在也一定站在上帝的宝座面前，快乐、欢喜、为你祈祷。

1　《新约·彼得前书》第5章第10节。

2　布尔索夫：《陀思妥耶夫斯基的个性》，苏联作家出版社，1974年，第55页。

所以你也一样不必哭泣，应该欢喜。

正是这类似的一席话，使陀思妥耶夫斯基摆脱了失子之痛，而他对于拉斐尔《西斯廷圣母》的偏爱，也正是因为圣母的贞洁、神圣使他能"感受某种欣悦，体验某种崇高的感情境界"，从而超脱了尘世烦忧。

宗教作为人感情的寄托，使我们想到陀思妥耶夫斯基的艺术创作及对赌博的狂热。他曾谈到："人是可能永远具有双重人格的，不过这样一来他当然会感到痛苦。如果没有希望找到出路，找到一种能够使大家重归于好的完善出路，那就应当尽量不伤害一切。在另一种新的活动中为自己寻找一种以提供精神食粮、解除精神饥渴的出路。"[1]这种出路在他看来正是艺术创作。"只有一个逃难所，一付药方，那就是艺术和创作。"[2]在理想与现实的矛盾、人格分裂的冲突中，艺术把人提升到美的境界，获得自由与超越。而同时，艺术创作也是一种生命激情的宣泄渠道。生活中强烈的痛苦，不安分的灵魂颤栗，生命本能的狂热冲动，都通过艺术得到净化。

赌博，同样是一种激情的满足、情感的寄托。陀思妥耶夫斯基不止一次谈到过。他去赌博并不仅为了金钱，重要的还在于那迷人的赌博本身。这是能够"吞没人整个身心的一种激情，是某种自发的力量。无论怎样坚强的意志力也不可能战胜它，对它只能服从。看待赌博的狂热犹如看待一种无法医治的疾病"[3]。根据安娜回忆，在作家心情郁闷的时候，她有时索性让他去赌博以重新体验那种狂热的激情、冲动，从而可以从根本上改变他的心境，使他的创作又快又好。

宗教、艺术、癫痫、赌博，在情绪体验上都有其相通之处。艺术使陀思妥耶夫斯基实现了自我的自由与超越；癫痫、赌博却是一种病态；而皈依宗教，在对苦难的嗜好和希望从中解脱的双重矛盾中，体验到一种宗教快感，从心灵深处生出对宗教的真诚渴望。

陀思妥耶夫斯基在现实中面临着各种冲突、矛盾。他无论出于道德需要还

1　陀思妥耶夫斯基：《陀思妥耶夫斯基选集·书信选》，冯增义等译，人民文学出版社，1986年，第442页。
2　陀思妥耶夫斯基：《陀思妥耶夫斯基选集·书信选》，冯增义等译，人民文学出版社，1986年，第422页。
3　安娜·陀思妥耶夫斯卡娅：《回忆陀思妥耶夫斯基》，路远译，陕西人民出版社，1984年，第56页。

是情感需要的皈依，其最终目的都是为了通过完美的基督来消除自身的人格分裂，实现自我完善与超越。詹姆士认为，皈依过程是信仰在理想观念的支配下自我改造、自我统一的过程。而陀思妥耶夫斯基正是要通过宗教来消除自身的罪孽感，抑制身心的激情骚动，实现心理平衡、人格统一。如果说陀思妥耶夫斯基并不相信上帝的存在，但他又深切了解无信仰的痛苦，所以要竭力劝告别人也使自己相信宗教是唯一的出路。他对上帝的怀疑越大，对信仰的渴望便愈强烈。就陀思妥耶夫斯基的本性而言，他不可能是一个虔诚的基督教徒，但就他的生活来说，他又比谁都强烈感到对宗教的需要。正因为如此，本文第一部分所阐述的陀思妥耶夫斯基宗教意识的变异、信仰的矛盾，似乎都得到了合理的解释。

三、宗教影响：小说与《圣经》原型

陀思妥耶夫斯基构建了一个复杂、深邃而独特的艺术世界。当我们探索这个世界的奥秘，常有一种在奇妙、深不见底的黑洞中摸索前行的迷茫感、艰难感。事实上，许多学者都作过有益的探索，并大多注意到了其中所散发的浓烈的宗教气息。但毋庸讳言，就宗教意识对陀思妥耶夫斯基创作的深刻影响的研究是极为有限的，从而也就影响了对其艺术世界更深入的开掘、把握。陀思妥耶夫斯基的人道宗教与民族宗教，不仅左右了他的世界观、历史观、伦理价值观，也深刻地影响了他的艺术思维方式，作品的思想、艺术结构、人物塑造乃至语言、细节描写。这种影响，有时可能是自觉的，有时却是不自觉的，是附着于大脑深层结构中的宗教原型（有时具体表现为圣经原型）在自发情结支配下在作品中的再现，可能连陀思妥耶夫斯基自己也没能意识到。从宗教的角度来透视其艺术世界，将使我们的认识产生一个新的飞跃。

（一）魔幻世界与启示世界

果戈理在《死魂灵》第一部中构建了一个人间地狱。同样，陀思妥耶夫斯基直面人生，深入到社会及人的灵魂深处，挖掘出其中的罪与恶，创造了一个地狱般的魔幻世界。虚幻迷离的彼得堡，资本主义日益冲击下变幻无穷的现实社会，难以理喻的现实人生，人的内心世界的全部邪恶……这一切，构成了这个真实和虚幻相交织的魔幻世界。

这是可怕的十一月之夜，潮湿，有雾，有雨，又有雪，孕育着牙龈炎、鼻炎、间歇热、咽喉炎和各式各样的热病，一言以蔽之，彼得堡十一月的各种赏赐。（《孪生兄弟》）

街上静悄悄的，纷乱地飘着雪花，雪花几乎是垂直地落下来的，给人行道和冷落的街道都铺上了厚厚的垫子。行人一个也没有，也听不到人声。街灯凄凉地和毫无用处地闪烁。（《地下室手记》）

这便是典型的陀思妥耶夫斯基式的背景。潮雪、迷雾、阴雨，而晴天，街道上便充满了尘灰、恶臭、各种怪味。人们的住处往往是"地下室""死屋""橱柜"样的斗室（《罪与罚》），"畜栏"（《卡拉马佐夫兄弟》）。陀思妥耶夫斯基很少直接描述它们，唯其如此更具有巨大的概括力和象征意义。它们与前面的自然背景有一个共同特点，就是"暗"，灰暗、阴暗、黑暗……这与那些恶魔般的主人公的活动紧紧交融在一起，无时不散发着神秘气息，使人窒息的威力，它们组成一个巨大的象征体，构成了陀思妥耶夫斯基艺术世界中的"地狱"。在这个"地狱"中滋生出各种"不义、邪恶、贪婪、恶毒、嫉妒、凶恶、竞争、诡诈、毒恨"[1]。阴暗潮湿的"地下室"，使"地下人"变得像"苍蝇""虫豸"，成为邪恶的意识的奴隶。也正是在"橱柜"一样的斗室，形成了拉斯柯尔尼科夫的超人理论，并使其梦想成为直接的现实。如果说，陀思妥耶夫斯基在《群魔》中把虚无主义者、无神论者比作"群猪"，那么，《卡拉马佐夫兄弟》中那个小城"畜栏"，即"群猪"们，也是卡拉马佐夫们的世界了。正是在这样的"畜栏"里，发生着疯狂、渎神、淫欲、弑父……耶稣说："凡看见妇女就动淫念的，这人心里已经与她犯奸淫了。"[2]而伊凡、德米特里，动了杀父的念头，自然无可争议地成了杀父者，受到报应。

陀思妥耶夫斯基所描写的这个充满罪恶的世界，恰恰就是基督教中"地狱"形象的再现。《启示录》中，上帝以瘟疫惩罚有罪的人类。而在风雪迷茫的彼得堡、各类阴暗的"地下室"，恰恰就是滋生各种蜘蛛、老鼠，酿成各类瘟疫的场所。斯维德里加依洛夫在梦幻的昏呓中，"他把被子抖了一下，一只老鼠突然跳到床单上，他扑过去捉老鼠；老鼠没有跳下床来逃走，却东钻西

1　《新约·罗马书》第1章第29节。
2　《新约·马太福音》第5章第28节。

窜，一会儿在他的指头下面溜走了，一会儿又在他手上跑过，突然又钻进枕头下面去了，他扔掉枕头，但一刹那间他觉出，有个什么东西跳进了他的怀里，在衬衫里面在他身上乱爬，爬到背上去了"。而整个彼得堡"河水暴涨……到早晨就会淹没低洼的地方，泛滥到街上，淹没地下室和地窖，地下室里的老鼠都会泅出来，人们会在凄风苦雨中咒骂……"（《罪与罚》）就是这些代表阴暗、邪恶的老鼠，直接产生了"鼠疫"。拉斯柯尔尼科夫在服苦役时，有一次"在梦中梦见，仿佛全世界遭了一场可怕的、闻所未闻、见所未见的鼠疫，这是从亚洲内地蔓延到欧洲大陆的。所有人大概都要死亡。只有几个、很少几个特殊人物才能幸免。发生了一种侵入人体的新的微生物——旋毛虫。但是这些微生物是天生有智慧和意志的精灵。身体上有了这种微生物的人马上就魂不附体、疯疯癫癫的……成批的村庄、成批的城市都传染了、发疯了。大家都惶恐不安，互不了解，……人们怀着一种无法理解的仇恨，互相残杀，……发生了火灾和饥荒，所有人和一切东西都没了。瘟疫流行起来，蔓延越来越广"。这正是世界末日，"瘟疫"正是上帝的最后审判，"照各人的行为报应各人"[1]。

陀思妥耶夫斯基画出了一幅俄罗斯的"地狱"全景图，但他从未放弃过对于人和世界的希望。他的人道宗教和民族宗教，其目的即在于拯救人和世界。因而他仿佛是一个真诚而热情的幻想家，在自己的艺术作品中又构筑了一个美好的上帝启示世界、一个"天堂"。正如末日审判之后，出现了"一个新天新地……不再有死亡，也不再有悲哀，哭号，疼痛，因为以前的事都过去了"[2]。同样，基督的理想也将使"地狱"变成一片光明、澄彻的世界。与基督教的地狱与天堂相对应，陀思妥耶夫斯基的魔幻世界和启示世界乃是"地下"和"地上"的对应。"地下室"、"死屋"、"橱柜"、"畜栏"以其阴暗的特征，都具有"地下"的意义。而陀思妥耶夫斯基的启示世界并不在高高的天国，而就在"地上"，就植根于俄罗斯大地，它以光明、澄彻为其特征。于是，"光"和"水"，成了陀思妥耶夫斯基"地上"启示世界的基本意象。

1. 光的意象

威尔赖特在《原型性的象征》一文中认为光有三种含义：光所产生的可

1　《新约•罗马书》第2章第6节。

2　《新约•启示录》第21章第1节。

见性使它变成心灵在最清晰状态时的一种标记；光给人热情激昂的感觉；光的传导使人想到人类心灵用它的光和热——智慧和热情去点燃别的心灵。[1]光的一、三种意义，在《圣经》中各有体现。耶稣说："我是世界的光。跟从我的，就不在黑暗里走，必要得着生命的光。"[2]耶稣又叮嘱保罗："我差你到他们那里去，要叫他们的眼睛得开，从黑暗中归向光明，从撒旦权下归向神"[3]。《圣经》的这种光的意象，常常作为原型出现在陀思妥耶夫斯基的作品中。与魔幻世界的阴暗色调相反，光构成了启示世界的明朗色调。《荒唐人的梦》描绘了一个黄金国度，"我"落到另一个地球上，原来是个"晴朗的日子，阳光普照，像天堂一样迷人。……最后，我终于发现和看清了这块乐土的人们……这是太阳的孩子们，他们的那个太阳的儿女"。阳光，成了明朗、美好的象征，与彼得堡常有的雨、雪、雾形成鲜明对照。只有在这里，在阳光照耀的地方，才是"没有被人类玷污的一片干净土，住在这里的全是清白无罪的人"。因此，从黑暗到光明，便成了从魔幻世界到启示世界，人从罪恶中解脱走向理想境界的飞升。基督在沉沉黑夜中发出光辉，甚至能使临死的人畅然开朗、内心澄明。《白痴》描写过一个死囚在行刑的路上，"不远处有座教堂，它那金色的圆顶在灿烂的阳光下熠熠闪亮，他记得当时十分固执地望着这教堂的屋顶以及上面反射出来的光辉；他无法移开视线不去看那光华，他觉得这光芒是他新的血肉，三分钟以后他就将通过某种方式与之化为一体……"光，成了光明、美好、彻悟的代名词，它引导人走向理想之境。

2. 水的意象

水，无色、透明、纯净，使之成为纯洁和新生命的象征。水的这种象征意义，典型地体现在基督教的洗礼仪式中：水一方面洗去原罪的污浊，一方面又使人得到复活、精神上的新生。耶稣对井边汲水的撒玛利亚妇人说："凡喝这水的，还要再渴。人若喝我所赐的水就永远不渴。我所赐的水，要在他里头成为泉源，直涌到永生。"[4]正是这"活水"，不仅成了民族产生的原动力，也成了个人向理想的启示世界飞升的契机。《罪与罚》中，当苦役犯们承受着苦

1　《神话——原型批评》，叶舒宪选编，陕西师范大学出版社，1987年，第223页。

2　《新约·约翰福音》第8章第12节。

3　《新约·使徒行传》第26章 第18节。

4　《新约·约翰福音》第4章第13节。

役的重荷，梦中一股"冷泉"，却给了他们极大的震动，唤醒了他们沉睡已久的良知。而拉斯柯尔尼科夫在苦役劳动中，"眺望那条宽阔、荒凉的河流。从高高的岸上望去，周围一大片土地尽收眼底。一阵歌声远远从对岸飘来，隐约可闻。那儿在一片沐浴在阳光里一望无际的草原上，牧民的帐篷像一个个隐约可见的黑点。那里是自由的，居住着另一种人，他们同这里的人全不一样，在那儿时间仿佛停滞不前，仿佛亚伯拉罕的时代和他的畜群还没有过去"。

河流、阳光、牧群（耶稣就自称牧人）、停滞的时间（《圣经》中说，在启示世界里，不再有时日了），这一切，无不是《圣经》的原型性象征。拉斯柯尔尼科夫正是在这种凝望中，也从索尼雅的无限深挚的爱里，获得了无穷尽的生命源泉。而在《白痴》中，对瑞士一处山村（基督公爵梅诗金即从那里"下凡"来到俄罗斯那个罪恶的世界）的描写，着墨不多，却独独抓住了水的一个意象："一处瀑布……色白如练，水声喧嚷，飞沫四溅。""冷泉"、"河流"、"瀑布"等在陀思妥耶夫斯基作品中反复出现，使我们想到《圣经•启示录》里对天堂的描写："天使又指示我在城内街道当中一道生命水的河，明亮如水晶，从神和羔羊的宝座流出来。在河这边与那边有生命树，结十二样果子，每月都结果子。树上的叶子乃为医治万民"[1]。对于熟读《圣经》，一辈子以《圣经》排忧解难的陀思妥耶夫斯基来说，这恐怕就不是偶然的巧合了。事实上，陀思妥耶夫斯基以"光"和"水"作为自己的理想社会的象征性意象，正是来源于基督教对天堂世界的描绘。因此，可以说，陀思妥耶夫斯基艺术作品中魔幻世界与启示世界的对应，正是基督教所宣扬的"地狱"与"天堂"对应的艺术化。而从魔幻世界向启示世界的提升，成了陀思妥耶夫斯基小说的一个母题。

（二）炼狱——上帝与魔鬼的交战

陀思妥耶夫斯基的民族宗教着力于拯救整个世界，而其人道宗教主要在于对人的灵魂的拯救。陀思妥耶夫斯基笔下的人物，大多具有双重人格，既是情欲和罪恶欲的奴隶，又不乏善良的天性，正如《卡拉马佐夫兄弟》中所说的："魔鬼和上帝在进行斗争，而斗争的战场就是人心。"通常我们在揭示双重人格者出现的原因时，多从陀思妥耶夫斯基对现实中人物的复杂性、矛盾性的认识及作家自身的人格分裂方面寻找其原因，而忽视了宗教对他的影响。在基督

1　《新约•启示录》第22章第1节。

教的"人论"中，一方面认为人心中即有一个"地狱"，产生出各种邪恶、不义，一方面又有着善的无限可能性，"因为神的国就在你们心里"[1]。人的肉体和精神永远是分裂的，"内心顺服神的律，肉体却顺服罪的律了"[2]。因为，在人身上，永远是在"情欲和圣灵相争"[3]。正是基督教对人的这种双重化理解，影响了陀思妥耶夫斯基在自己作品中对人物双重人格的深刻揭示。

双重人格者常常成了陀思妥耶夫斯基作品的结构主线，"上帝"与"魔鬼"进行交战，经过一番炼狱之火的烧炼，最终走向天国之路。这在《罪与罚》、《卡拉马佐夫兄弟》中有典型表现。而其他作品也往往是在"炼狱"般的情景中试验人发展的多种可能，或毁灭或新生……所以，人心中的"魔鬼"与"上帝"——"善"与"恶"便成了陀思妥耶夫斯基作品的一重基本对应。而另外一些人物，往往是双重人格者某一重人格的外化，从而组成了独特的"分身人群组"。

《罪与罚》中拉斯柯尔尼科夫一方面善良，富于同情心，对命运比他更悲惨的往往不惜拿出最后一个戈比；另一方面，他又信奉某种超人理论，是杀人者，犯了首恶（耶稣登山训众的首诫即不可杀人，连动怒也不可）。而索尼雅、斯维德里加依洛夫，便分别成了拉斯柯尔尼科夫"善"与"恶"两重人格的外化。纯洁、善良、天使般的索尼雅代表了拉斯柯尔尼科夫的"善"，而贪婪成性、干尽坏事的斯维德里加依洛夫，他认为拉斯柯尔尼科夫和他是"一丘之貉"，他说："我总觉得，你有跟我相似的地方。"这"相似的地方"，正是在于拉斯柯尔尼科夫的另一重人格。《罪与罚》的情节结构便是拉斯柯尔尼科夫逐渐远离斯维德里加依洛夫（这体现在拉斯柯尔尼科夫对斯维德里加依洛夫的接近老是采取拒斥态度），归向索尼雅的过程。

《少年》中的少年多尔戈鲁基严格地说还不能列入双重人格者的大家族，这是一个尚未确立生活道路并为此苦恼，试图找到生活的目标的形象，因而他的发展在众多情景"试验"下有多种可能性。他的人格已出现分裂，既崇拜法国银行界巨子罗特希尔德（代表了西方金钱诱惑），希望像他一样有钱，出人头地，做一个"超人"；同时又非常幼稚、单纯、善良，严守俄罗斯的道德规

1　《新约·路加福音》第17章第21节。

2　《新约·罗马书》第7章第25节。

3　《新约·加拉太书》第5章第17节。

范，认识到"超人"必然与犯罪联系在一起。他的发展一方面可能是毫无宗教信仰的维尔西洛夫，也可能是虔信宗教、云游四方的马卡尔·多尔戈鲁基。事实上，这两人都在不断地对他施加影响。这是稍异于《罪与罚》的另一种"人物三角式组合"。

《卡拉马佐夫兄弟》的情节更复杂一些。卡拉马佐夫四兄弟德米特里、伊凡、阿辽沙及私生子斯麦尔佳科夫。德米特里放纵邪恶的情欲，又不乏天良的发现，代表了"地道的俄罗斯"，是一个"善与恶的奇妙的交织体"。德米特里是个行动上的矛盾者，而伊凡则是个思想上的矛盾者，代表了"欧化"倾向，追求真理又不信上帝的真理。这两个双重人格的两端便是代表了"人民的理想"、纯洁、善良又承继了某些卡拉马佐夫气质的阿辽沙及毫无良知的恶徒斯麦尔佳科夫——伊凡和德米特里杀父意识的直接行动体现者。再往上溯，便是佐西马长老与老卡拉马佐夫。一个是圣徒、道德理想的化身，一个是恶魔、情欲罪恶欲的奴隶。这两个人分别代表了卡拉马佐夫兄弟们性格走向的两极，从而形成了人物的多重对位式组合。

"分身人群组"使我们想到基督教的"双重血统"原型。"太初有道……道成肉身"[1]，道即圣灵、精神，是无限的，而肉身却是物质，是可触摸的、有限的。灵与肉的统一，便是耶稣乃上帝的圣灵借马利亚的肉身而生，这注定了耶稣的双重血统，名义上的父亲是约瑟，实际上的父亲却是上帝。它体现在陀思妥耶夫斯基创作中，便成了"双重血统"母题。拉斯柯尔尼科夫的生身母亲是普里赫里雅·亚历山大罗夫娜，而他的精神母亲却是索尼雅。正是索尼雅给了他第二次生命，难怪在西伯利亚流放地，犯人们都喜欢索尼雅，叫她："妈妈，你是我们的母亲，温柔可爱的母亲！"索尼雅成了所有苦役犯的母亲，促使他们走向新生之路（仿佛梦中的那股"冷泉"）的母亲。《少年》中的阿尔卡其·多尔戈鲁基，他的实际父亲是维尔西洛夫，名义上的父亲是马卡尔·多尔戈鲁基。马卡尔教导"少年"信上帝、爱人、行善，使"少年"感到在马卡尔那里"可以回避一切魔力，在那里我有最后得救的希望"。名义上的父亲成了实际上的精神之父。《卡拉马佐夫兄弟》同样如此。老卡拉马佐夫放纵情欲的结果便是四个儿子，但他从未想过尽父亲的责任。儿子不过是情欲满足后的附属品，这与圣母马利亚以处子之身而孕形成鲜明的对照。也正因为如

1　《新约·约翰福音》第1章第1节。

此，陀思妥耶夫斯基要急着给那些儿子们寻找一个精神上的父亲。老卡拉马佐夫把"卡拉马佐夫气质"，那种"原始的、疯狂的、粗野的"力量传给了儿子们。而精神上的父亲佐西马却使阿辽沙走向爱的光明的世界，使德米特里最终也走上忏悔之路。

灵魂中"上帝"与"魔鬼"进行激烈的交战，在精神父（母）亲的影响下，经过炼狱——苦难的洗礼。罪人们复活了，拉斯柯尔尼科夫彻底认清了自身的罪孽，自首、服苦役，开始新生活。《罪与罚》结尾，"一个新的故事，一个人逐渐再生的故事，一个他逐渐洗心革面、逐渐由一个世界进入另一个世界的故事，一个熟悉的、直到如今还没有人知道的现实故事正在开始。这个故事可作为一部新的小说题材……"确实，这故事几乎成了陀思妥耶夫斯基以后几乎所有小说的题材。不思悔改的恶魔们在罪恶中毁灭了，存悔改之心的人获得了新生。德米特里在牢房里体验到的"一个新人在我身上复活了"，成了陀思妥耶夫斯基作品中许多人物心态的写照。他们唱着赞美上帝的诗篇，走向新的世界。

陀思妥耶夫斯基作品中的复活主题可以说直接来源于他的基督教意识。基督教《圣经》中的"复活"有两层含义：一是耶稣基督被钉十字架后的复活，一是世上的罪人得基督拯救的复活。而陀思妥耶夫斯基整个宗教的要义则在于人的完善，戒除肉体的私欲而走向完美之路。从而形成了与基督教"复活"的第二层含义相联系，又加进了更多人性因素的、独特的、陀思妥耶夫斯基的复活主题：罪犯在对上帝的赞美声中获得了解脱，实现了人格的完美和统一。

有人发现了陀思妥耶夫斯基小说的对位式结构。但往往只注意了其单向对位，而忽视了多重对位，更没有看到这种对位恰恰来源于他的宗教意识。陀思妥耶夫斯基作品中有三重对位：人自身的"上帝"与"魔鬼"，人物中的天使与撒旦，启示世界与魔幻世界。它们组成了一个倒立型宝塔。天使式形象与撒旦式形象恰恰是双重人格者自身的"上帝"与"魔鬼"的外化，而他们又分别组成了启示世界与魔幻世界。作品的主题便是人心灵中的"魔鬼"向"上帝"的屈服，撒旦向天使的转化（不转化即毁灭），魔幻世界向启示世界的提升。这正构成了作家宗教意识中的地狱、炼狱、天堂、撒旦、上帝的形象体系。

（三）耶稣原型的多重变体

陀思妥耶夫斯基的宗教意识直接影响了他艺术的对位世界的形成。而在人物塑造上同样深受其影响。陀思妥耶夫斯基笔下的人物形象，基本上都可以从宗教中寻找到原型。他小说的人物形象体系，基本上可以分为两大类：信神的和不信神的。在陀思妥耶夫斯基看来，信神者都是圣徒，不信神者即为撒旦。撒旦形象包括两重人格者（他们以后可能转化）和彻头彻尾的恶魔，如"地下人"、瓦尔科夫斯基公爵、"群魔"们、老卡拉马佐夫等。这些前文均已涉及，这里不再作详细分析，下面我们着重阐述耶稣原型在陀思妥耶夫斯基作品中的多重变体。

1. 救世者基督

耶稣，在基督教中首先是救世的象征。如《群魔》中的吉洪主教，《少年》中的马卡尔，《卡拉马佐夫兄弟》的佐西马长老，作为圣徒，他们在世上的使命便是拯救世人，从而使他们成了救世的基督的象征。马卡尔在"少年"幼小的心灵里播下理想的种子。佐西马长老更是一个救世者。小说有过这样一段话："可是，长老是什么呢？长老就是把你们的灵魂吞没在自己的灵魂里，把你的意志吞没在自己意志里的人。你选定了一位长老，就要放弃自己的意志，自行弃绝一切，完全听从他。对于这种修炼，对于这个可怕的生活学校，人们是甘愿接受、立志献身的，他希望在长久的修炼之后战胜自己、克制自己，以便通过一辈子的修持，终于达到完全的自由，那就是自我解悟，避免那活了一辈子还不能在自己身上找到真正自我的人的命运。"这是"圣徒，他的心里有使一切人更新的秘诀，有一种力量，足以最后奠定地上的真理，于是一切人都成为圣者，互相友爱，不分贫富，没有高低，大家全是上帝的儿子，真正基督的天国降临了"。佐西马长老接见"有信仰的村妇们"，一一排解她们内心的烦忧，把阿辽沙引向爱的光明世界。他临终的训言，告诫教士尊重人民，主与仆相亲相爱，成为兄弟，用温和的爱征服世界，任何人都不能成为别人的裁判官……如此等等，颇似耶稣的登山宝训。可以说，佐西马长老就是降临尘世拯救世人的耶稣基督形象的象征。

2. 历难者基督

耶稣基督，是个救世者，也是个历难者，降临尘世，代世人受苦、遭戏弄、被驱赶、钉十字架，最后才得复活。而陀思妥耶夫斯基笔下的索尼雅、梅诗金公爵、阿辽沙，正是历难者基督的象征。索尼雅是一切受侮辱和为别人牺牲自己的形象的体现。索尼雅生长在一个小官吏家庭。父亲失业、酗酒，十六岁的她即不得不挑起家庭生活的重担，以出卖自己的肉体来换取家中老小的几块面包。她温驯胆小，孤独无助，受尽恶人欺侮。但她作为一个妓女，却与另一个杀人者——拉斯柯尔尼科夫，共同背起沉甸甸的十字架，去完成上帝的使命，用爱来温暖拉斯柯尔尼科夫的心，使他改过自新。而梅诗金公爵，陀思妥耶夫斯基把他当作一个十全十美的人物，叫他基督公爵。他从瑞士的一个山庄来到风雪迷茫的彼得堡，这颇似基督驾着祥云来到尘世。他怀着一颗童稚之心，真诚待人，试图以爱、宽恕来温暖他人的心，以自身的一切来拯救世人的罪孽。但他实际上并没有能力来解救这个世界。为他所爱的人最终还是被人杀害，爱着他的人最终得到的不过是精神上的痛苦。他自己也不为人所理解，被叫作"白痴"、"可怜的骑士"。他在与阿格拉雅行将订婚之际，在她家的客厅里面对众多贵族男女的审视，被窃笑，被当作一个可笑的幻想家。如此种种，都与耶稣到尘世传福音，不被人理解，被众人驱逐、嘲笑，颇为相似。耶稣"救了别人，不能救自己"[1]。梅诗金想救别人但救不了，连自己也旧病复发；耶稣复活回到父亲身旁，梅诗金重返瑞士山庄，这恐怕不是偶然的巧合。甚至连梅诗金的癫痫病，都似乎显得意味深长了。而阿辽沙，在他临离开修道院时，佐西马叮嘱他："我祝福你到尘世去修伟大的功行……在回到这里来之前，你应该经历一切。还要做好多事情……你会看到极大的痛苦，并且会在这种痛苦中得到幸福"。和梅诗金一样，阿辽沙离开修道院去完成功行，与上帝派遣自己的独子耶稣到尘世赎人类的罪恶，有着惊人的相似。阿辽沙遍阅了尘世的罪恶与痛苦，最后在儿童的纯真中找到了基督的理想。

3. 真纯者基督

在基督教中，儿童以其纯真，往往被当作天国的主人。《圣经》记载当门徒问耶稣谁是天国里最大的，耶稣叫一个小孩来站在他们中间，说："你们若不回转，变成小孩的样式，断不得进天国，所以凡是自己谦卑像小孩子的，他在天国里就是最大的。凡为我的名接待一个像小孩子的，就是接待我。"[2]耶稣给孩子作祷告，说"因为在天国的，正是这样的人"[3]。而"凡要承受神国的，若不像小孩子，断不能进去"[4]。在这里，尽管孩子并不等于基督，但

1　《新约·马太福音》第27章第42节。

2　《新约·马太福音》第18章第3节。

3　《马太福音》第19章第14节。

4　《马太福音》第10章第15节。

基督却常把自己与之比并。陀思妥耶夫斯基也正是把孩子作为基督教的最高理想，作为未来和谐的象征，作为自我回归的目标。陀思妥耶夫斯基认为"孩子使最高意义的生活富有人性——没有他们，就没有生活的目的"。他创造了一大批儿童形象，把他们当作人间的基督。正如《少年》中所说，是"天堂里的光芒，是未来的启示"。因此人的理想就是向孩童的回归。梅诗金和那些可爱的孩子一起恢复了健康，阿辽沙在儿童的欢笑中找到了纯真的理想。而这些圣徒本身便都充满了童性。梅诗金是个"十足的孩子"，马卡尔老人，"少年"在他那一刹那的笑声里发现了一种"孩子气的，极其动人的东西闪了一下"。《卡拉马佐夫兄弟》以孩子们欢快的笑声作结，小说虽然没有最后完成，但应该说已经有一个很好的尾声。正是在孩子们的欢笑声中，人们仿佛瞥见了天堂里的一线光芒。

如果说基督是人类的最高理想，那么这最高理想又包含在孩童式的纯真之中。人向童年的回归，也就是向基督的靠拢。从这个意义上来说，陀思妥耶夫斯基笔下的孩子形象，乃是基督原型的第三种象征变体。

陀思妥耶夫斯基的整个创作，可以说是一部伟大的神圣小说。在这部"神曲"中，无处不渗透他的宗教意识。世界的罪恶，人心中"善"与"恶"的对立，世界的拯救（从魔幻世界到启示世界），人的复活（从"魔鬼"走向"上帝"），最后在人及人类向自己童年的回归中找到了最高理想，它构成了陀思妥耶夫斯基艺术世界的整个体系。而这又恰恰是陀思妥耶夫斯基人道宗教与民族宗教的形象体现。有的作品，甚至直接成了足以体现他的宗教观点《圣经》的某一段话的象征性诠释。如《群魔》篇首引用《路加福音》群鬼被赶入猪群的一段，《卡拉马佐夫兄弟》引用《约翰福音》落在地上的麦子死了便结出许多子粒的话语以阐述"种下慈善的种子"的主题。对基督教的根本问题——罪从何而来、如何拯救——的解答便成了陀思妥耶夫斯基作品的一个普遍主题：罪与罚。而陀思妥耶夫斯基小说所表现出的苦难及其对苦难的承受与超越，又使他的整个小说仿佛成了一部《约伯记》。陀思妥耶夫斯基曾为读《约伯记》而流下眼泪，感到一种"病态的愉悦"。我们在阅读陀思妥耶夫斯基小说时同样感到了一种十字架上超越的痛苦与彻悟。

第三章
陀思妥耶夫斯基与城市

在十九世纪的俄罗斯，许多作家都与乡村有着千丝万缕的联系。普希金、果戈理、屠格涅夫、托尔斯泰……作为拥有土地的贵族，他们往往生活于城市与乡村之间。城市为他们提供了施展其文学才华及享受现代人生之乐的空间，而乡村的庄园，又往往成了他们在厌倦城市的纷繁与喧嚣之后的生活港湾与精神皈依。城市与乡村，为他们提供了广阔的生活空间，他们游弋其间，可谓进退自如。而陀思妥耶夫斯基则远没有这么幸运，这位自小生长在莫斯科一所济贫医院里的艺术家，一生少有机会领略俄罗斯广阔的自然风光。作为典型的都市主义小说家，他在城市中为生存所作的挣扎与奋斗，几乎构成了他生活与艺术的全部内容。那么，城市对他的人生与心理发展有何影响，他小说中呈现的是怎样一幅城市景观，他又是从什么角度透视城市的，城市怎样影响了他小说的艺术表达方式……对这些问题的探讨，也许能为我们提供进入陀思妥耶夫斯基艺术世界的另一角度。

一、城市血缘

阅读陀思妥耶夫斯基的小说，令我们最感惊讶的是，在他的小说中很少有对俄罗斯自然风光的描写。他的大部分作品都以彼得堡为背景：彼得堡的大街、市场、各式灰色的房子、橱柜式的斗室、尘土、阴雨、风雪……构成了他小说基本的城市景观。而他笔下的人物，大多是生活在大都市社会中穷困潦倒的市民。即使那些以外省小城、乡村庄园为背景的小说，其作品的主人公也大多是些具有市民气质的、与大都市有着思想血缘联系的人：如《群魔》中的"斯塔夫罗金们"，《卡拉马佐夫兄弟》中的伊凡。而屠格涅夫、托尔斯泰等作家，他们再现的大多是都市贵族和乡村庄园的地主生活，充满了贵族客厅的豪华优雅和乡村庄园的纯朴宁静，大自然常常构成了他们小说中的动人景观。普希金以纯朴的充满泥土气息的达吉雅娜呼唤着那颗在流浪中永远找不到归宿的心灵；果戈理驾着他的三驾马车奔驰过俄罗斯大地；屠格涅夫以他那支充满灵气的笔描摹出大自然的诗情画意；托尔斯泰以其对土地的挚爱深情地唱出了一支支动人的乡村之歌。然而陀思妥耶夫斯基再现的却永远是资本主义社会中底层人民的悲剧。正如卢卡奇所说："他成了现代资本主义大城市的第一个和最伟大的作家。"[1]这似乎与他的城市血缘及其市民身份有关。父亲作为一名军医，退役后成了莫斯科马里英济贫医院的一名医生。陀思妥耶夫斯基的传记作者格罗斯曼描述过这所医院及周边的环境：

这是"古老莫斯科最凄凉的地方之一，早在十九世纪初，苏舍沃区的这个边缘地带就有一片墓地，埋葬在这里的大多是一些被社会摒弃的人：流浪汉、自杀者、罪犯以及无人认尸的被杀者。当时，人们都管这片特殊的地方叫作'穷人之家'，而守护那些穷人坟墓的老人则被称为'看家神'。此外，这里还有一个弃婴的收留所和一个疯人院。未来的艺术家从这里观察到大城市下层人民的生活"，[2]"急诊室和病房周围的椴树林荫道，枝叶茂密、绿荫如盖的马里英小树林——这便是未来都市主义派艺术家最早看到的自然景色"[3]。

这一切也便构成了陀思妥耶夫斯基的童年记忆。生活在几乎与外界隔绝的医院大院内，视野的狭窄，对俄罗斯自然风光的隔膜，注定了他无法像其他许多作家一样，"乡村—童年"构成他们一份温馨的记忆，也成了他们人生及艺术生涯中的一笔宝贵的精神财富。而当父亲积攒了一些钱，在图拉省购置一份地产，10岁的陀思妥耶夫斯基才第一次接触到俄国农村的自然风光及农村的生活与风俗习惯，但这又是一种怎样的自然风光啊！"不过，比起看家神大街来，达罗沃耶田庄并未给他带来多少快乐。庄园上那座用泥砌墙，干草铺顶的矮小房舍，看上去颇像乌克兰的土房，花园后面另一片相当荒凉的旷野，到处是沟壑"，[4]既无潺潺流水也无茂密的森林，农民一贫如洗，这便成了作家最

1　乔治·卢卡奇：《卢卡奇文学论文集》，中国社会科学出版社，1981年，第440页。
2　格罗斯曼：《陀思妥耶夫斯基传》，王健夫译，外国文学出版社，1987年，第3页。
3　格罗斯曼：《陀思妥耶夫斯基传》，王健夫译，外国文学出版社，1987年，第15页。
4　格罗斯曼：《陀思妥耶夫斯基传》，王健夫译，外国文学出版社，1987年，第16页。

早接触的俄罗斯自然风光，他带给作家的是悲苦凄凉的印象，而无法激起更多的诗意想象。

自然，这仅仅是我们探索陀思妥耶夫斯基与城市关系的起点。陀思妥耶夫斯基的城市血缘，仅仅只能说明为什么他把作为小说家的笔触主要指向了城市。而他在城居生活中所经历的种种生存焦虑，为生存所做的奋斗，他对城市在物质上的依赖与精神上的厌弃，他的最终回归土地，在"土地根基"中寻找自我与俄罗斯的出路……这一切将为我们在探讨俄罗斯作家与城市、乡村的关系时提供一个颇具价值的案例。

对于陀思妥耶夫斯基来说，可以说彼得堡在他的生命历程中起着最重要的作用。这个十八世纪彼得大帝改革后才在涅瓦河口建造起来的城市，可以说是俄罗斯通向西方的一个窗口。作为彼得大帝西化政策的一个纪念碑，它很快又成了俄罗斯的政治、经济、文化中心。斯宾格勒在《西方的没落》一书中曾说道："农民同其家舍的关系，就是现今文明人类同城市的关系。人类所有的伟大文化都是由城市产生的。第二代优秀人类，是擅长建造城市的动物。这就是世界史的实际标准，这个标准不同于人类史的标准；世界史就是人类的城市时代史。国家、政府、政治、宗教等，无不从人类生存的这一基本形式的城市——中发展起来并附着其上的。"[1]城市，在某种意义上成了人类文明进化的象征。农舍曾经为人类提供了基本休养生息的场所，而城市，则代表了人类在其进化过程中欲望的膨胀，这种欲望的物质形式便是高耸的大楼、繁华的大街、市列珠玑、户盈罗绮、茶轩酒肆、舞榭歌楼，正所谓烟柳繁华地，温柔富贵乡。城市成了人类欲望的物质符号。

而彼得堡，他的特殊建造史及地理位置，使欧洲文明（特别是其物质文明）首先通过它进入俄罗斯，从而改变着俄罗斯的社会风气。用陀思妥耶夫斯基《冬天记的夏天印象》中的话说，长襟外衣、硬袖、假发、吊带、发粉、宝剑等这些代表欧洲文明的物质方面的东西通过彼得堡侵入俄罗斯国内，"总而言之，这整个上下竞效的欧洲，当时和我们相处怡然，从彼得堡开始——从这个最怪异的，有着地球上一切城市中最怪异的历史的城市开始"。当陀思妥耶夫斯基从彼得堡军事工程学校毕业，在军事工程绘图处工作，彼得堡的灯红酒

1 帕克、伯吉斯等：《城市社会学》，宋俊岭、吴建华译，华夏出版社，1987年，第3页。

绿马上把他迷住了。"陀思妥耶夫斯基并不是隐士，他喜欢观看夜间的演出，逛大饭店和咖啡馆，喜欢参观军官们的宴会，和他们一起大吃大喝，纵酒狂欢。每天像过节一样热闹非凡、行乐不止的彼得堡生活，把青年文学家完全吸引住了，并耗去了他大量的金钱。"[1]如果陀思妥耶夫斯基生长在豪富之家，也许他的生活会在这个轨道上不断地滑下去，最终成为彼得堡的花花公子。可惜父亲死后留下的不多遗产并不够他挥霍，当军官的头几年，他便开始接触一个特殊的世界：典押借债、高利贷盘剥、倒卖有期股票，也决定了他一生对城市中那些资产者、商人、聚敛财富的市民、高利贷者既憎恨又羡慕的心理。对荣华富贵的渴求与因为金钱的短缺而造成的痛苦，也便困扰了他的一生。

陀思妥耶夫斯基的退职，决定以小说为职业，为其谋生手段，这一点对他一生的影响可谓甚为重大。如果说像屠格涅夫、托尔斯泰一类作家，他们首先是土地贵族，写小说不过是他们介入社会的一种方式。而对陀思妥耶夫斯基来说，他的立志于献身小说，使他成为城市的一个自由职业者，成为一个真正的城市市民。从这个角度来说，屠格涅夫、托尔斯泰从事小说创作的目的首先是为了拯救社会，而对陀思妥耶夫斯基来说，小说首先是他的一种谋生手段，一种自我拯救，其次才能言及其他。

小说可以说是城市文明的产物。如果说，诗歌可以完全只是自我的表达，而不顾及受众的反应，传统诗人很少有期望依赖于自己的诗谋生的。而小说的产生在某种程度上则依赖于城市商业文明的发达。小说作为一种特殊商品，它的流行，依赖于作为小说主要阅读者的广大市民的青睐。从这个角度来说，小说不属于乡村，它本身便是城市文化的一个组成部分，它受制于城市商业精神。对陀思妥耶夫斯基来说，《穷人》的巨大成功，对他无疑是极大的鼓舞。作为崭露头角的小说家，他的名字到处被人提及。上流社会的客厅也向这位贫寒的小说家频频发出了召唤。陀思妥耶夫斯基也便尝试着由"边缘"走向城市的"中心"（在那个特殊的彼得堡社会里，上流社会在某种意义上便代表了城市的"中心"，宝马香车、户盈罗绮的风景只属于城市上层），但这种"僭越"带给小说家的却是难堪的失败。有一次，《穷人》的作者与上流社会的一位淑女谢尼亚温娜晤面，由于过分激动和震慑于上流社会隆重的接见礼仪，这位一向不善交际且又羞怯腼腆的文学家感到一阵头晕，竟昏了过去。这件事一

1　格罗斯曼：《陀思妥耶夫斯基传》，王健夫译，外国文学出版社，1987年，第59页。

时成为上流社会的笑谈。从文化的角度说，陀思妥耶夫斯基的这次"昏厥"可谓深有意味。这次失败经历加深了他对上流社会的恐惧感及想跻身于其中而不得的憎恶感，同时也诱发了他在心理上与城市的疏离。这番经历后来也被不断复现于他的小说中，《二重人格》、《白痴》等小说中的主人公跻身于上流社会的中心时都曾体验过类似的尴尬。

　　《穷人》以其对小人物不幸遭遇的揭示表现了一种古典人道主义精神，客观地说，这种"小人物"的主题只不过为俄罗斯文学的"小人物"家族增添了一个新的形象而已，并没有为俄罗斯文学带来真正的变革，也正因为如此，它为社会大众毫无保留地接纳了。而当陀思妥耶夫斯基在其第二部小说《孪生兄弟》中，以其对双重人格的深层透视真正融进属于陀思妥耶夫斯基的独特东西，无论是批评家还是普通读者，却不同程度地拒绝了它，这便是作为小说家的艺术探索与作为一种文化商品所受到的商业制约之间的矛盾（为艺术与为金钱而写作，事实上也构成了陀思妥耶夫斯基一生的苦恼），加之与革命民主主义者的阵地《祖国纪事》的决裂，更加重了陀思妥耶夫斯基作为自由小说家的城居生活的苦恼与焦虑。他在1846年给兄长的信中曾诉说过这种苦恼。"在我看来，彼得堡简直是一座地狱。我在这儿感到非常非常苦恼！""我却不知何时才能逃离这座地狱。"[1]

　　那么，陀思妥耶夫斯基在苦役、流放生活中转向"人民"，转向土地"根基"（陀氏曾在一封信中说，"农民，东正教罗斯——这几个字实际上是我们的根基"），是否与他的城居生活的挫折感有关呢？十九世纪俄罗斯所面临的矛盾，一为东方与西方的矛盾，一为上层与下层的矛盾。从文化角度来说，西方代表了一种现代文明，成为城市的象征，而东方则更接近于古老的乡村。俄罗斯的专制主义、宗法制度，使它更接近于具有田园诗式文明的东方，更具有乡村文化色彩。有论者指出："城市不仅是有地域上的意义，而且更具有时间上的意义：城市以它崭新的景观、秩序和生活方式而成为时间进化的纪念碑，城市之外的乡村和乡镇则象征着遥远的过去和古老的历史。"[2]从这个意义上说，西方文明对乡土俄罗斯的侵入，在本质上乃是城市文化对乡村的一种

1　陀思妥耶夫斯基：《陀思妥耶夫斯基选集·书信选》，冯增义等译，人民文学出版社，1986年，第45页。

2　李书磊：《都市的迁徙》，时代文艺出版社，1993年，第32页。

入侵。"一切，我们这里可以称之为发展、科学、艺术、公民权，人性的一切、一切、一切，几乎毫无例外地都是从神圣奇迹之国来的！要知道，从童年起，我们的整个生活就是按照欧洲的方式安排下来的。"（《冬天记的夏天印象》）代表一种理性精神的科学和以个性自由与解放为指归的民主精神，本质上都是近代城市文化的产物。

陀思妥耶夫斯基对来自西方的科学理性、个性主义的排斥，也便意味着他对城市文化的拒绝。而在俄罗斯，对西方城市文明的传播更多的是由社会上层的贵族阶级承担的，社会下层，代表社会大多数农民，他们却与这种文明格格不入。当陀思妥耶夫斯基还在幼年时，在父亲的庄园，从普通农民身上发现："农奴制时代农民的心灵中充满着多么深厚而又文明的人类感情"，也许便埋下了他转向农民、转向俄罗斯古老历史文化传统的种子。而在流放岁月中，他第一次真正接触到俄罗斯的大地、接触到俄罗斯的普通人民，他从苦役犯中痛感俄国社会中富有文化教养的上层人士与普通人民的疏远，从中发现"人民的主题"，从而完成他信念的转变：转向人民根基，回到俄罗斯古老传统，回归土地，回归东正教信念，从而完成了他精神上与城市的疏离、与乡土文明认同的历程。

结束流放岁月，陀思妥耶夫斯基从此开始了在生活上对城市的依赖与在思想、情感上与城市疏离的双重生活。为了谋生，特别是在哥哥去世，《时报》周刊被查封，负债累累之际，他还得负担哥哥全家的生活，他不得不拼命写作，著书都为稻粱谋，这又常常叫他感到不堪其苦，"为糊口工作真是件苦事"[1]，"然而为金钱而写作和为艺术而写作，对我来说水火不相容"[2]，"为了金钱（就这个词最狭窄的意义而言）而写作，也许我命该如此"[3]，这其中所包含的感叹、无奈，真可谓一言难尽。而最需要钱的他，稿酬又大大低于托尔斯泰、屠格涅夫的作品，因为他无法待价而沽，只得匆忙而廉价地出卖自己的精神劳动以换取生存急需，这使他常常非常愤恨却又无可奈何，"为什么我

1　陀思妥耶夫斯基：《陀思妥耶夫斯基选集·书信选》，冯增义等译，人民文学出版社，1986年，第36页。

2　陀思妥耶夫斯基：《陀思妥耶夫斯基选集·书信选》，冯增义等译，人民文学出版社，1986年，第91页。

3　陀思妥耶夫斯基：《陀思妥耶夫斯基选集·书信选》，冯增义等译，人民文学出版社，1986年，第94—95页。

这个穷作家只能拿一百卢布一印张，而拥有二千农奴的屠格涅夫则得到四百卢布呢？我因为穷，只得匆忙行事，为金钱而写作，结果必然写坏"[1]，这也造成他对钱既渴望又憎恨的矛盾心理，"钱就是一切，我是多么需要钱，可恶的钱"[2]。而他书信中的许多地方都为这"可恶的钱"所占据，有时为了生计不得不三番五次向编辑部预支稿酬，那种忐忑不安、低三下四的姿态，真令人不忍卒读，"……我不仅无法还清债务，甚至今后的生计都成了问题，于是我决定采取万不得已的步骤，恳求您并且向您提议：假如你认为可以在今年刊登我的长篇小说，那么您能否现在立即预付我手头短缺而又迫切需要的五百银卢布。我知道这个请求相当可笑，这全要看您是否采纳"[3]。

为了谋生而写作，注定了陀思妥耶夫斯基在生存中不得不永远依附于他所憎恶的城市。而城市，作为他的生存之所，同时又时刻赋予了他写作的灵感。还是在童年时代，住在医院一侧厢房的穿堂里给孩子们隔出的小单间中，那阳光几乎照射不到的阴暗小屋，长大后，作为一个童年记忆，便不断刺激着作家的想象，一次次化作了主人公们像橱柜一样狭小，甚至连思想都不能自由驰骋的阁楼、斗室。而当流放岁月结束后重回彼得堡，债务、疾病、第一次婚姻的不如意、居住环境的恶劣，这一切在他关于城市的小说中打下了深深的烙印。"沉闷的、令人讨厌的，充满恶臭味的彼得堡夏天，正好符合我的心情，甚至还赋予我一些写小说的虚假灵感。"陀思妥耶夫斯基在紧张写作《罪与罚》时曾如是说。城居生活的不如意刺激了作家创作的灵感，使他写下了一个个在城市中发生的悲剧故事。反过来，这些因为作家的自我困境而激发出来的悲剧故事又成了作家赖以谋生、以此改变自己处境的一种手段。不得不以玩味痛苦（陀思妥耶夫斯基笔下的那些在痛苦的自我折磨中甚至感到了某些快感的主人公常常带有作家自己的影子）来获取金钱，获取生存的快乐，这真可谓一个奇特的讽刺，它注定了作家的尴尬处境。

并且，这种"出售"还常常是不自由的。"大城市的增长，已经大大扩大

1　陀思妥耶夫斯基：《陀思妥耶夫斯基选集·书信选》，冯增义等译，人民文学出版社，1986年，第99页。

2　陀思妥耶夫斯基：《陀思妥耶夫斯基选集·书信选》，冯增义等译，人民文学出版社，1986年，第201页。

3　陀思妥耶夫斯基：《陀思妥耶夫斯基选集·书信选》，冯增义等译，人民文学出版社，1986年，第93页。

了读物的出版规模。这种读物，在乡下曾经是奢侈的，在城市里已变为必需品。在城市范围内，人们的读和写几乎同说话一样是生活的必需，这就是如此众多的外语报纸的原因。"于是，报纸成了"真理的商店"，编辑成了"哲学家变成的商人"。[1]这是美国社会学家对美国报纸的增长与城市及商业发展关系的记述，它也同样适用于陀思妥耶夫斯基所身处的社会，报刊就像"真理的商店"，陀思妥耶夫斯基不得不依靠这个"商店"来出售自己的"真理"。而在沙皇专制制度之下，这种"出售"又常常极端的不自由。书报检查制度使现代城市民主制度、思想、言论、出版自由大大打了折扣。陀思妥耶夫斯基在其创作中，在不得不受制于商业制约的同时又受到来自官方的制约。在陀思妥耶夫斯基大量谈论自己写作的书信中，他主要关心的倒已经不是读者的趣味，而是官方的喜好。彼得堡首先是全国行政中心、沙皇政治堡垒，其次才是体现现代文明发展的工商业都市，它具有从传统政治城市到现代商业都市的过渡性质，《时报》的被查封已经使陀思妥耶夫斯基饱尝过一次苦果，而在他以后的创作中，这种不自由也常常在他与编辑的冲突中表现出来："罪恶和善行毫不含糊地分开了，再也不会混淆，再也不可能被曲解了。同样，经您标出的地方我都作了修改，而且还超额完成了。……现在我向您提出一个最大要求，看在基督的份上，其他地方就请您维持原状吧。……总之，请允许我完全拜托您：请爱护一下我这部可怜的作品吧……"[2]陀思妥耶夫斯基给《俄国导报》编辑柳比莫夫的信，典型地体现了书刊检查制度对作者的限制。

　　陀思妥耶夫斯基在城市生活中所体验到的种种苦恼、尴尬、焦虑，直到晚年才得以慢慢消除。随着他文学和社会声誉的不断提高，同首都贵族阶层乃至皇室的接近，使他得以真正以成功者的姿态从城市的"边缘"进入"中心"，"他年轻时曾置身于其中的首都贫民区的寒伧环境，如今被皇家官邸富丽堂皇的背景所代替"，这样便形成了一个"特殊的陀思妥耶夫斯基的彼得堡"，[3]这种环境与他早期小说中所描绘的贫民区有天壤之别。在普希金铜像揭幕典礼上演说的巨大成功，上流社会的热情款待，社会大众的崇敬仰慕，陀思妥耶夫

1　《报纸形成的历史》，载《城市社会学》，帕克、伯吉斯等著，宋俊岭、吴建华译，华夏出版社，1987年，第3页。

2　陀思妥耶夫斯基：《陀思妥耶夫斯基选集·书信选》，冯增义等译，人民文学出版社，1986年，第156页。

3　格罗斯曼：《陀思妥耶夫斯基传》，王健夫译，外国文学出版社，1987年，第705页。

斯基最终得以真正消除与彼得堡的隔膜，成为其中真正的一员。那么陀思妥耶夫斯基与城市这一曲折的磨合过程，究竟怎样影响了他的小说创作，他的作品再现了怎样的一种城市景观，便是我们在下面的论述中需要回答的问题。

二、城市景观

陀思妥耶夫斯基作为一位都市主义小说家，他的绝大部分小说都是以城市为背景，再现城市中芸芸众生的生活。而在这些城市小说中，彼得堡又成为大部分小说中人物的基本活动空间。《穷人》、《孪生兄弟》、《白痴》、《地下室手记》、《被侮辱与被损害的》、《罪与罚》、《白夜》、《少年》……简直构成了一组组彼得堡风景画，但画面虽多，基本背景、色调却是惊人地相似：

> 街上热得可怕，又闷又拥挤，到处是石灰、脚手架、砖块、尘土和夏天所特有的恶臭，这是每个无法租别墅去避暑的彼得堡人闻惯了的臭味……从那些酒店里飘来一阵阵难闻的臭味，在城市的这个地区里，这样的酒店开设得特别多。虽然是工作的日子，但时刻可以碰到喝醉的人们，那难闻的臭味和喝醉的人们把这个景象令人厌恶的阴郁色彩烘托得无比浓郁。
>
> ——《罪与罚》

> 这是可怕的十一月之夜，潮湿、有雾、有雨，又有雪，孕育着牙龈炎、鼻炎、间歇热、咽喉炎和各式各样的热病，一言以蔽之，彼得堡十一月的各种赏赐。风在无人的街上呼啸，把方坦卡河里的黑水掀得比喷水柱还高；风吹刮着河边细弱的路灯柱，路灯也发出尖细、刺耳的吱吱声与长啸声相和鸣。这样，就形成了一个没完没了奏出的尖细的颤声的音乐会，这是每一个彼得堡市民都熟悉的。
>
> ——《孪生兄弟》

这便是典型的彼得堡城市景观：灰色的大街、楼房、尘灰、臭味、潮雪、风雨、迷雾……灰暗构成了彼得堡的基本色调。陀思妥耶夫斯基正是在这样一幅背景上，展开了城市中各类小官吏、小职员、失业者、大学生、妓女、高利贷者、无家可归者的悲剧故事。

美国社会学家帕克在其《城市：对于开展城市环境中人类行为研究的几点意见》一文中认为："城市，从本文的观点来看，决不仅仅是许多单个人的集合体，也不是各种社会的设施——诸如街道、建筑物、电灯、电车、电话等——的聚合体；城市也不只是各种服务部门和管理机构，如法庭、医院、学校、警察和各种民政机构人员等的简单聚集。城市，它是一种心理状态，是各种风俗和传统构成的整体，是这些风俗中所包含，并随传统而流传的那些统一思想和感情所构成的整体。换言之，城市绝非简单的物质现象，绝非简单的人工构筑物。城市已同其居民的各种重要活动密切联系在一起，它是自然的产物，而尤其是人类属性的产物。"[1]这也就是说，城市的文化意义不只体现为外在的建筑设施，而作为"人类属性"的产物，反映着城市居民的道德、心态、价值观念、文化规范，从而构成其内在的城市精神。城市，作为一种保护性的城廓，它首先为城中之人提供了一种安全保障。而"市"，作为一种商品交换场所和工业聚集地，为人们的生活需要提供便利条件。城市，作为文明人类的基本生活空间、精神皈依在发挥它的作用的同时，人类也就把自己的属性揉进了城市的冰冷石头之中，使城市成为人类欲望、文化的物质符号。城市与人，构成了相辅相依的紧密联系。

而在陀思妥耶夫斯基小说中， 城市与人却常常处于相离相违的状态。他小说中的人物，大多处在社会的底层，处在风雨飘摇、惶惶不可终日的状态，时刻被侮辱、被欺凌的痛苦现实，使他们常常陷入某种疾病状态或精神焦虑之中。《孪生兄弟》的主人公戈利亚德金的精神分裂症，《被侮辱与被损害的》中的小涅莉的热病、谵妄症，《罪与罚》的拉斯柯尔尼科夫的忧郁症，《白痴》中梅诗金公爵的癫痫症，及在许多女主人公身上或多或少存在的歇斯底里症，这些病症都有一个共同特点，就是大多属于心理精神上的疾患，而非生理上的病变。有时连他们自己也无法确定自己是否患了"病"。正像"地下人"，在其《手记》中一开始就宣称："我是一个有病的人，我是一个凶狠的人。一个不讨人喜欢的人。我认为我的肝脏有病，但我对我的病却一无所知，也吃不准我究竟哪儿有病。"这种精神病症或者干脆吃不准究竟有没有病的似病非病状态，很大程度上源于城市作为人生存环境的外在压迫、刺激。正是又

1 帕克、伯吉斯等：《城市社会学》，宋俊岭、吴建华译，华夏出版社，1987年，第1页。

热又闷又拥挤，充满尘土、恶臭的大街使拉斯柯尔尼科夫"本来已经不健全的神经又受到了令人痛苦的刺激"。（《罪与罚》）这几乎成了陀思妥耶夫斯基的许多人物面对拥挤、灰暗、冷漠的彼得堡时的一种共同状态。那么，逃离开大街，逃离大众，回到自己蜗居之地又如何呢？那又是怎样的一番景象啊！

> 一条长长的走廊，黑漆漆的，龌龊透顶。靠右边是一堵光秃秃的墙，没有门也没有窗；在左边是一扇扇门排成的长列，像旅馆里一模一样。开门进去是一间小房间，就是这一间间房间出租给房客，有的房间住两个人，有的挤三个人。杂乱无章，根本谈不上秩序，活像挪亚的方舟！

用不着多引了，《穷人》中的杰符什金所住的公寓，便成了陀思妥耶夫斯基小说中所有小人物们立身之处的写照。橱柜、棺材一般的斗室、"地下室"便成了他们的生活空间，也成了他们精神皈依之所。"我不跟任何人来往，甚至避免同他们说话，越来越孤独地躲进了自己的角落里"。（《地下室手记》）"他毅然决然地不跟一切人来往，好比乌龟缩入了自己的硬壳里"。（《罪与罚》）但逼仄的空间并不能为他们提供精神的庇护，反而不断加剧了他们的精神性病患。拉斯柯尔尼科夫多次用"憎恨"的目光打量自己的斗室。《被侮辱与被损害的》中的青年作家凡尼亚感叹"住在狭窄的寓所里，就连思路也会变得狭隘"。

陀思妥耶夫斯基小说中的不少主人公，他们都是来自乡村。瓦尔瓦拉（《穷人》）、凡尼亚、娜达莎（《被侮辱与被损害的》）、拉斯柯尔尼科夫（《罪与罚》），甚至包括"白痴"公爵梅诗金。乡村—童年，也便常常代表了他们美好的过去。"我的童年是我一生中的最幸福的时期。童年的开始不是在这里，而是在遥远的、外省一个十分偏僻的地方。爸爸是T省公爵大庄园的管家。我们住在公爵的一个村子里，生活是那么安宁、清静、幸福……一大清早，我就跑到池塘去，到小树林去，到刈草场去，到割麦的庄稼人那儿去……我觉得，假如我能够一辈子不离开乡村，老是待在一个地方，该有多么幸福呀"。（《穷人》）

幸福的童年又往往是短暂的。无论是瓦尔瓦拉，还是凡尼亚，因为种种原因，他们不得不"禁不住流着眼泪"与乡村告别，来到陌生的城市，过去的一切是那样亲切，未来所将要面对的却是可怕的疑虑、惶惑与恐惧。

> 要我们习惯这里的新生活，那是多么困难呀！我们是在秋天搬到
> 彼得堡来的。我们离开乡村的那一天，天气是多么晴朗、暖和、美
> 好，农活快要结束，打谷场上堆放着一大垛一大垛谷物，一群群叽叽
> 喳喳的鸟儿聚在一起，一切都喜气洋洋。可是我们一搬进城里，就碰
> 上了阴雨绵绵、秋气肃杀，看不到晴空，只见满地的泥泞，一群陌生
> 人爱理不理，怒气冲冲，满脸的不高兴！我们马马虎虎住了下来。
> ……我在新地方过了第一夜，第二天清早起身就觉得伤心。我们窗户
> 的对面是一堵黄色的围墙。街上经常是遍地泥泞。行人稀少，他们把
> 厚实的衣服裹紧，看来都感到冷。（《穷人》）

乡村与城市，构成鲜明的对比。如果说乡村、土地代表了人与自然的亲和
关系，大地以其滋养、保护的特点成为母性的象征，成为人的生命之源。它既
为人类提供了休养生息所必需的一切，也为其提供了巨大的精神屏障，从而成
为人类的精神家园。而城市，却是人类欲望无限膨胀的结果。当人类不再满足
于基本的休养生息，而需要舒适享乐，需要多方面欲望的满足，于是便有了城
市。而城市的建立，同时也就意味着人与自然的疏离，人将自己的意志强加于
大自然的秩序之中，而由于欲望的无限膨胀又带来种种罪孽的滋生。欧洲神话
中许多城市都是由凶手建造的，并且在建城时必须要有一种庄严的仪式，表示
对神的赎罪。事实上，人们居住在城市之中，同时也就开始了它的精神流浪与
寻求、赎罪与拯救的历程。在陀思妥耶夫斯基的小说中，当这些来自乡村的人
走进城市，他们也便被抛入了苦难，抛入了罪恶的渊薮，经受灵魂的煎熬，一
个个悲剧性的故事也便产生了。"这是一个惨绝人寰的故事，在彼得堡的阴暗
天空下，在大城市黑暗隐蔽的角落，在令人头晕眼花的乱糟糟的生活中，在人
们不易觉察的利己主义和利害冲突中，在可怕的淫乱和隐秘的罪行中，在毫无
意义和反常生活的人间地狱里，经常地、无法避免地，几乎是神秘地发生着这
种悲惨而令人难堪的故事……"（《被侮辱与被损害的》）。城市总在对人实施
不动声色的谋杀，小涅莉的故事便不过成了在彼得堡的穷人区里经常发生的悲
惨故事的其中之一而已。

陀思妥耶夫斯基小说中的这些主人公，无论是从乡村来到城市，还是本来

就身居城市，他们在城市生活中因为其小人物的身份，使他们永远只能处于城市的边缘，成为城市的边缘人。他们往往没有家庭（或者即使有家庭，也是偏离生活常态的不幸家庭、偶合家庭）。家，在某种意义上构成了城市日常生活的象征，衣食住行、生老病死，都以"家"为基本空间。而陀思妥耶夫斯基小说中人物的"无家"，或没有真正意义上的能发挥家庭正常功能的"家"，也便意味着他们远离了日常生活。他们的住处大多不过是暂时的蜗居之地，简陋得不能再简陋，主人公在其间根本谈不上按照其传记时间过平凡人的普通生活。门坎、过道、走廊、街道、广场反而成了主人公的基本活动空间。正像巴赫金所指出的：陀思妥耶夫斯基"超越了房宅住室中那种住得舒适而又坚固的远离门坎的空间，因为他所描绘的生活，不是出现在这个空间里。陀思妥耶夫斯基最不像那些写庄园、写家事、写住室、写家庭的作家。在远离门坎、住得舒适的内部空间里，人们是在传记体的时间里过着传记式的生活：怎样诞生、怎样度过童年和少年、怎样结婚、生孩子、怎样衰老病死"。[1]

由此，巴赫金以《罪与罚》为例指出，边沿及它的替代物构成了小说情节中的几个基本"点"。拉斯柯尔尼科夫生活在边沿上，因为他那狭小的、棺材般的房间，紧挨着楼梯口，且从来不锁。马尔美拉陀夫一家也生活在边沿上，在紧挨着楼梯的过堂屋里。小说中的许多情节也是发生在门坎边。"门坎、过道、走廊、楼梯口、楼梯、梯阶、朝着楼梯敞开的屋门、院子大门，而在这些之外，还有城市：广场、街道、建筑物的正墙、小酒铺、罪犯窟、桥梁、排水沟……这些便是这部小说的空间。同时，实际上却完全没有那种忘记了门坎的室内空间，如实现传记体生活的客厅、饭厅、大厅、书房、卧室的内部。"[2]如果说屠格涅夫、托尔斯泰一类作家，他们在描绘城市日常生活事件时，大多在客厅、饭厅、书房、卧室等地展开，详细写出人物的日常起居、待人接物及各类社交活动。

而陀思妥耶夫斯基小说中人物则大多活动于边沿。门坎作为内与外的交接点，一方面它处于房间的边缘，远离家庭温暖；另一方面它又跟外面的世界相

1　巴赫金：《陀思妥耶夫斯基诗学问题》，白春仁、顾亚铃译，三联书店，1988年，第237页。

2　巴赫金：《陀思妥耶夫斯基诗学问题》，白春仁、顾亚铃译，三联书店，1988年，第238页。

接，离开门坎便是走廊、楼梯、大街。当主人公处于这样一个内外交接点上，便决定了他们身份的尴尬，既不属于家庭，也不属于外面的世界。首先，他们远离了家庭日常生活。如果说食、色乃是人类两大基本生存需要，陀思妥耶夫斯基却极少写到人物发生于房间内部的吃与性。《罪与罚》中拉斯柯尔尼科夫寄居在简陋的斗室，"两星期来，他的女房东没有给他送饭来。他直到现在还没有想去跟她交涉，虽然他没有午饭吃"。拉斯柯尔尼科夫便是过着这种生活。至于谈情说爱及男女之欢，则更是说不上了。连床都只是一个"沙发榻"而已，"他常常和衣睡在沙发榻上，没有被单，就拿自己那件穿破了的从前做大学生时穿的大衣盖在身上"。

陀思妥耶夫斯基小说中的主人公，这些处在城市"边沿"的人，当他们试图走向外面的世界，由"边沿"向"中心"挺进（由灯红酒绿、歌舞升平构成的城市生活在某种意义上代表了作为人类欲望象征的城市"中心"），以表示自我的存在，证明自我的价值，亦常常以彻底的失败而告终。当"地下人"突然心血来潮，想要摆脱"忧郁不欢、离群索居、落落寡合"的状态，去参加送别一位去外地做官的老同学的晚宴，这种违背他人意愿的强制性介入，最终结果不过自取其辱而已。而《孪生兄弟》中戈利亚德金去参加他上司女儿的生日舞会，先被拒之门外，但在一个门堂里又冷又暗的地方"待时而动"，站了差不多三个小时，后经餐具室、茶室，终于"像从半空中掉下来似的在舞厅中出现了"，"他借弹簧之力闯进舞会，他仍旧被弹簧推动着，向前去，向前去，再向前去；一路过去，他撞在一个大官身上，踩痛了他一脚；凑巧他又踩在一个高龄老太太的裙边，把裙子撕下一小块，他又推了一个捧着茶盘的人，此外还推了什么人，这些他都没有发觉……"此时的戈利亚德金失魂落魄地把愁苦的目光向四下看去，极力想趁此机会在惶惑的人堆里寻找立足点。这里却并无他的立足之地，连想重新回到门堂里，小楼梯旁边，都已经不可能了。"地下室"、"门堂"、"过道"，本来是"地下人"及戈利亚德金们该待的地方，他们向"饭厅"、"舞厅"、"客厅"的僭越，最终只能蒙受羞辱，徒增痛苦。

也许是陀思妥耶夫斯基崭露头角时进军上流社会的那次"晕厥"事件在他心里面留下的印象过于刻骨铭心，他多次在自己的小说中描写过类似的尴尬。《白痴》中梅诗金公爵因为癫痫症在瑞士一个山庄接受治疗。乡村造就了他的天真纯朴善良，当他像"一个十足的孩子"由瑞士山庄来到彼得堡，却成了人们眼中的"白痴"。在叶班钦将军家的聚会上，将军想把这位候补的未来女婿介绍给上流社会。那天，"公爵自己坐下来向周围看一下，立即发现在座的宾客根本不像昨天阿格拉雅所描绘的那样而且把他吓得够呛的怪物，也不像他夜里梦见的魅影。他破题儿头一遭看见了那个名称挺可怕的'上流社会'之一角。出于某些特殊的意图、考虑和兴趣，他渴望能向这个有魔法划地为界的人圈子里窥望一下，因此十分重视第一印象"。公爵在聚会上慢慢自如乃至得意忘形起来。一番慷慨激昂的关于把俄罗斯文明带给西方的演说之后，却不小心打翻了那个名贵的瓷盆（他早有预感，本来有意远离瓷盆站着，最终还是出了洋相），梅诗金"窥望"上流社会的愿望最终还是以失败收场。

内心与外界、人物与环境的剧烈冲突构成了陀思妥耶夫斯基小说中主人公生存的基本模式。处在"内"与"外"的交接点上，他们永远找不到自己的位置。"这是一座疯子的城市……很少有地方像彼得堡那样使人的精神受到这么大悲观的、强烈的和奇怪的影响。"彼得堡这个城市只属于那些有权有势的显贵，属于那些流氓、无赖、恶棍式的人物。诸如《罪与罚》中的斯维德里加依洛夫，一到彼得堡便如鱼得水，"从头几个钟头起，这座城市就使我闻到了一股熟悉的气息"。妓院、游乐场、康康舞、小酒店……但这一切不过构成了城市表面的轻浮的奢华。陀思妥耶夫斯基小说中的主人公们时时体会到的更多的是彼得堡的阴沉晦暗，给他们的生存带来的无形压力。此时，对那些有乡村血缘的人来说，相对于那些身处城市、处在痛苦与屈辱中连精神都无所皈依的人，乡村回忆作为一种心理慰藉便成了他们难得的幸福。"我那时特别喜欢回忆我的童年时代。我想起了我们八月的乡村……"（《死屋手记》）回忆，对于一个苦役犯人来说，成了他苦难历程中一种心理皈依。漂泊羁旅，不如归去。"我总觉得我最后一定会死在彼得堡。春天到了，我想，假如我能冲出这个破壳似的地方，到外面去，呼吸呼吸田野和森林里的新鲜空气，我相信我是可以复原的。我好久没有看见过田野和森林了！"《被侮辱与被损害的》中凡尼亚痛感蜗居之地的狭窄、憋闷，使人精神萎缩、衰竭，时时渴望着田野里的自由空气。而对于"白痴"公爵梅诗金来说，当他从瑞士的山庄来到彼得堡，对环境的不适应使他时时生出一种冲动："他忽然渴望撇下这里的一切，前往一个遥远、偏僻的去处，立刻动身，甚至不向任何人告别。""有几次他在瞬息也梦想着峰峦山岭，特别是他始终喜欢回忆山中一个熟悉的小点儿，他生活在国外的那几年，经常喜欢到那里去，从那里俯瞰村庄，眺望山下晃如白练的瀑布，天上飘浮的白云，远处废弃的古堡。"这个"混沌与铁路"的时代，这个"一切都酥化了"的时代，与回忆中的"村庄"，构成了两个截然不同的世界。

于是，历劫—回归，成了陀思妥耶夫斯基一些小说的基本情节模式。《罪与罚》中拉斯柯尔尼科夫在犯罪并饱受负罪感的煎熬之后，终于走向十字街头，伏倒在地上。"他跪在广场中央，在地上磕头，怀着快乐和幸福的心情吻了这片肮脏的土地。"当他来到西伯利亚，他重新见到"阳光"、"森林"，梦中的"冷泉"，在劳动工地上，拉斯柯尔尼科夫眺望着那条宽阔、荒凉的河流："从高高的岸上望去，周围一片广大的土地尽收眼底。一阵歌声远远地从对岸飘来，隐约可闻。那儿，在一片沐浴在阳光里一望无际的草原上，牧民的帐篷像一个个隐约可见的黑点。那里是自由的，居住着，另一种人，他们同这儿的人完全不一样，在那儿时间仿佛停滞不前，仿佛亚伯拉罕的时代和他的畜群还没有过去。"如果说城市是历史进化的一种象征，城市也意味着时间节奏的加快，生活的变幻不定，而西伯利亚的那片牧区，却代表了过去、历史、传统，时间停滞的同时也就象征着一种永恒。拉斯柯尔尼科夫正是在这种"永恒"中找到了他生命的归宿。而《白痴》中的梅诗金公爵，他从瑞士山庄，犹如一个孩童来到彼得堡，在彼得堡混乱不堪的生活中癫痫症复发，最后只好回到所来之处。《卡拉马佐夫兄弟》中的阿辽沙，从修道院来到喧嚣的尘世，在历尽一番劫难之后，又重新回归到上帝的怀抱，他曾经拥抱大地："他倒地时是软弱的少年，站起来时却成了一个坚定的战士"，这构成了另外一种意义上的历劫与回归。

巴赫金曾经指出："陀思妥耶夫斯基的主人公，是脱离了文化传统，脱离了土壤和大地的平民知识分子，是偶合家族的代表。"正是这些失去"根基"的城市边缘人，精神上的流浪汉，它们或者因为"没有过去"而走向精神分裂，或者最后终于回到他们曾经拥有的"乡土"、"过去"，找到精神的归宿。而在《荒唐人的梦》中，陀思妥耶夫斯基以梦幻的形式为整个人类设计了一个理想世界，"荒唐人"（他人眼中的"疯子"）以自杀来表现对这个世界的反抗，来到了另一个地球：

原来是个晴朗的日子，阳光普照，像天堂一样迷人，……温驯的大海碧波荡漾，拍岸无声，带着坦然外露的，几乎是衷心属意的柔情亲吻着海岸。树木挺拔俊俏，秀丽葱茏，无数叶片发出轻柔的簌簌声，我觉得它们好像在倾吐情愫，欢迎我的光临。繁茂的青草地上，盛开着芬芳的鲜花。成群的小鸟在空中飞翔，一点也不怕我，纷纷落在我的肩头和臂上，鼓起可爱的翅膀，欢快地拍打着我。最后，我终于发现和看清了这快乐土地上的人们。……这是太阳的孩子们……也许只有在我们的孩子身上，在孩子们的襁褓时代，才能发现这种美的隐约的、细微的痕迹。……这是没有被人类罪恶所玷污的一片净土，住在这里的人全是清白无罪的人，他们好像生活在我们整个人类的多种传说中谈到过的，我们有罪的始祖居住过的那种天堂里，而区别仅在于这里的大地处处都是那样的天堂。

阳光、大地、鲜花、绿草，孩童般的人们与自然的亲和关系，仿佛回到了人类曾经拥有又失去了的那片"乐园"中，回到了人类的童年时代。由此，陀思妥耶夫斯基小说中经常写到的孩童形象，作为天真纯朴的象征，也就具有了另外一种意义。乡村、大地、孩童、时间上的"过去"，它们共同拥有了相似的文化内涵。而城市常常与人工制造物，与时间上的"现在"，人心灵的"罪孽"联系在一起。于是乡村—童年与城市—成年模式，在陀思妥耶夫斯基小说中，便具有了非同一般的象征意味。回归，构成了生存意义上的本体象征。陀思妥耶夫斯基，作为自小生活在都市的都市主义艺术家，最终走向了他反都市的历程。他的小说中人与作为环境的城市的巨大冲突，直到他生活的晚期，当他跻身于彼得堡上流社会，完成了生存上与城市的认同，小说中人与城市的冲突模式才慢慢趋于消解。《群魔》、《少年》、《卡拉马佐夫兄弟》等小说，人与作为生存环境的城市冲突更多地转为一种思想冲突。

三、城市视角

文学理论家派克认为可以从三个角度描绘城市：从上面、从街道水平上、从下面。从下面观察是发现城市的文化本能，发现城市人的潜意识和内心黑暗，发现在街道上禁止的事物，这是现代主义的观察立场。从街道水平观察更切近城市生活的复杂性和丰富性，有一种视城市为同类的认同感，把城市当作一种正常存在，因而能够比较客观地表达出城市人生的隐衷、委曲和真实含义，是写实主义的观察立场。从上面看则是把城市当作一种固定的符号，在这种眼光下城市是一种渺小且畸形的人造物，被包围在大自然和谐而美妙的造化中，这是浪漫主义的观察立场。[1]陀思妥耶夫斯基对城市的观察显然是站在现代主义的角度。这点与果戈理的《彼得堡故事》对照起来看则很清楚了，请看果戈理《涅瓦大街》的开头：

> ……我们先从清晨谈起吧，那时整个彼得堡飘荡着热烘烘的刚烤好的面包香味，……那时的涅瓦大街空旷而寂寥……到了十二点钟，各种国籍的家庭教师带领他们穿着细麻布硬领的学生涌进了涅瓦大街……总之，这时候的涅瓦大街是一条教育味道的涅瓦大街。可是在靠近两点钟的时候，家庭教师、老师和孩子们就越来越少了：他们终于被温文优雅的父亲们排挤了出去，这些人跟他们珠光宝气的、花花绿绿的、神经衰弱的女伴们挽着胳膊在这一带漫步……在整个两点到三点之间可以称为涅瓦大街活动焦点的这一段幸福的时间里，人类一切优美的作品在这儿举行着盛大的展览会……在三点钟的时候，发生了新的变化，春天蓦地降临了涅瓦大街：整条街上挤满了穿制服的官员们……过了四点钟，涅瓦大街又变得空空荡荡了，街上几乎很难碰到一个官……可是只要看到苍茫的暮色笼罩着房屋和街道，守夜人披着遮风的席子爬到梯子上去点亮街灯，商店的矮窗子里露出白天不敢露面的铜版画的时候，涅瓦大街又活跃起来，开始活动了。灯火给一切东西笼罩上美好诱人的、光彩的那种神秘时刻就来临了。

果戈理对彼得堡的描写是典型的写实主义态度，他严格地按照日常生活的传记时间，记录下城市大街从早到晚的变化过程，勾勒出一幅城市风俗画，从而为人物活动提供一个现实背景。而陀思妥耶夫斯基却很少客观具体地描绘人物所处的环境，而是把外部世界置于主人公的意识中，以主人公的视角去描绘他们所见到的一切，从而外部的客观世界全部变成了主人公意识中的世界。正如巴赫金所说："不仅主人公本人的现实，还有他周围的外部世界和日常生

---

1 李书磊：《都市的迁徙》，时代文艺出版社，1993年，第116页。

活，都被吸收到自我意识的过程中，由作家的视野转入主人公的视野。"[1]因而客观世界分裂成了众多的主人公世界，"每个主人公都是从一个特别的侧面看到世界的……在陀思妥耶夫斯基作品中，找不到外部世界的所谓客观描写，严格地说，他的小说里既没有日常生活，也没有城市或农村生活，没有自然，这里有的或者是环境，或者是土壤，或者是大地……"[2]也就是说，客观的城市、农村生活或自然，都在主人公的意识中成为了与他休戚相关的"环境"，或者成为他精神依附的"大地"。当陀思妥耶夫斯基小说中主人公处在生存的焦虑中，而走上精神衰竭、分裂、梦呓中，他们所身处的城市往往也就染上了强烈的主人公内心色彩，从而构成了独特的陀思妥耶夫斯基式彼得堡，陀思妥耶夫斯基城市小说也便具有了一种典型的"城市形式"。

我们且来看看《罪与罚》中彼得堡的涅瓦河景象是怎样被主人公在三次不同的时间里、在不同的心态下以不同的视角而被肢解的：

第一次是在回忆童年的梦醒后，他一边考虑着是否放弃杀高利贷老太婆的计划，这时，他不自觉地向T桥走去，"他走过桥的时候，悄悄地、心境宁静地望着涅瓦河，望着那嫣红的夕阳"，这时他准备抛弃杀人之念，因而心境比较宁静，但"嫣红的夕阳"却与关于童年梦中的马被打得"血淋淋的头"，与想象中的拿起斧头打碎老太婆的脑袋，"浑身溅满鲜血"相暗合，"嫣红的夕阳"成了主人公潜意识中杀人意念的一种外在化形象。

第二次是在杀了老太婆之后。拉斯柯尔尼科夫挨了马车夫一鞭，路人塞给他二十戈比，他手握银币，走了十来步路，"脸转向涅瓦河，朝皇宫望去。天空没有一丝云彩，河水几乎是浅蓝色的，在涅瓦河里，这是很少见的。大教堂的圆顶光彩夺目，不论从哪里看这个圆顶，都没有像站在这儿离钟楼二十来步路的桥上看得清楚；透过洁净的空气，连它的每种装饰都可以看得清清楚楚"。主人公仰视着教堂圆顶的光辉预示着"上帝的灵性之光"对人类灵魂的拯救，它构成了与彼得堡地狱般的魔幻世界相对立的"启示世界"。

第三次是在他因为负罪感的折磨，精神恍惚之时："他俯身看着河，无意

1 巴赫金：《陀思妥耶夫斯基诗学问题》，白春仁、顾亚铃译，三联书店，1988年，第85页。

2 巴赫金：《陀思妥耶夫斯基诗学问题》，白春仁、顾亚铃译，三联书店，1988年，第52页。

识地望望那落日余晖的粉红色的反照，在渐渐变浓的暮色中显得暗沉沉的一带房屋，以及左边沿岸某处顶楼上一扇很远的窗子；夕阳把这扇窗子映照得像在火焰中熊熊燃烧一般，一会儿就消失了。他又望望河里那片变得黑黝黝的水，似乎很用心。末了，有许多红圈儿在他眼前旋转起来，那些房屋都行走起来了，行人、河岸、马车……这一切都在四下里旋转和跳起舞来。""落日余晖的反照"、"黑黝黝的水"，来自上天的光与心灵深处的黑暗，由此引发的昏眩，主人公的内心冲突暴露无遗。客观的自然景象在人的意识（包括潜意识）支配之下化为一种主观形象，与主人公的精神融为一体，从而构成了典型的现代主义"从下面"看城市的视角。

城市中的这些寄居者处在内心与外界、人与环境的尖锐冲突中，由此导致他们心理失控、焦虑、精神错乱及其他们命运的变幻无常，这本身便决定了陀思妥耶夫斯基那些城市小说故事情节的起伏变幻，冲突的高度紧张、混乱、错杂、变幻不定。陀思妥耶夫斯基心中的彼得堡的这些特点影响着他的艺术形式本身，我们姑且可以把它称为"城市形式"。

陀思妥耶夫斯基的传记作者格罗斯曼曾经谈到过陀思妥耶夫斯基小说的这种特点，《被侮辱与被损害的》作为一篇适于报刊连载的随笔性小说："故事情节的急剧转变，各个章节的迅速收尾。……故事情节往往在不祥的一瞬间，在事件的转折关头，在发生惊天动地大变化的一刹那，在主人公因受到意外打击而极感惊慌不安的时刻，在读者兴味正浓的时刻猝然中断。'他像是疯了。我把一张圈椅推给她，她坐了下来，两腿直发软'，'我惊呼一声，立即从寓所出去'，'她的面部抽搐起来，旧病剧烈发作，她倒在地板上……'所有这些就是随笔式长篇小说中猝然中断的章节所特有的结尾。"[1]

格罗斯曼同样还谈到《少年》的类似的情况："俄国在农权制改革后，社会毫无秩序、混乱不堪，陀思妥耶夫斯基以相应的、杂乱无章的手法去描写这一现实。那种常见的情节内容和手法，诸如主要人物行为的统一性与稳定性以及他们的行为和内心感受在时间上合乎逻辑的因果关系被合并了，而代之以一些离奇古怪的情节和浮光掠影的、能引起读者好奇心的插曲，……所有这一切就形成一种特殊的风格，这种风格是高度律动的、狂热的、虚无飘渺的、像涡流一样急剧变动的，或者用陀思妥耶夫斯基的绝妙说法，是'梦幻般或被云雾

1　格罗斯曼：《陀思妥耶夫斯基传》，王健夫译，外国文学出版社，1987年，第561页。

遮掩着的'，在这种风格中，小说的风俗画性质以及清晰明确的史诗法则隐而不见了，仿佛消融在一些稍纵即逝的幻觉或朦胧的概念之中，摆脱了进化规律和有机发展的束缚。"[1]

这是一种典型的城市小说，故事情节高速度发展和变化无常，它本身便代表了一种城市节奏。如果说乡村往往与古朴、宁静联系在一起，乡村小说的节奏、情调也相对来说显得较为舒缓、抒情，而城市小说时间节奏显得大大加快了，小说本身更具有变幻不定的色彩。特别是在陀思妥耶夫斯基的小说中时空结构都是处在主人公意识的支配之下。主人公每一天的生活都是动荡不安的，充满了意外事件、突然转折、离奇插曲、剧烈冲突。小说中的时间都是高度浓缩后的。陀思妥耶夫斯基常常从现实生活中选取非凡的、特殊的、充满紧张感、危机性的事件，置于高度浓缩了的小说时间中。《罪与罚》的事件时间才十四天半，《白痴》为七个月（实际第一部事件发生在十一月，事件时间仅为一天半，后面几部是在半年之后，即次年的六、七月份）。《恶魔》不到一个月，《卡拉马佐夫兄弟》每一部的情节时间不过几天。在这高度浓缩的时间里，生活往往在转瞬间就发生了天翻地覆的变化。就拿《白痴》来说，情节开始，主人公梅诗金从早上来到彼得堡，到晚上娜斯塔霞·菲利波夫娜生日宴会结束，这其间发生了多大的变化啊！早晨仅带着一个小包裹，一无所有的梅诗金，晚上却成了百万富翁，以至让曾把他视为穷人而借给他二十五卢布的叶潘钦将军惊叹："这真是一篇童话。"娜斯塔霞的命运在这一天里因为梅诗金、罗果仁的出现而发生巨大的变化。早上梅诗金还仅仅看到她的照片，中午在茹纳家他还被娜斯塔霞误认作仆人，被她骂作"白痴"，晚上他们之间却已有了非凡的情感交流，相互间充满了爱意。而茹纳因为发财的欲望想娶娜斯塔霞，早上还满怀希望，晚上却被施给他的意外"苦刑"煎熬而晕倒在地……

在这一天，除了这些突转情节，还有其他许多离奇插曲。初次造访叶潘钦将军家的梅诗金，竟与仆人、与将军夫人及她的女儿们大谈断头台、死囚犯临刑时的心态。在娜斯塔霞的生日宴会上，她将作出决定他命运的重大决择。宾客们却要轮番讲起自己一生中最不体面、最不光彩的一件事。在这一天里，以将军府第、茹纳家里、娜斯塔霞的客厅为情节的三个基本点，展开紧张的戏剧冲突。间以罗果仁的介入，更使情节发展充满离奇色彩。罗果仁把价格从一百

1　格罗斯曼：《陀思妥耶夫斯基传》，王健夫译，外国文学出版社，1987年，第664页。

卢布猛升到十万卢布，让茄纳出让娜斯塔霞，最后娜斯塔霞将十万卢布扔进炉火中，让茄纳，也让众多宾客忍受一番难熬的苦刑，娜斯塔霞也因此背上了"疯狂"的恶名。

陀思妥耶夫斯基就是在这样浓缩的时间里将各种人物、事件集中在一起，舍去传记性时间中的许多中间环节，将情节集中在某个充满紧张冲突、充满危机感与灾难性的点位上。正如《荒唐人的梦》中荒唐人所说的："一切都和往常一样，越过时间和空间，越过存在的理智的规律，只在心灵向往的点位上停顿下来。"

由此，在陀思妥耶夫斯基的小说中，城市与人的冲突便化作了一种心灵冲突。外在世界的急剧变化、人物内心的紧张感、冲突感乃至由此导致的精神谵妄、错乱，常常构成了陀思妥耶夫斯基小说中的一种梦幻结构。"我对现实（艺术中的）有自己独特的看法，而且被大多数人称之为几乎是荒诞的和特殊的事物，对于我来说，有时构成了现实的本质。事物的平凡性和对它的陈腐看法，依我看来，还不能算作现实主义，甚至恰好相反。"[1] "有什么能比现实更荒诞、更出乎意料呢？甚至有时候有什么能比现实更不可思议！"[2]俄国社会生活（特别是城市生活）的急剧变幻、梦幻色彩构成了陀思妥耶夫斯基荒诞的现实主义的直接社会根源。正如陀思妥耶夫斯基所说："难道我的荒诞的《白痴》不是现实，而且是最平凡的现实。"[3]陀思妥耶夫斯基小说中经常出现的词汇，一个是"梦"，一个是"突然"。"梦"不仅指主人公往常做的"梦"及陷入的"梦境"状态，同时也包含这些人物对他们所身处城市世界的感知。"城市上空笼罩着一片白蒙蒙的大雾"，（《罪与罚》）"空气非常潮湿，大雾弥漫，不知道这天色是怎么亮出来的，真难为它；从车窗望出去，铁道左右两侧十步以外就什么也看不清楚"。（《白痴》）彼得堡的晦暗大雾，本身便使这个城市带有了一种如烟如幻、似真似梦的感觉。而人物命运的起伏多变、把握不定，也让他们时时仿佛身处梦幻世界。正像《白痴》中主人公的

1　陀思妥耶夫斯基：《陀思妥耶夫斯基选集·书信选》，冯增义等译，人民文学出版社，1986年，第223页。

2　陀思妥耶夫斯基：《陀思妥耶夫斯基选集·书信选》，冯增义等译，人民文学出版社，1986年，第223页。

3　陀思妥耶夫斯基：《陀思妥耶夫斯基选集·书信选》，冯增义等译，人民文学出版社，1986年，第223页。

爱情，像一阵风，一道电光，"瞬间的美"，"一分钟的欣悦"，一切都像一场梦一样，无影而来，转眼即逝，这就是陀思妥耶夫斯基小说中人物经常的感慨，也是读者阅读陀思妥耶夫斯基小说经常产生的感觉。我们读他的作品，似乎他的作品在梦境中，而我们自己也处在梦境中。

狂欢化，构成了陀思妥耶夫斯基小说的一大特点。巴赫金在谈到陀思妥耶夫斯基对彼得堡的"狂欢式感知"时曾强调，"这首先是对彼得堡连同它那尖锐的社会对立的独特感觉，仿佛那是一个'奇异的幻想'，是一切梦，是介乎于现实与幻觉虚构之间的某种东西"。陀思妥耶夫斯基小说中再现的常常是脱离常轨的狂欢式生活，他描绘的一切都像是一场"假面舞会"，这里面充满了游戏、哄笑、梦幻、加冕与脱冕仪式、神圣与粗俗、崇高与卑下、伟大与渺小、愚蠢与聪明、诞生与死亡、祝福与诅咒的混合。[1]

如果说灰暗成了彼得堡的底色，而它的鲜艳色彩，便常给人一种蒙上面具的不真实感。索尼雅初见拉斯科尔尼科夫时的打扮：穿着"花缎衣服"，戴着"插着一根色泽鲜艳的大红色羽毛、令人可笑的圆草帽"，这是索尼雅作为妓女的典型打扮，但他只代表虚假的"索尼雅"，而不代表索尼雅的本质。而斯维德里加依洛夫那张"白净、红润、两片嘴唇鲜红"的脸，那"色泽光亮的淡黄色大胡子"，一头"相当浓密的淡黄发"，也被看作像是一个"假面具"。处在这种狂欢式"假面舞会"中，世界像是翻了个个儿。人物的命运变得变幻不定，一切都走向了边沿，就像狂欢仪式中的加冕与脱冕礼，有时哪怕是人物突然降临的幸福，也变得不真实。正像《白夜》、《脆弱的心》等小说中主人公的幸福爱情，最终不过是一场美梦而已。"狂欢化把一切表面上稳定的、已经成型的、现成的东西，全给相对化了；同时它又以自己那种除旧布新的精神，帮助陀思妥耶夫斯基进入人的内心深处，进入人与人关系的深层中去。事实证明，狂欢化对于艺术地认识发展中的资本主义关系，是惊人地有效。"[2]更准确地说，在陀思妥耶夫斯基小说中，狂欢式构成了处在资本主义日甚一日冲击下的彼得堡的内在本质，处于这种狂欢式中，有时连彼得堡本身都变得不

1　巴赫金：《陀思妥耶夫斯基诗学问题》，白春仁、顾亚铃译，三联书店，1988年，第225页。

2　巴赫金：《陀思妥耶夫斯基诗学问题》，白春仁、顾亚铃译，三联书店，1988年，第233页。

真实。

"很能说明问题的是，连小说情节发生的地点——彼得堡（它在小说中起着重大的作用）——也处于存在与不存在的边缘上，现实与幻想的边缘上，而这个界限眼看就会像雾一样消失不见。彼得堡也仿佛失去了内在依据，不再能保持在应有的稳定状态中，可是它处于边沿上。"[1]

也许我们可以用"城市写意"来概括陀思妥耶夫斯基透视城市的视角及其表达方式，以区别于巴尔扎克、果戈理等传统现实主义作家的"城市写实"（巴尔扎克笔下的巴黎场景，果戈理的彼得堡素描，都是城市写实主义的典型代表）。而当陀思妥耶夫斯基将视线转向乡村的时候，仿佛突然变得心境宁和悠闲，充满一种脉脉的温情。当他把乡村、土地当作了人的心理依托、人生理想归宿时，他对乡村、土地的描绘，也就构成了一种乡村浪漫主义。

如果说陀思妥耶夫斯基常把城市"魔幻"化，那么，其乡村抒情则往往具有"童话"的特点，且看《被侮辱与被损害的》凡尼亚对他童年生活的回忆：凡尼亚出生在一个"遥远的省份"，父母早逝，在小地主伊赫缅涅夫家长大，与比他小三岁的娜达莎兄妹般一块长大。"啊，我那幸福的童年！……在那些时日，天上的太阳是多么明亮，和彼得堡的太阳毫不相同，我们幼小的心灵是那么活泼而欢快地跳动。那时候我们的周围都是田野和树林，不像现在全是一堆死气沉沉的石头……那是一个多么幸福的黄金时代啊！生活第一次神秘而诱人地展现在我眼前。和它初次接触是多么甜蜜啊！在那些日子里，每丛灌木和每株树木后面，似乎都有人生活着，他们是那么神秘，我们的肉眼是看不到的；似乎与现实融为一体了；有时深谷中凝聚着一片浓密的晚雾，像一缕缕灰白色的发辫缠绕在深谷底部石头上生长的灌木丛，这时候，娜达莎和我手携着手，又胆怯又好奇地站在深谷的边上和下面深处窥探，期待着随时会有人从谷底的雾中出现或应答我们的呼喊；那时我们的乳母所讲的童话就会变成合情合理的事实了。"

如果说童年的乡村记忆构成了凡尼亚、娜达莎所梦想的"童话"，同时，对于从小身居城市的陀思妥耶夫斯基来说，他对乡村的描述，也就构成了一个"成人童话"。事实上，陀思妥耶夫斯基的笔触并没有真正深入到乡村。

---

1 巴赫金：《陀思妥耶夫斯基诗学问题》，白春仁、顾亚铃译，三联书店，1988年，第234页。

他小说的乡村背景大多是地主庄园中的花园，或者遥远的西伯利亚、"瑞士山庄"。陀思妥耶夫斯基一生都生活在城市，他对乡村的了解仅限于父亲后来购置的庄园及西伯利亚流放与苦役生涯，他小说对乡村、大地的描写，也仅仅是为了构架一个与城市相对立的世界，从而为处在城市与人的冲突中的主人公提供一条精神出路。

如果说陀思妥耶夫斯基的城市血缘使他不仅描摹出一幅幅城市风景画，更使他深入到城 市与人的心灵的内部，透视出其中隐含的内在意义，构成"从下面"看城市的视角。而他对乡村则是"从上面"把乡村当作了某种固定的文化符号。在他的"乡村抒情"中，乡村往往被模式化、童话化。乡村成了一个面貌模糊的轮廓，一种缺乏个性的模式，"阳光普照"、"鲜花盛开"、"树木葱笼"等便构成了陀思妥耶夫斯基关于"乡村"的基本想象。比照一下屠格涅夫、托尔斯泰他们对于乡土自然的精细的、充满个性色彩的描绘，陀思妥耶夫斯基乡村、自然描写的"模式"化特点，也就不言自明了。陀思妥耶夫斯基毕竟是个都市主义小说家，他的"乡村"想象乃是在对都市的透视与批判时的一种艺术策略。他对城市的"叛逆"，对土地的钟情，归根结底，是属于城市文化的一个组成部分，构成了城市人惯做的一个"乡村梦"。

第四章
家庭、女性、父亲：文化的隐喻内涵

家，作为社会的基本群体单位，构成了个人的基本生存空间。它不仅是个人休养生息的场所，也为其提供了精神庇护与心理归依。从这个意义上来说，家园，永远是一个最温馨、最动人的字眼，成为人在漫漫旅途漂泊时的驿站与港湾。而在陀思妥耶夫斯基小说中，那些饱受生活挫折与精神折磨的不幸人物，往往处在无家可归的境地，或者即便有家，也是不幸家庭、偶合家庭，失去了家的基本功能。那么，陀思妥耶夫斯基究竟是怎样描写"家"的，他小说中的爱情、婚姻呈现出一种怎样的模式，他又是怎样描写家庭中的女性、父亲形象的，它们具有怎样的一种文化的隐喻内涵，这些正是本章所要探讨的问题。

一、家庭范式

根据摩尔根和恩格斯的文化进化论观点，在文明社会产生之前，即原始社会末期、氏族公社解体阶段，就出现了家庭公社，它作为父权制社会的基本社会细胞，是母权制社会过渡到一夫一妻制的个体家庭的中间环节，包括一父所生的几代子孙及其妻子儿女，从而构成一个原始家族。族长，便是这个家族的组织者和领导者。而随着私有制的出现，出现了一夫一妻制的个体家庭，恩格斯指出："一夫一妻制是不以自然条件为基础，而以经济条件为基础，即以私有制对原始的自然长成的公有制的胜利为基础的第一个家庭形式。"[1]在文明社会中，家庭作为基本的社会细胞，从家庭到村社、城市，再到国家，便自然形成了社会的基本结构。

1　恩格斯：《家庭、私有制和国家的起源》，《马克思恩格斯选集》，第4卷，人民出版社，1972年。

如果说古希腊人由于其温和的气候，公民的自由身份，公共活动的频繁，户外公共活动场所如神庙、剧场、广场、会议厅的多样化，造就了其家庭观念的淡薄。而对于俄罗斯人来说，作为一个"在自然经济条件下进行开拓的国家"，[1]它的宗法制文化传统，使其家庭在整个社会结构中扮演着非常重要的角色。气候的严寒，自然条件的恶劣，更使"家"具有重要的意义。家庭作为社会的基石，它同时也成了个人生活的支柱，为个人提供基本生活场所和温暖的庇护。

而在陀思妥耶夫斯基的早期小说中，其主人公却大多数处在无家庭的境地。从《穷人》中的杰符什金到《孪生兄弟》中的戈利亚德金，从《普罗哈尔钦先生》中的普罗哈尔钦到《女房东》中的奥尔狄诺夫，从《波尔察柯夫》中的波尔察柯夫到《脆弱的心》中的瓦夏，《诚实的贼》中的叶多利扬，都是被家庭所抛弃的人。这些人既不知"自己的父母是怎样的人"，又没有兄弟姐妹、妻室儿女。而在《白夜》中，主人公不仅没有父母妻儿，就连刻在其他人物身上的唯一家庭印记——姓名也丧失了，成了一个无名无姓的人。无家庭，即意味着无政治背景，无经济后盾，无社会关系网，只能永远蜷缩在向人家租来的某个角落里，永远置身于陌生的人群中，形单影只，孤苦伶仃。在陀思妥耶夫斯基的中期作品中，不少主人公仍是无家庭的人，如《被侮辱与被损害的》中的凡尼亚，《地下室手记》中的"地下人"，《白痴》中的梅诗金公爵，《赌徒》中的"赌徒"阿列克谢。而《罪与罚》中的拉斯柯尔尼科夫，虽然有母亲、妹妹，但只身一人在彼得堡求学，即使后来母亲、妹妹来到彼得堡，他仍过的是公寓里只身一人的生活。他们往往寄居在租来的斗室、阁楼乃至"地下室"里，作为暂时的栖息地，根本不成其为"家"，正像拉斯柯尔尼科夫的斗室：

> 这是一间很小的屋子，六步长，很简陋，壁纸发黄了，蒙着厚厚的一层灰尘，已经从壁上脱落下来了。这间斗室是这么低矮，身材稍高的人在里面就要时刻担心脑袋撞在天花板上。家具跟这间斗室是相称的：三把旧椅子损坏得还不十分厉害，屋角里立着一张油漆过的桌子，桌上摆着几本练习簿和几本书；这几本书已经蒙着一层厚厚的灰

1　普列汉诺夫：《俄国社会思想史》，第1卷，孙静工译，商务印书馆，1988年，第106页。

尘，显然已经很久没有人碰过它们；还有一张笨重的大沙发榻，它差不多占去一边墙壁和半间屋子的地位，从前这张沙发榻套着印花布套子，可是现在这个套子已经破旧不堪；这张沙发榻也当作拉斯柯尔尼科夫的床。他常常和衣睡在沙发榻上，没有被单，就拿自己那件穿破了的从前做大学生时穿的大衣盖在身上，床头放了一个小枕头，小枕头下面垫着他所有清洁的和穿脏了的内衣，让头枕得高些。沙发榻面前摆着一张小桌。

拉斯柯尔尼科夫常常憎恨地打量着自己的斗室，但又时时像乌龟缩在自己的硬壳里一样，龟缩在自己的"斗室"里，毅然决然地不跟任何人来往，连那个经常来服侍他的女仆有时偶尔往斗室里张望一下，也会引起他的恼怒与痉挛。一连两个星期女房东没有给他送饭来，他也没想去交涉一下。这就是这些无家者所过的生活，被抛离出正常的家庭生活之外，远离人群，远离家庭的温暖。他们中有的人也曾不甘于忍受这种无家庭的处境，渴望着爱人和被人爱，渴望拥有一个自己的家，或者渴望走出封闭的斗室，在与他人的交往中让社会承认或认识到自己的存在，但多以失败告终。正像年过半百的杰符什金在公寓里幸运地找到一个"一表三千里的远亲"——瓦莲卡，这个年幼的、善良的孤女的出现，成了杰符什金黯淡生活中的一线阳光。"真想上帝赐给我一个窝儿，赐给我一个家庭"，他把她当作自己的"亲生女儿"，尽心竭力地关心她、照顾她，从而感到一种父性的满足，一种家庭的温暖，也使他感到与这个世界真正意义上的人的联系，从而使他觉得"拿我的心灵和思想来说，我是一个人"，但是好景不长，尽管杰符什金竭尽全力，他还是未能抓住瓦莲卡，她还是被迫离他而去了。杰符什金拼命维持的这个根本还算不上是家的"家"，转眼间就化为乌有了。而《脆弱的心》中的瓦夏，得到纯洁的爱情，眼看就将有一个美好的家，可在险恶的社会，充满惶恐的生活中的突来幸福，反而使他脆弱的神经无法承受，以致惊吓成疾，"消受不了他的幸福而发起疯来"。《白夜》中的无名幻想者的爱情，也像彼得堡的梦一般的白夜，突然而来，转瞬而去。而《孪生兄弟》中的戈利亚德金，《地下室手记》中的"地下人"，渴望在与他人交往中被他人所承认。拉斯柯尔尼科夫想通过犯罪来证明自己究竟是一个真正的人还是一条虫，可最后都以失败告终。

家的丧失，也就意味着根基的丧失，被抛离在社会的正常生活之外，成为生活的"零余者"。那么，有家又如何呢？《穷人》中的杰符什金的邻居戈尔什科夫，作为无背景、无靠山的小公务员，因蒙冤被革职，全家陷于贫病交加、求告无门的境地，乃至9岁的孩子夭折时，邻人只能够在小棺材旁默默悲叹："现在卸掉了一个包袱，他们大概会轻松些，可是还有两个吃奶的孩子和一个六岁的女孩。"孩子的死变成一种解脱，而活着的孩子都是还没被卸掉的包袱。当最后戈尔什科夫的官司终于胜诉，他却因承受不了这突如其来的幸福而猝然身亡。陀思妥耶夫斯基在其处女作中即揭开了"不幸家庭"的序幕。《被侮辱与被损害的》更以两个不幸家庭为主线，彻底展露出不幸家庭的真相：工厂主史密斯与小地主伊赫缅涅夫两个家庭，都成了瓦尔科夫斯基公爵的牺牲品。而《罪与罚》中的玛尔美拉陀夫的家庭，失业、酗酒、贫困、疾病、卖淫、求乞……构成了一幕幕令人心悸的人间惨剧。

如果说对不幸家庭的描写主要展现了陀思妥耶夫斯基对小人物不幸命运的人道主义同情，而他晚期作品中对偶合家庭的描写，则真正成了陀思妥耶夫斯基的艺术发现。1861年农奴制废除，整个俄罗斯宗法制度、专制主义的根基被动摇，由此带来旧家庭的纷纷解体。"俄国的贵族家庭正以不可阻挡的力量大批地转变为偶然凑合的家庭，在普遍的无秩序和混乱中同它们融为一体"。（《少年》）陀思妥耶夫斯基对偶合家庭的描写，正体现了他对俄国社会的独特认识。

陀思妥耶夫斯基在1876年4月9日致赫·达·阿尔切夫斯卡娅的一封信中谈道："对我来说，现实中最需要研究的是年轻一代以及现代的俄国家庭，我预感到它早已不是二十年之前的那种状况了。"[1]其实陀思妥耶夫斯基对年轻一代及现代俄国家庭的研究，早在60年代就开始了。创作于1868年的《白痴》，不仅开始了作家对"新人"形象的探索，而且开始触及到"偶合家庭"这一俄国的新式家庭范式。退职将军伊伏尔金一家，便构成了偶合家庭的雏形。首先作为一家之主的父亲，在家庭中却丧失了作为父亲的基本职能。而家庭成员之间，相互敌视，加尼亚·伊伏尔金同老伊伏尔金之间，瓦丽雅和他的丧失人格的哥哥之间，她的丈夫波奇金同整个家庭成员之间，小儿子郭略和父母之间，

1　陀思妥耶夫斯基：《陀思妥耶夫斯基选集·书信选》，冯增义等译，人民文学出版社，1986年，第324页。

他们在物质和精神上都失去了任何能将他们纽结在一起的联系，从而宣告了家庭血缘关系的解体。

如果说《白痴》仅触及到偶合家庭，那么长篇小说《少年》中，对偶合家庭的描写则被放在了作品的中心地位。陀思妥耶夫斯基在谈到《少年》时曾说道："主要的，在一切里面有着瓦解的概念……瓦解是小说主要的、显著的思想。"[1]瓦解，构成了陀思妥耶夫斯基心目中七十年代俄国社会的特征，也是这个时代家的特征。小说中主人公维尔西洛夫作为贵族地主，一生花掉了几十万卢布，还有着一笔遗产等他去继承，这与不幸家庭中那些因为贫困走投无路的主人公们形成鲜明的对比。但金钱并不能成为维系家庭的纽带。这个家庭包括维尔西洛夫和他实际上的妻子索菲雅及他的四个儿女——安德烈、安娜、阿尔卡其、丽莎，他从前的家仆、索菲雅法律上的丈夫马卡尔·多尔戈鲁基，他们之间构成一种错综复杂的关系：法律上的维尔西洛夫家，包括维尔西洛夫和他的一对婚生儿女；实际上的维尔西洛夫家，包括维尔西洛夫、索菲雅及他们的一对私生儿女；法律上的多尔戈鲁基家，包括多尔戈鲁基及名义上的妻子儿女，这个偶然凑合起来的家庭首先从居住这一角度来说，它已经丧失家庭成员共同生活在一起这一起码前提。他们是分居在不同地方，各自为阵。而从社会地位来说，其家庭成员也分属不同的社会阶层，维尔西洛夫及其婚生儿女安德烈、安娜，他们属于俄国上层贵族阶层，而索菲雅和多尔戈鲁基，则作为家奴处于社会的最底层。阿尔卡其和丽莎，作为贵族维尔西洛夫与其家奴索菲雅的私生儿女，则正好处在既非贵族又非奴仆的尴尬境地。正是这样一个偶合家庭，构成了梦幻一般的、变化无常的俄国社会的折射，成了"过渡时期"崩溃的四分五裂的社会的一个缩影。

陀思妥耶夫斯基最后一部小说《卡拉马佐夫兄弟》同样是以卡拉马佐夫一家作为小说的结构中心，成了"偶合家庭的典型范例"。老卡拉马佐夫作为一个"色鬼"、"卑鄙之徒"，他分别以蒙骗、诱拐乃至强奸的方式，分别折磨了三个女性，而留下四个儿子：与第一任妻子生的大儿子德米特里，与第二任妻子生的伊凡与阿辽沙，强奸疯女子而留下私生子斯麦尔佳科夫，四个儿子分别代表着四种不同类型的人物：放纵情欲者、思想矛盾者、纯洁的天使、卑鄙无赖者；除阿辽沙外，他们都憎恶自己的父亲，最后都成为不同意义上的"弑

1 叶尔米洛夫：《陀思妥耶夫斯基论》，满涛译，上海译文出版社，1985年，第232页。

父者"，家庭成员之间形同陌路乃至相互仇视，家庭的职能几乎全部丧失，家已经完全不成其为家了。

陀思妥耶夫斯基笔下的偶合家庭，无论从家庭的成立、组合，还是家庭成员中的相互关系及家庭的职能等各方面，可以说都已经完全失去了"家"的意义。维尔西洛夫在25岁丧妻后，"天晓得为什么"占有了自己的女仆、多尔戈鲁基的妻子索菲雅，此后与索菲雅之间二十多年来若即若离，似夫妻非夫妻，始终处在一种暧昧不明的关系中。而老卡拉马佐夫的儿子们，都不过是他情欲满足后的副产品而已。"金钱"与"情欲"，取代家庭中的血缘与伦理关系，构成了偶合家庭得以偶然凑合的纽带。社会的解体所造成的家庭关系的崩溃，是资本主义社会金钱至上、情欲泛滥的结果。陀思妥耶夫斯基对家庭的描写，归根结底是对俄国社会状况的独特反映。

二、爱情模式

有意思的是，陀思妥耶夫斯基笔下的家庭，不论是不幸家庭，还是偶合家庭，它们都不是因为爱情而建立的。更进一步说，陀思妥耶夫斯基的小说从来都只呈现家庭的状况本身，而不揭示家庭产生的过程。如果说在封建社会里，婚姻的缔结更多的是强调等级、门第，而在资本主义社会中，金钱关系取代了等级、门第制度，资产阶级"把一切变成了商品，从而消灭了过去留传下来的一切古老关系"[1]，婚姻的缔结在某种程度上也就变成了一种金钱的交易。而陀思妥耶夫斯基小说中家庭的组合呈现一种非范式特征，既非因为门第，也非金钱，同时也不是因为爱情。爱情与婚姻，在陀思妥耶夫斯基小说中，永远是脱节的。爱情，对于小说中的主人公们来说，永远是美好的梦，是不结果实的花朵。《脆弱的心》中的瓦夏，《白夜》中的无名梦幻者，他们的爱情都不过是短暂的梦而已。《被侮辱与被损害的》中的两位女性：工厂主史密斯的女儿，及小地主伊赫缅赫夫的女儿娜塔莎，她们的爱情都是一种被贵族少爷引诱、出走、被抛弃的模式，爱情成为不幸的代名词。或者，爱情就是一种折磨他人与自我折磨的混合物。"因为爱你，所以折磨你"，成为陀思妥耶夫斯基

1　恩格斯：《家庭、私有制和国家的起源》，《马克思恩格斯选集》，第4卷，人民出版社，1972年。

爱情描写的一种基本模式。

　　在陀思妥耶夫斯基的小说中，主人公大多处在受欺凌、受压抑的状况，这种处境往往导致他们精神分裂与变态，这种变态表现在爱情中，则构成了"因为爱你，所以折磨你"的模式。在《地下室手记》里，"地下人"在受了他人凌辱后，在妓院里与丽莎邂逅。他仿佛怀着同情与怜悯，向丽莎讲起家庭的幸福与温馨，她现在灵与肉一块被奴役的可怕处境，而将来，青春渐逝，注定要受尽辱骂，最终默默无闻死去。"地下人"自得地欣赏着丽莎怎样一步步被他引向绝望的深渊，"身体像痉挛似的哆嗦着，憋在心头的哀号压迫着、撕裂着她，突然以号啕和叫嚷声冲了出来"。而这正是"地下人"所需要的，"我很早已经预感到我扰乱了她整个灵魂，并摧残了她的心，而且我越是证实这一点，我就越想更迅速和尽快地达到目的……"最后，当丽莎带着幻想，抱着复活的渴望来找他，他又无情地嘲弄她、赶走她，让她一个人去忍受在地狱般的环境里的清醒的痛苦。因为"地下人"庄严宣告的正是："因为爱你，所以折磨你。"

　　这种"意味着虐待"的爱情，也表现在陀思妥耶夫斯基的其他许多小说中。《赌徒》中的波琳娜对于"赌徒"阿列克谢的爱故意视而不见，永远对他若即若离，有时故意勾起他心中的希望，又突然来一个"极端轻蔑和冷漠的举动"，使之永受煎熬，她则以此为乐。还有，《白痴》里的阿格拉雅对待梅诗金公爵，《卡拉马佐夫兄弟》中的卡捷琳娜对待伊凡，她们都爱着，也正因为爱着，所以又不断以折磨来表达她们的爱意。公爵向罗果仁谈起女人的天性时，大概说的也正是他自己的切身体验，"甚至她越是折磨你，就越是爱你"。折磨，正是爱的表现。

　　爱，等于折磨他人，也常常是自我折磨，在自虐中获得痛苦的满足。《白痴》中的娜斯塔霞·菲立波芙娜，因为梅诗金公爵是第一个真诚对待她、赞美她的美、对她产生无私的爱的人而深深爱上他，也正因为爱得深，所以她又要远远地逃避他，一次又一次。因为她感到以自己不好的声名跟公爵结合会害了他，她自以为配不上公爵索性自轻自贱让自己处在更卑下、更屈辱的境地，以促成公爵与阿格拉雅的婚姻，也以此获得一种自我报复的满足。"她见着自己整个良心相信她自己是……有罪的……你可知道她离开我逃跑的目的是什么？恰恰只是为了向我证明她是卑贱……因为她心中无论如何想做一件丑事，这样马上可以对自己说：'你又干了桩丑事，可见你是个贱货！'……这种不断意识到自己耻辱的心情对她来说也许包含着某种可怕的、反常的乐趣，就像是对某人进行报复。"如果说这是出于自轻自贱的自我报复，那么《卡拉马佐夫兄弟》中的卡捷琳娜，更多的是出于自尊自大而故意折磨自己。她曾为了父亲而去德米特里那里取他嘲弄似的宣布过的四千五百卢布，她一生都把这视为耻辱。因此当德米特里与她订婚，后又背叛她，而她的爱也分明渐渐消失，但她却始终"故意哄骗自己，用似乎出于感恩而对德米特里所抱的造作的爱情来折磨自己"，她故意地以德报怨，一次又一次宽恕德米特里的恶行，甚至有意拿出三千卢布让他去跟另一个女人鬼混，而正是这个雌性"畜牲"从她手中抢走了米卡。她这种自我折磨的目的正是要使米卡感到羞愧，受到良心的谴责，所以米卡越是背离她，她就越要加倍地显示对他的爱。而她的一生，"将靠自己履行了这个义务，这样一种感觉而活着！"这种感觉，最终会使她得到"极大的满足"，尽管这种满足是以破釜沉舟似的毁灭自己换来的。

当然，这种自虐常常是因为迫不得已，但有时却像是故意地去寻找，仿佛出于一种受虐的天性。《卡拉马佐夫兄弟》中的丽萨，这个十六岁的小姑娘，也居然宣称："我愿意有人折磨我，娶了我去，然后就折磨我、骗我、离开我、抛弃我。"居然故意地把手指伸进门缝里，挤得鲜血淋淋，仿佛只有这样才能充分表达她对阿辽沙既刻骨铭心又可笑的爱。

这种爱情上的他虐与自虐，作为矛盾的两极，有时又像一个"共生体"，出现在同一个人身上。娜斯塔霞在为公爵自虐的同时又在折磨着公爵，在自我作贱答应跟随罗果仁时又把罗果仁逗弄得近乎疯狂。格鲁申卡不断挑逗卡拉马佐夫父子而对过去的情人卑怯得"他一来，对我吹着口哨唤我一声，我就会像一只挨打的小狗一般，摇尾乞怜地连忙爬到他的面前去"！卡捷琳娜为自己所不爱了的德米特里让自己受苦而对爱着她、她也爱着的伊凡进行不断的折磨，在他身上报复"她长时期以来每时每刻从德米特里那里经常不断地受到的一切污辱"。德米特里对卡捷琳娜献身般的爱不加珍惜而对格鲁申卡，这个他分明知道她"贪财、拼命捞钱、放高利贷、毫无怜悯心的骗子和奸诈的女人"，仿佛受了"瘟疫"感染似的，愿意牛马一般任她驱使，"做她的丈夫，荣任她的'外子'。情人来了，我会躲到别的屋里去。我会替她的朋友们洗脏套鞋、升茶炊、跑腿办事"。

人的内心，仿佛是一个可怕的无底深渊。甚至爱的表白，也常常不是温柔的絮语，而是无情的责备与不尽的嘲弄。阿格拉雅拼命嘲笑梅诗金公爵是"白痴"、"畸形儿"、"可怜的骑士"，宣称永不愿意接待他，而她的母亲却道出了她内心的秘密，"她要是喜欢什么人，就一定骂出声来，甚至当面嘲笑"。而有时，爱与恨、报复与驯从，这对立的两极竟像亲姊妹似的紧紧连在一起。卡捷琳娜和伊凡两个是"互相爱恋着的仇人"，而"地下人"站在丽莎面前："我多么憎恨她，而这时又多么被她所吸引呀！"原来，"从仇恨到爱，到最疯狂的爱，中间只隔着一根头发"，有时甚至连这根头发都消失了，干脆爱本身就是恨，恨同时又是爱的表现。"我现在又一次问自己，我爱她吗？而且一次次地自己也不得其解。或者不如说，我重又第一百次地对自己说：我恨她……我发誓！如果有可能用一把尖刀慢慢刺入她的胸膛，我觉得我一定会无比痛快地抓起这把刀来。但是，我同时以最神圣的名义起誓：如果在施兰别格山上她确实对我说：'跳下去吧！'我一定会立刻跳下去，甚至也会感到无比痛快"（《赌徒》）。赌徒因为疯狂地爱着波琳娜又不断被她所嘲弄，无数次地想要杀死她，同时他又时刻准备为她赴汤蹈火、粉身碎骨在所不惜，并且为了更千百倍地显示他的爱，他还想杀死自己，甚至要尽量把杀死自己、忍受可怕的、痛苦的时间拖长。爱与恨、报复与驯从、自虐与他虐，构成了一种可怕的"内部混淆"，既把人逼进痛苦的深渊，又让人体会到一种痛苦的乐趣。

　　陀思妥耶夫斯基表现了一种非常态的家庭模式，同时他小说中的爱情模式也是非常态的。小说的主人公们既享受不到爱情的幸福，也无法体味家庭的温馨，从而被抛离出日常生活之外。如果说屠格涅夫的小说表现了许多美妙动人的爱情，而托尔斯泰作为一个擅长于写婚姻、家庭的作家，为读者提供了不少作为典范的婚姻模式，而陀思妥耶夫斯基，以其对人物心灵的苦难与精神变态的揭示，显然迥异于那些善于在一般意义上"写庄园、写家事、写住室、写家庭"的作家，而成为独特的"这一个"。在他的小说中，无论是幻想的爱，不幸的爱，还是作为一种折磨的爱，都永远与婚姻脱节，因而爱情永远无法结出果实，过渡为家庭。没有婚姻的爱情与没有爱情的婚姻，使陀思妥耶夫斯基小说中的人物在"我想有个家"与"有家又如何"中永远找不到生活的根基、归宿，永远在精神上被孤零零地抛在这个世界上，无家可归或有家不愿归。无爱也就没有精神意义上的家，注定了陀思妥耶夫斯基小说中人物的永远苦难。

三、女性形象的文化内涵

前面我们从家庭、爱情的角度对陀思妥耶夫斯基的作品作了一番探讨，那么，作家通过这一爱情、家庭主题，塑造了一些什么样的女性形象，它具有怎样的文化内涵，正是我们在下面要探讨的问题。

陀思妥耶夫斯基小说中塑造的女性，大致可分为两大类型。一类是温驯的女性：如《穷人》中的瓦莲卡，《女房东》中的卡捷琳娜，《地下室手记》中的丽莎，《被侮辱与被损害的》中的娜塔莎，《罪与罚》中的索尼雅，《少年》中的索菲亚，《卡拉马佐夫兄弟》中阿辽沙的母亲索菲亚；另一类是桀傲不驯的双重人格者：如《赌徒》中的波琳娜，《白痴》中的娜斯塔霞·菲立波夫娜，《卡拉马佐夫兄弟》中的卡捷琳娜、格鲁申卡……对于第一类女性来说，她们纯洁、善良，又受尽生活的折磨，苦难往往造成了她们逆来顺受的天性，同时也铸就了她们崇高的自我牺牲与奉献精神。正像《罪与罚》中的索尼雅，父亲因为失业，全家处于极度贫困中，她只能通过卖淫来养活酗酒的父亲、害肺病的继母及继母带来的三个处在饥寒交迫中的弟妹，她天性温驯、善良、胆怯，却不得不忍受卢仁之流的陷害，以至拉斯柯尔尼科夫要在她面前跪下来，伏在地板上吻她的脚，"向人类的一切痛苦膜拜"。有意思的是，索尼雅与《少年》、《卡拉马佐夫兄弟》中温驯的女性索菲亚，连名字都是如此相近。《少年》中的女奴索菲亚，作为家奴马卡尔的妻子，又失身于其主子维尔西洛夫，二十多年来，他们便始终保持着一种若即若离的夫妻关系及主子与女奴、施恩者与依附者的不平等关系。维尔西洛夫在索菲亚面前总是以恩人自居，他曾对阿尔卡其说："我们的二十年，我和你母亲都是在默默无言中度过的……缄默就是我们这二十年来的关系的主要性质……不错，我常常外出，让她独个儿留在家里，可我总是回来的……这是由于男人的宽宏大量。"在维尔西洛夫看来，他时常把索菲亚弃之不顾是十分正当的，而与索菲亚保持二十年的夫妻关系则是做好事，为公众谋幸福，为崇高的思想效劳，主子把女奴当作妻子成了一种天大的恩赐。而对于索菲亚来说，她在维尔西洛夫面前也从未摆脱过奴隶意识，她忠心耿耿地服侍他，诚惶诚恐地依附他，维尔西洛夫保存的索菲亚肖像便显示出了她的一切：

> 在这张照片上，阳光好像故意似的在索菲亚显露出她的主要特点
> ——羞涩而温驯的爱和她那有点儿粗野的、怯生生的纯洁——的瞬间
> 照到了她的脸上。这张照片虽然拍摄得还不很久，当时她到底较为年
> 轻而美丽；然而当时两颊已经凹陷了，额上有了皱纹，眼神是惊惧
> 的、怯生生的，现在她的这种胆怯好像已经随着岁月的流逝而增强着
> ——越来越增强……俄国女人会很快地变得难看的，她们的美貌只是
> 昙花一现，诚然，这不仅仅是由于人种学上的典型特点，而且还由于
> 她们会舍己忘身地爱你。俄国女人一爱上你，就会一下子把一切都奉
> 献出来——把那一瞬间，把她的整个命运以及她的现在和未来全都奉
> 献出来：她们不会节制，不会留有余地，她的美貌很快地在她们所爱
> 的男人身上消耗殆尽。

这就是俄罗斯女性，温驯、善良、怯懦、无私，富于自我牺牲与奉献精
神。而当他们献出了自己的一切，她们同时也就丧失了自我。而当另外一种类
型的女性，试图反抗自身的命运，显示自我的尊严与意志，她们同时也就显示
出完全不同的个性。

陀思妥耶夫斯基通过波琳娜、娜斯塔霞、格鲁申卡这些人物，塑造了另外
一种类型的女性，即面对命运，不是逆来顺受，而是敢于反抗。她们往往具有
强烈的个性，而其性格，则更多地带有两重人格的色彩。她们一方面在精神上
同样处于饱受侮辱与压抑的状态，另一方面又非常看重自我，有时乃至不惜以
自虐或他虐来保持自身的优越感与权力感，显示自我尊严、自我价值。"人的
天性就是要做暴君，喜欢折磨人"（《赌徒》），有时爱情便成了她们通过虐
待以"显示精神上的优越性"的途径。波琳娜跟"赌徒"保持"亲密、坦率"
的关系，在"赌徒"看来，这是因为"她以为，我有朝一日终于会恍然大悟，
原来我是根本攀不上她的，我的美梦是根本不可能实现的——我相信就是她的
这种想法使她得到不可名状的快乐；要不然，她是个精明的女人，怎么可能跟
我如此亲密、如此坦率呢？我以为她就像古代的女皇，可以在奴隶面前脱衣
服，因为女皇不把奴隶看作人，她对待我也是这样。是的，她有许多回不把我
看作人"。"赌徒"终于明白："要知道满足的感觉总是有益的，而拥有粗暴

的无限权力——即使是对一只苍蝇——也是一种满足。"最后当波琳娜走投无路，又一次向赌徒求助。"赌徒"重新去赌，把赢来的五万法郎放在她面前，她在一阵惊喜、激动过后，又清醒过来，狠狠地把钱掷在了他的脸上，因为正是赌徒的这种救世主的姿态极大伤害了她的自尊。

而《白痴》中的娜斯塔霞，自小被人所玩弄，从而也就造就了她反抗、不羁乃至"疯狂"的天性，当那些显贵们把她当作一种商品进行交易，她可以蔑视一切，嘲笑一切，以把十万卢布扔进火堆的举动来表现她的愤怒与"疯狂"。而当她发现自己暗暗喜欢上了梅诗金，为了不损及梅诗金的声名，她一次次从梅诗金身边逃离开去，有时甚至不惜以故意的自轻自贱、自暴自弃、自我放纵来曲折地表现对社会的反抗，来保持自身的独立不羁的个性。

归根结底，陀思妥耶夫斯基的女性形象塑造，沿袭的还是天使与妖女、圣母与荡妇这一男性作家惯用的模式。当那些具有独立不羁个性的女性想要保持自身的独立性时，她们往往便具有了妖女或荡妇的色彩。正像《赌徒》中的波琳娜近似于童话中城堡里恶毒的女王。而娜斯塔霞在他人的眼里永远与"疯狂"、"堕落"联在一起。而《卡拉马佐夫兄弟》中的格鲁申卡，更是一个"下贱"的女人，一条毒蛇，请看透过阿辽沙的视线出现在读者面前的格鲁申卡：

> 帘子掀了起来，于是……正是那个格鲁申卡本人，喜孜孜地带着微笑走到了桌子跟前，阿辽沙的心里好像突然抽搐了一下，他牢牢地死盯着她，简直不能移开眼睛。啊，这就是她，那个可怕的女人，——那只"野兽"，像半小时以前伊凡哥哥想到她时脱口说出来的那样。可是谁想到在他面前站着的，猛一看来竟好像是一个极普通、极寻常的人物，一个善良、可爱的女人，也许是美丽的，但完全跟所有其他美丽而又"寻常"的女人一模一样！她的确好看，甚至很好看，——俄罗斯式的美，使许多人为之倾倒的美。这个女人身材相当高……她的肌肉丰满，行动轻柔，几乎无声无息，仿佛温柔到一种特别甜蜜蜜的程度，也像她的声音一样。她走进来时，不像卡捷琳娜•伊凡诺夫娜那样迈着爽快有力的步子：相反地，是不声不响的。她的脚步在地板上完全没有声音。她轻轻地坐在椅子上，轻轻地牵动华丽的

黑绸衫发出一阵窸窸声，温柔地用一条贵重的黑羊毛围巾裹住自己像水沫般洁白丰满的脖颈和宽阔的肩。她年纪二十二岁，从面容看来也恰巧是这个年龄。她脸色很白，带着两朵粉色的红晕。她的面部轮廓似乎稍阔了些，下颏甚至有点突出。上唇薄，下嘴唇微微撅起，分外饱满，好像有点发肿。但是十分美丽而浓密的深褐色头发，乌黑的眉毛，带着长长睫毛的、美妙的蓝灰色眸子，一定会使最冷淡和心不在焉的人甚至在人丛中、闲步时，在人头拥挤处，也会在这张脸的面前突然止步，并且长久地记住它。最使阿辽沙惊讶的是这张脸上那种孩子般天真无邪的神情。她像孩子似的看人，像孩子似的为了什么而喜悦，她正是"喜孜孜"地走到桌子跟前来，似乎正在怀着完全像孩子般迫不及待、信任的好奇心，期待着立刻出现一件什么事情。她的眼神可以使人心灵欢悦，——阿辽沙感到这一点。她的身上还有一种东西他却不能，或者说他没法加以理解，但也许不知不觉间对他也产生了影响，那就是她躯体的一举一动间那种娇弱和温柔，以及行动时那种猫一般的无声无息。尽管如此，她的躯体却是强健丰满的。围巾下隐约可见那宽阔丰满的肩头，高耸而还十分年轻的乳房。这躯体也许预示着将会重现维纳斯女神的丰姿，虽然毫无疑问现在看来就已经有些比例过大之嫌，——这是一眼可以看出的。

这就是格鲁申卡，有着丰满的肩、高耸的乳房、噘起而饱满的下嘴唇、脸上带着两朵粉色红晕的格鲁申卡，简直就是欲望的化身。但她的行动又是那样轻柔、无声无息，脸上带着孩子般天真无邪的神情，正是这条无声无息的微笑的"毒蛇"，有时会猛然间伸出毒信，在卡捷琳娜因为她表示愿意放弃德米特里而对她表现出千般甜蜜时，突然会翻脸不认账，让卡捷琳娜受尽羞辱，最后一场歇斯底里大发作。同时也是这位像孩子一般"天真无邪"的格鲁申卡，会在卡拉马佐夫父子间不断挑逗他们，勾起他们旺盛的欲望乃至让他们自相残杀。格鲁申卡正是以她放荡、充沛的生命激情，成了典型的荡妇型女性。

于是，陀思妥耶夫基自然而然地把他的理想倾注到了另外一种类型的女性身上，她们受尽苦难，但同时通过对苦难的承受在精神上又获得一种升华。在她们所奉行的驯从、忍让、仁慈、善良中，她们身上同时也就具有了一种宗教感。正像阿辽沙的母亲，那位在老卡拉马佐夫的折磨中受尽苦难的索菲亚，幼小的阿辽沙总记得那幅画面："他还记得夏天一个寂静的晚上，从打开的窗户射进了落日的斜晖……屋里一角有个神像，前面点燃着神灯，母亲跪在神像面前，歇斯底里痛哭着，有时还叫唤和呼喊，两手抓住他，紧紧地抱住，勒得他感到疼痛，她为他祷告圣母，两手捧着他，伸到神像跟前，好像求圣母的庇护。"这就是受尽苦难的、俄罗斯母亲的形象，正像《罪与罚》中的索尼雅，以其"伟大的受苦精神"，使拉斯柯尔尼科夫要深深地拜倒在她面前，尽管生活的一次次打击使她常常有一种"孤单无助的和受了凌辱的感觉痛苦地揪紧她的心"，使她"号啕痛哭"，但同时她又以其善良、勇敢、自我牺牲精神充当了拉斯柯尔尼科夫的精神母亲，她为拉斯柯尔尼科夫念诵《约翰福音》中的"拉撒路复活"的篇章，唤醒拉斯柯尔尼科夫沉睡的良知，她用爱来温暖拉斯柯尔尼科夫迷乱的心，她劝他去自首，去跪倒在十字路上亲吻大地，他们一起背负沉重的十字架，跟他一起去遥远的西伯利亚，正是精神母亲索尼雅给了拉斯柯尔尼科夫第二次生命。她就像拉斯柯尔尼科夫梦中的那股"冷泉"，成为他精神复活的源泉。而在流放地，犯人们同样把索尼雅叫作"妈妈，你是我们的母亲，温柔可爱的母亲"。索尼雅成了所有有罪灵魂的精神母亲。

陀思妥耶夫斯基向我们展示了俄罗斯文学中的一种圣母崇拜原型。在十九世纪的俄罗斯文学中，在一片昏暗的男性背景上，矗立着一组光彩照人、圣洁无比的女性群像。从普希金的达吉雅娜（《叶甫盖尼·奥涅金》），到屠格涅夫的丽莎（《贵族之家》）、叶琳娜（《前夜》）、达尼雅（《烟》），再到托尔斯泰的娜塔莎（《战争与和平》）、吉提（《安娜·卡列尼娜》），她们都像索尼雅一样，以纯洁、善良、富于自我牺牲精神、充满母性温柔著称。作家们往往淡化了她们作为女人的生命激情、内在冲突，而更多地赋予她们以灵的气息、圣洁的光彩。这是一种圣母式的形象，与那种被情欲所左右的荡妇型形象决然对立。这些圣母般的女性，往往成了那些在动荡社会中挣扎、寻找出路又常常碰得头破血流的男性们的生活的引导者、精神归宿。

从陀思妥耶夫斯基及整个俄罗斯文学的圣母崇拜中，我们不难发现作家本身的一种心理恋母情结。陀思妥耶夫斯基的母亲玛丽亚·费奥多罗夫娜，温驯、善良，对孩子们疼爱备至。她从小就给他们讲圣经故事，在他们幼小的心灵中播下美好的种子，这一切给陀思妥耶夫斯基留下了许多美好的记忆，但同时，母亲又不断受到多疑父亲的无端指责、猜忌，在精神上饱受折磨：

> ……尽管我心中充满着爱，但我的爱情和感情却不能被人理解，反而受到卑鄙的猜忌。随着年华和岁月的流逝，我脸上出现了皱纹和黄疸的症状，天生活泼的性格如今变得郁郁不乐，愁容满面，这就是我的命运，这就是我那纯洁而炽热的爱情所得到的报偿，倘若不是由于我纯洁的良知仍在给我以力量，倘若不是由于我对天意仍抱有一线希望，我的命运将是极其悲惨的。请原谅我倾诉了自己的全部衷曲和情愫。我现在既无诅咒，也无怨恨，有的只是对你的爱和崇拜，我把我心里的话全都向你，向我唯一的朋友倾吐出来了。[1]

这是作家的母亲给其父亲的信，母亲的苦难、绝望、自我牺牲精神，同样在作家幼小的心灵中打下了深深的印痕。1837年，体弱多病且精神抑郁的母亲终于离开了人世，那年陀思妥耶夫斯基正好16岁。同时，母亲作为道德完美与在苦难中富于自我牺牲的形象也就永远铭刻在了陀思妥耶夫斯基的心灵中。而日后他对拉斐尔的《西斯廷圣母》的钟情，圣母般慈爱的面容、温柔的微笑，便一次次与母亲的形象重叠起来，构成了他笔下的一系列母亲形象，表达出作家对母爱的渴念。

从某种意义上说，陀思妥耶夫斯基所塑造的圣母般形象，同时又是"俄罗斯文化之母"的象征。她们所体现的纯洁、善良、母性温柔、自我牺牲精神，在某种意义上便代表了古老俄罗斯文化中纯朴的道德风尚、精神纯洁感。而她们的苦难，同样也就是"俄罗斯母亲"的苦难。十九世纪的俄罗斯，面对资本主义的日甚一日的侵袭、渗透，不少作家从中感到的不是历史的进步，而是随着资本主义而来的个人主义、金钱主义、自私、竞争、堕落的泛滥，是古老的俄罗斯文化的日趋没落，是人心不古、世风日下，他们呼唤着古老的文化精神、道德风尚的回归。而男性们，那些多余人、小人物、不无缺陷的新人、酗酒犯罪者、小市民、忏悔的贵族，似乎并没能给作家们带来多大的期望。作为男性作家，他们从心理上似乎也更趋向于在女性身上寄托一种道德理想。他们把温柔仁慈、纯洁善良、无私忘我、奉献与牺牲精神等象征道德纯洁、精神完美的特征，加在了一群女性身上，以此作为对一种古老文化精神的呼唤。俄罗

1　格罗斯曼：《陀思妥耶夫斯基传》，王健夫译，外国文学出版社，1987年，第27页。

斯文学中的不少女性，在她们的情人、妻子角色之外，又被附加了一个圣母角色。这圣母既像尘世间的母亲，又是俄罗斯文化之母，从而构成了一种"文化恋母情结"。

俄罗斯文化，是一种东正教文化，也是一种自然经济条件下的东方式文化。东正教比基督教更具有一种封闭性、保守性，也更完整地继承了宗教的古老传统。而西欧从文艺复兴开始人的解放、个性的解放、感情欲望的解放，在俄罗斯往往只能激起一些悠远而微弱的回声。当十九世纪的俄罗斯，开始完全敞开通向西方的大门时，展现在俄罗斯人面前的，除了物质文明的发达，那种个性、人欲又已显出它狰狞的一面来，人的解放已经开始走向它的反面：人的自我异化。因而，一代俄罗斯作家，无论是西欧派还是斯拉夫派，他们的文化选择中，都或多或少是一种人道主义、东正教、村社文化的混合。这种文化传统，注定了作家们更注重的是人的灵性、精神追求、道德完善，而非感性、人欲、享乐式的个人主义。在对待性爱上，面对是非、善恶、美丑这一系列对立范畴，他们往往倾向于把性、肉欲与非、丑、恶等同，而把情、精神之恋看作是善，是美。因而，他们所塑造的理想女性，往往强调了她们圣洁、精神崇高的一面，让她们扮演一种善良完美的社会角色、贤妻良母式的家庭角色，而恰恰淡化了她们的性角色，把她们作为女性，作为活生生的、充满各种骚动的热情洋溢的女性的一面抽去了。在女性被提升为圣母的同时，她们也就失去了作为女性的自我。而另一方面，作家们又常常把充沛的生命激情、性欲骚动慷慨地赋予另一类女性，一种荡妇型的女性。她们往往更富于女性特征，使男人们一看便免不了心旌摇动，但这又恰恰导致了罪孽的滋生。在陀思妥耶夫斯基小说的女性形象塑造中，同样面临着这样一种文化选择的两难。当他把那能够燃烧一切的激情赋予格鲁申卡式的女性时，我们同时也就闻到了一丝情欲骚动、意志泛滥的罪恶的气息。而当他通过索尼雅式的形象，为我们塑造了一尊受尽苦难的俄罗斯圣母的形象时，我们又仿佛从中读到了"福音书中的伦理箴言和准则"。作为道德家的陀思妥耶夫斯基，他把自己的道德理想寄托在了圣母式的女性形象中，而作为充满着生命激情、意志冲动的陀思妥耶夫斯基，又使他所塑造的另一类型的女性形象更具有一份作为人而非文化符号的女性魅力。

四、"父亲"：文化的隐喻主题

在陀思妥耶夫斯基小说中，有一个意味深长的现象，即"母亲"的缺失。早期小说主人公往往处在无家庭的境地，自然谈不上有母亲。而中后期小说中的不幸家庭、偶合家庭，母亲本应作为家庭温暖的象征，却往往丧失了母亲的职能，她们或者本身就是不幸者、受难者，如《被侮辱与被损害的》中涅莉的母亲，《罪与罚》中索尼雅的后母卡杰琳娜，《卡拉马佐夫兄弟》中德米特里的母亲阿杰莱达、伊凡和阿辽沙的母亲索菲亚。或者在家庭中处于无足轻重的地位，有时甚至不过是一个影子、家庭中的一个道具而已。如《被侮辱与被损害的》中娜塔莎的母亲，《罪与罚》中拉斯柯尔尼科夫的母亲，《白痴》中加尼亚的母亲尼娜，《少年》中阿尔卡其的母亲索菲亚，她们常常丧失了家庭中的抚养特别是情感抚慰的功能，从而导致真正的"母亲"角色的缺失。

那么，作为家庭支柱的"父亲"又如何呢？陀思妥耶夫斯基笔下的父亲形象，同样或者是生活的不幸者，如《被侮辱与被损害的》中娜塔莎的父亲、小地主伊赫缅涅夫；或因为不幸而走上酗酒之路的酒鬼，如《罪与罚》中拉赫美陀夫；或者，父亲成为丑角化的人物，如《白痴》中的退职将军、加尼亚和郭略的父亲伊沃尔京，"身材高大，相当肥胖，年纪有五十五岁……此人的仪态本来倒是挺神气的，惜乎如今有那么一副落拓、寒酸乃至肮脏相。他身穿一件很旧的长衣服，肘部都快磨穿了；衬衫也不干净，——不像作客的打扮。在他身旁可以闻到一点儿伏特加的味儿，但他的举止讲究工架，显得训练有素，看得出他竭力想给人以庄重的印象"，就是这位已经落难的退职将军的肖像。他在家庭中已完全丧失其作为"父亲"的职责与地位，穷困潦倒，借酒浇愁，吹牛说谎，让家里人时时刻刻担心他做些什么不体面的事来，但他还时时拿出将军的架子，老觉得受了委屈，动不动就出走不归。他甚至还靠借贷在外面养了一个情妇，最后反而被情妇送进债务监狱。事实上，作为"父亲"，他已经完全不成其为父亲了。

如果说伊沃尔京仅仅预示了父亲成了"丑角"的迹象，而《卡拉马佐夫兄弟》中老卡拉马佐夫则彻底地丑角化了。作为一个小地主，"这是一个虽然古里古怪，但是时常可以遇见的人物，是一个既恶劣又荒唐，同时又头脑糊涂的人的典型"。"费多尔·巴夫洛维奇尽管被人叫作食客，仍是日趋进步的时代里一个大胆和最好嘲弄的人，而其实，他只不过是一个恶毒的丑角，别的什么也不是。"这是一个既是"丑角"又是"色鬼"式的人物，作为色鬼，他结过两次婚，两次都是以诱拐的方式勾引了年轻美丽的小姐跟他私奔，同时还诱奸了流浪街头的疯女人，对于他来说，对于女性美的欣赏："这双天真无邪的眼睛当时在我心灵上像剃刀似的划了一刀，"也只是一种"色情的冲动"。作为丑角，到处以"小丑"的姿态出现，不顾人起码的尊严、体面与廉耻，弄出许多恶作剧，乃至形成恶性循环："现在既已无法恢复自己的名誉，那就让我再无耻地朝他们脸上吐一口唾沫，表示我对你们毫不在乎。"

可以说，陀思妥耶夫斯基小说中的父亲，同样基本丧失了他们应承担的家庭职能，从而导致家庭的解体，也使其子女无论在物质生活上还是在精神上都失去依托。而作为儿子，他们亦常常不再把父亲当作权威，当作生活的引导，反而或厌弃，或嘲笑，或仇视其父亲，从而形成一种新型的"父与子"模式。

陀思妥耶夫斯基在1876年的作家日记中曾谈到他"未来的长篇小说"的写作："我早就给自己提出一个理想——创作一部长篇小说，既写俄国目前的孩子，当然也谈他们现在的父亲，从他们现在的相互关系上来谈。……我尽可能从社会各阶层中选取父辈和子辈，并对子辈从最初的童年时代开始便加以研究。"[1]在他其后的几部小说中，如《少年》、《卡拉马佐夫兄弟》，"父与子"的冲突便构成了他小说情节的基本模式。

对于十九世纪的俄罗斯来说，面对西方文化的冲击，俄罗斯传统文化的日益崩溃，整个社会及文化传统发生着急剧变化。一代"新人"出现，他们以被人指责为"虚无主义"的态度对待历史，对待传统，对待急需变革的现实，力图在俄罗斯大地输入新的思想、新的观念、新的社会生活方式。因而，表现于文学中"父与子"的主题，常常构成了传统与反传统的一种冲突，父辈往往代表了传统，子辈代表着传统的背离。还是在十九世纪初叶，格里鲍耶多夫《智慧的痛苦》中，主人公恰茨基作为"俄罗斯的欧洲的一个完全独特典型，一个可爱的、热烈的、受痛苦的典型"（《冬天记的夏天印象》），与剧中法穆索夫的冲突，作为子辈与父辈的冲突，便典型地代表了顽固保守势力与新贵族知识分子的冲突。作为子辈的恰茨基，在俄罗斯找不到自己的根基，只好到欧洲

1　陀思妥耶夫斯基：《陀思妥耶夫斯基论艺术》，冯增义、徐振亚译，漓江出版社，1988年，第177页。

去，寻找那"饱受凌辱的感情得到慰抚的一角地方"。恰茨基作为充满"智慧的痛苦"的多余人，一次次在以后的其他作家的小说中复现。普希金的《叶甫盖尼•奥涅金》，莱蒙托夫的《当代英雄》，赫尔岑的《谁之罪》，屠格涅夫的《罗亭》……归根结底，这些小说所表现的冲突，都是作为接受了西方思想影响的"子辈"与代表了俄罗斯旧传统"父辈"的一种冲突，他们在俄罗斯找不到自己的精神归宿，只好到处流浪，成为"多余人"。这种"父与子"的冲突在十九世纪中期一些表现"新人"的小说中，便直接从隐伏的主题上升到表层，构成情节的主线。屠格涅夫的《父与子》便是这一冲突的概括。作为一代平民知识分子、"虚无主义者"巴扎洛夫与其父辈巴威尔•彼得洛维奇，典型代表了反传统与传统的冲突。

而在陀思妥耶夫斯基的小说中，其"父亲"形象却首先丧失了作为文化传统的内涵。他们或者作为生活的不幸者，"抹布"似的父亲，就像拉赫美陀夫，经常在睡意朦胧中被绝望的妻子痛打一顿以发泄心头的怨气，"她扯我的头发，是由于她可怜我，——我天生是畜牲"；或者作为"丑角"，不顾体面，行事荒唐。父亲本应是权威与力量的象征，在陀思妥耶夫斯基小说中，却早已斯文扫地，父之不父了。因而，其作品中"父与子"的关系，"父"或被"子"所厌弃，如《白痴》中伊伏尔金，或被"子"所嘲弄，正像《恶魔》中斯捷潘•韦尔霍文斯基，对儿子彼得•斯捷潘诺维奇，几乎从未尽过作为父亲的责任，当彼得从国外归来，请看小说对父子见面的一段描写：

> "彼得鲁沙！"斯捷潘•特罗菲莫维奇叫道，顿时从麻木状态中醒觉过来；他举起手来拍了一下，便向儿子扑去了。"彼佳，我的孩子，我都认不出你了！"他把他紧紧地搂在怀里，热泪夺眶而出。
>
> "哦，别闹了，别闹了，别装腔作势了，这就够了，够了，我求求你。"彼得鲁沙急忙嘟哝道，竭力挣脱他的拥抱。
>
> "我永远，永远对不起你！"
>
> "好啦，够啦；这些话咱们以后再说。我就知道你会胡闹。你稍微清醒一点吧，我求求你。"
>
> "可是我有十年没有见你了啊！"
>
> "那就更加不必如此多情了……"

"我的孩子！"

"我相信，相信你是爱我的，你把手放开吧。你这岂不妨碍别人……噢，尼古拉·弗谢沃洛多维奇来啦，你就别闹啦，求求你，行啦！"

父子相见，几成一场喜剧，父亲的自作多情与儿子的不胜其烦形成鲜明反差，父亲时时成为被儿子嘲弄的对象。而在《卡拉马佐夫兄弟》中，这种对父亲的厌弃与嘲弄，甚至发展为仇视乃至要杀死父亲。

弑父，构成了《卡拉马佐夫兄弟》的基本主题。弗洛伊德在《陀思妥耶夫斯基与弑父者》一文中曾谈道："根据一个众所周知的观点，弑父是人类的，也是个人的一种基本和原始的罪恶。"[1] 老卡拉马佐夫的四个儿子除阿辽沙外都怀有弑父意向：德米特里因为跟父亲争夺遗产与女人，时时叫嚷着要杀死父亲，但最后却是私生子斯麦尔佳科夫把父亲杀死了；伊凡明知可能要出事，却借故在可能出事的那段时间离开小城，因而被斯麦尔佳科夫称作是他弑父的"教唆者"、"同谋"。弗洛伊德从心理分析的角度，用他的俄狄浦斯情结——憎父及其由此导致的罪孽感、自我惩罚解释了这部小说。在弗洛伊德看来，弑父作为一种"原始的罪恶"乃是源于人的心理本能，其实从小说的实际描写来看，陀思妥耶夫斯基更多强调了老卡拉马佐夫放荡、淫邪、荒唐、不配做父亲的一面，使弑父具有更多的客观理由，使其更具合理性。对费多尔·卡拉马佐夫来说，儿子完全不过是他放纵情欲的副产品而已。儿子一生下来他就从未管过，甚至连曾经有那么一个儿子都忘记了。大儿子米卡"第一次和他父亲费多尔·巴夫洛维奇认识和见面，是在成年后特地到我们这里来和他父亲清算财产的时候"。遗产尚未清算清楚，又为了争夺一个女人，父子俩大打出手，直至最后的悲剧终于降临。

这是一个混乱的时代，一个礼乐崩坏的时代。在资本主义日甚一日的冲击下，俄罗斯社会正经受着巨大动荡，个人主义、利己主义、金钱主义、享乐至上原则，导致宗法制社会下的传统社会结构体系的解体及道德伦理原则的崩溃。处在这样一个时代，"父亲"亦开始走向堕落，从而失去其作为一种传统的象征意义，也失去了作为权威的威慑力及道德伦理价值。如果说从家庭的角

1　西格蒙德·弗洛伊德：《陀思妥耶夫斯基与弑父者》，载《弗洛伊德论美文选》，知识出版社，1987年，第155页。

度来说，作为家庭支柱的父亲"失职"意味着家庭的解体，从整个社会来说，"父亲"作为一种宽泛的文化象征，作为一种权威，一种社会力量、社会规范、历史传统，其"父亲"的缺乏也意味着整个社会的崩坏，那么，如何才能重建家庭与社会秩序呢？

于是，寻找父亲，便构成了陀思妥耶夫斯基小说"父与子"模式中的另一主题。憎恨父亲是因为父亲的失职甚至已走向堕落，寻找父亲则是要寻找新的生命理想与精神皈依。

在陀思妥耶夫斯基的后期作品中，他为自己提出一个新任务，即对"子辈"——俄国当前孩子的研究，并且从最初的童年时代开始写起，写父辈与子辈的关系。如果说《白痴》对少年郭略的描写已经显出这种研究的端倪，而《少年》则是一部全面揭示一个孩子成长史的小说，这部小说被称为一部"教育小说"。少年阿尔卡其作为维尔西洛夫的私生子，从小即开始独立生活，处在资本主义日甚一日冲击下的彼得堡，金钱万能、个人至上已经成为许多人的行为准则，阿尔卡其受其感染，在离群索居中时时幻想着做一个罗特希尔德（巴黎的著名银行家），尽可能多地积攒金钱，为此出入赌场酒窟及各种藏污纳垢之所，结交三教九流。在他的成长过程中，有两个人物影响着他：一个就是他的实际上的父亲，作为"俄国的欧洲人"的维尔西洛夫，作为"同俄国根基和俄国真理失掉了最后的联系"的俄国上层贵族的代表，他带给阿尔卡其的更多的是精神的迷惘、信仰的丧失，而民间香客马卡尔•伊万诺维奇，作为阿尔卡其名义上的父亲，实际上充当了他的精神父亲的角色。代表了"俄国隐居苦修生活的精神传统"的马卡尔，到处云游，偶尔回来看看他名义上的妻子索菲亚，马卡尔对阿尔卡其却仿佛有一股神奇的魔力，在面临生活的抉择时，少年不由自主地对马卡尔说："我不会跟他们走的，我不知道我以后往哪里去，我要同您一块儿走……"，"仿佛在那里可以回避一切魔力，在那里我有最后得救的希望"。因为，在"少年"看来，"在这个平民百姓身上我发现了关于某些感情和看法的、一种对我来说是十分新鲜的东西，一种我不知道的东西，一种比我自己以前所知道的那些东西要明确而且令人快慰得多的东西。""他具有一些坚定的、相当明确的……真正的信念……具有我们平民百姓广泛地带进宗教的情感里去的、他们所共有的、那感人的激情。"马卡尔正是以这种宗教热忱，以普通平民百姓的善良、宽恕、友爱精神启发了"少年"心智，从而成了"少年"的精神父亲。

寻找父亲，在《卡拉马佐夫兄弟》中则以阿辽沙对信仰的寻求的方式表现出来。阿辽沙作为老卡拉马佐夫的最小儿子，老卡拉马佐夫就像对待其他儿子一样，从来没有关心他的成长。事实上，老卡拉马佐夫的四个儿子，都处在实际上"无父"的境地。阿辽沙从小即住在修道院里，和佐西马长老住在一起，阿辽沙把佐西马长老当作自己的"师傅"，自己精神的引导者。"也许经常显示在长老身上的那种力量和声誉强烈地影响到阿辽沙年轻的头脑"，"他在自己那如饥似渴的心灵里对长老产生了一种初恋般的热爱。"从宽泛的意义上说，师长、师傅、领导者、指挥员……都近似于"父亲"的角色，它代表了一种权威、力量，而佐西马作为长老就是拥有这样一个父性权威的人。"长老就是把你的灵魂吞没在自己的灵魂里，把你的意志吞没在自己意志里的人。你选定了一位长老，就是放弃自己的意志，自行弃绝一切，完全听从他。对于这种修炼，对于这个可怕生活的学校，人似是甘愿接受、立志献身的，他们希望在长久修炼之后战胜自己，克制自己，以便通过一辈子的修持，终于达到完全自由，那就是自找解悟，避免那活了一辈子还不能在自己身上找到真正自我的人的命运。"长老制规定"一切受业于长老的人要经常不断地向他忏悔，授业者和受业者之间保持着一种牢不可破的约束。……这修持既由一个长老加在他的身上，就只有这个长老自己才有解除的权力。所以长老制在某些情况下具有无止境而又不可思议的权力。"佐西马与阿辽沙的关系，正构成了一种"父与子"的关系，阿辽沙从佐西马身上寻求到一种精神力量，使他得以在那个充满罪孽的"畜栏"一般的小城，始终保持精神的纯洁性及对未来的乐观信仰，而他的几位兄弟米卡、伊凡、斯麦尔佳科夫，则因为"无父"，或者被送上法庭，或者精神分裂，或者以自杀告终。

从这个意义上说，寻找父亲，事实上即是寻找信仰，寻找生活支柱、精神皈依。无论是马卡尔、佐西马作为"精神之父"，还是《罪与罚》中的索尼雅作为"精神母亲"，他们都有一个共同的特点：即以其善良、仁慈、宽恕、忍让精神代表了一种宗教情怀，他们都是上帝在地上的虔诚信仰者，他们以凡人的身份行使着上帝的精神权力。而上帝就是人类共同的"父亲"。在弗洛伊德看来，"神不过是父亲影像的一种夸大形式而已"，神作为理想化的父亲，

"对父亲的仰慕是构成各种宗教信仰的一个主要核心"[1]。在基督教中，上帝即是由父权制时代的"父亲"形象转变而来，上帝创造了世界与人类，从而作为"众生之父"，拥有至高无上的统治权，每个人作为上帝的"子民"，服从"父亲"即是他们的神圣职责。而上帝对人类的惩罚，也往往是因为"我养育儿女，将他们养大，他们竟悖逆我"。[2]伊甸园的故事即代表"父与子"的冲突。上帝造出亚当、夏娃，让他们住在伊甸园里，告诫他们不可吃智慧树上的果子，而亚当、夏娃却经受不住蛇的诱惑，违背了上帝的意志。如果说吞吃禁果本身即表现了人类自我意识的第一次觉醒，亚当、夏娃因为饿而食，体现了人正当的求食欲望，同时因为智慧树上的果子长得好看，"也悦人的眼目，且是可喜爱的"，[3]体现了人类爱美之心的觉醒。而吃树上的果子"能使人有智慧"，"你们吃的日子眼睛就明亮了，你们便如神能知道善恶"，[4]体现了人类对知识、智慧的渴求，当他们吃了果子，"才知道自己是赤身露体"，[5]这是人"眼睛明亮"之后，从浑浑噩噩的状态下摆脱出来，对自身的第一次审视：直面赤裸裸的真实。

人类的这种自我意识的觉醒，表现在《圣经》中，却成了一种妄自尊大的行为，他们想要得到智慧，想要超越人类自身的限制成为"像上帝一样的人"，却违离了一条至高无上的原则——顺从父亲，因此他们要受到惩罚。当人类被逐出伊甸园，终于像儿子逃离父亲的束缚与庇护，自由了，但这自由马上又成了不堪忍受的重负，在漫漫无期的精神漂流中他们逃离了父亲的权威管制的同时，也就失去了庇护，失去了生活的根基，失去了前行的路标，失去了精神的皈依。因而他们要逃避自由，重返伊甸园的历程也就是人类重新寻求父亲的保护，在自我惩罚中寻求天父的拯救历程。

从以上分析中我们可以发现，人类对作为"父亲"的上帝的态度是矛盾的，既仰慕又厌弃，既悖逆又归顺。反抗父亲与寻求父亲，构成了这一矛盾的两个方面，这矛盾也就体现了人类永远的两难困境：自由与信仰，寻求自由

1　　西格蒙德·弗洛伊德：《图腾与禁忌》，杨庸一译，中国民间文艺出版社，1986年，第183页。
2　　《旧约·以赛亚书》第1章。
3　　《旧约·创世记》第3章。
4　　《旧约·创世记》第3章。
5　　《旧约·创世记》第3章。

反抗父亲使人类失去了家园，而对失去的家园的寻找——信仰，又是一种对自由的逃避，将使人类在对作为精神权威的"父亲"的皈依中失去自由。在陀思妥耶夫斯基的小说中，憎恨父亲与寻求父亲，同样构成了其人物选择的两难。从宽泛的文化意义上来说，陀思妥耶夫斯基小说中的所有作恶者、罪犯，无论是"地下人"式的对"意志自由"的寻求，拉斯柯尔尼科夫式的犯罪，还是德米特里•卡拉马佐夫式的放纵情欲、享乐人生，他们作为个体，作为个人意志的体现者，对社会规范、权威文化传统的反抗，本身即代表了文化上的"子"对"父"的反叛。而陀思妥耶夫斯基给这些罪人指出的出路——忏悔自身的罪孽，皈依上帝——即代表了一种重建社会与精神秩序，重建父性传统的努力。既然那些实际上的"父亲"已经堕落，已经无法承担其文化使命，那么对"精神父亲"或"精神母亲"的寻求，便构成一种文化意义上的失落与追寻。

陀思妥耶夫斯基在他创作晚期曾想写一部篇幅浩大的巨著，拟名为《大罪人传》，它由五个独立的中篇组成。第一篇序言讲述未来主人公的童年和少年时代；第二篇故事情节发生在修道院：父母把十三岁的男孩送到扎顿斯克修道院吉洪主教那里，使他受教育，改邪归正；第三篇讲述主人公的青年时代：求学，对无神论发生兴趣，走向罪恶的深渊；第四篇故事中，主人公发生严重的精神危机，开始在俄罗斯大地上漫游，发生转变；第五篇描述大罪人的彻底新生，找到俄罗斯的基督和俄罗斯的上帝。大罪人的精神历程便是逐渐皈依上帝，在上帝的怀抱中找到精神信仰的历程。这一构思虽然未能实现，却部分体现在了《少年》、《卡拉马佐夫兄弟》等小说中。事实上主人公寻找父亲的历程同时也是寻找上帝的历程，所有有罪的人正是在对天父的信仰中找到了精神归宿。

十九世纪的俄罗斯，面对资本主义的冲击，其文化正处于一个深刻的转型时期。传统的俄罗斯文化具有浓厚的宗法制色彩。俄罗斯社会直接从原始制过渡到封建制，使其封建制中一方面积淀了原始氏族社会的血缘组织及其意识形态，另一方面又融入了奴隶制文化的因子，从而构成了俄罗斯封建社会的宗法制与农奴制色彩。宗法制度严格地根据不可更改的自然血缘关系，把单个社会成员编织在家庭、家族的血缘网络之中，构成一种融原始文化、奴隶文化和封建文化于一体的混融式文化，每一个成员都依赖家庭和村社而生存。而这种宗法制文化与专制文化又是紧密联系在一起的。就家庭和村社本身而言，无论是出于凝聚内部，还是为了抗御外敌，都需要权威，于是便有了唯我独尊的家长和拥有生杀予夺之权的村长。而就整个社会而言，要把彼此分散、各自孤立的家庭和村社联结起来，则必须建立高度集权的中枢，于是专制制度便应运而生。正如恩格斯所提出的："相互隔绝的村社是东方专制制度的自然基础"，[1]专制制度成了宗法制的扩大和补充。

家庭中的家长制度、村社中的村长制，及整个国家的君主专制制度，构成了一种家国同构的关系。家庭—村社—国家，家长—村长—沙皇，父权成了皇权的基础，皇权成了父权的保证。国家成了君主的家天下，君主即由家长演变而来，因而沙皇成了全俄罗斯人民的"父亲"。而在1861年农奴制改革后，俄罗斯走上资本主义发展道路。资本主义物质文化、精神文化构成了一股强大的冲击波，震撼着俄罗斯大地，动摇着古老的宗法制、农奴制、专制制度，俄罗斯社会秩序日益混乱，传统的社会结构日益走向解体，"这是一个混沌和铁路的时代，一切都酥化了"（《白痴》），从而导致家庭的解体，代表封建家长制权威的"父亲"的没落，他们不再是体面的家长，而是受一种"无所拘束的力量"的支配，扎进个人享乐的欲海之中，从而导致父与子的矛盾、冲突，导致"子"对"父"的审视与憎恨，也导致对新的理想的"父亲"的寻找。在陀思妥耶夫斯基小说所表现的憎恨父亲与寻找父亲的母题中，事实上已经寄托了作家的重建社会秩序、重建父性权威、重建个人的精神信仰的文化理想。

1　恩格斯：《流亡者文献》，《马恩选集》，第2卷，人民文学出版社，1972年，第624页。

第五章
陀思妥耶夫斯基与"西方"

俄罗斯作为一个半欧半亚、不欧不亚的国家，它的文化具有浓厚的西方与东方混融的色彩。源于拜占庭的精神和艺术，以及源于蒙古征服者的社会结构和制度，构成了俄罗斯传统文化的两大基本要素。如果说988年的罗斯受洗奠定了俄罗斯文化的西方渊源，而十三世纪蒙古的征服则开始了罗斯社会的东方化历程。直到十七世纪，俄罗斯才重新打开了通向西方的大门。面对西方文明的冲击，如何看待这一新的文明？如何回应这种文明的挑战，俄罗斯应该选择一条什么样的发展道路？近几个世纪以来，始终是社会普遍关注的问题。斯拉夫派与西欧派、专制主义与自由主义、贵族知识分子与革命民主派、上层与下层，构成了一幅复杂的社会文化景观。陀思妥耶夫斯基，作为十九世纪一位颇具影响的作家，那么他又是怎样看"西方"的，他作品展示了什么样的"西方"形象，"西方"对俄罗斯有何影响……本章即试图通过对这些问题的探讨，从另一角度认识陀思妥耶夫斯基，同时为进一步探讨俄罗斯作家与"西方"的关系提供一个颇具价值的例案。

一、俄罗斯与西方

"西方"，作为一个与"东方"相对的概念，并不是地理学上的划分，而更多地带有政治和文化的意味。我们一般以"西方"代指欧美各国，有时甚至特指欧洲资本主义各国和美国。那么，除此之外的国家，则都属于"东方"了。俄罗斯则正处在"西方"与"东方"的交汇点上，它在地理上地跨欧亚，在文化上亦兼具"西方"与"东方"的色彩。它的文化具有西方渊源，但它的宗法制传统则接近东方。特别是十三世纪随着蒙古的征服而导致的专制主义、农奴制度、亚细亚生产方式，使其政治、经济结构带有浓厚的东方色彩。因而俄罗斯与西方，实际上是特指俄罗斯与欧美资本主义国家的关系。俄罗斯看西方，在文化意义上也就构成具有东西方文化混融色彩的俄罗斯是怎样面对西方资本主义的冲击与挑战的。

俄罗斯面向西方，可以说是在十七世纪。在经历了数个世纪的东方化发展之后，在十七世纪初，开始了它的历史转折。俄罗斯的社会内部结构，随着"混乱时期"的结束，罗曼罗夫王朝的建立，中央集权得到巩固，君主专制走向成熟，农奴制不断强化。另一方面，俄罗斯为扩张自己领土，获得直接的出海口，在十六世纪，不断与欧洲国家发生冲突，在这种冲突过程中，欧洲文明的优越性与俄罗斯的落后构成了强烈反差，成为欧洲大国的强烈愿望使俄罗斯开始了面向西方的历程。西方军事工业技术不断涌入俄罗斯，与西方的贸易往来也不断增加。到十八世纪彼得一世改革，俄罗斯更全面开始了"西化"历程。彼得一世还是王储时，就曾隐姓埋名游历欧洲，学习造船，研究海军事务，参观工厂、学校和博物馆，旁听议会会议。当1698年彼得从西欧回来，为了改变俄国人生活中的陈规陋习，竟亲自动手剪掉了前来迎接他的贵族们的大胡子。东正教会把胡子视为"上帝赐予的饰物"，它是俄罗斯人引以自豪的标志，不留胡子即被视作亵渎神明。因而彼得一世的这一举动有着不同凡响的意义，它成了彼得着意实行新政策、进行改革的一个征兆。彼得一世大力兴办工厂，按俄罗斯方式改造俄国军队，出版报纸，建立公共剧院、博物馆、公共图书馆，改良风俗，推行生活方式的变革。圣彼得堡，这座在涅瓦河口的荒岛沼泽上建起的都城，便成了彼得一世欧化政策的纪念碑。普希金在《青铜骑士》中曾这样吟咏过彼得大帝及以彼得的名字命名的这座都城：

> 他在碧浪无际的河岸上，
> 心中满怀着伟大的思想，
> 向着这方瞩望。……
>
> 　　　　他在这样想
> 我们从这里威吓瑞典人。
> 这里要建立起一座城市
> 来震慑那些傲慢的四邻。

陀思妥耶夫斯基与俄罗斯文化精神

这里大自然让我们决定
把通向西欧的窗户打通；
要我们在这海岸上站稳。
各种旌旗的船舶将沿着
这新的波浪向这里驶来，
我们将款待我们的上宾。
百年过去了，年轻的城市，
它是北国的精华和奇迹，
从黑暗的森林、从沼泽地，
华丽地、傲然地高高耸起；
……

  年轻的彼得堡焕发着它的活力，青铜骑士彼得大帝亦巍然耸立于涅瓦河口，成为国家意志、人民命运的象征。但彼得一世利用西方先进技术，推行西化政策的目的归根结底是为了强化俄国专制制度和农奴制度，对于可能动摇腐蚀俄国社会制度基础的西方思想，却采取了排拒的态度。这颇有些近似于中国十九世纪洋务派面对西方列强的挑战提出的"中体西用"的对策。然而，另一方面，寻求西方物质文明的努力又必然导致西方思想对俄罗斯的渗透。崇欧与排外，构成对待"西方"的两种倾向。十八纪下半叶俄国的启蒙运动将西方的自由主义思想引进了俄国社会。

  而西方思想的渗入，本质上乃是西方城市文明对乡土罗斯的一种介入，是西方资产阶级文化对俄罗斯封建专制传统的冲击。正像马克思在《共产党宣言》中所说："资产阶级，由于一切生产工具的改进，由于交通的极其便利，把一切民族甚至最野蛮的民族都卷到文明中来了，它的商品的低廉价格，是它用来摧毁一切万里长城，征服野蛮人最顽强的仇外心理的重炮。它迫使一切民族——如果它不想灭亡的话——采用资产阶级的生产方式，它迫使它们在自己那里推行所谓文明制度，即变成资产者。一句话，它按照自己的面貌为自己创造出一个世界。""资产阶级使乡村屈服于城市的统治，它创立了巨大的城市，使城市人口比农村人口大大增加起来，因而使很大的一部分居民脱离乡村的愚昧状态。正像它使乡村从属于城市一样，它使未开化和半开化的国家从属于文明的国家，使农民的民族从属于资本主义的民族，使东方从属于西方。"

如果说资本主义文明首先孕育于中世纪城市：崇尚自由、个人主义、世俗主义、反对封建主义、禁欲主义，市民社会中所奉行的这一系列原则直接引发了文艺复兴和宗教改革运动，所谓"人文主义"和"新教伦理"，在本质上乃是一种市民精神。而文艺复兴以来，资产阶级所奉行的科学、理性、民主、自由，本质上代表了一种城市文明。对于俄罗斯的自由主义知识分子来说，他们首先面临的就是以这种民主、自由精神启蒙教育民众，但俄罗斯新文化的贵族性质决定了它与民众的脱节。正像亚历山大一世时期自由主义改革的主要设计者、国务活动家斯贝兰斯基试图用西方最先进的思想来改造俄国，结果却被当作了"西方瘟疫"的化身，不仅遭到保守贵族的反对，亦受到在宗法制文化之下普通民众的排斥。斯贝兰斯基被贬黜的消息，激起的竟是类似于暴君之死所带来的欢欣。斯贝兰斯基的命运，可以说颇为意味深长。

到十九世纪三十年代，面对西方的冲击，俄罗斯民族的出路问题，更尖锐地摆在俄罗斯人面前，是走西方化的道路还是走俄罗斯民族的独特发展之路，西欧派强调俄国只有学习、仿效西方，走西方文明发展之路，才是唯一的出路；而斯拉夫派则强调俄国历史的独特性，在"公社原则"的基础上，俄罗斯完全可以走一条不同于西欧的发展道路。斯拉夫派强调俄国社会的混乱，在某种程度上恰恰源于西方文明的影响。正如庇宁在《二十年代至五十年代文字意见〈特征史略〉》中所说："俄罗斯生活已陷入迷途。彼得大帝的改革，破坏了古老俄罗斯生活的自然过程，对外国文明之因袭又引起了生活上的混乱。这种因袭得来的文明，既然使有教养的阶级同人民疏远，遂令他们对于民族发展不但无益，甚至有害，因为他们的教育所从生的根源，不但跟俄罗斯民族灵魂格格不入，而且它本身就站在错误的路上，并且濒临崩溃了。"

既然如此，只有回归俄罗斯民族传统精神，才是俄罗斯的真正出路。面对西方文明的冲击，这种关于俄罗斯出路选择的争论，随着革命民主主义、民粹主义及赫尔岑式的将西欧空想社会主义与俄国村社传统相结合的农民社会主义的出现，更显得复杂。直到1861年农奴制改革，俄罗斯已经事实上走上了西方资本主义的发展道路，但随着资本主义而来的整个社会混乱、无秩序，传统道德的沦丧，个人主义、金钱至上原则的盛行，又使一些作家、思想家拿起了批判的武器。俄罗斯的东正教、人民性、村社传统，成了拯救堕落西方的良药。陀思妥耶夫斯基正是处在这样一种社会文化背景中。当我们对俄罗斯面对西方历程中的迎合与排拒、撞击与融汇作了一番巡视，对于陀思妥耶夫斯基的文化选择，及他透视"西方"的视角，也就变得容易理解了。

二、欧洲之旅

陀思妥耶夫斯基从小就幻想周游欧洲，直到1862年才实现自己的夙愿。他终于见到了"神圣奇迹之国"，他似乎过于急切地想一下子把整个"神圣奇迹之国"全都浏览一遍，因而他的旅行十分匆忙，他仅用两个半月的时间便游历了柏林、德累斯顿、威斯巴登、巴登巴登、科隆、巴黎、伦敦、卢塞恩、杜塞尔多夫、日内瓦、热那亚、里窝那、佛罗伦萨、米兰、威尼斯和维也纳。这是陀思妥耶夫斯基第一次直接面对西方，而非如平常仅仅从杂志读物中了解这个"奇妙"的欧洲，但这种直接的面对却令他失望。"巴黎枯燥"、"法国人令人作呕"，类似这样情感色彩过浓的评论，不时出现在他给友人的书信中。在他回国后，在《时报》上发表的《冬天记的夏天印象》，很典型地体现了他对待"西方"的态度。

而陀思妥耶夫斯基的第二次出国，却是与一次不幸的爱情联系在一起的。作为《死屋手记》的作者，他在一次文学晚会上的朗诵深深地打动了听者的心，特别是关于囚犯们的故事，关于地狱般苦役生活的描绘，激起了在场的一位女大学生阿波利纳里娅·苏斯洛娃的极大震惊。这位体质并不健壮、郁郁寡欢的朗诵者的形象，在她面前变成了一位伟大的受难者，于是她带着一种顶礼膜拜的崇敬，把自己整个身心都献出去。但当她真正走近陀思妥耶夫斯基，伟大的英雄头上罩着的神圣光环也就消失了。对于陀思妥耶夫斯基来说，这次浪漫的奇遇不过是他在紧张的工作之余，暂时享受一下肉体的欢乐而已（作家的第一任妻子玛丽娅·伊萨耶娃这时正患肺病，即将不久于人世），这使苏斯洛娃觉得深受屈辱，爱情的裂缝由此产生。1863年夏，苏斯洛娃动身去巴黎，陀思妥耶夫斯基却因为《时报》杂志的事务而滞留俄国。他们曾相约在巴黎见面，但当八月陀思妥耶夫斯基离开彼得堡来到巴黎，苏斯洛娃却已移情别恋。对一个年轻女性来说，一个医学院的大学生，年轻漂亮、热情洋溢、身穿巴黎时髦服装的萨尔瓦多，比来自彼得堡忧郁的、带些神经质的作家显得更有魅力。也许，这本身就是一个隐喻。时髦、轻浮、奢华的欧洲在忧郁、沉思、充满苦难的俄罗斯面前，常常更具有一种令人眩目的光华。

尽管陀思妥耶夫斯基与苏斯洛娃一度重归于好，他们一起旅行，先后到过巴登巴登、日内瓦、都灵、罗马、那不勒斯、柏林，但这次旅行给作家留下的同样是不胜悲怆的印象。身边有位迷人女性相伴，作家却仍抑制不住对轮盘赌的迷恋。赢一大笔钱的欲望与赌博本身的魅力，使他一次次陷入其中，最后却常落得一文不名。身无分文的窘境，典当物品或等待彼得堡寄款的无奈，常常使整个旅行染上暗淡的色彩。都灵成了"最枯燥乏味"、"最可恶"的城市，其他城市也没有给他们留下好印象。当他们到达柏林，陀思妥耶夫斯基又一次抑制不住对赌博的迷恋，到温泉胜地洪堡去了，苏斯洛娃也厌倦了这次毫无乐趣的旅行，与陀思妥耶夫斯基分手回到巴黎。这次欧洲旅行给陀思妥耶夫斯基留下的最深刻的记忆就是：令人伤心的爱情，迷人而可恨的轮盘赌。他在1866年写的小说《赌徒》，在某种程度上便是这次出国经历的情感记录。

陀思妥耶夫斯基第三次踏上欧洲的旅途是在1867年。这一年他刚与安娜·格里戈里耶夫娜结婚，婚后面对的却首先不是灿烂的阳光，家居生活的温馨，而是债务缠身，债主的催逼。为了躲避债务，他只好携着新婚妻子开始了新的漂泊。从德累斯顿，到巴登巴登、巴塞尔、日内瓦、维也纳、米兰、佛罗伦萨、波伦亚、威尼斯、布拉格，当他们重新来到德累斯顿，从这里返回俄国时，已是1871年。他们在国外整整漂泊了四年。陀思妥耶夫斯基这次旅行从一开始就带有被迫无奈的性质，他曾在给迈科夫的信中谈道："我不相信外国，就是说，我相信国外的精神影响将是非常恶劣的。"[1]就是带着这种心态，他们开始了异国漂泊的历程，由此带来的与陌生环境的格格不入也就可想而知了。在异国他乡，他们到处像"一只离群的孤雁"，"生活在国外异常无聊，不管哪里都一样"[2]，柏林太"枯燥"，巴登是座"地狱"，巴黎花费太贵、尘土很大，意大利夏天太热，日内瓦湖很美，城市本身却枯燥极了，在米兰生活"枯燥极了"，就像在"修道院"。

尤其是陀思妥耶夫斯基始终无法消除对轮盘赌的迷恋。赌博，一方面固然

1　陀思妥耶夫斯基：《陀思妥耶夫斯基选集·书信选》，冯增义等译，人民文学出版社，1986年，第169页。

2　陀思妥耶夫斯基：《陀思妥耶夫斯基选集·书信选》，冯增义等译，人民文学出版社，1986年，第181页。

是为了钱，另一方面是源于迷人的赌博本身。在赌博中体验到的那种刺激、狂热、大喜大悲、变幻莫测，使陀思妥耶夫斯基深深陶醉。而每当输得精光，生计的窘迫反过来又更增添了他对"可恶"的欧洲城市与欧洲人的憎恨。"我开始把自己最后的钱拿出来赌，激动到狂热的地步——全都输光。……（在这种情况下德国人是多么卑鄙啊，他们竟无例外都是高利贷者、恶棍、骗子！房东太太因为知道在他们收到钱之前不能搬走，便涨了价！）……我们在巴登这座地狱里有七个星期受尽了折磨。"[1]总之，"四年来欧洲使我厌恶，简直达到了深恶痛绝的地步，天哪，我们对欧洲有多少陈腐之见"。[2]

陀思妥耶夫斯基对西方的成见，使他仿佛戴着变色眼镜观察一切事物，欧洲的每一个城市都变得令人不堪忍受。由此使他与那些侨居欧洲的俄国侨民也格格不入，特别是由于他们"粗暴"地对待俄国、"丑化"俄国而对他们深恶痛绝。"我感到腻烦，哪儿也不去……很讨厌碰上我们的聪明人……啊，他们是多么落后，无知到何等地步"[3]，"他们在国外变成了猖猖不休、令人厌恶的狮子狗了"。[4]如果说对那些倾向于西方的自由主义者来说，当他侨居西方，他们很快也就适应了欧洲生活。而陀思妥耶夫斯基，这位带有斯拉夫主义倾向的"根基论"者，却始终是带着批判、怀疑的眼光看待欧洲的一切。正像陀思妥耶夫斯基第一次出国时去拜访侨居伦敦的赫尔岑，"陀思妥耶夫斯基被博览会的印象、城市风光、居民的精神风貌弄得忧心忡忡、颓唐不堪。他几乎怀着惊恐的心情谈论着这座城市以及笼罩着这座有魔力的可恶城市的沉闷气氛"。赫尔岑却"已经爱上了伦敦。如同谈论任何事物一样，他谈着自己对这座大城市的爱，时而吐露出一些完全出人意料的、生动而又令人振奋的字眼"[5]。

赫尔岑与陀思妥耶夫斯基对待伦敦的不同态度，在某种意义上也就代表了

1　陀思妥耶夫斯基：《陀思妥耶夫斯基选集·书信选》，冯增义等译，人民文学出版社，1986年，第175页。

2　陀思妥耶夫斯基：《陀思妥耶夫斯基选集·书信选》，冯增义等译，人民文学出版社，1986年，第268页。

3　陀思妥耶夫斯基：《陀思妥耶夫斯基选集·书信选》，冯增义等译，人民文学出版社，1986年，第199页。

4　陀思妥耶夫斯基：《陀思妥耶夫斯基选集·书信选》，冯增义等译，人民文学出版社，1986年，第173页。

5　格罗斯曼：《陀思妥耶夫斯基传》，王健夫译，外国文学出版社，1987年，第338页。

俄国自由主义与斯拉夫主义者对待西方的不同态度。陀思妥耶夫斯基在西方的喧闹、熙攘、竞争、个人主义面前所表现出的排拒态度，代表了乡土罗斯对作为城市文明象征的西方的恐惧与拒斥。他与屠格涅夫的决裂，便是由于对待西方的态度不一致，由此导致的思想决裂。在陀思妥耶夫斯基看来，屠格涅夫、赫尔岑、车尔尼雪夫斯基之流"把俄国人骂得狗血喷头，不堪入耳。……他们不仅憎恨俄国一切稍稍带有独特性的东西，否定他们并立即兴高采烈地加以丑化"，屠格涅夫强调，"在德国人面前应该甘拜下风，存在着一条对于一切人来说是共同的，而且也是不可避免的道路，——这就是文明；强调俄国精神和独特性的任何企图都是卑鄙和愚蠢行为"，[1]这恰恰是陀思妥耶夫斯基最不能接受的，他们的分道扬镳也是自然而然的了。

从国外看俄国，在陀思妥耶夫斯基看来"显得更为清楚""俄国人民由于自己的恩主和他的改革不得不学会实干、自我观察，……现在确实是转折和改革的时代，几乎比彼得大帝的改革更为重要。铁路的状况怎样？最好尽快通到南方，尽量要快，这是最关键的问题。到那时到处正义伸张，那样的话，这是多么伟大的革新啊！（在这里思考、幻想这一切，为此而心情激动）"。[2]陀思妥耶夫斯基的许多作品，表现的都是俄罗斯及俄罗斯人民的苦难，而一旦客居异地，俄罗斯社会的种种缺陷，俄罗斯城市的阴暗与俄罗斯人民的悲苦，都被对祖国的绵绵思念所取代。如果说陀思妥耶夫斯基看欧洲带有浓厚的主观色彩，而他在欧洲看俄国，同样带有强烈的情绪化倾向。对代表现代资本主义文明的欧洲的拒绝，使他彻底回归俄罗斯传统。"我在国外成了俄国彻头彻尾的君主主义者了。"[3]同时也成了彻底的大俄罗斯民族主义者。面对堕落的西方，俄罗斯担负着神圣的东正教使命："向全世界显示从未见到的俄罗斯基督，而俄罗斯基督的根基就存在于我们亲切的东正教之中。我认为，我们未来文明的传播和全欧洲的复活，以及我们未来生活的实质全在这里得到体

1　陀思妥耶夫斯基：《陀思妥耶夫斯基选集·书信选》，冯增义等译，人民文学出版社，1986年，第178页。

2　陀思妥耶夫斯基：《陀思妥耶夫斯基选集·书信选》，冯增义等译，人民文学出版社，1986年，第172页。

3　陀思妥耶夫斯基：《陀思妥耶夫斯基选集·书信选》，冯增义等译，人民文学出版社，1986年，第197页。

现。"[1]陀思妥耶夫斯基由此完成了他反西方的民族主义历程。

三、《冬天记的夏天印象》

探讨陀思妥耶夫斯基作品中所表现的"西方"形象，最典型的莫过于《冬天记的夏天印象》了。作为作家第一次出国的旅行印象记，这部小说也就给我们提供了一份完整的一个俄罗斯人看"西方"的典型个案。

陀思妥耶夫斯基的这次旅行非常匆忙，两个半月的时间跑了德国、奥地利、法国、英国、瑞士、意大利的十几个城市。想尽可能看到欧洲的一切，从而"构成一个完整的印象，一个总的全景"[2]的愿望支使着他，使他取的是从"上面"看"西方"的视角。"整个'神圣奇迹之国'鸟瞰图似的蓦地映现在我眼前，我像从遥远的山顶望见乐土一样。……总而言之，我被渴求新事物，变动地点，获得一般的、综合的、全景的、透视的印象的一种不可遏止的欲望侵袭了。"这种对"欧洲"的综合、全景式印象又是与对俄罗斯的西方影响的透视联系在一起的，从而"欧洲的欧洲"与"俄国的欧洲"，构成了小说互为参照的两大板块。

"欧洲在不同的时期里怎样给我们留下了影响的迹印，怎样用他们的文明侵入我们国内，我们的文明到了怎样的程度，我们到目前为止又有多少真正文明开化的人？"这就是陀思妥耶夫斯基一边坐在火车上，一边在想着的"祖国的事情"。而当陀思妥耶夫斯基处在俄罗斯的严寒中回想着"夏天"旅行的时候，"夏天的印象"与"冬天的回忆"也就掺和在一起了。作为"完全多余的一章"，却给我们留下了探讨"俄罗斯与西方"的极好材料。

如果说俄罗斯在十七世纪重新打开了通向西方的大门，但西方对俄罗斯的影响，首先是物质方面的，"假面舞会"，"法国长襟外衣、硬袖、假发、宝剑"，这些便构成了一般俄国人心目中的"欧洲文明"。"穿上丝袜，戴上假发，腰挂宝剑——这样就成了欧洲人"，"至于精神方面，当然，不使用鞭子

1　陀思妥耶夫斯基：《陀思妥耶夫斯基选集·书信选》，冯增义等译，人民文学出版社，1986年，第229页。

2　陀思妥耶夫斯基：《冬天记的夏天印象》，满涛泽，载《陀思妥耶夫斯基作品集·赌徒》，上海译文出版社，1988年。

还是行不通的，那些接受了欧洲影响的老爷还是要严厉地惩罚自己的家仆，还是以家长制的作风对待家庭成员，遇到土地少的邻人说话粗鲁时，还是要把他关在马厩里毒打，还是在地位高的人面前胁肩谄笑。甚至农民也很清楚：这样的主人更不轻视他们一些，对他们的生活习惯更不挑剔一些，更懂得他们一些，对他们更不陌生一些，更不像外国人一些。至于说到在他们面前耀武扬威摆架子，那么，老爷怎么能没有架子呢——老爷到底是老爷呀。即使把农民打得死去活来，毕竟农民还是觉得他们比现在的新派地主更可亲一些，因为他们更像是自己人一些。"沙皇专制制度与村社中的宗法制传统，造就了俄罗斯农民顺从权威、逆来顺受、因循守旧的心理。而欧洲影响的"上层"性质，更使来自欧洲影响的新文化与传统的宗法制文化的主体——农民格格不入。对于俄罗斯普通民众来说，他们把任何来自西方的事物和思想都视为骗人的圈套，他们只相信"沙皇父亲"是自己的保护人，因而也就注定了那些接受了西方文化影响的俄国贵族知识分子永远不过是"俄国的欧洲人"，老百姓眼中的"外国人"。当他们想要和农民打成一片，穿上粗布袄这类典型的"俄国衣服"，参加农民的集会，却被视作是穿着"化装跳舞会上的衣服"到农民中来了，这也就注定了《聪明误》中的恰茨基式的"俄罗斯的欧洲的一个完全独特的典型"的永远孤独。

"一个可爱的、热烈的、受痛苦的典型，他向俄罗斯和坚实的根基呼吁，但当必须寻找'饱受凌辱的情感得到慰抚的一角地方'的时候，他又仍旧到欧洲去，总而言之，这是现在完全无益而从前曾经很有益处的典型"，"一个知道自己无益而内愧于心的、诚恳的清谈家"。陀思妥耶夫斯基站在他的"根基论"立场，对此是持否定态度的。在陀思妥耶夫斯基看来，从彼得堡——这个有着地球上一切城市中最怪异的历史城市中开始的"自上而下的欧洲影响"，不过是使格伏慈箕洛夫式的地主在必须打人的时候"几乎是根据原则殴打妻子的"，"他具有熟练的技巧，遵守礼节，变成了法国资产阶级，再过些日子，就要像南部各洲的美国人一样，引经据典来辩护黑人买卖的必要了"。当那些"俄国的欧洲人"相信自己负有传播欧洲文明的使命，以"伍长式的自信和文明开化的曹长式的态度高踞在老百姓上面"，"揭露普通老百姓的、民族的、自发性的野蛮，来衬托我们上等高尚社会的欧化文明"，这在陀思妥耶夫斯基看来，"这种信念或者干脆是盛气凌人，或者终究是对欧化文明表示盲目的、奴性的崇拜"。这种反西方的态度，也就决定了陀思妥耶夫斯基透视"欧洲的欧洲"时的立场。

陀思妥耶夫斯基是怎样看"西方"的，有一件事颇为意味深长。当陀思妥耶夫斯基来到德国科隆，面对新筑的科隆桥：

> 桥当然好得很，这个城市很有理由为它引为骄傲，可是，我觉得未免过于骄傲了。不用说，我立即对这一点生起气来。此外，站在这奇妙卓绝的桥的入口处收钱的管事人不应该用这样一副脸色来向我收取合理的通行税，好像他是为了一桩什么连我自己也不知道的过失对我课以罚款似的。我不知道这是怎么回事，可是我觉得，德国人太妄自尊大了。"他一定猜出我是个外国人，并且是个俄国人。"我想，至少，他的眼睛几乎好像是在说："你看到了我们的桥没有，可怜的俄国人，——那么，你在这座桥面前，在每一个德国人面前，好比是一条蛆虫，因为你那里没有这么一座漂亮的桥。"你们都会同意这是很叫人难受的。当然，德国人可没有这样说，甚至也许连想都没有想到，可是反正一样：我当时相信，这些话正是他想说的，所以我忍不住勃然大怒起来。"见他的鬼，"我想，"我们也发明过茶炊……我们有杂志……我们创造第一流的东西……我们……"总之，我生了老大的气，买了一瓶香水（这可再也推辞不掉了），立刻奔向巴黎，希望法国人要亲热和有趣得多。

面对西方的强势文明，内心的虚弱、自卑，导致极度的敏感，反过来激起一种虚骄心理，在民族自尊意识的支配之下激起对西方事物的非理性憎恶与抗拒，这种复杂心态也就决定了陀思妥耶夫斯基"看"西方的态度，法国人没有理性，好雄辩、演说，好表现自我，旅客列车上突然出现密探，旅馆登记时旅店老板对客人的烦琐盘查：姓名、乘什么车辆、从何而来、此行目的、旅客身体特征、身材、头发、眼睛的颜色、脸部的细微特征，诸如此类，这种漫画式笔法，叫人无法判断，这究竟是写实主义还是夸张式讽刺。如果说，陀思妥耶夫斯基作为一个城市作家，他对彼得堡的描写取的是现代主义的视角，从街道水平线下看城市，而《冬天记的夏天印象》作为一组欧洲城市风景画，却取的是从上面"俯瞰"城市的视角，在注重全景式综合印象的同时，也就像浪漫主义把乡村自然当作一种模式一样，把伦敦、巴黎模式化了。于是，伦敦、巴黎便成了资本主义世界的象征。请看陀思妥耶夫斯基对伦敦的描写：

> 我在伦敦一共待了八天，至少在外表上，它留给我的印象是，它有着多么广阔的画面，多么鲜艳夺目的平面图……这日夜忙乱着，像大海一样辽阔无边的城市。机器的锐鸣和怒号，这些设在屋上的铁路（不久就要设在屋底下了），这大胆的进取精神，这实际上是资产阶级高度秩序的表面无秩序，这污秽不洁的泰晤士河，这浸透着煤烟的空气，这些气象万千的街头花圃和公园，这些像白教堂区之类的挤满着半裸体、粗野、饥饿居民的、令人生畏的城市一角。拥有亿万财富和全世界贸易的市区，水晶宫，世界博览会……但是在这表面的辉煌炫目之下还掩盖着另外一种面目：每逢星期六夜晚，五十万男女工人带着他们的孩子像海洋一样泛滥在整个城市里，在某些街区聚集得最多，通宵达旦，直到五点钟，庆祝着安息日。就是说，大吃大喝，像畜牲似的撒野，来补足一星期的辛苦。在干草市场上，夜晚，在这一个区的几条街上，挤满着成千上万的妓女，街道被煤气灯照亮着，这种东西是我们所不熟悉的。用镜子和金箔装潢着的、漂亮的咖啡店，走几步路就是一家……

这就是陀思妥耶夫斯基视野中的伦敦。绚丽与阴暗，崇高与丑陋，豪奢与贫困，秩序与混乱糅合在一起。"一切在独特性中显得那样庞大和刺目。……每一个刺目的特征，每一个矛盾的特征，和它的对立物同时并存，执拗地挽着手一路走，互相抵触，但显然并不互相排斥"，构成巴赫金曾经阐述过的狂欢式背景。而在巴黎，资产阶级以尽可能多地积累财产获取金钱为其基本信念和道德规范。"这资产者是一个稀奇古怪的人：他公开宣称金钱是最高的美德和人的义务，但同时又非常喜欢装出一副高贵的样子。所有法国人都具有异常高贵的仪表。一个卑劣下贱的法国佬，为了两角半钱会把生身父亲出卖给你，而且不等你开口，还会饶上点什么，可是同时，甚至就在把父亲出卖给你的时候，他也会装出这么一副令人肃然起敬的神气，简直叫你惶惑不知所措。"至于资产阶级所标榜的自由、平等、博爱，在陀思妥耶夫斯基看来，"自由"不过是"大家在法律面前一律有权为所欲为的自由。什么时候能够为所欲为？当你有百万财富的时候"。而"平等",每一个法国人都会把这视作是"对自己个人的耻辱"。那么"博爱"呢?"在法国人的天性里,并且在一般欧洲人的天性里,它并不存在,有的却是个人的原则,超凡脱俗的原则,加强的自我保存,自我追求,在自我里面的自决的原则,我的全部天性以及一切其余的人针锋相对的原则,而这是被当作和他以外的一切人完全相等并有同等价值的、独立的、个别的原则看待的,那么,这样的自决是产生不出博爱来的"。

陀思妥耶夫斯基对资本主义的金钱原则、个人主义原则的透视可谓一针见血。格罗斯曼由此认为,"按其社会意义来说,这是陀思妥耶夫斯基最进步的一部作品,在这部作品中,对资产阶级世界的批判和对资产阶级世界弱肉强食的社会风气的辛辣讽刺,充满着真正的反资本主义的激情"[1]。但有一点却是格罗斯曼所忽视了的,即陀思妥耶夫斯基对西方资本主义世界批判的出发点。事实上,陀思妥耶夫斯基是站在沙皇君主主义、东正教、宗法制农民立场来批判资本主义的,是农业文明对工业文明的拒绝,是俄罗斯乡土对资本主义现代城市文化的拒绝,是处于弱势的"东方"对处于强势地位的"西方"的一种对抗策略。现代西方城市所代表的商业精神与崇尚个人自由、世俗主义的市民精神,被陀思妥耶夫斯基以漫画式的笔法展示出来。这是否像马克思在《共产党宣言》中曾揭示过的:"这样就产生了封建的社会主义,其中半是挽歌,半是谤文,半是过去的回音,半是未来的恫吓:它有时也能用辛辣、俏皮而尖刻的评论刺中资产阶级的心。但是它由于完全不理解现代历史的进程而总是令人感到可笑。"由此,陀思妥耶夫斯基是否也陷入了这种可笑的境地呢?陀思妥耶夫斯基在作品的一开始就强调,作为一个旅行家,他所追求的并不是绝对的准确,而是真诚,"总而言之,你们要我讲的是自己的观察所得,只要这些印象是真诚的就行"。正因为陀思妥耶夫斯基对"西方"的描述在他看来完全是真诚的,因而透过作家看"西方"的视角、坐标,同时它又为我们提供了一面镜子,用来反观陀思妥耶夫斯基自身,从这个角度说,在陀思妥耶夫斯基为"西方"画像的同时,它是否又同时提供了一幅作家自画像呢?

1　格罗斯曼:《陀思妥耶夫斯基传》,王健夫译,外国文学出版社,1987年,第331页。

四、《赌徒》：俄罗斯的漂泊者

在陀思妥耶夫斯基的中期创作中，还有一部引人注目的涉及"西方"形象的作品，这就是《赌徒》，副标题为《一个年轻人的札记摘抄》。这个作品是利用二十六天的时间以口授方式写出来的。贯穿于这个作品的基本主题是金钱与爱情的矛盾，这双重矛盾因为又涉及"俄国人"与"西方人"的矛盾，便更显得意味深长。

故事发生的地点是德国的鲁列津堡，来自俄国的将军一家及随从、仆人等栖居在旅馆里。小说的女主人公波琳娜作为将军前妻的女儿，母亲死后，她仍留在继父家里，充当那两个异父同母的弟妹的外语老师。在波琳娜的生活中，出现过三个男性，一个是法国人德•格里蔼，这是一个高利贷商人，将军曾向他借过一笔巨款，他有着"漂亮英俊的外貌"，也正是这一点迷住了波琳娜，使她成了他的未婚妻，但这又是一个"傲慢不可一世的法国人"，在席间常"摆出一副神气活现的架势"，"不把别人放在眼里"。德•格里蔼同时也就成了法国人的一种典型。他和所有法国人一样，"需要献殷勤的时候笑容可掬，不需要献殷勤的时候马上面孔铁板。法国人很少有天生殷勤的，他的殷勤仿佛始终是根据利害计算，按指令办事的。比如，倘若他觉得有必要做一个富有想象、别出心裁的人，稍稍要与众不同一些，这时候他的想象便在早就被人们用滥了的庸俗不堪的形式中表现出来，愚蠢透顶，极不自然，法国人天生是最小家子气的市侩，平庸、卑琐的人物，——概而言之，是世界上最乏味的人"。"当我们还是狗熊的时候，法国人的，即巴黎人的民族形式就已经臻于优雅精致的境界。革命继承了贵族的遗产。现在连最粗俗的法国人也可能具有形式十分雅致的风度、举止、谈吐甚至思想，却没有用精神和心灵主动去发展形式。一切都得之于继承。自然，他们可能是最空虚、最卑鄙不过的人。"只有涉世不深、直爽、轻信的俄国小姐才可能被迷惑。

"德•格里蔼从某种角色出现，戴着假面具出现，可能以他非凡的潇洒把俄国小姐征服。他有雅致的形式，而俄国小姐错把这种形式当作他的内心，当作他的精神与心灵的天然形式，却没有看作是他继承得来的衣衫。"由此，在"法国人与俄国小姐"的关系中，便构成了卑鄙的诱惑与热情纯结的受蒙蔽者的关系。

颇有意味的是，将军迷上的也是一位漂亮的巴黎交际花布朗歇小姐，而当将军府第的家庭教师阿列克谢在赌桌上赢了20万法郎，来到巴黎，与布朗歇小姐在巴黎同居，不过一个月，布朗歇就把他的钱全部榨干了。他们分别时，布朗歇交代他："好，再见！我们将永远是朋友，如果你又赢了钱的话，你可一定要到我这里来，你会幸福的！"真是意味深长的结局。无论将军，还是"赌徒"阿列克谢都成了巴黎交际花手上的"玩物"。"法国小姐与俄国男子"的关系，这次是俄国男子充当了被玩弄的角色。

巴黎作为世界的"首都"，资本主义世界奢华、轻浮、虚假、利己主义的象征，在陀思妥耶夫斯基的作品中，法国人也就常常首先充当了作家批判、讽刺、嘲笑的靶子。至于作家对法国人的"恨"，是否与陀思妥耶夫斯基第二次出国时的那次情感挫折经历有关，我们就不得而知了。当德·格里蔼想从波琳娜那里得到一大笔嫁妆的希望破灭，其卑鄙、悭吝的本性也就暴露无遗，他同她断绝了关系，只是从将军的债务中减去五万法郎，作为对她的馈赠。波琳娜为了还给他这笔钱，只好求助她内心深处爱着的阿列克谢，让他去赌桌。为了拯救波琳娜，阿列克谢拼命狂赌，将整个生命都化作了"赌注"。

小说结尾，拘谨而不乏豪侠气概的阿斯特莱先生，这位与波琳娜始终保持若即若离关系的英国人，与流落在洪堡的阿列克谢邂逅。阿斯特莱先生告诉"赌徒"：他是受她之托专程来洪堡的，"目的就是要见到您，和您作一次亲切的长谈，并把您的一切情况转告她，您的感情、思想、希望以及……回忆统统转告她……她爱过您，她到现在还爱着您！是啊！您把自己给毁了。您有一些才干，生性活跃，人又不笨；您甚至有可能对您的祖国作出贡献，您的祖国是多么需要人才呀，可是您却滞留在这里，您这一辈子完蛋了。"这就是一个远离俄罗斯故乡，流落他乡的"赌徒"的悲剧。颇有意味的是，波琳娜在卑鄙的法国人、正直的英国人、"堕落"的俄国人的选择中，她最终爱着的还是这位来自俄罗斯的"赌徒"，其中喻意也就不言自明了。

《赌徒》中颇为引人注目的便是对"轮盘赌"的描写。陀思妥耶夫斯基几次出国，都曾经为"轮盘赌"所迷恋。赌博的狂热，瞬间变幻的胜负，人的心情从沸点到冰谷的起伏，及其输光后的那种道德、情感上的痛苦自责、忏悔，这一切恐怕要算是陀思妥耶夫斯基国外印象记中最刻骨铭心的一页了。《赌徒》在某种意义上便构成了作者的一幅自画像。《赌徒》中描绘的爱情与金钱的双重主题，事实上都是集中在"轮盘赌"这一焦点上。作品描写一群"国外的俄国人"的生活，他们脱离了自己的祖国和人民，他们也就被抛离出国内普通人民的生活规范与秩序之外，无论是阿列克谢，还是来自莫斯科的贵妇人塔拉谢维切娃老太婆，都被赢钱的冲动和赌博本身的狂热所迷，乃至爱情都退居到次要地位："我发誓，我非常疼爱波琳娜，可是说也奇怪，自从我昨天触摸到赌台并开始一包一包地把钱划拉过来的那一刻起，我的爱情就似乎退到第二位了……我经受不住金钱的诱惑，开始飘飘然起来。"这"轮盘赌"，也就决定了小说的"狂欢化"色调。正如巴赫金所说：

> 生活中属于不同地位（不同等级）的人们，聚到轮盘赌桌的周围之后，由于受到赌博条件的束缚，也由于全看运气和机会，变得一律平等了。他们在轮盘赌桌上的举动，完全脱离了他们在普通生活中扮演的角色。赌博的气氛，是命运急速剧变的气氛，是忽升忽降的气氛，亦即加冕脱冕的气氛。赌注好比是危机，因为人这时感到自己是站在门坎上，赌博的时间，也是一种特殊的时间，因为这里一分钟同样能等于好多年。
>
> 轮盘赌把自己狂欢式的影响，施加于同它相关联的生活上，几乎是施加于整个城市，无怪乎陀思妥耶夫斯基给这个城市起名叫鲁列坚堡——赌堡。[1]

其实，轮盘赌的这种狂欢化气氛，同样适用于陀思妥耶夫斯基对整个西方城市包括伦敦、巴黎的认识。强烈刺目的色彩，急剧变幻的节奏，狂欢式上假面（正像德•格里蔼装扮出的"面具"），人物命运的起落，加冕脱冕……从而构成了一幅独特的西方城市风景画。

五、"俄国的欧洲人"

"俄国的欧洲"与"俄国的欧洲人"是陀思妥耶夫斯基在《冬天记的夏天印象》中提出的两个概念。"俄国的欧洲"特指俄罗斯所受到的欧洲影响，

1　巴赫金：《陀思妥耶夫斯基诗学问题》，白春仁、顾亚铃译，三联书店1988年，第239页。

"俄国的欧洲人"则是特指那些接受了西方思想影响的俄国人。在陀思妥耶夫斯基的小说中，尽管也描写过一些居住在俄国（主要是彼得堡）的真正欧洲人，如《被侮辱与被损害的》、《罪与罚》等，他们作为旅馆、酒店老板、小商人、手艺匠人、高利贷者，在小说中与其他俄国人发生一定的联系。但他们在小说中仅仅扮演无足轻重的角色，不具有影响乃至主导情节发展的意义。而那些受到西方思想影响的俄国人，则往往作为小说中的主人公，对小说主题的揭示、情节的展开，均起着举足轻重的作用。

巴赫金曾谈到，陀思妥耶夫斯基小说中的主人公大多是思想的主人公，"思想成了描绘对象，成了塑造主人公形象的重心，结果导致小说世界解体，分裂为众多主人公的世界……每个主人公都是从一个特别的侧面看到世界的……"[1]而这些思想的主人公，如《地下室手记》中的"地下人"、《罪与罚》中的拉斯柯尔尼科夫、《群魔》中的斯塔夫罗金、《卡拉马佐夫兄弟》中的伊凡，他们都是接受了西方思想影响的人。西方思想中对他们影响最大的就是个人主义、意志自由及无神论、无政府主义思想。

《地下室手记》中的"地下人"可以说是陀思妥耶夫斯基塑造的第一个思想主人公形象，作家在对这一主人公的由来的解说中强调："不言而喻，无论是《手记》的作者，还是《手记》本身，均出自虚构。然而，一般地说，如果考虑到我们的社会赖以形成的那些情况，那么诸如这类手记作者那样的人物，在我们的社会里不但可能，而且必然大有人在。我想在读者面前用比往常更鲜明的笔触，描绘消逝不久的那个时代中的一个人物。他是至今还活着的一代人的一个代表。在以《地下室》为题的这一部分中，此人介绍了他的为人和他的观点，同时似乎想说明他之所以出现在我们中间和必然会出现在我们中间的原因。"

显然，陀思妥耶夫斯基要强调的是："地下人"作为正日益走向资本主义社会的时代产物，他的出现，恰恰反映了西方资产阶级思想对俄罗斯的影响。"地下人"的极端个人主义，对资产阶级理性法则的怀疑及其由此信奉的意志自由的原则，"理性当然是个好东西，这自不待言，但理性终究只是理性，只能满足人的理性能力，而愿望却是整个生活的表现"，"人，不论他是何等样

1 巴赫金：《陀思妥耶夫斯基诗学问题》，白春仁、顾亚铃译，三联书店1988年，第52页。

的人，也不论在何时何地，总喜欢随心所欲地行动，而绝对不喜欢按照理智和利益的指点去行动……自身的，自由自在的，随心所欲的愿望，自身的，即使是最乖僻的任性，自己的，有时甚至被撩拨到疯狂程度的幻想——这一切便是那种被遗漏掉的，最最有利的利益。"这一切注定了"地下人"的"邪恶"。他一方面觉得自己是一个"恶人、流氓、利己主义、懦夫"，一方面又渴望做一个可以顺应"自主意志"的"非凡的人"，从而获得"左右一个人的权力"，从中我们可以看出社会进化论的影响，也可从中发现其后继者尼采权力意志超人哲学的痕迹。

"地下人"作为受到西方资产阶级思想影响的主人公，在陀思妥耶夫斯基其后的作品中不断出现，从而形成一个人物形象系列。《罪与罚》中的拉斯柯尔尼科夫便是这一类形象的延续。小说写于1865年，当时，拿破仑三世所著的《尤利斯·凯撒》正在彼得堡引起轰动，作者把人类分成普遍的人与英雄，企图证明凯撒与拿破仑一类人物专权的合理性。拉斯柯尔尼科夫作为彼得堡的一个穷大学生，正是受了这思想的影响。他认为，"人按照天性法则，大致可以分成两类：一类是低级的人（平凡的人），也就是，可以说，他们是一种仅为繁殖同类的材料；而另一类则是这样一种人，就是说，具有天禀和才华的人，在当时的社会里能发表新的见解……第一类人就是一种材料；他们大抵都是天生保守、循规蹈矩、活着必须服从而且乐意听命于人……第二类人呢，他们都犯法，都是破坏者，或者想要破坏……在多种不同的申明中，他们绝大多数都要求为着美好的未来而破坏现状。但是为着实现自己的理想，他们甚至有必要踏过尸体和血泪，依我看，他们也能忍心去踏过血泪……"这便构成了拉斯柯尔尼科夫的天才论和超人哲学。拉斯柯尔尼科夫自认属于第二类，他向往成为凯撒、拿破仑式的人物，对于他来说，杀死像"蚂蚁"、"虱子"一样的高利贷老太婆，并不仅仅是为了金钱，还包含着一个更隐秘的动机："我需要的主要不是金钱，而是别的东西……当时我要知道，要快些知道，我同大家一样是只虱子呢，还是一个人？我能越过，还是不能越过？我敢于俯身去拾取权力呢，还是不敢？我是只发抖的畜牲呢，还是我有权利？"他需要以杀人犯罪来证明自我，来检验自己的理论，因而他浓厚的无政府主义、个人强权主义色彩的思想体系和理论主张，成了他犯罪的基础。

在《卡拉马佐夫兄弟》中，陀思妥耶夫斯基同样塑造了一个"思想的主人

陀思妥耶夫斯基与俄罗斯文化精神

公"伊凡·卡拉马佐夫的形象。这是一个迫切需要解决思想问题的人。他作为一个唯物主义者，热爱生活、反抗人世的罪恶，宣称可以承认上帝，但"不接受上帝所创造的世界"。作为无神论者，他在《宗教大法官》中展开了对基督教的批判，作为个人主义者，他在生活中又扮演了内心险恶、唆使他人杀人的罪犯角色。在陀思妥耶夫斯基小说中，"无神论者"、"唯物主义者"、"无政府主义者"、"个人主义者"、"社会主义者"、"革命家"，他们都构成了一种高度的混淆。在陀思妥耶夫斯基看来，这一切都跟西方资产阶级普遍的社会混乱、道德沦丧联系在一起。小说结尾，伊凡走向精神分裂，在梦魇中与他所幻化的魔鬼混为一体，预示了西方思想在俄罗斯的毁灭。

显然，当陀思妥耶夫斯基把东正教、俄罗斯农民当作俄罗斯根基的时候，那些受西方思想影响的"俄国的欧洲人"，他们的出路，或者只能走向沉沦、毁灭，或者在忏悔中回归俄罗斯的上帝和俄罗斯大地。《少年》中所描绘的少年阿尔卡其的成长历程，便体现了这一特点。成为"罗特希尔德"，成了"少年"一生的理想，他在不知不觉中受到他的父亲维尔西洛夫的影响。维尔西洛夫作为一个"俄罗斯的欧洲人"，俄国贵族的代表人物，一个"思想的主人公"，陀思妥耶夫斯基在塑造这一形象时揉进了赫尔岑的许多特点。陀思妥耶夫斯基把赫尔岑当作"俄国贵族习气的产物"，已经"同俄国根基和俄国真理失掉了最后联系"，"他是我们贵族阶级的产儿，首先是一个俄国贵族和世界公民……历史似乎自己指定赫尔岑以其鲜明的典型表现我们有教养阶层的大多数与人民的脱节……与人民脱离以后，他们自然抛弃了上帝"。[1] 维尔西洛夫恰恰就是这样一个与人民脱节的贵族，他游历西欧的经历，更加剧了这种脱节。他在西欧接受的无神论影响，使他的精神时时处在迷惘之中。少年阿尔卡其的精神历程，便是日益脱离维尔西洛夫的影响，而在代表俄罗斯人民精神的马卡尔那里吸取精神的力量。阿尔卡其在维尔西洛夫与马卡尔之间的选择，便构成了在西方与俄罗斯之间的一种文化选择。

哪怕你杀了我，也看不见痕迹。

我们迷失了路途，现在怎么办呢？

看来魔鬼把我们引入了荒野，

1　陀思妥耶夫斯基：《陀思妥耶夫斯基论艺术》，冯增义、徐振亚译，漓江出版社，1988年，第126页。

让我们晕头转向，不辨东西。

这么多的人啊，他们去向何方？

他们这样悲哀地把什么歌唱？

他们是在埋葬家神，

还是在打发女妖出嫁？

陀思妥耶夫斯基在《群魔》篇首引用普希金的诗句，也许试图说明处在迷途中的俄罗斯，正是来自西方的"魔鬼"把它引入荒野。《路加福音》中记载群鬼投入猪群中，那些群猪忽然冲下悬崖，掉进湖里统统淹死了。小说《群魔》正是描写一群曾经游历西欧的无神论者、无政府主义者斯塔夫罗金、彼得·韦尔霍文斯基等在俄罗斯大地掀起的"恐怖"活动。西方及跟西方紧密相关的资本主义，成了俄罗斯大地一切罪恶的源泉。

巴勒斯坦人后裔、美国哥伦比亚大学教授爱德华·萨义德在其《东方主义》和《文化和帝国主义》两书中，强调几个世纪以来，西方人看东方，都是站在自我、主体的立场上，把东方当作他者、异己、非我。西方人建构起来的关于东方的知识充斥着殖民话语。西方对东方的描述，无论是在学术著作还是在文艺作品中，都严重扭曲了东方形象。东方形象经常被野蛮化、丑化、弱化、异国情调化。东方人被描述得一概缺乏理性、道德沦丧、幼稚不堪、荒诞不稽。萨义德把这种帝国霸权的强势文化下西方人对东方世界偏离真实的扭曲和这种扭曲导致的看东方的固定眼光称作"东方主义"。

那么，在陀思妥耶夫斯基对西方形象的描述中，当他把西方许多城市如巴黎、伦敦、柏林一概描述成枯燥阴暗，或光怪陆离，像巨大的怪物；把许多西方人描述成缺乏理性、虚伪自大、可恨复可恶；把西方思想一概视为利己主义、个人主义、金钱主义的罪恶的渊薮，当作使社会走向道德沦丧、腐化堕落的洪水猛兽，这是否又构成了一种作为对西方的扭曲性描述的"西方主义"呢？

十九世纪的俄罗斯，处在西方强势文明的冲击下，为了对抗这种文明的日益渗透，保持俄罗斯民族的独特性，一部分带有浓厚俄罗斯民族主义倾向的知识分子，产生出一种浮躁的、盲目的敌视、排斥西方文明的倾向，试图以此对抗西方文化霸权，由此导致在看待"西方"时的一种非理性偏见，一种新的扭曲。陀思妥耶夫斯基对"西方"的观照正带有这样的倾向。陀思妥耶夫斯基曾感叹"欧洲人对天狼星比对俄国更了解"。反过来，作为俄国人的他对欧洲的了解是否就透彻了呢？当他来到欧洲，处于弱势地位的他，面对"神圣奇迹之国"的自大狂妄，导致他的一种近乎病态的敏感。而在国外遭受的一次次挫折经历（特别是在轮盘赌输得一干二净之后所饱受的白眼）更加深了他对这些似乎并不友善的国度的厌恶与反感。"但愿您能知道这个民族有多么愚蠢、呆板、渺小和野蛮！"[1]类似这种过于情绪化的断语不断出现，就让我们难以相信作者立场的客观、公正了。

当陀思妥耶夫斯基把社会主义、唯物主义、无神论、个人主义、金钱主义通通当作来自西方的洪水猛兽，使他由此生出要用俄罗斯思想、俄罗斯东正教拯救堕落的西方的期望："必须让我们的基督放射光芒给西方以迎头痛击！……我们现在应当站在他们面前，不是俯首贴耳上耶稣会教士的钩，而是把我们的俄罗斯文明带给他们……让哥伦布的那些渴得快要冒烟的伙伴看着'新大陆'的岸吧，让俄国人看看俄国'大陆'吧，让他们去发现金矿，去发掘他们埋在地下的宝藏！向他们展示，将来也许唯有俄国的思想、俄国的上帝和基督才能使全人类面目一新，起死回生……""白痴"公爵梅诗金在将军家的聚会上，在众多社会体面人士面前所发表的一番带有热昏色彩的演说，也许便道出了陀思妥耶夫斯基的心声。这构成了一个斯拉夫主义者对待西方的态度。

陀思妥耶夫斯基小说的正面主人公，都在不同程度上具有俄罗斯民族主义的倾向，他们都具有人民的根基，体现着人民的理想；相反那些处于思想矛盾，或人格分裂中的人物，则大多是受西方思想影响的人物，是新兴资本主义社会制度的产物。对这些人物的价值评判，也就体现了陀思妥耶夫斯基的思想观点、社会理想。

1　陀思妥耶夫斯基：《陀思妥耶夫斯基选集·书信选》，冯增义等译，人民文学出版社，1986年，第190页。

第六章
陀思妥耶夫斯基与现代主义

陀思妥耶夫斯基作为十九世纪的俄国现实主义作家，又常被当作西方现代主义的始祖。他一生致力于对人这个"谜"的探寻。他的小说着重从人的存在境遇的角度揭示社会的不义、罪恶对人的挤压，及其由此导致的人与社会的疏离，人的自我分裂。正是在这一点上，使他与现代主义取得了沟通。

十九世纪以来，西方不少思想家、作家都引陀思妥耶夫斯基为知己。尼采将陀思妥耶夫斯基称为自己思想的最伟大源泉之一，他从陀思妥耶夫斯基的作品中看到了对理性传统的反叛，对基督教的怀疑及人物的强烈个人意志；纪德发表过文学评论集《陀思妥耶夫斯基》，推崇陀思妥耶夫斯基对人类灵魂奥秘的揭示；加缪把陀思妥耶夫斯基视作揭示世界荒诞的存在主义的先驱；卡夫卡在陀思妥耶夫斯基的艺术世界中寻找自己的"卡夫卡式"的东西：人的悲剧性的孤独感，人存在的屈辱及荒诞性；弗洛伊德从精神分析的角度解读陀思妥耶夫斯基及其作品，发现其无意识中的"罪孽"。如此种种，似乎足以证明陀思妥耶夫斯基与现代主义的血缘关系了。但在苏联，又一直反对把他的思想与尼采、弗洛伊德的思想相提并论，尤其反对把他说成是反映失去自我意识的精神病态的新小说派、存在主义、荒诞派的祖师爷，强调陀思妥耶夫斯基作为现实主义作家对资产阶级的批判。发表于1979年的弗里德连杰尔的专著《陀思妥耶夫斯基与世界文学》在这方面颇具代表性。该书力求在世界文学的背景上研究陀思妥耶夫斯基及其作品，特别是在第五、六、七章分别探讨了陀思妥耶夫斯基与尼采、纪德、加缪、卡夫卡、弗洛伊德、茨威格的关系，但他着重强调这些作家、思想家对陀思妥耶夫斯基的借鉴，以他们是否理解了陀思妥耶夫斯基的反资产阶级的批判倾向作为评判的尺度。价值评判的差异，带来"对话"

的困难。揭示陀思妥耶夫斯基与现代主义的关系，特别是精神实质上的某种契合，便成了摆在我们面前的一道难题。

一、现代主义精神

现代派并不归属于一个统一的群体，也始终不曾有过标榜为现代派的阵营，连它的名称的获得也是一个不尽人意的偶然。当人们把十九世纪以来的象征主义，直到二十世纪前半叶的各种纷纭的现代文学艺术流派通通归在"现代派"这一统一的名称之下，这就注定了对"现代派"的描述困难。任何轻描淡写的概括、考试必读式的归纳都有可能是一种精神冒险。现代派着重表现了现代西方人的精神失落、人的异化、孤独、苦闷、绝望等这些都只构成一种"表述"，而不构成现代主义精神的实质。伯特兰·罗素曾说："也许根本不存在可以用来最终解释一切的唯一范畴，也许事实归根结底本身就是多元性的，也许它原来就是由许多不同的、分离的事物组成，要理解它，就只能分别探究它，既然如此，任何单一的、无所不包的解释性都只能是一种幻想，一个梦。"既如此，我们对现代主义精神及其与陀思妥耶夫斯基的血缘关系的追踪，也只能是一种经验式的体悟与描述。

弗里德连杰尔在《陀思妥耶夫斯基与世界文学》中强调，十九世纪末和二十世纪的许多欧洲作家在艺术探索中借鉴陀思妥耶夫斯基的作品，但是，他们究竟能否向这位俄罗斯小说家学到什么东西，要看他们是否理解他的创作中反资产阶级的批判倾向。这里弗里德连杰尔把是否具有反资产阶级的批判倾向当作了一种价值评判的尺度。其实，现代主义的精神实质并不是反资本主义的，而是指向人的存在，人与自然、社会、他人及自我关系中的生存处境。而陀思妥耶夫斯基的作品确实有着强烈的反资本主义意味（其中的复杂性需另作详细分析），但他与现代主义的血缘关系恰恰不在这一方面，而在于他的作品在对人、人性的探索中所表现出的强烈怀疑与批判精神，使他与现代主义取得沟通。

现代主义作为一种精神并非十九世纪末直至二十世纪上半叶的独有的现象。它起源于人对自身的怀疑。当有一天人们从"世界是什么"转向"我是谁""人的存在有何意义"的追问时，现代主义的因子也就潜伏于其中了。正像W·考夫曼所说："存在主义是一种每个时代的人都有的感受，在历史上我们随处都可以辨认出来，但只有现代它才凝结而为一种坚定的抗议和主张。"当文艺复兴力图从上帝的荣光中挣脱出来，重新发现人、人的个性、人的价值，这种发现固然使人对自身有了一种新的确信，人的天性、人的现世享乐、人的理性都被予以了充分肯定。但人挣脱上帝的束缚，以探索的眼光审视人自身，同时也就使人对自身的存在有了一种疑虑和恐惧。正像弗洛姆在《逃避自由》一书中强调的：一方面，人在现代社会中脱离了中世纪式的传统权威，人在社会秩序中的位置不再被中世纪的种种条规所束缚，他获得了自由，成为"独立"的个人；但另一方面，独立的个人在解脱了以往那种一度使生命获得意义的束缚之后，也就失去了中世纪生活在上帝的庇护下的安全感与相属感，于是他感到了孤立和不安全。人类在确立自我独立存在的同时又感到了自己的孤独，在发现人的价值的同时又看到了人性中的可怕罪孽。莎士比亚的悲剧正是在这个意义上体现了一种深刻的现代意识。当哈姆莱特王子面对父亲的死、母亲过于匆忙的改嫁、叔父的篡位，为残酷的真实所震惊，"我已经在太阳里晒得太久了"，虚假的家园流走了，在非理性的"疯狂"中开始领悟到人生的真义，就仿佛人类的始祖亚当与夏娃在受难的同时所发生的醒悟：禁果、真实、赤身裸体、一无所有（哈姆莱特恰恰发现自身也赤身裸体、一无所有），人被抛入土地、抛入苦难、也抛入真实，寻找本真的存在之途。"这是一个颠倒混乱的时代，可怜的我却要负起重整乾坤的责任。"对于哈姆莱特来说，复仇的过程就是寻求人的存在意义的过程，他要通过复仇的选择重建生存与世界的意义，重建理想的精神家园。如果存在的意义尚未重建，那么复仇的意义又何在？哈姆莱特始终处在踌躇之中，乃是他在怀疑：世界是如此之世界，生命是如此之生命，即便报了父仇，于这世界、这生命又有什么用呢？哈姆莱特在对人生的追思过程中，走向"疯狂"，走向对世界的怀疑，对爱情的怀疑，对人本身的怀疑：

> 在这一种抑郁的心境之下，仿佛负载万物的大地，这一座美好的框架，只是一个不毛的荒岬；这个覆盖众生的苍穹，这一顶壮丽的帐幕，这个金黄色的火球点缀着的庄严屋宇，只是一大堆污浊瘴气的集合。人类是一件多么了不得的杰作！多么高贵的理性！多么伟大的力

量！多么优美的仪表！多么文雅的举动！在行为上多像一个天使！在智慧上多像一个天神！宇宙的精华！万物的灵长！可是在我看来，这一个泥土塑成的生命算得了什么？

——《哈姆莱特》，朱生豪译

克尔凯郭尔说过，哲学起始于怀疑，生活哲学始于失望。哈姆莱特正是在失望中开始思考人生的意义。"生存还是毁灭，这是一个值得考虑的问题"，哈姆莱特对死亡的追问，恰恰源于对生的价值的思考，正如加缪所说："真正严肃的哲学问题只有一个：自杀。判断生活是否值得经历，这本身就是在回答哲学的根本问题。"[1]由此，哈姆莱特的犹豫、痛苦、追问，乃至最后他从为奥菲利娅掘墓的掘墓人那里领悟到的生命无常、死亡宿命都充满了一种浓厚的现代悲剧意识，哈姆莱特成了现代主义最初的一个精神产儿。

在哈姆莱特的人生追索中，我们明显感到作家的一种道德困惑：文艺复兴时期自我意识的觉醒使人们充分肯定现世的利益和欲望，而以个体意识为起点的人文主义理想其终极又可能是极端膨胀了的个体的利己主义；对于美好情感和理想的希冀安慰着脆弱的人生，但这一切在原罪般的"恶"面前，又显得那样的虚幻。如果说莎士比亚悲剧中所揭示的"恶"带有浓厚的自然性色彩，那些恶人的动机都太人性了，就像基督教所强调的，凡肉身者，生而有罪，罪恶与人生俱在。而哈姆莱特式的对至善理想的追寻，反而有可能导致新的禁欲主义。这就是悖论，善与恶相生相克，永远伴随着人类，注定了人类悲剧的必然性。

哈姆莱特"疯"了，李尔王"疯"了，他们恰恰是在疯狂中，在心灵的裂变中对人生有了清醒的认识。"真正的哲学家必定是一个疯癫者。"加缪如是说。而醒悟也正是在疯狂中产生，正像十九世纪的尼采，在他疯子般的"呓语"中，恰恰道出了人世的真相。"荒谬，其实就指出理性种种局限的清醒理性。"[2]对人自身的局限性的认识，人的精神失落及其重新追寻，便构成了一种现代主义精神。

哈姆莱特身上的"现代主义病症"发展到十九世纪初，在浪漫主义者的笔下，便构成了整整一代人的"世纪病"。少年维特的"烦恼"，曼弗雷德的

1　加缪：《西西弗的神话》，杜小真译，三联书店，1987年，第2页。
2　加缪：《西西弗的神话》，杜小真译，三联书店，1987年，第60页。

"世界悲哀"，勒内的彷徨苦闷，"世纪儿"沃达夫的"忏悔"，他们都处在一种无所适从的两难境地：在社会上无处立足，内心世界更找不到避难所；要反抗社会，他们力所不及；要顺从社会，又于心不愿，于是只好处在永远的精神流浪之中。焦躁不安的灵魂，从追求走向迷惘，由迷惘走向冷漠，由冷漠走向麻木，由麻木走向颓废纵欲。这种在痛苦中的挣扎，走向极端，痛苦便成了一种回味，一种供人欣赏的对象，一种恶中之美，于是，便有了波德莱尔，有了陀思妥耶夫斯基。

> 罪人的朋友，迷人的黄昏来了；
> 它像一个同谋犯悄悄来到；
> 天空慢慢合上，像巨大的卧房，
> 不耐烦的人变得像猛兽一样。
> ……
> 这时，邪恶的魔鬼们在大气中
> 像实业家一样张开睡眼惺忪，
> 飞来飞去，撞击房檐和百叶窗。
> 透过被晚风摇动的路灯微光，
> 卖淫在各条街巷里大显身手；
> 像蚁冢一样向四面打开出口；
> 它像企图偷袭的敌方的队伍，
> 到处都要辟一条隐匿的道路；
> 它在污浊的城市中心区蠢动，
> 像从人体上窃取食物的蛆虫。
> 到处都听到厨房里的咝咝声，
> 戏馆的尖叫声、乐队的呜呜声；
> 在那以赌博为乐的客饭桌旁，
> 聚满婊子和骗子——她们的同党
> 那些无休无止又无情的贼子，
> 马上又要开始搞他们的惯技，
> 偷偷撬开人家的大门和银箱，

为了混上几天，给情妇添衣裳。

在这严重时刻，沉思吧，我的魂，

塞住你的耳朵，别听这怒吼声。

此时，病人们的痛苦正在加重！

阴暗的黑夜掐住他们的喉咙；

他们气数尽了，走向公共深渊；

医院里充满他们的呻吟。——今晚，

有几个不能再回到爱人身旁，

到炉边去寻求香喷喷的羹汤。

而且，大多数从来不知道什么

家庭之乐，从未好好地生活过！

——波德莱尔《黄昏》，钱春绮译

　　这就是波德莱尔笔下的巴黎风景，现代主义者往往都远离了乡村的温情，而光怪陆离的城市又不能为他们提供精神居住之所，于是只有陷入苦闷彷徨，陷入永远的流浪之中。他们将笔触伸进城市的深处、人性的深处，发掘恶中之花，构成一幅幅带给人灵魂颤栗的风景。在上帝已死的世界里，波德莱尔作为一个失去宗教信仰的人对客观世界和自身存在意义的探索，及其由此导致的绝望，使他成了现代主义的鼻祖。

　　陀思妥耶夫斯基，同样处在这样一个世纪的转折点上。作为一个"时代的孩童"，一个"没有信仰和充满怀疑的孩童"，当他执着于人的价值、意义的追寻，却时时面临着痛苦与绝望。"人是一个多么不守规矩的孩童啊，精神本性的规律被破坏了……我觉得，我们的世界是沾染了邪念的天上神灵的炼狱"[1]。"活着而没有希望是悲哀的。向前看，未来使我感到可怕。我似乎在没有一丝阳光的寒冷极地的氛围中奔跑……"[2]陀思妥耶夫斯基还是在他的青年时代，似乎就开始染上了世纪的痛苦。陀思妥耶夫斯基一生都在对关于人、人性、信仰的追寻中饱尝着怀疑的折磨，在思想矛盾中经受灵魂的痛苦煎熬。

1　陀思妥耶夫斯基：《陀思妥耶夫斯基选集•书信选》，冯增义等译，人民文学出版社，1986年，第3页。

2　陀思妥耶夫斯基：《陀思妥耶夫斯基选集•书信选》，冯增义等译，人民文学出版社，1986年，第7页。

"可想而知，有一种思想比一切灾难、荒歉、酷刑、瘟疫、麻风更厉害，比整个地狱之苦更厉害，而要是没有这种把大家拴在一起、给心灵引路、使生命的泉源永不枯竭的思想，人类是无法熬过来的！请给我们指出，在我们这个混沌的铁路时代，有什么能和那种力量相比？……财富增加了，但是力量减弱了；把大家拴在一起的思想没有了，一切都变软了，一切都酥化了，人人都酥化了！"（《白痴》）

这是一个混乱的时代，一个旧的上帝已经死了，又没有新的上帝时代，陀思妥耶夫斯 基笔下的所有思想主人公，他们永远在追寻人生的价值意义，又永远处在信仰丧失、精神失落、自我无所皈依之中。"总得相信什么！总得相信谁！"当他们处在这样一种期望之中，同时也就透露了他们内心的秘密：无信仰。"如果斯塔夫罗金相信，他并不相信他相信。如果他不相信，他不相信他不相信"（《群魔》），处在这样一种境地，人物失去存在的根基，生活的意义也就走向虚无，就像荒诞派著名作家贝克特《无以名状者》中的主人公，一开始就提出问题："这是什么地方？谁？什么时间？"直到小说的结尾，主人公仍在乌有中寻找：

也许这是一个梦，全是梦，让我吃惊的梦，我要醒过来，在寂静中醒过来，再也不睡了，那会是我，或梦，还是梦，有关寂静的梦、梦的寂静，到处是唏唏声，我不知道，那全是些词儿，从未醒过来，全是一些词儿，没有别的，你必须继续下去，我仅知道这一点，它们要停下来了，对此我很清楚，我感觉不出它们来，它们要抛弃我了，那会是寂静，一小会儿，但不算很短，否则那就是我的了，永恒的一小会儿，它不会永恒，还是会永恒，那会是我，你必须继续下去，我不能继续下去了，你必须继续下去，我要继续下去，你必须把那些词儿说出来，只要还有词儿的话……那会是沉寂，我在哪儿，我不知道，我永远不要知道，在沉寂中你不会知道，你必须继续下去，我无法继续下去了，我要继续下去。

正是面临这一连串的悖论，生活的一切都变得无可名状。无论是海德格尔的"烦"，还是萨特的"恶心"，加缪的"局外人""热得难受"，或者卡夫卡《地洞》中的主人公永远消除不了的莫名恐惧，现代主义表达的都是人的一

陀思妥耶夫斯基与俄罗斯文化精神

种生存体验。

如果说十九世纪的批判现实主义揭示了以金钱为主宰的资本主义社会中人与人关系的冷酷、世态的炎凉，人物的不幸都有其社会的、环境的或个人的原因，现代主义却把存在于特定社会环境中的问题抽象化、普泛化、非社会化了，人面对自然、社会、他人、自我所感到的疏离、隔膜、烦恼，被当作一般性的主题，构成现代主义对人的生存体验的独特揭示。

陀思妥耶夫斯基正是介于传统现实主义与现代主义之间的这样一位作家，他一方面写出了由不合理的社会制度造成的小人物的一系列悲剧，从而构成了他作品中尖锐的社会批判主题；另一方面，当他的那些主人公着意于世界是什么，人是什么，人为什么而活、怎样活这些带有形而上意义的问题的追索并为此苦恼不堪时，他的作品又与现代主义取得了沟通。正如加缪所说，陀思妥耶夫斯基作品中所有主人公都执意探寻生活的意义。因此他们都具有现代人的气质：不惧怕世俗的讥讽。现代情感与传统情感的区别，就在于后者沉浸于道德问题之中，而前者则充满着形而上学的味道。"[1]

《地下室手记》被一些评论者称作第一部存在主义小说。"手记"以第一人称自述形式写作。第一部分"地下室"由蜗居地下室的主人公"我"议论自己对人、人生及周围事物的看法。第二部分"潮湿的雪"，由主人公叙述在彼得堡经历的几件事。两部分构成相互说明、相互补充的关系。小说一开头："我是一个有病的人……我是一个凶狠的人。一个不讨人喜欢的人。我认为我的肝脏有病，但我对我的病却一无所知，也吃不准我究竟哪儿有病。""地下人"对世界、对人生、对自我都处在怀疑之中，在地下人看来，整个世界都是丑恶的、肮脏的、杂乱无章的、不可知的，并不像理性主义所期望的那样有条理、有规律。理性主义所推导的自然规律就像"石墙"，人只能在它面前俯首贴耳，"二二得四终究是极其令人不能容忍的东西。依我看，二二得四无非是蛮横无理的化身。二二得四双手叉腰，吐着唾沫，神气活现地挡住你们的去路。"由理性法则建立起来的"文明"带给人类的只是"血流成河"，"最热心的杀人者差不多一定就是最文明的人"，而意志才是"整个的生命"，但任由意志的发展又可能带来极可怕的后果。

"地下人"处在极度的孤独之中，对世界、对人生的看法充满矛盾，而自

1　加缪：《西西弗的神话》，杜小真译，三联书店，1987年，第137页。

身亦因为精神被压抑、被扭曲，处在极端的矛盾之中，世界变得无法理喻，连对自己也已无法把握，无法认清，"我向你们起誓，先生们，我对我现在信笔写就的一切，一个字都不相信，确乎连一个字都不相信！换句话说，我可能是相信的，但与此同时，不知怎的我总觉得，总怀疑我是在拙劣地撒谎。"这就构成了世界的荒诞、人生的荒诞。"一个哪怕可以用极不像样的理由解释的世界也是人们感到熟悉的世界。然而，一旦世界失去幻想与光明，人就会觉得自己是陌路人。他就成为无所依托的流放者，因为他被剥夺了对失去的家乡的记忆，而且丧失了对未来世界的希望。这种人与他的生活之间的分离，演员与舞台之间的分离，真正构成荒谬感。"[1]

"世界就建立在荒诞上面。"（《卡拉马佐夫兄弟》）当人无路可走时，自杀成了他们唯一的选择。陀思妥耶夫斯基写过一系列逻辑自杀者，如《白痴》中的伊波利特，《群魔》中的基里洛夫。他们选择自杀，并不是因为生活的打击挫折，也非一时的冲动，而是一种理性的选择。归根结底，它还是源于对生命意义的思考，"自杀只不过是承认活着并不值得。诚然，生活从来就不是容易的，但由于种种原因，人们还继续着由存在支配着的行为，这其中最重要的原因就是习惯。一个人自愿地去死，则说明这个人认识到——即使是下意识的——习惯不是一成不变的，认识到活着的任何深刻理由都是不存在的，就是认识到日常行为是无意义的，遭受痛苦也是无用的。"[2]当人处在这个世界，一切都要受他者的支配，一切都已失去意义，那么自杀便成了对荒诞的反抗，伊波利特强调自杀"也许是我还来得及按照我自己的意志善始善终的、唯一的事情"。"如果我有权利不出生到世上来的话，那我一定拒绝在这种嘲弄人的条件下生存。但我还有权力死去，虽然我退还的只是屈指可数的时日。"《群魔》中的基里洛夫的自杀，同样是为了显示"自己的意志"，"我打算自杀是为了证明我的独立以及我新鲜而又可怕的自由"。既然上帝不存在，那么就通过自杀这个唯一主动的选择使自己成为自己的上帝，基里洛夫在血泊中终于发现："我是幸福的。"

于是，基里洛夫在某种意义上便成了反抗生存的荒诞英雄。文艺复兴的人文主义以其对人的发现力图结束信仰的时代，开启一个理性的时代。理性主

1　加缪：《西西弗的神话》，杜小真译，三联书店，1987年，第6页。

2　加缪：《西西弗的神话》，杜小真译，三联书店，1987年，第5页。

义哲学相信人可以凭借自己的理性认识世界，改造世界，认识自我，把握自我。但当哲学家们从"世界是什么"的探寻走向关于"世界的知识是怎么来的""根据何在"的追问，哲学的出发点从作为客体的客观世界转向作为主体的人自身，哲学家们开始发现人自身的种种局限。康德对传统理性进行了反省，黑格尔以锐利的眼光看到了人性中的善恶两极，由此对人性产生怀疑："人们以为，当他们说人的本性是善的这句话时，他们就说出了一种伟大的思想，但是他们忘记了，当人们说人本性是恶这句话时，是说出了一种更伟大得多的思想。"针对黑格尔的这段话，恩格斯指出："在黑格尔那里，恶是历史发展的动力借以表现出来的形式。"[1]黑格尔为现代非理性主义哲学的产生提供了温床，而叔本华、尼采则向理性主义哲学展开了全面挑战。叔本华的唯意志论哲学强调人永远处在意志的支配下，意志构成了世界的本源，也构成了人无尽的痛苦与烦恼的源泉。而尼采更是对主宰欧洲文化的理性主义与基督教传统展开了全面批判。上帝死了，必须重估一切价值，尼采作为疯子哲学家过早地感到未来世纪人类精神的危机。

陀思妥耶夫斯基同样处在这样一个世纪的转折点上，他以其对"理性王国"中人的灵魂拷问，对人的痛苦、忧郁、精神分裂、人的异化、自我失落，人行为的不能自主的揭示，揭开了现代主义的帷幕。陀思妥耶夫斯基笔下的那些像"虫"一般的小人物，常常处在一种莫名恐惧、对未来的茫然之中："唉，我会变成什么样呢？我在这么一种不定的环境里，我猜不透我将来会变成什么，我真痛苦。""穷人"杰符什金的忧虑几乎成了陀思妥耶夫斯基所有主人公的共同体验。杰符什金像块"抹布"似的活在世上，"地下人"感到自己是个"苍蝇"，有时甚至连做苍蝇也不可得。《罪与罚》中拉斯柯尔尼科夫，更预感到一场整个世界的悲剧，他梦见"仿佛全世界遭了一场可怕的，闻所未闻、见所未见的瘟疫……所有的人大概都要死亡，只有几个，很少几个特殊人物才能幸免……成批的村庄，成批的城市和市民都被传染了，发疯了。大家都惶惑不安，互不了解……"果然，到二十世纪，陀思妥耶夫斯基的"地下室"、"死屋"变成了卡夫卡的"地洞"、"城堡"，人由"抹布"、"苍蝇"变成"甲虫"、"毛猿"，拉斯柯尔尼科夫梦见的"鼠疫"在加缪那里变

1　恩格斯：《路德维希·费尔巴哈和德国古典哲学的终结》，《马恩选集》，第4卷，第233页。

成了艺术的现实，"鼠疫"成了这个世界荒谬、痛苦的象征。

"我们从哪里来？我是谁？我们该往哪里去？"当现代主义惘然于这一切，他们同时也就被抛在了精神的荒原之中。怀疑与否定，构成了现代主义的基本精神，但同时它又包含着某种意义上的自信与乐观。尼采说，超人就是敢于面对人类最大的痛苦和最大希望的人。酒神精神就是不像理性主义那样用美的面纱遮盖人生的悲剧面目，而是敢于面对人生的痛苦，在与痛苦的抗争中去体验一种轰轰烈烈的悲剧美。如果说古典主义总是煞有介事，冠冕堂皇地面对历史与现实，浪漫主义惯于向远古鸿荒发出粲然的微笑，传统现实主义在批判现实的同时仍忘不了对生活作玫瑰色的涂抹，忘不了劝善惩恶的神圣使命，现代主义则是以过于清醒的理性态度直面人生的一切痛苦、丑陋，并赤裸裸地毫不加掩饰地表现出来，从而表现出对过于善良、好心肠的读者的残酷。悲观、宿命、颓废、非理性……在这一切表面的冷漠、绝望下面蕴含的也许又是一颗最善良、最敏感、最热忱、最纯真，因而也最容易被伤害的心。现代主义正是以其非理性、以其对生命的深刻观照构成了一种更加理性的悲剧精神，一种残酷的乐观主义。正像西西弗每天推石上山，重复单调的劳作：

> 我把西西弗留在山脚下！我们总是看到他身上的重负。而西西弗告诉我们，最高的虔诚是否认诸神并且搬掉石头。他也认为自己是幸福的。这个从此没有主宰的世界对他来讲既不是荒漠，也不是沃土。这块巨石上的每一颗粒，这黑黝黝的高山上的每一颗矿砂唯有对西西弗才形成一个世界。他爬上山顶所要进行的斗争本身就足以使一个人心里感到充实。应该认为，西西弗是幸福的。

——加缪《西西弗的神话》

现代主义，正是以这种残酷的乐观，构成了迄今为止最为深刻的现实主义。陀思妥耶夫斯基，便成了一个"最高意义上的现实主义者"。

二、小说的异化主题

在现代主义文学中，异化成了一个最重要的主题。从卡夫卡到存在主义小说、荒诞派戏剧，它们都从不同角度描绘了在资本主义社会下人的异化的一幅幅图景。如果说黑格尔在《精神现象学》中首先使用了"异化"这一概念，费尔巴哈和马克思分别从"宗教异化"和"劳动异化"的角度阐析了异化这一命题，而到二十世纪，随着物质文明的飞速发展，科技进步，战争带给人的巨大灾难，特别是上帝的"死亡"导致传统价值的丧失，人们在精神上日益走向孤立无依的境地，"惶惑不知所措，忧虑焦急，社会的沉沦和个人的精神颓废，悲观绝望，丧失个性，没有根基，淡漠无情，社会失控，寂寞孤独，分化，无能为力，没有意义，轻生厌世，丧失信仰和社会准则"，构成这一时代人的基本精神。由此，现代主义文学全面揭示了人与物、人与社会、人与人、人与自我关系的异化。而陀思妥耶夫斯基，当他从人的存在境遇的角度揭示社会的罪恶、不义对人的挤压，及其由此导致的人与社会的疏离，人的自我分裂，他的小说也就开始触及到人的异化这一现代主义的基本主题。有学者指出："陀思妥耶夫斯基的著作在二十世纪关于异化的争论中是最有启发性的。据说他笔下的所有矛盾重重的主人公都是异化的产物。"[1]陀思妥耶夫斯基着重从人的异化角度展开社会批判，使他迥异于同时代的批判现实主义作家。而他在探索人的拯救之途时所表现出的热情与迷茫，又使他不同于二十世纪现代主义的冷漠与绝望，介于古典与现代之间，这正是陀思妥耶夫斯基的独特所在。

陀思妥耶夫斯基首先揭示了人与社会对立所导致的人的异化。如果说，在社会领域里，"异化"的含义为"自己同别人，同国家和上帝分离，或疏远"，[2]陀思妥耶夫斯基笔下的世界，正是一个时时与人相对立、挤压人的世界。虚幻迷离的彼得堡，资本主义日益冲击下变幻无穷的现实社会，难以理喻的现实人生，人的内心世界的全部邪恶，构成了一个时时与人对立的真实与虚幻相交织的魔幻世界。陀思妥耶夫斯基很少挥洒笔墨去描写人所处的自然环境，而往往只是从人物心理感觉的角度再现环境的恶劣，自然作为异己力量对人的挤压。《孪生兄弟》中对彼得堡夜景的描写，恰恰是在戈利亚德金参加一个贵族小姐的舞会，受羞辱，被赶出来，一人在无人的街上狂奔之时。"戈利亚德金先生被杀害了——在道德上被杀害了"，仿佛自然也参与了对戈利亚

1　福伊尔利希特：《异化：从过去到未来》，《异化问题》（下），文化艺术出版社，1986年，第89页。

2　鲁茨：《异化是社会科学的概念》，《异化问题》（下），文化艺术出版社，1986年，第328页。

德金的迫害。"一股股被风刮断的雨水，几乎是横打过来，好像水龙管喷射，又像无数别针和发针向不幸的戈利亚德金先生脸上刺刺戳戳……雨湿透了衣服，雪冻彻骨髓，迷住眼睛，风从四面八方吹来，吹得他迷路，吹得他发昏……仿佛和他的敌人串通好了，有心要他一天一夜好受。"正是在这外力的挤压之下，戈利亚德金想要"躲开敌人，躲开迫害，躲开侮辱"，导致人格分裂，自我丧失。

陀思妥耶夫斯基笔下的一系列被侮辱与被损害的人、双重人格者、心理变态者、精神病人，亦包括梦想家、理想人物，他们往往都与社会处于一种相违、相离的状态。在俄罗斯专制制度之下，国家机器凌驾于一切之上，小人物常常处在朝不保夕、焦虑不安、惶惶不可终日的状态，他们不仅要为求得自己的基本生存勤勉劳作，小心翼翼地讨好上司，逢迎同事，而且在精神上常常处于外在的屈辱处境和内心的极度自尊的煎熬中。为了迎合别人，他们不得不时时压抑自己，克制自我的个性：

> 我经常用极端不满的眼光看待自己，这种不满发展成厌恶，因而在我的想象中，我总把自己的眼光看成是众人的眼光。譬如，我憎恶自己的脸，觉得它长得很丑，甚至猜想脸上有种猥琐的表情，因此每次上班时总要煞费苦心，尽可能摆出老成持重的神态，以免引起别人的怀疑，把我看作低下的小人；同时尽可能使自己的脸部表情必须庄重大方……我还带着病态的恐惧，害怕自己会成为众人的笑柄，因此抱残守缺，奴才般地墨守涉及仪态举止的一切陈规陋习，怀着爱护的心情遵循一般常规，打从心底里畏惧自己有任何标新立异的表现。但是，我又怎么受得了呢？我是异常有教养的，这是我们时代的人必须具有的那种病态的教养，而他们都愚不可及，而且彼此相似，如同羊群里的绵羊一样。

> ——《地下室手记》

当生活中个人的行为、价值从"自我引导"走向"他人引导"，以他人的好恶为好恶，把自己完完全全献出去，以求得社会的认同，但这个献出去的"自我"常常又成为"我"的敌对力量时，可怕的异化便产生了，"我发觉我的脸肯定是愚蠢的……在整个办公室里，恐怕只有我一个人时常感觉到自己是懦夫和奴才；我所以有这样的感觉，正是因为我是个有教养的人"。为了迎合他人而使自己成为"懦夫和奴才"，过于清醒的自我意识又使人痛感到自我的失落。

"我是独自一人，而他们却是所有的人。"人与人、人与社会的疏离，使人不断缩小自己的生活圈子，背负起免受刺伤的盔甲，龟缩于"地下室"，狭窄的"斗室"（《罪与罚》）。如果说"死屋"（《死屋手记》）、"畜栏"（《卡拉马佐夫兄弟》）成了陀思妥耶夫斯基笔下的作为"他者"的世界象征，它与人又往往是敌对的，"我"既无法通过"他者"的世界走向"你"（上帝与拯救），于是只得退回内心。"那时我才二十四岁，我的生活在那时就已经杂乱无章，忧郁不欢，离群索居，落落寡合。我不跟任何人来往，甚至避免同他们说话，越来越孤独地躲进自己的角落里。"（《地下室手记》）

但是，一方面想方设法躲进自己的角落里，另一方面，为了生存他们又不得不时时刻刻面对那个他们所"憎恨"、"蔑视"的世界，他们感到"恐惧"和"害怕"的世界。并且，他们越是想到躲避、消隐，他们就越是时刻感到被窥视、被品评，乃至身不由己成为众人关注的中心，并因此被钉在耻辱柱上。戈利亚德金准备去参加上司女儿的生日舞会，精心打扮，并为了显示体面，雇了一辆漂亮的马车。车行驶在大街上，喜悦、疑虑、自信、恐惧，各种情绪纷至沓来。偶然路遇的毫不相干的行人，衙门里的同事，办公室里的上司，都使他慌乱不安，他觉得每一双眼睛都在注视他，都满含敌意。为了逃避他人的注视和自己的恐惧，他起初尽量往马车的阴暗角落里躲，继而索性对"自我"来个彻底否定，"这不是我"，是"别的什么人"。而当被主人拒之门外，而后偷偷从餐具室、茶室溜进大厅，"他像从半空中掉下来似的在舞厅中出现了"。仿佛故意跟他作对似的，大家不跳舞了，"他借弹簧之力闯进舞会，他仍旧被弹簧推动着，向前去，向前去，再向前去；一路过去，他撞在一个大官身上，踩痛了他的脚，凑巧他又踩住一位高龄老太太的裙边，把裙子撕下一小块。他又推了一个捧着茶盘的人……所有的人，走着的，说着的，笑着的，闹着的，都好像由谁把手一招，一下子静下来，渐渐聚到戈利亚德金身边"。我们的主人公"失魂落魄地把愁苦的目光向四下看去，极力想趁此机会在惶惑的人堆里找立足点和社会地位"。本来可以无声无息地混进舞厅成为"众人"的一份子，偏偏不由自主地被排挤出来暴露在众目睽睽之下，离开原有的"地洞"，此时再想找个"地洞"钻进去已不可得，最后只好被狼狈地赶出来，试图躲开他人，躲开自己，躲开整个世界。作为"他者"的世界与人的疏离敌对，带着病态的恐惧害怕成为众人的笑柄，偏偏时刻自己与自己作对，在不知不觉间就成了众人的笑柄，这正是陀思妥耶夫斯基小说中的人物面对世界与他人经常产生的一种尴尬状态。如果说"异化"就是"个人认为自己同自己、同别人并且整个世界脱离关系的一种情绪或者状态"[1]，陀思妥耶夫斯基小说中的人物正是处于这样一种异化状态中。

作为世界的陌生者、局外人、地下人，面对外在的挤压，在焦虑、惶恐中，逃离社会，退回内心，构成了他们第一个反应。他们需要重新寻找自我，在自我屈辱中找到自尊自重的感觉，确证自我的本质。我是谁？当然不可能是英雄，哪怕是稍稍体面点的人，有时甚至连想做爬虫亦不可得。当"地下人"路过一家小饭馆，看到一个人被人家摔出窗外，竟大为羡慕，"好哇，我也去打架，说不定也会把我摔到窗外去的"，当他无意中挡住一个军官的去路，"即使把我揍一顿我也能够原谅，可是他把我挪了个位置，完全不把我放在眼里，对此我怎么也不能宽恕"。一个人为了证明自我的存在自取其辱亦不可得，世界上还有比这悲惨、更无奈的吗？"地下人"为了找到自我在生活中的位置：

> 啊，要是我只是因为懒惰才什么事都不干，那有多好呀！天哪，要能这样，我会多么尊重自己呀！我将尊重自己，因为我身上至少能够有一个惰性；在我身上至少有一个似乎是肯定的、自己也深信不疑的秉性。请问此公何许人也？答曰：懒汉。听到人家这样议论自己，真是莫大的愉快。这意味着我有了肯定的评价。意味着人们对我是有所议论的。"懒汉"这是一种称号和天赋，这是一种事业。

这又是一种多么可怕的"事业"。陀思妥耶夫斯基笔下的主人公，往往都有强烈的自我意识，都在不断寻求自我价值、自我尊严。哪怕是去作恶，在受凌辱的同时又去凌辱他人，也往往是为了从屈辱的境地中摆脱出来，以显示自身的价值感，或者哪怕仅仅是为了显示自己是作为一个人而存在着。双重人格

1　G.彼得洛维奇：《哲学百科全书》异化条目，《异化问题》（下），文化艺术出版社，1986年，第473页。

者戈利亚德金，正是不甘于自我的屈辱地位，才想到去扮演奸诈者、谄媚者、作恶者。《罪与罚》中的拉斯柯尔尼科夫要在杀人犯罪中证明自己："当时我要知道，要快些知道，我同大家一样是只虱子呢，还是一个人？我能越过，还是不能越过？我敢于俯身去拾取权力呢，还是不敢？我是只发抖的畜牲呢，还是我有权利？""地下人"感到自己在整个世界面前是只苍蝇，一只肮脏、放荡的苍蝇，一只最聪明、最有教养、最高尚的苍蝇，然而总是对一切退让、受尽侮辱与损害的苍蝇，并且有时居然想做"苍蝇"也不可得，正因为如此，他要在折磨他人和自己中显示其"精神上的优越性"。"能够有权要自己去干最最愚蠢的事情，而不受只能要自己去干明智事情的那种义务所束缚……因为它为我们保留了最主要和最宝贵的东西，那就是我们的人格和我们的个性。"

　　人的犯罪、作恶，在某种意义上仍是一种自我寻求，是用以对抗与他敌对的世界时对自我的一种肯定。但当人成了这种作恶欲的奴隶，同时也就失去了作为人的本质，失去了自我，产生自我分裂与异化。美国《哲学百科全书》把自我异化看作是人的"内部分裂，至少分裂为彼此相离相违的两个部分"。这是"人的真正'天性'或者'本质'，同他的实际'特征'或者'存在'的异化"[1]。陀思妥耶夫斯基笔下的一系列人格分裂者、心理变态者，即处于这样一种"异化"状态中。

> 　　我时刻意识到，我身上有许许多多同凶狠截然对立的因素。我感到它们——这些对立的因素——在我心底里蠢蠢欲动。我知道它们一辈子都在我身上乱窜乱钻，力图摆脱我的羁绊。但是我不放，故意不放，硬是不放它们出来。它们无耻地折磨我，闹得我浑身痉挛，终于使我不胜其烦，厌恶之至！（《地下室手记》）

　　这种自我人格的分裂，一方面源于人本身的意志与理性、善与恶的冲突，同时也是面对来自外在世界的挤压而产生的一种自我异化。双重人格者戈利亚德金正是在舞会受辱之后，在风雨交加的夜晚疯狂奔跑，"戈利亚德金先生现在不但希望逃避自己，他甚至还愿意自行消灭，立即死掉，化成灰。他充分体验到不久前的惨败，这一刹那间，他死了，消灭了，后来他忽然又拔起腿

――――――
1　G.彼得洛维奇：《哲学百科全书》异化条目，《异化问题》（下），文化艺术出版社，1986年，第477页。

来跑，头也不回地跑，好像逃避谁的追捕，逃避更可怕的灾难"，就是这当儿，一个新戈利亚德金出现了。这是戈利亚德金幻想的产物，是他心灵深处另一个自我的"外化"，但又是迥异于旧戈利亚德金的一个"新人"。

如果说大戈利亚德金标榜不爱走弯弯曲曲的路，不戴假面具，不爱削尖脑袋管别人的闲事，不暗害人，不做阴谋家，却因此处处受挫，直至走向自我毁灭，而小戈利亚德金却善于上下逢迎，迈着一双短而有力的小腿到处钻来窜去，和这个交谈数语，向那个恭维一番，又跟第三个亲近，因而左右逢源，在官场中一帆风顺，春风得意。这是戈利亚德金在饱受屈辱之后，出于生命的本能，想到在这弱肉强食的社会中成为强者，出人头地的潜意识欲望的化身。这是一个异化了的新的自我，而这个自我又反过来成了原有自我的敌对者。异化的特点正是"把人的活动和这种活动的结果转化为一种支配人并与人敌对的独立力量"。[1]大小戈利亚德金经历了一个从亲近到疏远再到敌对的过程。他们曾表示要"亲如兄弟，如鱼得水那样生活"，一道来耍滑头、搞阴谋，但当小戈利亚德金将大戈利亚德金做好的公文据为己有，向上司邀功请赏时，却开始使大戈利亚德金感到最大的生存威胁恰恰来自这个跟他完全一模一样的人。后来小戈利亚德金处处与大戈利亚德金为难，诽谤诬害，"使他名誉扫地，践踏他的自尊心，抢去他的职务和社会地位"，并设法使人相信，"大的、真的戈利亚德金先生根本不是真的，是假的，而他倒是真的"。最后终于把大戈利亚德金完全排挤出正常的社会生活之外，把他送进疯人院……为了求得在社会中的自尊自重使戈利亚德金内心充满向上爬的欲望和成为强者的幻想，而长期的屈辱生活所导致的软弱、焦虑，丧失行动能力，使那无法实现的欲望反过来成了他自身的敌对力量，最大的敌人恰恰源于自我的欲望本身，终于使戈利亚德金想要逃避自我，但逃避亦不可能。"那个绝望的、实实在在的戈利亚德金先生在羞愧和绝望中拼命地跑，听天由命地跑，不管跑到哪里都行，可是每跑一步，他的脚在人行道石板上踏一下，好像就从地底下跳出一个完全相同的、讨厌的戈利亚德金先生。这些完全相同的人出现后就跑起来，一个跟着一个，一长串，好像一溜儿鹅，摇摇摆摆跟在大戈利亚德金先生后面弄得他无法躲避这些完全相同的人。弄得该受到同情的戈利亚德金先生喘不过气来……"

1　苏联百科全书出版社：《苏联大百科全书》异化条目，《异化问题》（下），文化艺术出版社，1986年，第434页。

自己与自己作对，构成了陀思妥耶夫斯基小说人物的一个重要特征。正像"地下人"，自己自动挤进欢送他非常讨厌的一个往日同学的行列，又咬牙切齿地责备自己，"活见鬼，谁叫你自己跳出来的"，并气得七窍生烟，"正是因为我切切实实知道，我一定会去，偏偏要去，越是不策略，越是不体面，我越是要去"。按原订时间下午五点赴会，却发现晚宴已改在六点却不通知他，由此他气得要"马上就走——不用说，我还是留下了"。在晚宴中饱受侮辱，"现在真该拿酒瓶一个个往他们头上砸去，我想了一下，抓起酒瓶就……给自己满满地斟了一杯"。丧失自我主体，自己不再是自己的主人，甚至走向心理变态，在屈辱中寻找乐趣，获得某种"该死的快感"。"准备出卖的异化了的个性一定在很大程度上丧失了尊贵的感觉，……他一定丧失了几乎全部的自我感觉，自己是一个唯一的，统一的实体的感觉。"[1]陀思妥耶夫斯基更多的不是从经济学角度表现由于小人物的物质贫困而带来的悲剧，而是从精神、心理角度，再现了在俄国专制制度和资本主义的双重挤压下，人的自我异化的可怕图景，这也正是陀思妥耶夫斯基小说有别于传统现实主义的独特所在。

那么，人的救赎之路究竟在哪里呢？

如果说卡夫卡在其作品中冷峻地显示了一幅资本主义制度下人全面异化的图景，但在卡夫卡看来，异化仿佛成了人类存在的普遍状况，那么，出路何在？"目的虽有，道路却无，我们称为路的东西，不过是彷徨而已"，也许，这便是卡夫卡的答案。而萨特的无神论存在主义，指给人一条通往人的自由选择创造一种有意义的存在的道路，因其选择本身的缺乏绝对价值尺度，又把人抛入到孤立无依的茫茫苦海中。世界的荒诞与人生的痛苦，构成了存在主义者对人生的一种基本体验。陀思妥耶夫斯基，作为古典的人道主义者，面对社会的罪恶、人的异化，尽管描绘社会的理想状态和人的健康状态，开具消除异化的药方要比痛陈时弊艰难得多，陀思妥耶夫斯基却从来没有失去过寻求社会与人的出路的努力。这种对于理想、人的终极拯救的执着，也许恰恰就是传统现实主义作家与现代主义作家的区别所在。

那么，建立人与世界的理想和谐，消除人的异化出路究竟何在？如果说陀思妥耶夫斯基一方面在其小说中呈现了一幅幅人的人格被肢解、个性走向毁灭

1　弗洛姆：《资本主义下的异化问题》，《异化问题》（下），文化艺术出版社，1986年，第44页。

的悲剧图景，但同时，资本主义的个性主义原则，"为所欲为"的自由，欧洲人天性中的"个人的原则，超凡脱俗的原则，加强的自我保护、自我追求、自己的我里面自决的原则，我跟全部天性以及一切其余的人针锋相对的原则……"（《冬天记的夏天印象》）所产生的竞争、堕落、自私自利、绝对的个人主义，使陀思妥耶夫斯基同样感到失望。而陀思妥耶夫斯基在对人的透视中所发现的人的"恶"的本性，人往往在盲目的意志支配之下，听任本能的冲动，成为情欲、罪恶欲的奴隶。如果说所谓异化的人就是其实际存在不符合其人的本质的人，那么，对于"每个人身上潜藏着野兽"的人来说，充分的个性与意志自由，将不过产生新的异化而已。

那么，人类的理性法则呢？"人们在不可能性面前都会立刻俯首贴耳。不可能性岂不是一堵石墙，什么样的石墙？当然是自然规律，是自然科学的结论，是数学。……二二得四就是数学。你试着来反驳吧！人们会呵斥你，得了吧，不能反驳：这嘛，是二二得四呀！大自然并不会请求你们允许，大自然根本不管你的愿望如何，也不管你们喜欢不喜欢它的规律。你们必须如实接受它以及它的一切结果。墙就是墙……如此而已。"（《地下室手记》）但是，当一切都按表格计算定当，一切都安排得极其合乎理性，人不论做什么事，都绝非出于本人的愿望，而是身不由己按自然规律行事，人便成了不过是一架钢琴或风琴的琴键而已。如果说，石墙的权力，二二得四的法则，乃是代表了高踞于人之上的永恒的理性真理，陀思妥耶夫斯基却从中发现了"荒唐透顶"的东西，"真理从何而来，谁赐予它的这种统治人的无限权力？人们接受了它们带给世界的一切，并且不仅是接受，而且还敬若神明，这是怎么发生的呢？"[1]当这种不可战胜的理性真理成了人的存在本身，不又是人的新的异化么？

作为人的自我充满了那么多"原罪"般的恶，作为"好东西"的理性又显得那么冷冷冰冰，作为"他者"的世界是那样残酷冷漠，人的救赎之路便只剩一条：走向天国的启示真理，在对耶稣基督的皈依中，实现自我人格的完善与统一。

陀思妥耶夫斯基一方面怀疑上帝的存在，一方面又因为人与社会的完善需要创作一个新的上帝——人化的上帝，人类最高道德理想的象征的上帝。人们对这一新权威，"把整个我、整个自己牺牲给社会，不但不要求自己的权利，

1　列夫·舍斯托夫：《旷野呼告》，华夏出版社，1991年，第20页。

相反地，却不附任何条件把自己的权利交给社会……我认为，自愿的、完全自觉的、不被任何力量所强制的为大众而牺牲自己的自我牺牲精神，是最高的个性发展、最高的个性威力、最高的自制力以及最高的意志自由的标志。自愿地为大家把生命牺牲，为大家去背十字架，去受火磔之刑，只有最发达的个性才能够办到"（《冬天记的夏天印象》），这是一种宗教式人道主义。费尔巴哈把神看作是人的本质力量的对象化，而这个神又反过来成了人的崇拜对象、异己力量。陀思妥耶夫斯基把人的无条件的自我牺牲看作人的自我实现的最高标志，当人完完全全地献出自己，这是否又是一种新的异化？

在寻求消除异化的过程中又走向新的异化，至此，我们发现陀思妥耶夫斯基已经无路可走。他以信仰取代知识与理性，但在克尔凯郭尔看来，不顾理性去信仰是一种痛苦，这也许正是陀思妥耶夫斯基的作品充满如此多的矛盾、焦虑、狂躁、令人无法忍受的紧张与残酷的原因。舍斯托夫把信仰看作是"思辨哲学无从知晓、也无法具有的思维之新的一维，它敞开了通向拥有尘世间存在一切创世主的道路，敞开了通向一切可能性之本源的道路，敞开了通向那个对他来说，在可能和不可能之间不存在界限的人的道路"。[1]这条道路又是如此艰难，如此虚无缥缈，在二十世纪这样一个充满痛苦与幻灭的时代，陀思妥耶夫斯基的声音便仍如《圣经》中的那位希伯来先知在空旷无人的荒野上的呼叫："很少有人去聆听或听从陀思妥耶夫斯基和克尔凯郭尔的话。他们的呼声过去是并且始终是旷野呼告。"[2]

三、新的美学原则

"一切都变了，彻底变了，可怕的美已经产生。"爱尔兰诗人叶芝的这一感叹，从艺术的角度说，有着与尼采的"上帝死了"一般振聋发聩的意义，它仿佛是在呼应波德莱尔。当波德莱尔以他忧郁的目光审视着他身边的世界：妓女、老妇、乞丐、凶手、腐尸、骷髅、墓地、破钟……巴黎成了一座"骚动的喧嚣的城，噩梦堆积的城，鬼魂在光天化日下拉扯行人"，而他身内的世界：理想、忧郁、反抗、沉沦、酒中的幻境、死亡的希望……波德莱尔用他那支被

1　列夫•舍斯托夫：《旷野呼告》，华夏出版社，1991年，第20页。
2　列夫•舍斯托夫：《旷野呼告》，华夏出版社，1991年，第22页。

当时的人们视为"不道德"的笔，就像一把解剖刀，冷冷地刺向那个罪恶的世界，刺向人心灵深处的卑劣欲望，从而构成了一种残酷的真实，一种可怕的美。审美走向审丑：

> 爱人，想想我们曾经见过的东西，
> 　　在凉夏的美丽的早晨；
> 在小路拐弯处，一具丑恶的腐尸
> 　　在铺石子的床上横陈，
>
> 两腿翘得很高，像个淫荡的女子
> 　　冒着热腾腾的毒气，
> 显出随随便便、恬不知耻的样子，
> 　　敞开充满恶臭的肚皮。
>
> 太阳照射着这具腐败的尸身，
> 　　好像要把它烧得熟烂，
> 要把自然结合在一起的养分
> 　　百倍归还伟大的自然。
>
> 天空对着这壮丽的尸体凝望，
> 　　好像一朵开放的花苞，
> 臭气是那样强烈，你在草地之上
> 　　好像被熏得快要昏倒。
>
> 苍蝇嗡嗡地聚在腐败的肚子上，
> 　　黑压压的一大群蛆虫
> 从肚子里钻出来，沿着臭皮囊，
> 　　像黏稠的脓一样流动。
>
> 这些像潮水般汹涌起伏的蛆子

哗啦哗啦地乱撞乱爬，
好像这个被微风吹得膨胀的身体
　　　还在度着繁殖的生涯。

这个世界奏出一种奇怪的音乐，
　　　像水在流，像风在鸣响，
又像簸谷者作出有节奏的动作，
　　　用他的簸箕簸谷一样。

形象已经消失，只留下梦影依稀，
　　　就像对着遗忘的画布
一位画家单单凭着他的记忆，
　　　慢慢描绘着一幅草图。

躲在岩石后面，露出愤怒的眼光
　　　望着我们的焦急的狗，
它在等待机会，要从尸骸的身上
　　　再攫取一块留下的肉。

——可是将来，你也要像这臭货一样，
　　　像这令人恐怖的腐尸，
我的眼睛的明星，我的心性的太阳，
　　　你，我的激情，我的天使！

是的！优美之女王，你也难以避免
　　　在领过临终圣事之后，
当你前去那野草繁花之下长眠，
　　　在白骨之间归于腐朽。

那时，我的美人，请你告诉它们，
　　　那些吻你吃你的蛆子，

旧爱虽已分解，可是，我已保存

爱的形姿和爱的神髓！

——波德莱尔《腐尸》，钱春绮译

"应该按本来面具描绘罪恶，要么视而不见。如果读者自己没有一种哲学和宗教指导阅读，那他活该倒霉。"[1]波德莱尔作为一个资产阶级传统道德观念的叛逆者，憎恨资产阶级的道德、平庸的真理，甚至对健康、自然、正常的东西亦厌恶起来，在本身就是与美感和道德、对立的东西中去寻找美感欣赏的对象，甚至不道德的东西，从而构成了对传统道德、传统美学原则的彻底反叛。

"《恶之花》中的诗人比他的前辈兄弟们多出的东西，就是那种清醒而冷静的恶的意识，那种正视恶，认识恶，描绘恶的勇气，那种挖掘恶中之美，透过恶追求美的意志。"[2]直面丑陋的现实，直面残酷的人生，构成了波德莱尔乃至整个现代主义文学的非诗化倾向，也构成了对传统温情脉脉的文学的反叛，标志了一种新的美学原则的崛起。陀思妥耶夫斯基与波德莱尔一样，同样表现了这一新的美学倾向。

美是一种可怕的东西！可怕的是美不只是可怕的东西，而且也是神秘的东西。美是在所多玛城里吗？请你相信，对绝大多数人来说它正是在所多玛城里。这里魔鬼同上帝在进行斗争，而斗争的战场就是人的心。

——《卡拉马佐夫兄弟》

陀思妥耶夫斯基的小说，正是以其对"可怕的"、"神秘的"美的揭示，使他超越了传统现实主义。在俄罗斯古典作家中，屠格涅夫与陀思妥耶夫斯基，正好代表了两种截然不同的美学风格。屠格涅夫的小说，被称作抒情现实主义。他笔下的大自然、爱情乃至日常生活，都充满了诗情画意、脉脉温情，就像一枚橄榄，一杯清茶，令人回味无穷。甚至是悲剧，也充满了一种古典的感伤美。《贵族之家》写的是拉夫列茨基与丽莎的爱情悲剧，小说结尾写他们

---

1 夏尔·皮埃尔·波德莱尔：《波德莱尔美学论文集》，郭宏安译，人民文学出版社，1987年，第41页。

2 郭宏安：《论<恶之花>》，载《外国文学研究集刊》，第8辑。

不期然的相逢：

> 据说，拉夫列茨基曾经拜访过丽莎隐身的那个遥远的修道院——并且看见过她。当她从一个歌唱室走到另一个歌唱室的时候，她曾经紧挨着他的身边走过；她以平匀的、急促而又柔和的修道女的脚步，一直向前走去，一眼也不曾望他；只是朝他这一边的眼睛的睫毛却几乎不可见地战栗了，她的消瘦的脸面也更低垂了，而她绕着念珠的、紧握着的手指，也互相握持着更紧了。他们两人所想的是什么，所感觉的是什么呢？谁知道？谁能说？人生里面有些瞬间，也有些情感，那是我们只能意会，却不可以言传的。

连凄惨的重逢都被屠格涅夫写得如此富于诗意。而陀思妥耶夫斯基却可以把最富于诗意的东西（包括爱情、如梦如幻般的初恋）写得毫无诗意。

> 从她对您的那种不断的憎恨，真诚而又极其强烈的憎恨下面，时时刻刻都闪烁着爱情和疯狂。最真诚的、无限的爱情和——疯狂！与此相反，从他对我的爱情，也是真诚的爱情后面，时时闪烁着憎恨，——最强烈的憎恨！早先我从来也想象不到所有这一切……变态心理。
>
> ——《群魔》

这就是陀思妥耶夫斯基笔下的爱情。当他把笔触伸向彼得堡的阴暗角落，伸向人内心深处黑暗的深渊，直面残酷的真实，使他的作品变得毫无诗意。陀思妥耶夫斯基并不想像巴尔扎克一样，作社会历史的书记，也无意于成为托尔斯泰式的俄国革命的镜子。他关心的是人，人的灵魂。他残酷地拷问着他笔下每一个男女的灵魂，每个所谓的正常人都带着些不正常的甚或卑劣的因素，每个恶人又都不乏良知的呼唤。人一生下来就已戴上了沉重的罪恶的枷锁，人生就是一个炼狱，陀思妥耶夫斯基就是在这种"炼狱"一般的境地里试炼着他们，让他们背负心灵的重负，经过内心的痛苦折磨，而后获得大彻大悟般再生的快感。审痛悟道，决定了陀思妥耶夫斯基的"残酷"，陀思妥耶夫斯基因此被称作"残酷的天才"。

鲁迅在《陀思妥耶夫斯基的事》一文中曾谈道："在年轻时候，读了伟大的文学者的作品，虽然敬佩那作者，然而总不能爱的，一共有两个人：一个是陀思妥耶夫斯基，一个即是但丁。读《神曲·炼狱篇》时，见有些鬼魂还在把很重的石头，推上峻峭的岩壁去。这是极吃力的工作，他一松手，可就立刻压烂了自己。不知怎地，自己也好像很是疲乏了，于是我就在这地方停住，没有能够走到天国去。"但丁和陀思妥耶夫斯基都表现了对痛苦的承受、咀嚼及其超越，在痛苦中体验再生的快感，在对恶的表现中发现恶中之美，在对丑陋的真实的揭示中发现人生的真理。正是在这一点上，使陀思妥耶夫斯基与现代主义取得了沟通。

一天早晨，格里高尔·萨姆沙从不安的睡梦中醒来，发现自己躺在床上变成了一只巨大的甲虫。

——卡夫卡《变形记》

今天，妈妈死了。也许是昨天，我不知道。我收到养老院的一封电报，说："母死，明日葬。专此通知。"这说明不了什么，可能是昨天死的。

——加缪《局外人》

现代主义就是这样用日常语气、平静笔调叙述蕴含着巨大悲剧意义的故事。它甚至把陀思妥耶夫斯基式的面对邪恶的战栗、痛苦呐喊化作了平静与冷漠，正像费歇尔对卡夫卡的评论："他以表面的旁观姿态，把非常的事情写得毫无特别之处，千百件中的一件，用这种方法不仅给非常事物造成不可比拟的惊骇，而且让人感觉到这是一件迄今尚未觉察、现在业已暴露的日常事情。"艺术从上帝的荣光玫瑰色的想象中挣脱出来，回归生存本身，这种非诗化倾向，同时也就给现代小说带来了另一种特质：人物描写的非英雄化。

有论者发现，西方文学的主人公经历了一个从神—英雄—人—虫的变化过程。在神话中，诸神住在高高的奥林匹斯山上。而神不过是人按照自己的样子塑造出来的，体现了人自身的欲望。此后，在一系列关于英雄的传说、英雄史诗、骑士传奇中，人作为英雄充满勇敢、强悍、侠义、智慧。文艺复兴的人文主义经历了一次"人的发现"，发现人自身的个性、价值，使人回归到人自身。而到二十世纪，重新经历了一次"人的再发现"，发现人的非理性，人不仅不能把握世界、把握命运，甚至连自己都无法把握自己，人成为机器的奴隶、物质的奴隶、他人的奴隶、自己意志的奴隶，人变成了一条虫。卡夫卡的

《变形记》便成了一个时代隐喻。卡夫卡作为一个"弱的天才"，他的所有小说几乎都是以"自我"为母题的各种变奏：写出人类的普遍弱点：孤独感、恐惧感、软弱性、负罪感、虐待与被虐待欲，从而表现出非英雄化的倾向。无论是《审判》中被莫名其妙地逮捕、处死直到死还未明白为什么的约瑟夫·K，还是《地洞》中那个龟缩在地洞中时时刻刻处在恐惧中的主人公，或者变成大甲虫沦为物的存在后与世界疏离被家人所唾弃的格里高尔，他们都已经完完全全失去了过去时代的英雄主义情结，而变成既无力逃避、又无力反抗社会的可怜虫。"在巴尔扎克的手杖柄上写着：我在摧毁一切障碍；在我的手杖柄上写着：一切障碍都在摧毁我。共同的是'一切'。"卡夫卡如是说。这是巴尔扎克与卡夫卡的区别，也是传统现实主义与现代主义的区别。

对于陀思妥耶夫斯基来说，作为传统现实主义作家，在他身上尚未完全泯灭英雄主义的情结。面对社会的邪恶，救世主意识使他从未忘记道德教化的责任，拯恶劝善的使命。他在自己小说中塑造了一系列美好的基督式形象：圣母式的索尼雅、"白痴"公爵梅诗金、民间香客马卡尔、人类灵魂导师佐西马长老、纯洁少年阿辽沙……试图以此拯救那个充满苦难、罪恶的世界。但这些人物又是如此苍白无力，有时他们不仅不能拯救世界，反而连自救都不得。索尼雅当被人诬陷时只能在"孤单无助和受了凌辱的感觉中"号啕痛哭，梅诗金公爵旧病复发，只好重新回到瑞士山庄。陀思妥耶夫斯基小说中真正动人的形象是那些孤苦无依的小人物、双重人格者。陀思妥耶夫斯基艺术上的一个显著特点就是对人物意识分裂性的描绘，戈利亚德金、"地下人"、拉斯柯尔尼科夫、伊凡·卡拉马佐夫……如果说对底层社会及底层社会中的小人物的描写是俄罗斯文学的一大特点，陀思妥耶夫斯基的独特之处并不仅仅在于写出这些人的不幸与苦难，而是写出了这些不幸、苦难所导致的他们的心理变态、人格分裂。正如迈科夫所说："陀思妥耶夫斯基的创作方法有很高的独创性，他被看作是果戈理的最后一个仿效者，……果戈理和陀思妥耶夫斯基都描写现实社会，但是果戈理主要是个社会作家，而陀思妥耶夫斯基是一个心理作家。对于果戈理来说，个人的重要性在于他是某个社会或集团的代表，而在陀思妥耶夫斯基看来，社会只在影响个人的品格方面才令人感兴趣。"[1]无论是

1　《1946—1956年俄国文学批评中的陀思妥耶夫斯基》，谢杜罗译，哥伦比亚大学出版社，1957年，第11页。

"地下室"、"死屋"，还是橱柜式的斗室、"畜栏"般的小城，它们都很像存在主义哲学家、小说家萨特为其人物所设置的悲剧性、荒谬境遇。陀思妥耶夫斯基竭力描写的就是在这种境遇中人的内心分裂、精神的苦难。"一切都在没有我的干预下进行着。我的命运被决定，而根本不征求我意见。""我想这还是排斥我，把我化为乌有。"加缪《局外人》中所表现的人的这种自我失落，个人无法决定自己的行为、命运，同样时时表现在陀思妥耶夫斯基小说人物的身上。当他们想要超越这种命运，"或者是一个英雄，或者是一个在粪土中的匍匐者，二者之间别无中间物"（《地下室手记》）。地下人想要做一个"非凡的人"，有着"左右一个人的权力"，"超然于全人类之上"，以摆脱"苍蝇"、"虫豸"一般的可怜处境；拉斯柯尔尼科夫想要做"拿破仑式的英雄"，通过犯罪来证明自我不是"虱子"，而是一个"不平凡的人"，一个能够逾越道德、法律的人，这种想通过"撞墙"来证明自我的行为，最终只能把自己"撞"得头破血流，从而宣告英雄主义的破产。

四、叙事方式的变革

现代主义的非诗化、非英雄化，对深度真实的追求，必然导致在叙事方式、表现手法等方面的革新。现代派作家排斥理性，崇尚直觉、本能、潜意识。在艺术与现实的关系上，强调文学不是再现现实，而且表现人的主观自我，表现人的内心感受，乃至潜意识、病态心理、精神错乱；在表现手法上，不重客观描写，而是多用象征、暗示、直觉、梦幻、变形、怪诞、意识流，表现人变幻莫测的内心，表现出隐藏在表面的现实之下的本质真实。陀思妥耶夫斯基同样强调向人的深层意识开掘，"描绘人内心的全部深度"，强调通过幻想、象征、荒诞、夸张表现生活的本质真实。"我对现实（艺术中的）有一个与众不同的看法，而且大多数人认为几乎是荒诞和特别的事物，对于我来说，有时却构成了现实的本质。"[1]从而在艺术表现上亦与现代主义有了许多相通之处。

陀思妥耶夫斯基在艺术上的这种转换，是与他对世界、对人的看法分不开

1　陀思妥耶夫斯基：《陀思妥耶夫斯基论艺术》，冯增义、徐振亚译，漓江出版社，1988年，第329页。

的。随着对人认识的加深，他发现人更多的是受非理性的支配。正像史朗宁所指出的："无尽的苦难和梦魅，使得他终于明白了自己的错误——人的行为是无法以理性来规定的，本性中非理性的、情感的方面才是最重要的，没有出息的，或令人憎恶的，每个人都有他自己的内在价值。"[1]陀思妥耶夫斯基作为心理学家，他对人的非理性世界——潜意识、精神分裂、歇斯底里的描写，使他有别于屠格涅夫、托尔斯泰，而成为现代主义的先驱。

陀思妥耶夫斯基的第一部小说《穷人》，作为"自然派"的代表性作品受到别林斯基的激赏和读者的普遍欢迎，而《孪生兄弟》却不被看好。别林斯基在肯定作家才能的同时指出作品的根本缺点则在于它的"幻想色调"，"幻想这东西，在我们今天，只能在疯人眼中，而不是在文学中占有地位，应该过问的是医生，而不是诗人"。[2]苏联评论家叶尔米洛夫认为："别林斯基的一个意见很重要，那意思是这样：即讲故事的人和主人公不该混合在一起，以致很难理解，以艺术家为代表的那个现实到哪里结束，梦呓和病态的空想从哪里开始。"[3]作家自己也承认："这部小说我肯定没写好，但它的主题思想是相当明确的，而且我在文学中从未表现过比它更为严肃的思想，但这部小说的形式我完全失败了。十五年以后，为了出版我当时的《全集》，我曾对这篇东西作了大量修改。但当时我确信，这篇东西彻底写坏了，如果我现在要表现这一思想并重新加以叙述，那么我一定采取另一种形式，但46年我没有找到这种形式，写这篇小说是力不从心的。"[4]但陀思妥耶夫斯基起初对这部小说却颇为自信，在写完这部小说时，他自认："戈利亚德金比《穷人》高出十倍。""我们的人说，《死魂灵》之后，在俄罗斯尚未出现类似的作品，这是一部天才作品，他们什么话？说出来了！他们对我抱有很大希望！确实，戈利亚德金被我写得非常成功。"[5]这里显示出陀思妥耶夫斯基对自己作品评价的前后矛盾。读者的评论也莫衷一是："有的公开说，这部作品是奇迹，尽管不

1　史朗宁：《俄罗斯文学史》，张伯权译，桐城丛书（台），1975年，第157页。

2　别林斯基：《一八四六年俄国文学一瞥》，《别林斯基选集》，文艺出版社，1953年。

3　叶尔米洛夫：《陀思妥耶夫斯基论》，满涛译，上海译文出版社，1985年，第82页。

4　陀思妥耶夫斯基：《陀思妥耶夫斯基论艺术》，冯增义、徐振亚译，漓江出版社，1988年，第402页。

5　陀思妥耶夫斯基：《陀思妥耶夫斯基选集·书信选》，冯增义等译，人民文学出版社，1986年，第30页。

好理解；它的巨大作用将在以后表现出来；哪怕我只写一篇戈利亚德金，那么对我来说也已是够了；在一些人看来，它比大仲马的情节更有兴味。"有的却又认为"戈利亚德金如此枯燥乏味，简直读不下去"。

作者、批评家、读者对《孪生兄弟》的反应如此矛盾、不一致，恰恰反映出作品在叙事方式上与传统现实主义的差异，不仅读者一时无法接受，连作者自己也只是凭直觉感到自己的作品有一些独特之处，却并没有意识到它在整个小说叙事方式变革上的创新意义。《孪生兄弟》可以说直接开启了二十世纪意识流小说的先河。小说通过第三人称叙述一个九等文官的故事，但它不是传统的全知全能视角，而是作者的叙述与主人公的视角有机糅合在一起。前四章基本以作家叙述为主（但已着重于人物的心理感觉）；从第五章起，叙述角度逐渐转入戈利亚德金的自我意识为主（作家的叙述交代插入其间），着重表现人物的错乱意识，大小戈利亚德金的相逢、结成一伙、反目、争斗，最后大戈利亚德金被送进疯人院，作者将人物的幻觉作为实际发生的事情来叙述。叙述视角从作家转向人物的自我意识，中间没有任何交代，故事被自如地从实际发生的事件带入人物的幻觉，而后又从人物幻觉带到外部事件的实际发展中，将现实世界与幻想世界糅合在一起，从而在现实与幻想、理性与非理性的杂糅中将人物的精神分裂、双重人格表现出来。小说侧重的不再是故事，而是人物的内心欲望、感觉乃至精神错乱、心理变态，从而使《孪生兄弟》带有浓厚的现代主义心理小说的色彩。

陀思妥耶夫斯基在其心理描写中，常常致力于对人潜意识的揭示。文艺心理学家维戈茨基认为："艺术作品就是无意识在其中表现得最为鲜明的客观事实，它们便成为我们分析无意识的出发点。"[1]《罪与罚》对拉斯柯尔尼科夫犯罪前后心理发展过程的揭示，便大量地涉及人的潜意识。拉斯柯尔尼科夫在犯罪的前一天，在干草市场附近偶尔探听到老太婆的妹妹丽扎韦塔将在第二天晚上七点钟出来，这为他提供了一个谋害老太婆"千载难逢的好机会"，小说这样写道：

> 后来，他每分钟地、逐点地追忆那会儿的情况和在那些日子里他的遭遇的时候，有一件事总是使他惊讶甚至达到迷信的程度，虽然这

1　维戈茨基：《艺术心理学》，周新译，上海译文出版社，1985年，第88页。

件事并没有异常的地方，但后来他常常觉得，仿佛这件事是他命运的转折点。就是说，他怎么也弄不清，也没法解释，他既然又累又痛苦，而且抄捷径回家最方便，那为什么要穿过干草市场回家呢。根本不必走这条路。虽然弯路走得不多，但这显然是完全不必要的。他回家的时候，记不得走过的路，不用说，这样的事他已经有过几十次了。但他常常自问，对他这么重要的，具有决定意义的但又是非常偶然的在干草市场上（他甚至不必走这条路）相遇这件事，为什么恰好发生在他一生中的那个时刻、那一分钟，正好发生在那种心情和那种情况之下呢？正因为如此，这次相遇才会产生对他的命运具有决定意义和最大的影响。

这仿佛是命中注定的！

无意识地绕道经过干草市场，事实上还是受潜意识中杀人欲念的驱使，因为高利贷老太婆住的地方就在干草市场附近，所谓"命中注定"其实还是内心的愿望使然。包括有一次在一个小酒店听到两个军官的谈话：杀死一个老太婆可以使几十个家庭免于穷困、疾病、堕落和离散，这仿佛"小鸡要啄破蛋壳一样，引起他很大的注意"，因为他本来就存着杀人之心，拉斯柯尔尼科夫把这一切看作"仿佛是奇怪而又神秘的东西，好像其中存在一些特别的作用和巧合"。"在事件的进一步发展上，这家小酒店里的这席谈话对他发生了重大影响：仿佛这里面真的有一种定数和启示。"其实这是拉斯柯尔尼科夫竭力寻找犯罪的理由，而两个军官的话正好切合他的心意。他把这一切归于一种"定数和启示"，乃是为了减轻自己的罪孽感。到了最后一天。可是到了最后关头，他简直不相信自己了，并且固执地、盲目地从各方面寻找反驳的理由，琢磨这些理由，仿佛有人强迫他去干那件事。最后一天到来得这么突然，一切都一下子就决定了。这最后一天对他起了几乎是机械的作用：仿佛有人拉住了他的手，无法抗拒地、盲从地、用超自然的力量，不容反对地把他拉走了。仿佛他的衣服的一角被车轮轧住了，连人带衣都被拖进车子底下去了。

表面上看来，仿佛是一种超自然的力量决定着拉斯柯尔尼科夫的行动。事实上是拉斯柯尔尼科夫在经历一系列的矛盾、犹豫后，内心早已没有任何"有意识的反对意见"了。"不做牺牲者，就做刽子手"，这种思想观念早已深入到他的无意识中，野心支配了他的行动，他在理念上早已把老太婆杀死了。

陀思妥耶夫斯基不仅直接写人物的潜意识活动，有时还借小说中的人物揭示另一个人的潜意识。《卡拉马佐夫兄弟》中的斯麦尔佳科夫杀人后指责伊凡是杀人犯，是他怂恿自己去杀人的。"您既然不到莫斯科去，却只因为我说了一句话，就无缘无故到契尔马什涅去，那么可见您自然希望我干出点什么事情来的。"伊凡在潜意识里憎恨父亲，他明知哥哥德米特里有可能杀父，却故意躲开去，因为他同时还爱着哥哥的未婚妻卡捷琳娜，哥哥杀了人自然要受到法律制裁，他趁势可取而代之。斯麦尔佳科夫揭开了伊凡内心的隐秘，伊凡因此气得咬牙切齿："不，我赌咒，不是！"这种恐慌，过于急切的否认，恰恰暴露了他内心有鬼。

有时，人物的潜意识，还常常通过他的梦境、幻觉表现出来。弗洛伊德认为梦是一种被压抑的潜意识欲望以伪装形式出现的满足。超现实主义受弗洛伊德心理学的影响，亦强调梦摆脱了理性的约束，是最自由的，因而往往更能反映现实的本质。陀思妥耶夫斯基亦发表过对梦的看法。他在《罪与罚》中说道："一个有病的人，常常做印象异常鲜明的梦，梦跟现实异常相似。有时梦非常可怕，但梦境和梦的过程是如此逼真，并且充满了如此巧妙的、异想天开的而在艺术上又与整个梦完全相适应的各种细节。如果不是做梦，这个做梦的人即使是像普希金或屠格涅夫那样的艺术家也想象不出这些细节哩。这样的梦，病态的梦，常常使人难忘，并使那病态的、亢奋的人体产生了强烈印象。"在《卡拉马佐夫兄弟》"伊凡的梦魇"一章里，作家借魔鬼之口也几乎说出了同样的话。《罪与罚》前后总共写过十个梦。拉斯柯尔尼科夫梦见小时候失手把小马打得血淋淋的情景，正好是在他准备拿起斧头砍碎老太婆的脑袋的时候。潜意识中想要杀人但又充满对血的恐惧的矛盾心理，使他有了这样一个童年的梦。主人公的第二个梦，梦见警察局分局长伊里亚殴打女房东，则源于他犯罪后对负责侦破此案的伊里亚的畏惧。而第三个梦，重现杀人时的情景：

> 他小心翼翼地把大衣掀开，原来这儿放着一把椅子，这把放在角落里的椅子上坐着一个老太婆，浑身抽搐着，低下了头，所以他怎样也看不清楚她的脸，但这就是她。

他站住了，俯下身去看个仔细：'她害怕啦！他心里想，悄悄地从环圈里拿出斧头，一下又一下地猛击老太婆的天灵盖。但是很奇怪，她挨着斧头的猛击，却一动也不动，像根木头似的。他害怕起来，身子俯得更低，想把她看个清楚，可是她也把头俯得更低。于是他把身子弯到地板上，从下面看她的脸，瞅了她一眼，不觉吓呆了。

老太婆坐着发笑，——发出了一阵轻轻的、无声的笑，并极力不让他听见她的笑声。他忽然觉得，卧室的门打开了一点儿；那儿仿佛也有人笑起来，在窃窃私语。他要发疯了：他用足力气揍老太婆的脑袋，可是斧头每砍一下，卧室里的笑声和窃窃私语更响更清晰了，而老太婆却笑得前仰后合。他狂奔逃命，可是通道上已经站满了人，楼梯上的门都开得很大。平台上、楼梯上以及下面各处都是人。他们在交头接耳，望着他，——可是都躲起来了，等待着，默不作声！……他的心揪紧了，两脚挪不动了，粘合在一起了……他想叫喊，突然醒了。

这是杀人后带来的恐惧后遗症。拉斯柯尔尼科夫能够杀死一个人，但却无法摆脱杀人后所带来的负罪感、良心的自我惩罚。"问题在于，疾病产生犯罪行为呢，还是犯罪行为本身，由于它独特的性质，常常引起一种类似疾病的现象？"拉斯柯尔尼科夫无力解答这个问题。但作家在小说的进程中事实上已经给出了答案：正是犯罪行为本身引发了拉斯柯尔尼科夫的精神的疾病。

陀思妥耶夫斯基不仅善于写梦境，也善于表现人物的幻觉。《孪生兄弟》几乎全由人物的幻觉构成。在《卡拉马佐夫兄弟》中也曾写到伊凡的梦魇。伊凡在精神错乱中见到魔鬼出现在他面前。魔鬼纠缠着他，挥之不去，伊凡对魔鬼说："你是谎言，你是我的一种疾病，你是幻影。"但同时，他又感到魔鬼就是他自己："因为这是我，我自己在那里说话，而不是你！"事实上魔鬼就是伊凡内心深处的另一个自我。陀思妥耶夫斯基通过对人物梦魇的描写，揭示出人物的潜意识、内心的种种复杂性，从而达到一种深度真实。

现代心理小说多从人物心理感觉的角度叙述故事，而陀思妥耶夫斯基又侧重人物的无意识乃至变态心理，使他小说的时空结构常常呈现出混乱、错杂的特点。有评论者指出："陀思妥耶夫斯基常陷入神经兴奋、不能自持的状态中，无暇作艺术上的装饰，无法进行冷静的描绘。"[1]这是以传统小说观念为价值尺度对陀思妥耶夫斯基的一种评价，从这个角度说他的小说自然不如托尔斯泰广博严密，不如屠格涅夫的明净优美，也不如契诃夫的简练精致。但陀思妥耶夫斯基的"混乱"，恰恰又是对现实世界的"混乱"和人内心的"混乱"的艺术呈现，因而自有它独特的美学意义。配勒卫哲夫认为陀思妥耶夫斯基语言文体的特色就在于"混沌的力学性"，"作品中的说话者或主人公的谈话，总是痉挛地慌乱，言语与言语互相急速地混合。这有时觉得是不整顿的文体，有时又成为简短急切的文句。在陀氏这样慌乱的文章学里面，感到了那为生活所折磨的地下室放纵生活的人们的急切谈话，被这种慌乱的文章所刺激起不安的病的气息，更由那种诗的语义学的暗示的物质加强了。"[2]配勒卫哲夫分析了《地下室手记》，认为小说充满"歇斯底里的紧张，痉挛的焦燥，阴惨的结局"，因而产生"暴风雨似的主题"，"以力学性的、紧张的文体，以及一切冲突的突发事件来使人目眩的那种纠纷错杂的混沌的文体的旋风——这就是陀氏小说的特质。"[3]

康德认为，所谓时空即是人感知理解事物的一种方式。在陀思妥耶夫斯基的小说中，人物主体意识的混乱往往导致时空结构的错杂混乱。《罪与罚》以拉斯柯尔尼科夫犯罪前后的心理发展为主线，主人公的狂热、昏乱、梦呓、人格分裂，带来整个小说在时间上经常前后倒置，在空间中变幻不定，同时现实空间与幻想空间常常构成一种奇特的混淆：

> 对拉斯柯尔尼科夫来说，一个奇特的时期开始了：仿佛一团迷雾突然降落在他身上，把他笼罩在无法逃避的凄凉孤寂里。很久以后，当他回忆那时期的时候，他才明白他意识有时似乎模糊过，除了中间稍有间歇外，这种状态一直延续到最后灾难的来临。他深信，当时他很多事情都弄错了，比方说，某些文件的日期及发生的时间。

"疯子"都有"自己的逻辑、自己的学识、自己的规范，甚至自己的上帝"，但陀思妥耶夫斯基在自己的小说中要竭力表现这种"疯子"的行为、

1　欧阳文彬：《陀思妥耶夫斯基和他的作品》，新文艺出版社，1956年，第41页。
2　配勒卫哲夫：《杜思退益夫斯基》，魏猛克译，《译文》，第2卷第4期，1936年12月。
3　配勒卫哲夫：《杜思退益夫斯基》，魏猛克译，《译文》，第2卷第4期，1936年12月

心理时，他的小说的文体本身，也就带有了一分"疯狂"。"病态"、"残酷"的天才对病态的社会、病态人的描绘，造就了独特的"陀思妥耶夫斯基文体"，也许，在这种"癫狂"中已经包含了一分睿智。陀思妥耶夫斯基就是属于这样一个清醒的狂人。至于他在自己的小说中是如何具体地对人物作心理分析的，作为直接影响了现代主义文学的弗洛伊德心理学与陀思妥耶夫斯基有何联系，就是下一章我们所要面对的问题了。

第七章
精神分析与陀思妥耶夫斯基

　　文学与心理学，永远是关系最为亲密的邻居。文学是人学，而人的种种行为，往往可以追根溯源，在人的表层与深层心理中发现动因。文学，揭示人的内心世界的全部复杂性与丰富性，而文学史，"就其最深刻的意义而言，是一种心理学，研究人的灵魂，是灵魂的历史"[1]。这"灵魂"，在作家是通过对人对己的深刻体验，通过直觉表现出来的。而心理学家，站在理性的高度，用概括，用思辨，展示出灵魂的奥秘。当然，无论是文学还是心理学，它们揭示的都有不同层次。如果说，传统心理学，主要研究的是人的显意识，而传统的文学，也主要是从表层心理的层次来揭示人、表现人，历史发展到十九至二十世纪，弗洛伊德明确提出了人的心理过程主要是潜意识的，就好像海上的冰山，意识仅仅是露出水面的那部分，而绝大部分都隐藏在水里。弗洛伊德把人隐藏在心灵深处的那种本能冲动赤裸裸地揭示了出来。无独有偶，在弗洛伊德之前的陀思妥耶夫斯基，凭着他天才的直觉和灵感，深刻的洞察力，从文学角度，自觉不自觉地展示了人的内在本性：罪恶及罪恶下的洁白。弗洛伊德与陀思妥耶夫斯基，近代这两个巨人，在不同起点上，从不同角度，以其梦幻般的真实，创立了一门新的心理学：深层心理学。他们仿佛一个是精神分析上的文学家，一个是文学上的精神分析家，他们之间又达到一种高度的内在默契，这仿佛是巧合，又仿佛带着历史的必然。

一、弗洛伊德的眼光

　　弗洛伊德精神分析学的建立，首先源于他的治疗精神病人的医学实践。他

1　勃兰兑斯：《十九世纪文学主流》第一分册，人民文学出版社，1982年版，第7页。

在治疗精神病人的过程中，发现病人的起因大都跟患者被压抑的潜意识愿望有关。由此弗洛伊德采用"自由联想法"，通过自由联想，让患者把被压抑的意愿、被遗忘的痛苦经历和心灵创伤回忆起来，从而使患者病情获得缓解。自由联想法使弗洛伊德深入到人物精神世界的深处，发现人类精神中隐藏的许多奥秘，由此标志了精神分析学的诞生。精神分析作为探索人类精神世界的一种方法，它的创立，事实上是从对人的变态心理的研究走向对整个人类精神的探索，最后发展为一种人生哲学。

在文学史上，也有一个以描写人的变态心理见长的作家，就是陀思妥耶夫斯基。陀思妥耶夫斯基贫病交加的一生，他自身的癫痫症及其分裂性人格，使他把笔触更多地集中在对人的变态心理的揭示上。陀思妥耶夫斯基致力于对人这个"谜"的研究。而在他看来，人的常态与变态之间，并无绝然的界线。正如《罪与罚》中的左西莫夫所说："我们大家差不多总是像疯子，只不过这区别是微乎其微的：'病人'比我们稍微疯些，所以必须辨别这个界线。正常的人几乎没有，这是对的。几十个人当中只有一个，说不定，几十万人当中只能碰到一个，而且那也是罕见的例子……"既然如此，对人的变态心理的探究也就构成了对整个人类精神探索的一部分，陀思妥耶夫斯基小说，也就构成了一部独特的人类心灵史。

正是在对人的深层心理的探索中，弗洛伊德与陀思妥耶夫斯基取得了沟通。弗洛伊德通过无意识论，构建了整个心理学体系。其后，他将精神分析引入到对人类社会各个领域的探索中，艺术探索构成了其中一个环节。

弗洛伊德曾经分析过文学史上的三部著名作品《俄狄浦斯王》、《哈姆莱特》、《卡拉马佐夫兄弟》。在弗洛伊德看来，这三部作品都贯穿一个共同主题，即"俄狄浦斯情结"。"俄狄浦斯情结"是弗洛伊德在临床病例的基础上发现的一种个人心理情结。当男孩在4到6岁的时候，都曾有过憎父恋母的倾向，而当小孩慢慢长大，这种具有乱伦倾向的欲望受到抑制，被驱赶到无意识领域，从而构成一种情结。弗洛伊德根据希腊神话中俄狄浦斯的故事，将这种情结命名为"俄狄浦斯情结"，而后弗洛伊德将其推广到人文科学诸领域。弗洛伊德分析涉及杀父恋母主题的几部作品，一是为解释对象，二是为求得证实。如果说《释梦》（出版于1900年）中的其中一节《〈俄狄浦斯王〉与〈哈姆莱特〉》主要是为了通过这两部作品证实他的理论，那么，完成于1928年的

《陀思妥耶夫斯基与弑父》一文，则更多的是弗洛伊德以其理论对陀思妥耶夫斯基其人其文的阐析了。

　　《陀思妥耶夫斯基与弑父》主要包含两个方面的内容，一是对陀思妥耶夫斯基个性的探讨，一是对《卡拉马佐夫兄弟》所涉及的弑父主题的分析，两部分皆涉及俄狄浦斯情结。在弗洛伊德看来，在陀思妥耶夫斯基丰富的人格里，可以区分出四个方面：有独创性的艺术家、精神病患者、道德家和罪人。弗洛伊德着重分析了后两个方面。陀思妥耶夫斯基选择的素材，全是"暴戾的、杀气腾腾的、充满利己主义欲望的人物"，在弗洛伊德看来，这便表明作家的"内心有着相类似的倾向"[1]（自然这里可能有些绝对化，正像选择犯罪素材并不意味着作家内心就有犯罪倾向，关键是看作家对待素材的态度）。同时，在弗洛伊德看来，陀思妥耶夫斯基具有相当强的破坏本能，这从他对待自己所表现出的受虐狂和罪恶感及他对待读者的残酷中可显示出来。陀思妥耶夫斯基正因为是个"罪人"，他同时也就成了"道德家"，因为，"一个人，先是犯了罪，然后又在自己的忏悔中树立高尚的道德准则，这样他就会受到谴责"，罪孽感越强，道德的惩罚就越严厉，正是在这个意义上，道德家与罪人成了一体两面的孪生兄弟。

　　弗洛伊德还分析了陀思妥耶夫斯基的精神性病症：癫痫症。在他看来，癫痫症作为一种"神经官能症"，其实质是"用肉体的方法排除大量的刺激，这些刺激已无法用精神的方法来对付。所以，癫痫的发作就成了歇斯底里症的一种症状，也就像正常的性释放过程一样"。这种疾病的发作类似于死亡状态，病者以死者自居，这个死者又可能是一个还活着、但病者主观上希望他死去的人。对一个男孩子来说，这个人通常就是他的父亲，因而这种发作便带有"惩罚"性质，是一个人由于希望他可恨的父亲死去而作的一种自我惩罚。

　　弗洛伊德以"俄狄浦斯情结"解释了陀思妥耶夫斯基的"癫痫症"，那么，它究竟在多大程度上具有可信性呢？陀思妥耶夫斯基的父亲是个军医，后复员成了莫斯科马里英济贫医院的医生。据资料记载，这是一个性情暴躁、极

1　西格蒙德·弗洛伊德：《弗洛伊德论美文选》，张唤民等译，知识出版社，1987年，第151页。

2　关于作家父亲的材料均参见格罗斯曼：《陀思妥耶夫斯基传》，王健夫译，外国文学出版社，1987年。

易动怒、多疑的人，特别是因为生活的艰难越来越变得乖张任性、嗜酒成癖。陀思妥耶夫斯基从小即感受到父亲的性格给全家带来的难以忍受的压抑气氛。陀思妥耶夫斯基在向一位彼得堡夫人披露自己的生活阅历时，曾详细讲述过他童年时代令人苦恼和毫无乐趣的处境，他讲道："至于我父亲，我压根儿就不愿意提他，我也希望别人不要询问他的事。"在长篇小说《少年》的手稿中有一片断，陀思妥耶夫斯基也曾这样回忆过自己的童年："有些孩子，从童年起就开始思考家中的事情了，从童年起就为自己的父辈或家中其他人的不光彩行为感到羞耻，最主要的，他们从童年起，就开始懂得自己家中的一切都杂乱无章，不成体统，缺乏固定的秩序和门风。"陀思妥耶夫斯基的父亲1839年在自己的田庄遇害，据说是因为对庄园的奴隶暴躁发怒、冷酷无情而被打死。作家的女儿在回忆录中谈到自己的父亲："他一生都在分析这次惨死的原因……在塑造费奥多尔·卡拉马佐夫的形象时，他大概经常回忆起他父亲那贪婪吝啬的性格，那种性格曾使孩子们蒙受许多苦难，并使他们十分气愤，他大概还经常回忆起他父亲的狂饮无度和使孩子们极感厌恶的贪淫好色……"

显然，在最后一部长篇小说《卡拉马佐夫兄弟》中，陀思妥耶夫斯基融入了自己关于父亲的许多回忆和体验。弗洛伊德曾谈到《卡拉马佐夫兄弟》的弑父主题："很难说是由于巧合，文学史上的三部杰作——索福克勒斯的《俄狄浦斯王》、莎士比亚的《哈姆莱特》和陀思妥耶夫斯基的《卡拉马佐夫兄弟》都表现了同一主题——弑父。而且，这三部作品中，弑父的动机都是为了争取女人，这一点也十分清楚。"小说中除阿辽沙外，德米特里、伊凡、斯麦尔佳科夫，作为"冲动的肉欲主义者，玩世不恭的怀疑论者和癫痫症罪犯"都是思想上或者事实上的弑父者，都是有罪的。弗洛伊德强调，这种弑父倾向是人类天性中共有的一个特点。《卡拉马佐夫兄弟》中有一个场面："在佐西马神父与德米特里谈话时，他发现德米特里准备弑父，于是就跪倒在德米特里的脚下。"在弗洛伊德看来，佐西马的举动"不可能意味着表示赞赏，而肯定意味着，圣徒正在抵制卑视和憎恶凶手的诱惑，并且由于这个理由，在凶手面前表示谦卑"。为什么要给罪犯下跪呢？原因正在于：每个人心中都有其弑父的本能欲望，正因为德米特里"已经杀人了，别人就不再有任何杀人需要了，这个别人一定要感激他，因为没有他，别人只好自己去杀人。"显然弗洛伊德强调的还是：弑父作为人类一种普遍的本能欲望，并非个别人所独有的，即使没有参与弑父行动的人，内心深处仍潜藏着弑父动机，从而，弗洛伊德把弑父当作"人类的，也是个人的一种基本和原始的罪恶"而使其普泛化了。

应该说，弗洛伊德的"解析"与陀思妥耶夫斯基的创作意图是有较大距离的。陀思妥耶夫斯基主要是从社会文化的角度写出俄罗斯社会在转型期的"父"与"子"的关系，写出"父辈"的堕落所导致整个社会的解体、价值的沦陷。卡拉马佐夫由于纵欲、自私，成为完完全全的丑角、恶棍，从而引起儿子们的憎恨。他所宣称的"哪怕全世界着了火，只要我一个人好就行"，预言了俄罗斯社会传统价值伦理的崩溃。正如检察官伊波利特在法庭上谈到德米特里·卡拉马佐夫的丑行时所说：

> 我自己也要说出实话，我自己也明白他在儿子的心里酿成的一团怒火……但是我们要记住，他是父亲，现代父亲中的一个。我说他是许多现代的父亲中的一个，会不会使社会感到侮辱？哼，要知道，现代父亲中许多人只是不像这个人那样公开说出一些无耻的话，因为他们受过比较良好的教育，比较文明，而其实他们的哲学几乎是和他一样的。

陀思妥耶夫斯基更多地强调了由于"父亲"的堕落所导致"子辈"的憎恨及由此带来的整个社会的礼崩乐坏。这显然异于弗洛伊德所理解的俄狄浦斯情结。弗洛伊德在其自传中重申了在《梦的解析》中对《俄狄浦斯王》及俄狄浦斯情结的看法："命运与神谕，无非是一种内在必然性的具体表现，而男主人公不知不觉违心地犯罪这一事实，显然真实地体现了他犯罪倾向的无意识性。"[1]这里强调的是俄狄浦斯情结的内在必然性及"不知不觉违心地犯罪"，"犯罪倾向的无意识性"。而《卡拉马佐夫兄弟》中的弑父却是有意识的，自觉的，心甘情愿的，并且有其外在的客观必然性。弗洛伊德不知自己是否意识到这一点，但有一点却颇值得注意，即《陀思妥耶夫斯基与弑父》这篇文章本来是应他人之约而写的。据《弗洛伊德全集》标准版的编者称，弗罗·米勒和艾克斯坦从1925年起开始出版一套作为对几年前莫勒·布鲁克编辑的德文版陀思妥耶夫斯基全集补编的新书，其中一卷收集了与《卡拉马佐夫兄弟》

1　西格蒙德·弗洛伊德：《弗洛伊德自传》，顾闻译，上海人民出版社，1987年，第92页。

有关的初稿、草稿，该书的编者渴望能够说服弗洛伊德写一篇从心理学方面来论述这部长篇小说和它的作者的文章，作为该书的绪论。弗洛伊德答应后，当年六月底开始动手写这篇文章，但断断续续，差不多三年才完成。并且这篇本应以阐析《卡拉马佐夫兄弟》为主的文章却花大量篇幅涉及陀思妥耶夫斯基的性格特征：受虐狂，罪恶感，癫痫病，从由斯蒂芬·茨威格的一篇小说引发了关于陀思妥耶夫斯基的赌瘾与手淫关系的议论，关于《卡拉马佐夫兄弟》倒只占了大约全文的七分之一篇幅，并且对小说中弑父的阐析也语焉不详。弗洛伊德致西奥多·里克的一封信中（后者曾撰文对弗文进行批评）承认："写这篇文章是对某人的应酬，并且写得也很勉强。"

显然，《陀思妥耶夫斯基与弑父》一文用精神分析的手段对陀思妥耶夫斯基进行阐析，有些方面反而显出了精神分析理论的破绽。至于我在前文中谈到的陀思妥耶夫斯基对其父亲的专制及死亡的态度，如果能够借以为陀思妥耶夫斯基本人的"弑父"作一佐证的话，那么，这本身便违背了精神分析学的基本原则。因为弗洛伊德把俄狄浦斯情结看作一种普遍的人类天性，而陀思妥耶夫斯基对父亲的"憎恨"，却大多是出于父亲的性情和作风方面的原因。这与精神分析方法已经南辕北辙了。陀思妥耶夫斯基在1871年写给妻子安·格·陀思妥耶夫斯卡娅的信中曾谈道："我今天晚上梦见了父亲，形象可怕，我一生中只梦见过两次，都预示了可怕的不幸，而且两次梦都应验了。"[1]陀思妥耶夫斯基并没有说明梦的具体内容，他是否真的有过弑父动机，又极力压抑，天长日久，在心里积淀为一种沉重的罪恶感，由此深深自责，于是产生了焦虑的梦，对此，我们不便妄加猜测。弗洛伊德首先关注的是以自己的理论诠释陀思妥耶夫斯基，而陀思妥耶夫斯基小说，在对人物的心理分析中，与精神分析学的暗合之处，似乎并没有引起弗洛伊德的足够关注。通过对陀思妥耶夫斯基小说的探讨，揭示出他与弗洛伊德在探索人类精神时的内在联系，比一味地纠缠于弗洛伊德对陀思妥耶夫斯基的评价，也许更有意义。

1　陀思妥耶夫斯基：《陀思妥耶夫斯基选集·书信选》，冯增义等译，人民文学出版社，1986年，第273页。

二、小说与精神分析

认识你自己。从古希腊以来，人类就在不懈地为认识人自身作出种种努力。探索人类灵魂的未知领域，吸引了一代代智者、哲人。文艺复兴以来的理性主义强调人可以凭借自己的理性认识世界，改造世界，认识自我。一切都要在理性的法庭面前为自己的存在作辩护或放弃存在的权利，理性取代信仰，成为新的上帝。但是，到十九世纪，理性的权威却开始受到挑战。人类借助理性的力量建立起来的社会令人失望，对理性的失望导致人们去寻求隐藏在理性背后更深层的东西，去发掘意识以下的动因。弗洛伊德心理学，正是通过对人类非理性世界的探索，揭开了人类认识自我的新的一页。

在文学领域，早在弗洛伊德以前，就有不少作家开始涉及人类灵魂这片未知领域。德国浪漫主义作家霍夫曼首先提出了"面具"和"精神深度"的概念。霍夫曼认为人有两个自我，一个是为顺应社会伦理道德规范而经过矫饰的自我，另一个则是为本能所控制的本真的自我，即"原来的自我"。前一个自我表露在外，成为人的面具，后一个自我则隐藏在心灵深处，从而构成人的两重性。霍夫曼在《公猫穆尔的生活观》中指出：只有那揭示了"原来自我"的作家才可称得上是"洞察精神深度的心理学家"。他的不少小说，都以其对人"精神深度"的揭示，而显出独具一格的特点。

陀思妥耶夫斯基还在彼得堡工程学校读书的时候便发现了霍夫曼。1839年他在给母亲的信中谈到自己所读的书时，宣称几乎读完了霍夫曼的全部俄译本和德文本，他对母亲说："我有一个计划，做一个疯子。让人们去狂怒，让他们来医治，使我变得聪明。如果你读了霍夫曼的全部作品，那么一定会记得阿尔潘这个人物的性格，你喜欢他吗？一个人支配着不可思议的东西，自己不知道该做什么，而以上帝为玩物——看到这样的人太可怕了！"[1]

显然，霍夫曼的小说启发了陀思妥耶夫斯基。陀思妥耶夫斯基不同于传统现实主义作家的地方，亦正在于对人物心理的揭示，往往不局限于常态心理的表层，而着力挖掘人物意识的深层。他曾指出："人们称我为心理学家，不

---

[1] 陀思妥耶夫斯基：《陀思妥耶夫斯基选集·书信选》，冯增义等译，人民文学出版社，1986年，第4页。

对，我只是最高意义上的现实主义者，即刻画人心灵深处的全部奥秘。"[1]正是对人"心理深度"的揭示，使陀思妥耶夫斯基上接霍夫曼，下启弗洛伊德。尽管在陀思妥耶夫斯基创作的年代，弗洛伊德的精神分析学说尚未问世，但他通过自己的创作实践，与精神分析不谋而合。正如瑞士学者海尔曼•黑塞在《艺术家与精神分析》一文中所说："在以往的作家中有几个人与精神分析的基本原理十分接近。最接近的是陀思妥耶夫斯基。他凭着直觉比弗洛伊德弟子们更早地走上了心理分析的道路，而且，已经具有这种心理分析的实践与技巧。"[2]

陀思妥耶夫斯基的小说，以心理分析见长，被人称为"心理现实主义"。但他的心理分析与一般现实主义作家的区别在于，他更侧重向人的心理深层掘进，正如他在给哥哥的信中所说："有人（别林斯基等人）认为我身上有一种清新独特的气息，它表现在我运用分析，而不是综合，也就是说，我向纵深发展，通过对原子的分析抓住整体。而果戈理则直接抓住整体，因而不像我那样深刻。"[3]正是这种对人的心理向纵深发展的分析，构成了他艺术创作领域里的"精神分析学"。

弗洛伊德心理学有两个基本命题：心理过程主要是潜意识的；性的冲动，是人的基本原动力，也是神经病的起因，而种种对社会有益的活动也都不过是性冲动的升华。这是为一般心理学所忽视，也是为一般人所难以接受的。特别是第二点，使弗洛伊德戴上了"泛性欲主义者"的桂冠。其实，弗洛伊德不过比一般心理学深进了一层，探索人的隐秘的心理过程及动力。而他所谓的性，既是狭义的，又是广义的。广义地说，性就是一种求乐的生的本能，所以荣格把"力比多"解释为一种普遍的生命力。人的求乐本能永远在寻求发泄的出口，在现实生活中又都受到程度不同的压抑，这往往导致神经病的产生，而正常人也常有不同程度的神经质。人不仅具有生的本能，还有死的本能，表现在现实生活中，便是攻击欲、罪恶欲、虐待欲等，而凶杀、暴力、战争，也由此

1　陀思妥耶夫斯基：《陀思妥耶夫斯基论艺术》，冯增义、徐振亚译，漓江出版社，1988年，第390页。

2　卡尔文•斯•霍尔：《弗洛伊德心理学与西方文学》，包华富等译，湖南文艺出版社，1986年，第175页。

3　陀思妥耶夫斯基：《陀思妥耶夫斯基选集•书信选》，冯增义等译，人民文学出版社，1986年，第29页。

产生。从这个角度来说，每个人都是潜在的罪犯，所谓的道德家，也许正是犯罪欲望最强烈的人，不过是压抑机制过于严厉，把种种欲望都压抑到了心理底层。弗洛伊德把人的心理不可宣示的那一面无情地揭示出来，以其真正的科学家的尊重事实，不留情面，使他成了人的灵魂拷问官。而另一个拷问官——陀思妥耶夫斯基，他不是通过理论，而是用醉醺醺的艺术，更直接、更原始、也更撼人心魄地把人的深层心理暴露了出来，使读者感到一种说不清、道不明的颤栗。

还是在青年时代，陀思妥耶夫斯基就感到人是一个"谜"。他心目中的"人"究竟是什么呢？他的"人"，与其说是社会的人，现实的人，毋宁说是心理的人，生理的人。他笔下的人物几乎都不受社会环境的影响，他所竭力揭示的，也主要不是他们的社会性，而是带着生理色彩的，在某种程度上是生而就有的人性。每个所谓正常的人都带着些不正常的甚或卑劣的因素，每个恶人又都不乏良知的呼唤。人一生下来就已戴上了沉重的罪恶的枷锁，而人生，就是一个炼狱。陀思妥耶夫斯基残酷地拷打着他笔下的每一个男女，他并不想像巴尔扎克一样，作社会历史的书记，也无意于成为托尔斯泰式的俄国革命镜子，他关心的是人，人的灵魂，他的整个创作，就是一部人的灵魂历史。

陀思妥耶夫斯基笔下的人物，经常处在一种本能冲动的支配之下，他们都是情欲、罪恶欲的奴隶，他们放纵本能，让"自己本身的，随心所欲的自由的意愿，自己本身的，即使是最野蛮的任性，自己本身的有时甚至是激怒到发狂程度的幻想"（《地下室手记》）得到充分发散。陀思妥耶夫斯基感到，人是非理性动物，人永远受潜藏在意识深处那股生命力的支配。所谓潜藏在意识深处那股生命力就是弗洛伊德的"力比多"，陀思妥耶夫斯基在《卡拉马佐夫兄弟》中称之为"原欲力"。陀思妥耶夫斯基深入挖掘人物的潜意识和性本能的作用，多次强调卡拉马佐夫家族血统中有一种强烈的"原欲力"——被"情欲的暴风雨"所左右的"昆虫性"。老卡拉马佐夫作为农奴制崩溃时期没落贵族地主和新兴资产阶级丑恶集于一身的人物，一生贪恋金钱女色，胡作非为，完全被本能——"原我"所控制。对于他来说，"自我"、"超我"在他身上起的作用仅仅是在胡闹、恶作剧时掌握一定的分寸，不至于犯法或危害个人利益，或者醉酒后偶尔感到精神上的恐怖和道德上的震动，他对上帝的畏惧亦是因为上帝代表着一种"钩子"，可以对人施行惩罚。"假使没有钩子，那就一切都滚它的蛋吧!"

老卡拉马佐夫身上的这种"原欲力"在他一次次的孟浪中便"遗传"给了他的儿子们。长子德米特里身上奔涌着卡拉马佐夫家族的血液,他把自己称作"上帝给予情欲的'昆虫'"。他放荡、狂热、毫无节制、缺乏自制力,任由情欲的风暴推倒理性的樊篱,让本能高踞于理智之上,一次次走向罪恶的深渊。德米特里身上的这种"毒蜘蛛"同样存在于其他几个兄弟之中。次子伊凡身上同样存在着浓重的卡拉马佐夫气质,甚至被认为在几兄弟中最像父亲的一个。他同样有着强烈的生活欲,同样爱金钱,爱美貌的女人。伊凡一直暗中爱着哥哥的未婚妻卡捷琳娜,当得知德米特里迷上格鲁申卡时,伊凡暗暗希望德米特里能如愿。父兄因格鲁申卡发生冲突时,伊凡潜意识中产生一个连他自己也不敢承认的念头——希望丢人现眼的父亲死在德米特里手中,这样德米特里可能被判刑,自己不仅可以得到卡捷琳娜,还可多分得父亲的遗产。因此,明知有可能出事时反而故意离升,给斯麦尔佳科夫创造一个极好的"弑父"的机会。私生子斯麦尔佳科夫就是伊凡那"什么都可以做"的利己主义理论的实践者。就连最为纯洁的阿辽沙,同样被认为其身上具有卡拉马佐夫气质。正如德米特里所说:"就是在你这天使的身上也有这样的昆虫,它会使你的血掀起暴风雨。这真是暴风雨,因为情欲就是暴风雨,比暴风雨还要厉害!"

显然,陀思妥耶夫斯基把"卡拉马佐夫气质"当作人身上的一种"原欲力",先天存在,代代相传,并不受环境的影响。卡拉马佐夫从来没有负起过教育子女的责任,甚至儿子们从小就没跟他生活在一起,但却都先天地秉承了卡拉马佐夫气质。这样"原欲力"便构成了人的"本我"。弗洛伊德认为,本我是一个人一出生即具有的本能冲动,是一个人接触外界前就存在的内心世界。本我作为心力的主要来源,成为各种本能的活动中心,它不受理性或逻辑法则的约束,没有价值观念,没有伦理和道德准则,只遵循唯乐原则,满足本能的需要。

陀思妥耶夫斯基小说中的很多人物,都处在本能冲动的支配之下。而当他们需要调适与自我、现实、超我的关系,便常常走向人格分裂。其实早在《孪生兄弟》中,陀思妥耶夫斯基便开始涉及人的人格冲突。戈利亚德金本是一个老实善良的小公务员,因为受到侮辱,在那个被从上司女儿的生日舞会上赶出来的风雪之夜,小戈利亚德金出现了,精明圆滑、卑鄙无耻的小戈利亚德金正代表了他内心深处潜藏的隐秘欲望。戈利亚德金曾宣称，他只有跳假面舞的时候才戴面具，并不每天戴着面具在人前行走。在另一场合他又曾神秘地对人说："先生们，你们都知道我不过到现在为止你们只知道一面……"人的面具与"隐秘欲望"便构成了戈利亚德金的双重人格。弗洛伊德强调，人的人格结构由本我、自我、超我组成，本我代表人的本能欲望，超我即是人的道德原则，对人施行心理奖赏或惩罚。而自我遵循唯实原则，极力协调本我、超我与现实的关系。自我既要遵从现实原则，又要满足本能的需要，还要服从超我的监督，于是免不了产生一系列对立的矛盾情结：生与死，爱与恨，善与恶，压抑与反抗……

陀思妥耶夫斯基笔下的人物，处在这种矛盾冲突中，便常常产生人格分裂。如果说在《孪生兄弟》中陀思妥耶夫斯基以独特"分身人"的形式再现了这种分裂，而在以后的小说中则以其他的方式表现出来。《罪与罚》开始出现分身人群组，拉斯柯尔尼科夫是个不乏善良心性的大学生。另一方面又因为贫穷和接受无政府主义的影响，产生杀人的欲念并最后付诸实施。在杀人之后，又由于超我的道德人格和良心的作用，而处在不断自我惩罚之中，最后终于去自首、悔罪，才得以摆脱负罪感，使精神获得新生。在他的心灵发展历程中，有两个人物与他紧密联系在一起。如果说索尼雅代表了他人格中的道德理想，斯维德里加依洛夫则代表了他的原欲、本我。"斯维德里加依洛夫尤其使他惶恐不安；甚至可以说好像他念念不忘斯维德里加依洛夫似的。"摆脱斯维德里加依洛夫，归向索尼雅母亲般宽厚的怀抱，便构成了拉斯柯尔尼科夫摆脱本我的控制，接受超我的监督，获得精神新生的心灵发展历程。这种"分身人群组"在《少年》、《卡拉马佐夫兄弟》中继续出现，成了陀思妥耶夫斯基探索人心灵奥秘的独特手段。

陀思妥耶夫斯基笔下的男男女女，他们充分享受着生的欢乐，又无时无刻不在呼吸着死的悲哀。他们在生命激情的发泄中又往往夹杂着攻击、虐待、折磨、犯罪……他常常把一系列对立的矛盾情结赋予同一个人，让他们既不断显示出灵魂的罪孽，又有着清醒的自我意识，甚至在作恶的同时也能清醒地意识到自己的罪恶，并为此受着折磨。由此，他们时时刻刻处在生存的焦虑之中。为了对付焦虑，他们只好运用心理防御机制，通过否定歪曲现实的方式摆脱矛盾，求得心理平衡。陀思妥耶夫斯基对人物心理防御机制的种种表现形式，如压抑、文饰、投射、反向作用、抵销作用等，都作过细致描绘。这些描写与弗洛伊德有关心理防御机制的理论非常接近。弗洛伊德的心理分析理论，一方面源于他的医学实践，但另一方面是否还受了一些文学作品特别是陀思妥耶夫斯基作品的启发，我们缺少足够的证据。但至少有一点是非常明显的，即在弗洛伊德之前，陀思妥耶夫斯基通过艺术描写的手段揭示了后来在精神分析理论中所揭示的许多东西，从而构成了独特的文学领域里的"精神分析学"。

陀思妥耶夫斯基曾在自己的笔记中谈到自己在第一个妻子玛莎灵前的感受：

> 四月十六日，玛莎躺在灵床上，我还能再看到玛莎吗？
>
> 要想按照基督的遗训像爱自己一样去爱别人，这是不可能的，人生在世的法则不允许这样做，"自我"妨碍这样做……
>
> 总之，人在世界上极力追求一种与他的天性相对立的最高理想。当一个人不履行这种追求最高理想的法则时，亦即当他不再用爱把自我奉献给人们或另一个（我和玛莎）时，他便感到痛苦，并把这种情况称之为罪孽。这样，一个人必然会不断感到痛苦，这种痛苦只有在履行遗训的天堂快乐中即牺牲中才会得到补偿，这就是尘世的平衡。否则，尘世生活是毫无意义的[1]

陀思妥耶夫斯基在这里开始触及到人性的罪孽、痛苦和心理补偿。他与在西伯利亚流放时结婚的妻子玛莎相处并不快乐，他们互相爱着但又不断相互折磨。回到彼得堡后，玛莎患肺病卧床不起，他又爱上少女苏斯洛娃，并一起出国旅行。此时，在妻子的灵前，他难免产生一种悔罪和自我惩罚的心理。面对人天性中的利己主义与其所信奉的道德理想的冲突，为了求得心理平衡，便需借助于心理防御机制。或者将自身的邪恶视而不见，听而不闻，将其排除于意识之外，正如《地下室手记》中"地下人"所谈到的："每个人的回想录都包括着一些对他人秘而不宣的事情，每个人的回想录都包括着一些连对自己都犹豫着不泄露的事情，这后者的一类立即在每个合理的人心里堆积成一大堆，他越是合理的，则他的这类回想便堆积得越大。"人需要压制与自己道德观念相抵触的东西，但这被压制的东西并不消失，而是积存在心灵深处，这便构成后来弗洛伊德称之为"压抑"的心理机制。

1　格罗斯曼：《陀思妥耶夫斯基传》，王健夫译，外国文学出版社，1987年，第403页。

弗洛伊德认为，压抑乃是反宣泄对宣泄的消除或抑制，它能使人对清晰明白的事物视而不见或歪曲已经看见的事物或曲解感知的信息。陀思妥耶夫斯基在不少小说中都描写过这种"压抑"的心理机制。《罪与罚》写拉斯柯尔尼科夫犯罪前的心理过程，一方面决定去杀高利贷老太婆，另一方面又竭力压抑这种欲念，乃至时时心神不宁，精神恍惚，被噩梦所缠绕。一次，他已经决定放弃杀人，但在梦中又出现童年时见过的一匹马被打得鲜血淋淋的场面，惊醒后他想到：

> "天哪！"他忽然大叫起来。"难道，难道我真的会拿起斧头砍她的脑袋，打碎她的脑壳……溜滑地踏过一滩发粘的鲜血，撬开锁，偷窃，发抖……躲藏起来，浑身溅满鲜血……拿着斧头……天哪，难道？"
>
> 他说着这些话的时候，身子嗦嗦地抖得像片树叶子。
>
> "我这是怎么啦！"他继续想道，又站起来，仿佛大吃一惊似的。"我知道，我不能干这种事，那么为什么我直到目前还让自己苦恼着呢？还在昨天，就是昨天，我就为着这个目的而……去试探过，昨天我不是完全明白了，我会受不了的……为什么我现在又……？为什么我到现在还疑惑不决呢？昨天我下楼的时候，我不是说过，这是卑鄙的，下流的，可恶，可恶……我从梦中醒来的时候，这个念头使我恶心，使我恐惧……"

拉斯柯尔尼科夫不断压抑自己的杀人欲念，但这种欲念并没有消失，又在梦中显示出来，构成人物的无意识。当压抑机制宣告失败，主人公又往往会借助"文饰"作用，将本来不合理的东西合理化。拉斯柯尔尼科夫为了证明自己作为拿破仑式的超人杀人的合理性，一方面竭力突出高利贷老太婆的无价值和危害性，"一个愚蠢的，不中用的，卑微的，凶恶的和患病的老太婆，谁也不需要她，相反地，她对大家都有害"，另一方面极力美化自己的杀人动机，"成百上千件好事和创议可以利用老太婆往后捐助修道院的钱来举办和整顿！成千上万的人都可以走上正路；几十个家庭可以免于贫困、离散、死亡、堕落和花柳病，利用她的钱来办这一切事情。牺牲一条性命，就可以使几千条性命免于疾病和离散。死一个人，活百条命——这就是算学！"这是两个军官的谈话，但拉斯柯尔尼科夫听后却正合心意，赤裸裸的利己主义动机变得合理了，由此坚定了他杀人的决心。这种"文饰"机制在陀思妥耶夫斯基小说的人物身上反复起着作用，构成了他们堕落、作恶的美丽遁词。正像拉赫美陀夫强调"我喝酒是想在酒里寻找同情与情感"，"我喝酒是希望我加倍的痛苦"而并非"寻欢作乐"，以此为自己的酗酒行为作辩护，以此获得一种心理安慰。"地下人"在折磨丽莎，品尝了复仇的快感后又隐隐地为自己的卑鄙行为感到不安，为此自我安慰道："我所作的一切是试图唤醒她更好的人性，她哭了，这事实便是成功，并且可以证明对她的救助。"这种"文饰"、"理由化适应"，归根结底乃是为人的作恶提供一道心理屏障，从而在一定程度上减轻由于作恶带来的超我的严厉惩罚。

陀思妥耶夫斯基还发现人为了掩盖自己某些不道德冲动常常做出相反的行动。弗洛伊德将这种心理机制称作"反向作用"。这是一种用对立面来掩盖某一本能的机制。正像《卡拉马佐夫兄弟》中的女主人公卡嘉，出于感恩决定嫁给德米特里，后来却又爱上了德米特里的异母兄弟伊凡，她将真实的感情隐藏在心灵深处，表面上一直扮演着一个忠实未婚妻的角色，小说中借阿辽沙之口指出卡嘉的言行像在表演、做戏。弗洛伊德认为反向情感表现为"过度"、"外露"、"虚假"的特点，在卡嘉的"表演"中明显地带有这一特点。卡嘉为了欺人，也为了自欺，德米特里越是放荡不羁，移情别恋，她就越是装出一副受了委屈仍坚贞不渝的未婚妻的姿态，以满足自己的虚荣心和对德米特里实施独特的报复（让他产生良心自责）。同时，她越是爱伊凡，就越是隐藏自己的情感。小说曾有这样一个细节：伊凡因卡嘉一再表示要忠于德米特里而不快，决定离开卡嘉到莫斯科去。卡嘉心里明明很难过，可是她却反而心满意足地，仿佛突然为什么而显得兴高采烈地喊道："我的天，这真是谢天谢地。"由于卡嘉的表演太过火，她的语言太不合情理，结果不但未能掩饰自己的感情，反而将内心的真情和盘托出了。直到最后，在法庭上，她仍想扮演一个忠诚的未婚妻为救"夫"而不惜牺牲自己名誉的角色。但当伊凡在法庭上承认自己对父亲被害负有责任，为了替她所深爱的伊凡开脱，卡嘉内心深处日积月累积聚起来的对德米特里的恨终于爆发出来，全部推翻原来的证词，而把德米特里置于绝境，以至格鲁申卡把卡嘉称作一条"毒蛇"。但卡嘉在揭露德米特里的过程中，仍不肯承认自己恨德米特里，反而倒打一耙，指责德米特里恨自己，以消除自身的内心矛盾，为自己的行为找到合理的依据。弗洛伊德把这种置换情感的主体，将"我恨他"置换成"他恨我"的心理机制叫作"投射"。

陀思妥耶夫斯基笔下的人物，在虐待他人的同时，还有着非常明显的自虐心理。《地下室手记》中的"地下人"把自己当作凶狠的人、爬虫，每次在干了见不得人的事之后，都要狠狠地责骂自己。《罪与罚》中的马尔美拉陀夫因酗酒在大众面前把自己叫作是爬虫、猪、天生的畜牲、狡猾的小偷。《卡拉马佐夫兄弟》中的丽莎因自己背着恋人阿辽沙偷偷地爱着伊凡，给伊凡写情书而把自己的手指夹在门缝里。卡嘉因自己在法庭上出卖德米特里而逼迫自己低声下气地向情敌格鲁申卡道歉，"以便惩罚自己并惩罚到底"。德米特里、伊凡也因为自己的杀父欲念而在法庭上主动承受罪责。这些人物往往都是因为做了损害他人的事感到内疚而走向自我虐待，以便通过这种自我惩罚减轻罪孽感，有时，这种自我惩罚走向极端反而成了他们的享受，从中可体会到一种"真正的快感"。"地下人"由此乐此不疲，马尔美拉陀夫也在妻子抓着他的头发狠揍他时感到："先生，要知道，这样揍我不但没有使我感到痛苦，反而使我感到快乐。因为不挨揍，我甚至活不了。" 德米特里也是在监牢里感到了"受苦的伟大"。这就像陀思妥耶夫斯基自己，每次在赌博输光之后，便会跪在妻子面前，痛哭流涕，请求安娜责罚自己，以此减轻内疚，使心灵获得轻松。弗洛伊德把这种自发的心理机制称之为"抵消作用"。

抵消作用还可以通过做好事来获得。正像陀思妥耶夫斯基自己在玛莎灵前感到内疚、痛苦，在他看来，"这种痛苦只有在履行遗训的天堂快乐中才会得到补偿"。他每次赌博输光之后，创作就会又快又好，这都是抵消机制在起作用。陀思妥耶夫斯基在自己的小说中同样描写过这种心理机制。拉斯柯尔尼科夫在杀人后不堪忍受良心的自责而想到过要自杀，但当在街头遇到被马车压得奄奄一息的马尔美拉陀夫，他热心地把马尔美拉陀夫送回家，并拿出仅有的25卢布为马尔美拉陀夫请医生，热心得仿佛这个人就是他的父亲。当他做了这一切："现在他心里充满一种从未有过的，突然涌现的具有一股充沛强大的生命力的广大无边的感觉"，仿佛在精神上获得了解脱。斯维德里加依洛夫是个杀妻犯、淫棍、恶徒，但同时他又热心地拿钱安顿索尼雅家里的那些无父无母的孤儿们。通过做好事减轻罪孽感，同样构成了这些人物的一种心理防御形式。

陀思妥耶夫斯基成功地揭示了人内心的种种矛盾性、复杂性，善与恶永远在交战，而斗争的战场就是人心。陀思妥耶夫斯基就像一个灵魂的拷问官，正如鲁迅在《陀思妥耶夫斯基的事》中所说："他把小说中的男男女女，放在万难忍受的境遇里，来试炼他们，不但剥去了表面的洁白，拷问出藏在底下的罪恶，而且还要拷问出藏在那罪恶之下的真正的洁白来。"从而写出一系列"既非凶狠也非善良，既非无赖也非正直，既非英雄也非虫豸"（《地下室手记》）的人物。人们把弗洛伊德心理学叫作"深层心理学"，因为它主要揭示了人的潜意识、深层心理中的内在复杂性。而陀思妥耶夫斯基对人的深层复杂心理的揭示，尽管没有像弗洛伊德那样上升为心理学的系统理论，而只是运用于自己的艺术实践中，唯其如此，反显得更直接、更原始、更丰富，更具有惊心动魄的艺术感染力。

三、梦乡的奥秘

前面我们探讨了陀思妥耶夫斯基如何在自己的小说中艺术地运用心理分析的手段揭示人物丰富复杂的内心世界，下面我们不妨换个角度，即运用精神分析理论，对陀思妥耶夫斯基本人及其创作心理作一番透视。如果说文艺对现实的反映既包括对外在现实的反映，也包括对作家自我的内在现实的反映，传统现实主义文论更侧重前一方面，精神分析的艺术理论则更侧重艺术与作家自我的内在现实的关系。弗洛伊德在一系列艺术论文中强调艺术家的创作就像梦一样，都是被压抑的愿望的满足。文学与梦，两者皆源于无意识领域，都经过了巧妙的伪装，因而释梦的方法同样适用于对文学作品的阐析。而创作过程，就是艺术家人格的一种升华。艺术家都是"被过分嚣张的本能需要所驱策前进的人"，他"把内心的冲突塑造成外界的形象"，这过程又是一个"升华"的过程，"改变（本能的）目标及对象为一种更富有社会价值的东西"，艺术家通过这种"升华"使自己的潜意识愿望能够为社会大众所接受。艺术，成了创作家一个升华了的"白日梦"。

精神分析批评长于对作家心理、气质及创作过程的分析，它尤其适用于主观内倾型作家。陀思妥耶夫斯基正是这一类型的作家。他的创作为什么充满了那么多的"陀思妥耶夫斯基情调"，他为什么那样耽于暴虐、情欲、犯罪素材的选择，他为什么那样津津乐道于人的苦难，那样病态地嗜好邪恶，这一切都跟陀思妥耶夫斯基自身的经历、气质、人格有关。这位以残酷病态著称的天才作家，他的创作，一方面是对现实的反映，一方面又是作家主观自我的投射；一方面受意识的自觉控制，一方面在潜意识的支配下又常呈现出非理性状态，从而使他的整个创作，仿佛成了一个梦，一个过于真实的梦，一个最高意义上的梦。

陀思妥耶夫斯基与弗洛伊德都有着非常强烈的内省倾向。他们在审视他人的同时也在审视着自我，不仅探索别人的心灵，也在揭示自我的隐秘。弗洛伊德精神分析学说的创立，既是通过他的医学实践，又是通过对自己的长期的自我分析。而在陀思妥耶夫斯基对人的深层心理的探索中，同样掺入了作家的自我审察、自我观照，从而使他笔下的人物，都带有了他自身人格的影子。创作，在某种意义上成了作家主观自我的投射。正如俄国宗教哲学家尼·亚·别尔嘉耶夫在《陀思妥耶夫斯基的世界观》一书中所说，陀思妥耶夫斯基属于能够通过自己的创作揭示自己的作家之列。他的作品反映了他思想上的全部矛盾和他深不可测的全部灵魂深处。他不像许多人那样把自己的作品作为自己灵魂深处活动的掩蔽所。他不掩饰任何东西，所以他能做出关于人的惊人发现。他通过作品中主人公的命运讲述自己的命运，通过他们的怀疑讲述自己的怀疑，通过他们的人格分裂讲述自己的人格分裂，通过他们的犯罪体验，讲述自己精神上潜藏的罪恶。"[1]

陀思妥耶夫斯基是个具有多重人格的作家。他一方面是个狂热的东正教徒，一方面对上帝的存在又有着根深蒂固的怀疑；他是个极为严厉的道德家、真诚的理想主义者，但他又有着极其明显的犯罪冲动；他残酷地虐待自己，一次次赌博，一次次狠狠责罚自己，以此获得一种自虐的满足，同时他又有着折磨人的天性，他的多疑，对亲近人的不能容忍（连妻子安娜都经常受他嫉妒天性的折磨），对读者的残酷，都显示了他这方面的特性；他是个天才的创造者，同时又是个精神病人，如果说，癫痫仅仅是一种病症，而他性格中也有着许多神经质、歇斯底里的因素，他一辈子都好走极端，一辈子都漫无节制；他一生都在幻想着幸福与欢乐，但对痛苦又有着病态的嗜好，视苦役为天赐，以痛苦作享受；他的人格永远是分裂的，他要竭力相信的也许正是他深以为疑

1　鲍·布尔索夫：《陀思妥耶夫斯基的个性》，苏联作家出版社，1974年，第82页。

的，他要力图推翻的可能恰是他最相信的。弗洛伊德认为作家是将内心的冲突塑造成外界形象，"一般说来，心理小说的特殊性质无疑是当代作家用自我观察的方法将他的自我分裂成许多部分自我的倾向而造成，结果就把自己精神生活的互相冲突的趋势体现在几个主角身上"[1]。陀思妥耶夫斯基正是这样，在对人物心灵的深层挖掘中渗入了自我审察、自我观照。如果说马卡尔•杰符什金、索尼雅、梅诗金、佐西马长老，是他宗教式道德理想的体现，是他自身的种种外化，那么，他笔下的一系列恶魔者形象，正是他人格中卑下成分的一次次投影。戈利亚德金、"赌徒"、"地下人"、拉斯柯尔尼科夫、茄纳、斯塔夫罗金、卡拉马佐夫们，莫不如此。戈利亚德金的双重人格（驯服的受苦的人——丑恶的腾达的人）正是陀思妥耶夫斯基的第一次人格分裂，难怪他要说他自己也几乎成了戈利亚德金。别林斯基也指责作者跟主人公过分地混合在一起，产生了"内部的混淆"。而"地下人"，折磨他人也折磨自己，并从中获得一种满足：

> 我感到过羞愧（甚至可能至今还在感到羞愧呢），羞愧到了如此程度，我居然感到了某种秘密的、不正常的、有点儿卑鄙的快感。这种快感就是，有时在彼得堡一些最叫人讨厌的夜里，回到自己的角落，便特别强烈地感到今天又做了卑鄙的事，而已经做过的事怎么也无法挽回，因此内心隐隐地咬牙切齿地责备自己，折磨自己，最后折磨得使痛苦变成某种可耻的、该死的快感，而且最后变成断然的真正享受！

"地下人"是陀思妥耶夫斯基的否定性人物，但无可否认，在"地下人"身上又有着他自身的许多体验。"地下人"基于病态性格的自虐、热忱的宣泄，在对他人及对自己的折磨中显示自身的存在、自我的优越感，与陀思妥耶夫斯基基于道德意义上的自我惩罚，并从中获得自我的解脱与超越，这其中有着某种内在的契合。

而《罪与罚》中的马尔美拉陀夫，在小酒店里，津津乐道于自己的酗酒，妻子怎样抓住他的头发，揍他，"要知道，这样揍我不但没有使我感到痛苦，

1　西格蒙德•弗洛伊德：《创作家与白日梦》，载《弗洛伊德论美文选》，张唤民等译，知识出版社，1987年，第35页。

反而使我感到快乐。因为不挨揍，我甚至活不了"。这与陀思妥耶夫斯基在每次赌博把钱输得精光之后，在妻子面前痛哭流涕，狠狠责骂自己，然后又心平气和，重新去赌，是多么相似！陀思妥耶夫斯基在创作的后期，谈到拟想中的《大罪人传》时说道："贯穿在小说各部的一个主要问题，就是那个我有意无意之间为此苦恼了一辈子的问题——上帝的存在。主人公在自己一生中，时而是无神论者，时而是信神的人，时而是宗教狂和教派教徒，时而重又成为无神论者。"[1]这主人公，在某种意义上，就是陀思妥耶夫斯基自己。他通过那些上帝的使者，寄托了自己的宗教理想，而那些生气勃勃的不信神的人，又同时道出了他内心的另一重秘密。他在自己的作品中，描写了那么多的神经质、歇斯底里、谵妄症，这其中不知熔铸了多少他自己的内心体验。陀思妥耶夫斯基激情洋溢，永远喜欢走极端。而他笔下的人物，也永远处在两极之间。他们放纵本能达到了极致，同时，他们的自我惩罚也是空前未有的严酷。他们在善与恶中徘徊，在作恶、胡闹时，有时突然会听到良知的呼唤，做出一些高尚的举动。而所谓的理想人物，也常出现反常、变态。他们既非上帝，也非魔鬼，而是一个"人"，"既非凶狠也非善良，既非无赖也非正直，既非英雄也非虫豸"（《地下室手记》），这正是"陀思妥耶夫斯基气质"的典型反映。

巴赫金发现了陀思妥耶夫斯基小说的复调，认为他笔下的人物作为自我主体在与作者、他人及自己对话，从而能够独立于作者之外。其实从本质上说，对话者双方，正是作家双重人格的体现压抑与反抗，赞成与反对，也永远在陀思妥耶夫斯基内心中激荡。每一个人物，都仿佛代表着作家在作争辩。"上帝"或者"魔鬼"，正是作家超我人格与本我人格的外化，而每一个人物自身所包含的无限复杂性与丰富性，也同样打上了作家自己的烙印。

陀思妥耶夫斯基的创作，在某种意义上不仅是作家自我的投射，同时也是作家潜意识欲望的一种满足。创作，主要是显意识层次的，受意识的定向和控制，但同时又受潜意识的指使，出于一种"自发情结"而常常偏离意识的自觉定向，成为"力比多"的一种发泄渠道（荣格把"力比多"解释为一种普遍的生命力，而非弗洛伊德的单纯性爱），从而使创作具有了某种梦的特征。陀思妥耶夫斯基的创作，正是他的潜抑着的生命激情，他的全部痛苦和希望的一次

1　陀思妥耶夫斯基：《陀思妥耶夫斯基选集·书信选》，冯增义等译，人民文学出版社，1986年，第247页。

次释放。

陀思妥耶夫斯基说他的创作"投入了自己的所有潜力，全部欢乐和希望；用这种活动使它们找到出路。如果这种问题（即人是否永远具有双重人格？人的痛苦是否永远无止境？——笔者注）摆到我的面前，那我始终会找到能够一下子脱离艰难的现实而进入另一世界的精神活动"[1]。正因为如此，卢那察尔斯基把陀思妥耶夫斯基的创作当作是"一道倾泄他的亲身感受的火热的河流"，是"他的灵魂奥秘的连续自白"，是他"披肝沥胆的热烈渴望"[2]。陀思妥耶夫斯基的艺术世界，是一个双重对位的世界，是魔幻世界与启示世界的交合。陀思妥耶夫斯基是个天真的幻想家，他孜孜不倦地探索着人的理想，探索着把人从魔幻世界提升到美好启示世界的途径。他的创作，便是这种探索的结晶。这使他的整个作品都成了一个天真的、美好的幻梦。在这个幻梦中，他笔下的人物都纷纷找到了生活的归宿，而他自己也获得了暂时满足。

弗洛伊德在《自传》中认为，"显然，想象的王国实在是一个避难所……艺术家就如一个患精神病的人那样，从一个他所不满意的现实中退缩下来，钻进他自己的想象力所创造的世界中"[3]陀思妥耶夫斯基一生淹蹇，癫痫、苦役、债务、早年丧母、中年丧子……可以说，生活中没有哪一样痛苦没有光顾过他。而当时的俄国社会，资本主义的冲击日甚一日，古老的道德基础被摧毁了，可谓人心不古，世风日下。他在这种处境下，不仅为自己生活的痛苦而抱怨，为自己找不到坚定的信念而烦恼，也为社会的变迁而忧心如焚、痛心疾首。于是，他便在自己的想象中构筑了一个理想王国，创作，成了他逃避生活痛苦的途径。

《罪与罚》中，那个远古的亚伯拉罕时代的幸福幻影："一阵歌声远远地从对岸传来，隐约可闻。那儿，在一片沐浴在阳光里的一望无际的草原上，牧民的帐篷像一个隐约可见的黑点。那里是自由的，居住着另一种人，他们同这儿的人完全不一样，在那儿时间仿佛停滞不前，仿佛亚伯拉罕时代和他的畜群还没有过去。"《白痴》中的林木葱秀、白瀑如练的瑞士山庄，特别是《荒唐

1　陀思妥耶夫斯基：《陀思妥耶夫斯基选集·书信选》，冯增义等译，人民文学出版社，1986年，第442页。

2　卢那察尔斯基：《思想家和艺术家陀思妥耶夫斯基》，载《论文学》，第213页。

3　高宣扬：《弗洛伊德传》，作家出版社，1986年，第275—276页。

人的梦》中"阳光普照，像天堂一样迷人"，"没有被人类罪恶所玷污"的那块"净土"，那居住在其中的"清白无罪"，"不存奢望，生性淡泊"，"没有争执，没有嫉妒"的相亲相爱的人们，这仿佛就是陀思妥耶夫斯基自己在创作中神游天外的一个"白日梦"，它给作家阴暗的生活带来了多少光明和希望啊！而他竭力在儿童身上发掘纯洁美好的天性，并把它表现在创作中，而他自己，在这过程中也仿佛完成了自我的"回归"，难怪他要毫不隐讳地宣称："只有一个避难所，一副药方，那就是：艺术和创作。"[1]

陀思妥耶夫斯基不仅构筑了一个理想世界，也用更多的篇幅再现了一个地狱般的世界。这里充满了凶杀、竞争、情欲的爆发，痛苦欲的发泄：而他用热情洋溢的笔调，玩赏着，回味着，仿佛他自己也尝到了其中的快意。柏拉图把创作当作一种"迷狂"状态，而陀思妥耶夫斯基正是在创作中倾注了充沛的激情，他津津乐道于人内心的痛苦，人在生命力爆发的一刻中的绝顶欢乐，而作家自己也从中获得了夹杂着情欲、罪恶欲的生命激情的宣泄的享受。如果说，陀思妥耶夫斯基在《地下室手记》中，与"地下人"一起分享了一次自虐与他虐的快意，那么，他在《赌徒》中又重新品尝了一次赌博的那种狂热，难怪安娜回忆说，陀思妥耶夫斯基完全站在赌徒一边，书中赌徒的许多感情和印象都是他亲身体验的。而《罪与罚》的创作，也与作家当时的处境有关。某些优越的人可以不受道德法则约束，杀死放高利贷的老太婆是出于对社会有益的动机，是为了验证自己能否超越于善恶之上。显然，这与作家的潜意识愿望有关。请想一想作家当时的处境吧！第一个妻子及亲爱的哥哥相继去世，《时代》杂志面临破产，债务缠身，在债主的催逼中一筹莫展，还要千方百计筹措金钱抚养哥哥一家。而在轮盘赌上，又手气不佳，落得一文不名，滞留他乡。就是在这种处境下，他开始构思《罪与罚》，而作品是在贫病的交相摧残下完成的。无怪乎拉斯柯尔尼科夫要一次次向自己证明，他犯罪不是为个人，而是为社会的利益，杀死一个债主（虫豸），会使许多在贫困线上的人受益，而此时他杀人也是为了证明自我的优越性。这正反映了作家创作时的潜在欲望冲动（获得金钱，不惜犯罪，在社会中证明自我的价值）。因而他处处为杀人的罪犯辩护，使拉斯柯尔尼科夫直到最后还在抱怨命运对他的不公平。尽管作家又

1　陀思妥耶夫斯基：《陀思妥耶夫斯基选集·书信选》，冯增义等译，人民文学出版社，1986年，第422页。

竭力宣扬对超越物质世界的神的信仰，这不过是超我对本我欲望的监督、压抑罢了。

陀思妥耶夫斯基的最后一部作品《卡拉马佐夫兄弟》最典型地体现了"陀思妥耶夫斯基气质"与"卡拉马佐夫气质"的某种契合。放纵邪恶的情欲，摧毁人间的一切道德规范，推倒理性的樊篱，让本能高踞于理智之上，得到充分的、全面的发泄。这种"卡拉马佐夫气质"正是陀思妥耶夫斯基生命激情的一种变相投射。难怪书中以佐西马为代表的理智的、道德的、信仰的呼声是那样微弱，而卡拉马佐夫们（除阿辽沙之外）、格鲁申卡们，成了真正的主人公、胜利者。陀思妥耶夫斯基将热情流注于笔端，以致使读者也沉醉于其中而几乎不能自拔了。叶尔米洛夫一针见血地指出，陀思妥耶夫斯基"在老年，在生活道路的结尾，起来反叛一切容忍和一切宽恕的死气沉沉的现象。自己对苦难所加上的理想化，用比他力图扑灭反叛所写的一切作品更强大得多的艺术力量来展开这个反叛，——光是这一点，就证明，怀着勉强加在自己身上的教会的温驯，他不可能活下去。并且他的天性也决不是佐西马式的。无怪乎自发性的反叛、愤慨和骚动从青年时代起就诱惑了他。并且以这样巨大的力量在一生结束的时候重新响应起来"。[1]

陀思妥耶夫斯基在自己的创作中不仅得到了生命激情发泄的欢乐，也获得了出于自虐热忱痛苦欲的满足。单从他对"恶魔般的爱"的描写来看，这正是出于他对爱情的痛苦体验。第一个妻子玛莎·德米特里耶夫娜与他相爱着，但又因性格的明显不合而互相苦恼着，他在一封信中写道："她非常爱我，我也十分爱她，但我和她的生活并不幸福。……虽然我和她一起生活无疑是痛苦的（原因是她古怪、多疑和好幻想到痛苦程度的性格），但我们不能不互相爱慕，甚至越是痛苦，彼此就更难分离。"[2]他与苏斯洛娃的感情，也是一种爱与恨、痛苦与欢乐、希望与失望交织在一起的奇怪的情感。而他与安娜的结合，虽然从中得到了爱情幸福的巨大欢乐，但也无时不刻不在受着嫉妒、猜忌的折磨。陀思妥耶夫斯基作品中所不厌其烦地表现的正是那种夹杂着痛苦的折磨的情感。"因为爱你，所以折磨你"，这是多么残酷的宣言啊！爱情，对于

1　叶尔米洛夫：《陀思妥耶夫斯基论》，满涛译，上海译文出版社，1985年，第288页。

2　陀思妥耶夫斯基：《陀思妥耶夫斯基选集·书信选》，冯增义等译，人民文学出版社，1986年，第131页。

"地下人"来说，就意味着虐待，慢慢折磨人，以显示精神上的优越性。波琳娜、娜斯塔霞、卡捷琳娜、格鲁申卡……她们折磨他人，也更严厉地折磨自己。爱与恨，驯从与报复，常常交融在一起，仿佛爱本身就是恨，恨同时又是爱的表现。爱情，本身就意味着绵绵无尽的痛苦。陀思妥耶夫斯基在创作过程中，带着病态的激情，玩味着这种痛苦，并以此获得满足。弗洛伊德的强迫重复原则，认为患者有着痛苦的经验，他一次次不由自主地重复过去痛苦的体验，从而获得满足。这种重复是不断的。正像陀思妥耶夫斯基创作的一次次重复。不仅爱情的痛苦经验，连整个人生的痛苦，都"重复"在创作中，以此获得痛苦的享受。写到这里，读者应该可以明白陀思妥耶夫斯基那样耽于痛苦、耽于邪恶的原因了。

创作，成了陀思妥耶夫斯基"力比多"生命激情的发泄与对生活痛苦的玩味和逃避。从这个角度来说，它与陀思妥耶夫斯基的癫痫、赌博、宗教都有着内在联系。在癫痫病发作前的那一刹那，他神游天国，一解尘世的烦忧。"这是伟大的宁静，与全宇宙和谐一致的感觉的开端，总之，是情绪上的某种理想境界"[1]。陀思妥耶夫斯基不仅在日记中、在与人的谈话中，也在作品中不止一次地谈到过这种感觉。而赌博，同样是一种生命激情的发泄。陀思妥耶夫斯基谈到，他去赌博，不仅仅在于钱，同时还在那迷人的赌博本身。这是一种狂热，"是能够吞没人整个身心的一种激情，是某种自发的力量，无论怎样坚强的意志力也不可能战胜它。对它只能服从，看待嗜赌的狂热犹如看待一种无法医治的疾病"[2]。陀思妥耶夫斯基对上帝的信仰，也主要是出于在自虐热忱支配下向上帝忏悔，在自我惩罚中获得受虐快感及在痛苦的境地中逃避到冥冥天国之境而获得一种解脱感。这信仰本身，就是陀思妥耶夫斯基的一个迷人幻梦。所以，我们说，从激情满足和逃避痛苦的角度来说，癫痫、赌博、宗教、创作，便都具有了某种梦的特征。只不过癫痫、赌博都是一种病态，都是直接的、赤裸裸的，宗教又带着更多虚幻的特征，而创作，是一种自我解脱与超越的升华。

以上从作家的自我投射和潜意识愿望的达成角度分析了陀思妥耶夫斯基创

1　卢那察尔斯基：《论文学》，人民文学出版社，1983年，第217页。

2　安娜•陀思妥耶夫斯卡娅：《回忆陀思妥耶夫斯基》，路远译，陕西人民出版社，1984年，第60页。

作的"梦"的特征。当然，文学并不仅是一个梦，或者说，并不是一个普遍的梦，而是一个最高意义上的梦。艺术创作是心灵（包括潜意识）的自然流露，同时也受理智、意志的自觉控制。这种意志，能使作家自觉地调整自己的创作指向，使它能够深刻反映现实并为大众所接受。因此，创作虽然有潜意识的因素，但从根本上说，它是意识层次上的。而创作内容，除作家的内省外，主要源于对生活的感知。正像梦的内容，无论怎样离奇怪诞，终不是凭空产生，而是以往或现时的意愿、经验的凝聚。同样，创作的对象，首先是社会现实，是现实中活生生的人（作家自己也是其中之一），作家审视自己，更多的是审视他人，作家流露自己的潜意识意愿，而这种流露又常常与对现实本质的深刻揭示融合在一起，从而表现出梦的真实。当然，作家对外界信息的选取是因人而异的，正像具有堂吉诃德的理想和哈姆莱特的踌躇的屠格涅夫选取的多是多余人、不成熟的新人作自己的主人公。不断进行着自我探索与忏悔的托尔斯泰笔下多是道德探索者形象、忏悔的贵族。而陀思妥耶夫斯基正好多选取与他的人格、气质相偶合的那部分人作为自己创作的对象，从而使他的灵魂和他笔下的人物达到了内在契合，使他的创作，既深刻反映了社会动荡，个人内心的骚动，又真实而直接地坦露了他自己。

陀思妥耶夫斯基是个梦者，他的整个创作，都是一个梦。这个梦，坦露了作家内心的秘密，又是最深层次现实的深刻反映。在陀思妥耶夫斯基看来，现实本身就是"虚幻的"，"荒诞的"，他深入到现实及人的灵魂深处，把其中的荒谬全部揭示出来，以致真实到虚幻的地步，仿佛成了一个"梦"。反过来，这个梦又凝聚了他对生活的全部观察和体验，他内心的所有悲欢。一个过于真实的梦，一个最高意义上的梦，这正是陀思妥耶夫斯基艺术世界的本质。

第八章
陀思妥耶夫斯基与俄罗斯民族精神

　　人们常常把陀思妥耶夫斯基引为西方现代派的始祖，事实上，陀思妥耶夫斯基同时又是一位典型的俄罗斯作家。他的思想、个性、文化心理各个方面，都深深地打上了俄罗斯民族文化精神的印记。"我永远是一个地道的俄罗斯人"，陀思妥耶夫斯基的自白，也许同时道出了许多俄罗斯作家的心声。当我们从文化角度对陀思妥耶夫斯基的思想、创作历程作了一番巡礼，我们不妨把视野再放开阔一些，从整个俄罗斯民族精神的角度透视陀思妥耶夫斯基，进而为全面把握俄罗斯文学的文化精神提供一个参照。

一、民族中心意识

　　公元六世纪，居住在第聂伯河流域的各东斯拉夫部落以波利安人为核心逐渐联合起来，形成了一个部落联盟。由于他们散居在第聂伯河支流罗斯河两岸，加入这个部落联盟的东斯拉夫人被称为罗斯人。传说罗斯人的首领叫基伊，他在第聂伯河右岸建立的都城叫作基辅，因而基辅罗斯便成了古老俄罗斯的根。到九世纪初，几乎达半数的东斯拉夫部落以基辅为中心实现了联合。东斯拉夫人过着定居生活，主要从事农耕。随着私有财产的建立，东斯拉夫人开始进入阶级社会。

　　关于东斯拉夫人国家的形成，成书于十二世纪初的罗斯史籍《往年纪事》叙述过这样一个故事：公元九世纪，东斯拉夫人部落间没有法律，相互争斗不息，最后大家都厌倦了，于是互相妥协："让我们找一个根据法律来统治我们，解决争端的君主吧！"于是他们渡海到瓦里亚基人那里说："我们的土地辽阔富饶，但是没有秩序，请你们来管理和统治我们吧。"瓦里亚基人的首领留里克接受邀请，到诺夫戈罗德当了王公。他把自己的亲信派往各地，向居民征收贡赋。留里克之后，继承他的奥列格在882年南下征服基辅，并把统一国家的中心移到这里。这一年被认为是基辅罗斯的建国之年。

而公元988年，基辅罗斯全民受洗，接受基督教为国教，结束了东斯拉夫人多神信仰的时代，使他们在精神上拥有了一个共同信仰。同时，随着基督教一起传入罗斯的还有拜占廷的皇权神授观。大公政权被蒙上一轮神圣的光，他的统治被说成是神的意志。教徒们被要求敬畏上帝，崇拜大公，在做上帝的奴隶时，也要做大公的奴隶。而十三世纪随着蒙古的征服，加速了罗斯的东方化过程。蒙古征服者为了加强自己的统治，将罗斯王公变成了自己的管家。罗斯王公们也从金帐汗的绝对权威中首次获得了关于专制王权的概念。在十四至十六世纪，俄罗斯的农奴制度和专制制度逐渐形成。莫斯科大公出于征战和巩固政权的需要，为满足军功贵族的要求，在1497年颁布法典限制农民迁徙的权利，肯定了农奴制关系，标志着农奴制的形成。而罗斯在长期外敌奴役和威胁之下，为了生存，它不仅要同东方的游牧民族斗争，还要同西方的瑞典人和日耳曼骑士斗争，这种斗争要求有一个中央政府来集中一切力量。正是在这样的社会条件下，形成了一种社会意识，即每个臣民的首要义务就是绝对服从于沙皇、服务于国家、忠于东正教信仰。"凡是具有自由和古代公民权利形成的东西都受到限制，不复存在"，连领主和贵族都成了大公和沙皇的奴仆，而东正教会也以其顺从与忍让，皇权神授的说教大大强化了君主专制主义。这种封建农权制度和君主专制主义一直延续到十九世纪。[1]

从俄罗斯民族的历史发展来看，在很长一段时期它属于一个内陆国家，其文化带有浓厚的内陆民族文化特点，加上莫斯科大公和沙皇长期实行对外封闭政策，使它在十七世纪之前基本处于与欧洲文明隔绝的状态。这与希腊、罗马、斯堪的纳维亚、英吉利等海洋性民族不同。海洋性民族由于大多地处岛屿或半岛，内地回旋余地不大，海运却极为方便，导致商业发展较早，人员流通频繁，便于向海外拓展，从而形成开放型的海洋式文化。而俄罗斯作为一个内陆国家，辽阔的幅员，漫长历史时期与欧洲大陆的隔绝，带有奴隶制色彩的封建农奴制经济，政治上的君主专制主义传统，及东正教对大俄罗斯民族独特

1　姚海：《俄罗斯文化之路》，浙江人民出版社，1992年。

性、莫斯科作为"第三罗马"地位的强调，使它对内形成了一种忠君、顺从权力、服从集体的意识，对外形成一种民族中心意识。十八世纪彼得大帝通过一系列战争，首先打通了波罗的海的出海口，俄国由一个内陆国家变成濒海国，但俄国与西欧经济、文化往来的不断加强，并没有打破俄罗斯那种民族中心意识，反而由于沙皇的不断侵略扩张，俄国领土的不断扩大，使许多少数民族居于其统治之下的俄罗斯帝国的建立，更加强了俄罗斯民族中心意识。莫斯科被当作新的世界中心，莫斯科成为"第三罗马"。彼得大帝以其丰功伟绩，成为俄罗斯民族的象征：

> 俄罗斯的大地能够产生
> 自己的柏拉图
> 和聪慧的牛顿
> ……
>
> 他（彼得大帝）戴着胜利的桂冠
> 昂首越过层层障碍
> 把他用坚决手段改造的俄罗斯
> 随身高举直到天边。
>
> ——罗蒙诺索夫《叶丽萨维塔·彼得罗芙娜女皇登基日颂》

无论是古典主义的颂诗，还是普希金的浪漫主义诗歌，都塑造了伟大的彼得大帝形象。它代表了俄罗斯民族的强悍与威严。十九世纪不少具有斯拉夫主义倾向的作家都表达了一种狂热的民族情绪。果戈理的"三驾马车"，当它驰过俄罗斯大地，曾引起多少人的狂喜与赞叹：

> 俄罗斯，你不也就在飞驰，像一辆大胆的、谁也追赶不上的三驾马车一样？在你的脚下大路扬起尘烟，桥梁隆隆地轰响，所有的一切都被你越过，落在你的身后……俄罗斯，你究竟飞到哪里去？给一个答复吧。没有答复。只有车轮在发出美妙迷人的叮当声，只有被撕成碎片的空气在呼啸，汇成一阵狂风；大地上所有的一切都在旁边闪过，其他民族和国家都侧目而视，退避到一边，给它让开道路。
>
> ——《死魂灵》

"三驾马车"，作为俄罗斯民族的象征，它飞奔着，其他民族只能对它侧目而视，这可以说反映了俄罗斯民族的一种普遍文化心理，这种文化心理一直延续到二十世纪。

陀思妥耶夫斯基作为一个具有浓厚斯拉夫主义倾向的作家，他的思想意识中许多方面都可以说典型地体现了这种民族中心意识。陀思妥耶夫斯基把民族虚无主义者都看作是社会主义者，把自己看作过去是、将来也永远是一名"真正的斯拉夫主义者"。他曾在1855年给迈科夫的信中这样谈到爱国主义、俄罗斯的思想、责任感、民族荣誉感：

> 我一贯赞同的正是这样一些感情和信仰。俄罗斯、责任、荣誉，正是这样！我永远是一个地道的俄罗斯人……我完全同意您的斯拉夫人要在道德上解放的爱国主义感情。这便是俄罗斯——高贵的、伟大的俄罗斯，我们神圣的母亲的使命……是的，我同意您的思想——欧洲及其使命将由俄罗斯代替并完成……而且我们的政治思想是由彼得大帝传下来的，已被大家证明是正确的……法国思想的流行不过是一种特殊现象……我请您相信，例如我自己，一切俄国的事物对于我是如此亲切，甚至连苦役犯都没有使我害怕，这是俄国人民，是我的患难兄弟，我有幸不止一次地，甚至在强盗心中发现宽宏大度的品质，主要原因是我能理解他们，因为我自己就是俄国人……我在良心上永远是俄国人。思想上可以犯错误，良心上不能犯错误，也不能因为错误而成为没有心肝的人，即做出违背自己信念的事来。[1]

陀思妥耶夫斯基把俄罗斯民族当作唯一体现了"上帝的旨意"的民族。俄罗斯民族肩负着神圣的东正教使命，给处在迷途昏暗中的西方带去神圣的"东方之光"，引它们走向光明之路。这种民族中心意识导致盲目的种族中心主义、道德优越感、历史光荣感，成为一种民族聚合力，一种抵御外来影响的强大力量。陀思妥耶夫斯基的强烈民族中心意识，使他一方面成为一个君主主义者，把沙皇看作俄国发展的支柱，革新的动力，看作是"天赐神惠"，另一方面拒斥欧洲现代文明，拒斥随着资本主义的发展带来的一切。"将来也许唯有俄国的思想、俄国的上帝和基督才能使全人类面目一新，起死回生"，梅诗金公爵的狂热信仰，

1　陀思妥耶夫斯基：《陀思妥耶夫斯基选集·书信选》，冯增义等译，人民文学出版社，1986年，第76—78页。

就是陀思妥耶夫斯基的心声，也是俄罗斯民族精神的一种回声。

二、忧患意识

当俄罗斯知识分子为他们的民族感到骄傲与自豪，为他们拯救世界的神圣使命而热血沸腾时，在专制主义、农奴制度下的俄罗斯人民的苦难又使他们忧心满怀。他们怀着对民族命运、人民苦难的神圣忧患，仿佛一群殉道者，背负着沉重的十字架，在历史的底版上刻下了一部长长的神圣忧思录。

忧患意识，这是出于一个人对民族、人民的神圣使命感，构成了一个民族强大的凝聚力。这种忧患，首先源于一种爱国主义的情怀，国家兴亡，匹夫有责，天下忧乐，系于一心。在世界历史上，俄罗斯知识分子可以说是最富于爱国主义热忱的群体之一。"还是在老早以前，从我几乎还不懂事的岁月开始，我就充满了炽烈的热忱，为了国家的利益，使自己的一生变成有用的一生，纵然只能效绵薄之力，我也会热血沸腾。"[1]果戈理在致友人的书信中这样谈到自己，事实上他也道出了俄罗斯许多知识分子的共同心声。"祖国"一词，在他们心中永远是最亲切的字眼，他们可以为此付出自己的一切。但也正因为如此，当祖国处于贫穷落后状态，当人民在苦难中呻吟，他们便会陷入到一种痛苦的忧思之中。十八世纪的启蒙思想家拉吉舍夫《从彼得堡到莫斯科旅行记》中，面对农奴制度下农民受压迫欺榨的一幅幅悲惨画面，不禁感叹："我举目四顾，人民的苦痛刺痛了我的心"，他对沙皇专制制度的愤懑，对自己郁郁不得志的叹息，使他超越时空，与二千多年前中国的屈原有了某种切近："长太息以掩涕兮，哀民生之多艰。"十九世纪俄罗斯知识分子的忧患意识的内含是共同的，首先表现为对人民苦难的关注。无论是拉吉舍夫的《从彼得堡到莫斯科旅行记》，还是果戈理的《彼得堡故事》、《死魂灵》，赫尔岑的《谁之罪》，屠格涅夫的《猎人笔记》，陀思妥耶夫斯基的《穷人》、《被侮辱与被损害的》，托尔斯泰的《复活》，契诃夫的那些写小人物不幸命运的短篇小说，这些不幸的人民不仅在专制主义、农奴制度下饱受欺凌，资本主义也在不断地剥夺他们，使他们处在朝不保夕、惶惶不可终日的状态。涅克拉索夫还是在童年时代就曾目睹父亲庄园里农奴的悲惨生活，耳闻伏尔加河岸边纤夫的号

1　伊·佐洛图斯基：《果戈理传》，刘伦振等译，天津人民出版社，1982年，第152页。

声，也不止一次在弗拉基米尔大道上遇到被流放到西伯利亚去的囚犯，这使他对灾难深重的俄国人民产生出深切的同情。1858年农奴制改革前夕创作的《大门前的沉思》以其对祖国与人民的神圣忧思而成为一首不朽之作。

啊！祖国的大地，
请告诉我这样的地方
我还没有见过这样的角落：
耕作和珍惜土地的俄国农民，
没有发出痛苦的呻吟。
呻吟在田野，在路上，在牢房，
也戴着镣铐呻吟在矿井；
呻吟在谷仓前，草垛边，马车旁，
也呻吟在露宿的草原上；
呻吟在贫寒的陋室，
甚至呻吟在神赐的阳光下；
呻吟在每个偏僻的市镇，
还有那法院和华厦的大门旁。
奔向伏尔加吧！是谁的呻吟
响彻在这俄罗斯大河的上方？
我们把这呻吟喻为歌唱——
那就是纤夫所喊的号子！
伏尔加啊，伏尔加！
你春天的大水能淹没这原野。
但人民那巨大的不幸
更充溢着我们的国土。
哪里有人民，哪里就有呻吟……
可怜的人啊！
你那无尽的呻吟意味着什么？
是从沉睡中醒来，鼓足了力量！
还是屈从于命运的安排，

在做了可能的一切之后

像呻吟那样歌唱，让灵魂永世安宁？

苦难的俄国农民的呻吟，伏尔加河上纤夫的呻吟，构成了俄罗斯文学艺术的一道独特风景。同时，俄罗斯知识分子的忧患还包含着对处在西方文明冲击下民族命运的焦灼，对人道德沦丧的忧虑。无论是西欧派还是斯拉夫派，无论是贵族自由主义知识分子还是革命民主主义者，他们都在不倦地探索着俄罗斯民族的发展道路，试图为苦难的民族找到一条更新之路，而他们在寻求民族出路的同时还得为在纷乱的现实社会中迷失了路途的人们找到一条道德的出路。当果戈理在《死魂灵》第一部中画出了一幅俄罗斯"地狱"全景图，在第二部中他又想塑造一个美好的人物，从而使"死魂灵"们在道德上获得新生。《果戈理传》的作者佐洛图斯基谈到果戈理的创作构思：

> 《死魂灵》第一部出版，他已经在酝酿另一篇东西。在完成自己的《地狱》之前，他得走进炼狱。炼狱之后，在遥远的地方，将展现出光明的"天堂"。他构思的长诗，有如但丁的《神曲》。死魂灵应当起死回生，但像他在每一封信中所坚持的那样，为此他们（也要像作者那样），洗心革面，做到灵魂洁净，像"天国的道德一样洁白"。他还想把《钦差大臣》也"清洗一下"，并想在长诗中"为天国的美而唱上一曲赞歌"。[1]

陀思妥耶夫斯基同样为人性的卑劣与罪孽而忧虑，孜孜于人的道德自新之路。而托尔斯泰的道德自我完善，对人的精神复活的追求，都典型地体现了俄罗斯作家的社会使命感及其道德意识，这使俄罗斯文学具有一种强烈的救世意识。文以载道，文学应该为现实服务，关注社会，关注民族的命运、人民的忧乐。艺术家永远应该是祖国母亲的儿子："儿子不能眼见母亲受苦而心中平静；真正的公民也不会对祖国冷冰冰……生和死都要磊落光明，你不会白白牺牲。事业将永垂不朽——只要有人为它流血。"涅克拉索夫在《诗人与公民》中满怀激情地肯定了诗人的公民责任感。

而整个俄罗斯文学，正是以其强烈的社会使命感及忧患意识，而显得分外沉重与悲怆，分外具有感人的力量。陀思妥耶夫斯基同样很典型地体现了俄罗

1　伊•佐洛图斯基：《果戈理传》，刘伦振等译，天津人民出版社，1982年，第437页。

斯文学这一文化精神。他自身的苦难经历，他一生对俄罗斯民族命运的关注，对俄罗斯发展之路的探寻，对小人物的苦难的同情，及其在对"人"这个谜的探索中的道德忧患，对人的道德纯洁之路的探求，对美好社会、美好人生的呼唤……这一切使陀思妥耶夫斯基既具有二十世纪的现代意识，又兼具俄罗斯古典传统，成为一个典型的"欲以天下风教是非为己任"的忧国忧民忧君的俄罗斯传统知识分子。

如果说十八至十九世纪俄罗斯知识分子的忧患意识具有许多共同内涵，而在为祖国和人民寻找出路时，又生出许多不同的选择。具有革命倾向的一些贵族和平民知识分子，从拉吉舍夫，到普希金、别林斯基、赫尔岑、车尔尼雪夫斯基……他们毅然举起了反对专制暴政的大旗，呼唤着人民的自由。

> 请允许一个奴隶来把你歌颂，
> 快用你的激情来燃烧我的心胸，
> 使出你雷霆万钧的力气奋起一击，
> 将黑暗的奴隶制化为光明！
> ……
> 战斗的队伍到处出现，
> "希望"把大家武装起来，
> 人们急于把自己的耻辱
> 用戴王冠的刽子手的血来洗去，
> ……
> 欢呼吧，被束缚的人民，
> 这个天赋的复仇的权利，
> 已把沙皇送上断头台。

这是拉吉舍夫的《自由颂》，它响彻在俄罗斯大地，而在它身后，仍不断激起强烈的回声。而另一些具有保守斯拉夫主义倾向的知识分子，如果戈理、亚济科夫、陀思妥耶夫斯基、列昂切夫，他们又把实现自己抱负的希望寄托在贤君圣主和上帝身上，从而把一腔忧思化为对明君的呼唤。因而在他们的忧患意识中，往往夹着浓厚的忠君思想，忧国忧民与忧君混融在了一起。果戈理一方面对沙皇专制制度的黑暗现实作了深刻的揭露，另一方面他又将解救社会的希望放在理想君主身上，放在个人道德的完善上，从而形成了他的个人理想主义与国家理想主义学说。在他看来理想的君主应是"感觉到天上的神在地上的形象"，他应该"领悟到自己的崇高使命成为大地上爱的典范"。他孜孜以求的正是这种理想君主的出现。而陀思妥耶夫斯基同样在不断祈求着天上和地上的神来解除人民的疾苦，来使堕落的社会走向完美。为此，他对地上的统治者，"伟大的圣上"，唱过不少赞歌，同时也对沙皇与人民之间的相互的爱、理想的和谐寄寓了很大期望。

忧国忧民与寄望于贤君圣主，成了一部分俄罗斯知识分子的矛盾情结。"位卑未敢忘忧国"，表现出俄罗斯知识分子的执着与伟大，而当他们把希望寄托于理想的君主身上，又显出了他们的天真与幼稚，历史常常就是这样发人深省。陀思妥耶夫斯基的执着、热忱、选择及其选择的矛盾，都映照着俄罗斯文化精神的深厚内涵。对此，我们在作理性判断之余，又不得不生出许多敬佩与慨叹。

三、忏悔意识

当俄罗斯知识分子怀着神圣的忧患意识，为国家、为民族、为人民殚精竭虑，希望以自身的付出换来实际成果，他们同时又发现，自身人格的缺陷与阶级出身的局限，妨碍了他们的付出。俄罗斯知识分子，往往夸大了自身对民族、对社会、对民众的神圣使命，一旦这种使命由于历史、时代及自身的原因不能实现，这种救世意识在他们身上往往化为一种沉重的负罪感，从而构成一种忏悔意识。忏悔，就像一副沉重的十字架，人在痛苦的自我折磨中经受煎熬，又在痛苦中复活，获得精神的新生，去重新寻找人生的价值，确立人生的支点。

我们通常把西方文化称作"罪感文化"。如果说希腊文化更多地充满现实享乐色彩，张扬人的个性、力量、智慧与美，肯定现实生活的意义，基督教却强调人生而有罪，因而每个人在人间都需要克制自我、弃绝自我，不断忏悔自身的罪孽，才能获得天国的救赎。处在东西文化交汇点上，以西方文化为渊源又融汇了东方文化的许多特质的俄罗斯，因为东正教的传入，加上自身民族的苦难，使它在文化上典型地承继了基督教文化中的这种罪感传统。如果说以原罪意识为立足点的基督教文化在欧洲的传播过程中，由于与充满世俗享乐精神的希腊文化融合，使其宗教精神掺杂了不少世俗因子，特别是文艺复兴，随着人的主体精神的觉醒，原罪感往往被代之以一种对人的乐观信念，乃至忏悔也时时成了一种肯定人、人的自然本性的方式。卢梭的《忏悔录》固然以其大胆地忏悔自身的罪孽而名扬于世，但在这种忏悔中又包含着一种自我辩护、自我弘扬、自我肯定，因此卢梭才有那段理直气壮的名言："万能的上帝啊！我的内心完全暴露出来了，和您亲自看到的完全一样，请您把那无数众生叫到我跟前来！让他们听听我的忏悔，让他们为我的种种堕落而叹息，让他们为我的种种恶行而羞愧。然后，让他们每一个人在您的宝座面前，同样真诚地披露自己的心灵，看看有谁敢于对您说：'我比这个人好'。"

而在俄罗斯，它从拜占庭直接承继了基督教及其原罪意识。东正教会作为相对来说比较守旧的教派，它更完整地承继了原始基督教的许多观念。这种原罪意识与民族的苦难意识融合在一起，共同建构了俄罗斯民族文化的心理结构。对民族命运、人民苦难的认识，对他人及自我人性的善与恶、灵与肉冲突的焦虑，与基督教的原罪意识交融在一起，使俄罗斯知识分子在自谴自责的绝顶痛苦中挣扎，而终难有舒眉的日子。也许，只有死亡才是他们的最终解脱。果戈理一生都在痛苦地自责和向神祈求宽恕并由此感恩的心境中生活，连他创作中对现有制度的一切不义批判都曾使他感到罪孽深重，最后发展到要在《与友人书信选》中建立一种自我否定、自我荡涤和自我改造的功勋。在陀思妥耶夫斯基身上，这种自我忏悔甚至达到了一种痛苦的快感程度。正像某些基督教徒以鞭挞自己的肉体、在一种歇斯底里的自我折磨中体验到疯狂的极乐，陀思妥耶夫斯基是以精神上的自我贬斥、视苦役为天赐、以痛苦作享乐而由此感受到上帝的一线灵光。正是这种痛苦的快感使陀思妥耶夫斯基的忏悔达到了一种高度的自觉状态。而到托尔斯泰，由道德上的忏悔最后发展到禁欲的地步。他感到，重要的并不在于一个人的生命有用与否，而在于他的自我否认，与他灵魂的谦卑。他不仅在精神上不断拷问自己，而且在肉体上限制自己的欲望（肉欲、食欲等各种享受欲）的追求，从而，从果戈理、陀思妥耶夫斯基的灵魂忏悔发展到托尔斯泰的灵与肉的弃绝自我，以此获得自我的解脱与超越。这种发展曲线，似乎要把人们带到中世纪的宗教禁欲主义。

在俄罗斯文学的这种忏悔意识中，首先表现为一种人性的忏悔，当人们把解救社会的出路放在个人的道德完善上时，人性的忏悔及其拯救便成了他们关注的焦点。果戈理想要通过忏悔，个人道德的完善，使处在地狱中的"死魂灵"们获得拯救，从地狱到炼狱，而后进入天堂。托尔斯泰一生都在关注生命的意义、人的生与死的问题。在青年时代，他曾一度在战争、冒险、猎狩、酗酒、恋情中慷慨地挥霍自己的青春。婚后，他也曾一度陶醉于家庭幸福和艺术创作的喜悦中，但当进入"不惑"之年，他却突然迷惑起来。"为了什么呢？"这样一个简单的问题，却使他茫然不知所措。过去赖以立足的土地突然塌陷下去，脚底下呈现出无底的深渊，他感到在过去的几十年中，就像一个寄生虫一样活着，"我仿佛是生活着的，我就一直必活着。直到我走到一个深渊的面前，才看清楚前面没有别的，只有毁灭。停止是不可能的，回去也是不可能的，也不可能闭起眼睛不看前面的空无所有，有的只是受苦，真正的死亡——彻底的毁灭"。[1]对托尔斯泰来说，这种没有任何意义的生活虽生犹死。那么，解救自我的道路究竟在哪里呢？忏悔自身的罪孽，领悟上帝在冥冥中启示给人的真理：爱人如己与视生命为牺牲，你便将在精神上获得复活。由此，托尔斯泰通过自己，也通过自己的作品，写下了一部惊人的忏悔录，完成他对生命与死亡之谜的求解。

陀思妥耶夫斯基同样以自己整个生命写下了一部忏悔录。苦役十年是他人生的转折期。在牢狱里，他恰恰经受了灵与肉的巨大折磨，在苦难与忏悔中，焕然成为"新人"。"在这样的时刻，谁都会像'一棵枯萎的小草'一样渴求信仰，而且会获得信仰，主要是因为在不幸中能悟出真理"，[2]"总的说来，监狱生活改掉了同时也培植了我身上的许多东西"，[3]陀思妥耶夫斯基在书信中这样谈到自己。他的世界观的转变在很大程度上恰恰源于这种自我忏悔，承认自己过去所犯下的罪过，而产生悔罪的需要。而陀思妥耶夫斯基的个性，他的心灵深处时时泛起犯罪冲动，他的赌博狂热，使他一生都未摆脱犯罪感，有时甚至夸大了自己的犯罪欲念。托马斯·曼认为，伟大的道德说教者常常是伟

1　托尔斯泰：《忏悔录》，转引自〔英〕艾尔德·莫德：《托尔斯泰传》，第1卷，守蜀碧、徐迟译，北京十月文艺出版社，1984年，第395页。

2　陀思妥耶夫斯基：《陀思妥耶夫斯基选集·书信选》，冯增义等译，人民文学出版社，1986年，第64页。

3　陀思妥耶夫斯基：《陀思妥耶夫斯基选集·书信选》，冯增义等译，人民文学出版社，1986年，第66页。

大的罪人，托尔斯泰如此，陀思妥耶夫斯基如此，他们作为道德说教家，一生都在不停地进行自我拷问，他们的作品，常常再现的也就是人物的善与恶、灵与肉的巨大冲突。陀思妥耶夫斯基强调，原罪即来自人的本性之恶，罪与罚，便构成了他作品的一个基本主题。让世上有罪的芸芸众生，通过道德的忏悔，在精神上走向复活，获得新生，便成了作家的一剂济世良方。

在西方近代文明的冲击下，西方文化提倡个性解放（文艺复兴以来的传统）和对人性的深刻怀疑（表现为西方文化的现代意识）同时涌进俄罗斯，它们与基督教的原罪意识糅合在一起，在不同作家身上产生出不同的心理效应。对于像果戈理、陀思妥耶夫斯基、托尔斯泰一类作家来说，对他人及自我灵魂的检视，常常使他们失去了对人的盲目乐观与自信，经常体验到一种灵与肉分裂的巨大痛苦，精神的自我超越也就变成了漫长的苦难历程。这种出于对人性深刻怀疑的忏悔作为一种"人"的忏悔，构成了既有现代意义又与基督教古老的原罪意识相沟通的现代忏悔意识。

而对于俄罗斯知识分子来说，与西欧知识分子重个人不同，在他们的心理天平上，大众常常是一个可以随意加重的法码，他们都充满了对民生苦难的忧患，民众，常成了他们检视自身的一个绝对正确的参照系。因而，在人性忏悔之外，近现代俄罗斯知识分子又常常多了一层阶级的忏悔，这正是近现代俄罗斯知识分子忏悔意识的独特性所在。他们都充满了强烈的社会责任感和使命感，充满了对黑暗腐朽的社会制度的不满，对民众苦难的忧虑，但他们又常常感到自身的无能为力，由此深深地自谴自责。

十九世纪俄罗斯新文化的传播具有鲜明的上层性质，俄罗斯民众却只相信"沙皇父亲"，此外便把来自"贵族"的一切思想的宣传和一切改良计划都当作是骗人的玩意，这使俄罗斯知识分子痛感到一种崇高的孤独。屠格涅夫曾在《回忆录》中描述过别林斯基的矛盾痛苦心理，一位博学之士，正因为他的博学，"倒不可能成为40年代俄国的核心人物；他不能完全适应他所要影响的环境；他跟它有着不同的需要；彼此间不会协调，大概也不会相互了解……不错，他应该比他们站得更高，然而也应该接近他们；他应该不只是关心他们的优良品质和特点，还得关心他们的缺陷；这样，他才会更深切、更沉痛地感觉到这些缺陷"。别林斯基的痛苦，也是三四十年代整个一代知识分子的痛苦。陀思妥耶夫斯基在牢狱生活中，同样体验过身为"贵族"被来自民众的犯人们疏远乃至敌视的痛苦，同时他的世界观的转变，转向东正教、宗法制农民，包含了对自己所代表的阶层的否定（陀思妥耶夫斯基出身于平民阶层，但他的知识分子与作家的身份，相对于俄罗斯农民来说，他仍属于"上层"阶级），通过农民的劳动找到上帝，便成了他一生的理想。

这种俄罗斯知识分子的阶级忏悔，最典型的莫过于列夫·托尔斯泰了。他曾经在《忏悔录》中详细地谈到自己由一个贵族转向宗法制农民立场的过程。当托尔斯泰在"不惑"之年突然为"我为什么要活？为什么我要希望什么？为什么我要做什么？"等问题而困惑时，为找到答案，他开始研究佛教、伊斯兰教、基督教，求教于自己圈子中的正教教徒，有学问的人，教堂中的神学家、僧侣……但他发现："这些人的生活跟我一个模样，所不同的只是——这种生活跟他们在说教中所宣讲的原则完全不一致"，"于是，我开始接近贫穷的、单纯的、文盲的人民中间的信徒：香客、僧侣、分裂教派的信徒和农民……于是我开始仔细观察这些人的生活信仰，而我越研究他们，我越发现他们有一个他们必不可少的真正信仰，只此给了他们生活的意义，使他们能够活下去……正和我在我们自己圈子里看到的相反，我们的圈子里，整个一生是在懒惰、娱乐和不满足之中度过的，我看到这些人民的整个一生是在艰苦的劳动中度过，而他们对生活却很满足……我们认为受苦而死是可怕的，他们却生而受苦，他们平静地接近死亡，有许多人死得还很满意……我学会了爱这些人民。我愈了解他们的生活，我愈爱他们，我的生活也过得愈安详舒适……我们圈子里，有钱的、有学问的人的生活，使我嫌恶了，对我不再有意义了，而整个劳动人民，整个创造生活的人类，对我显示了他们的生活本色。我明白了，这就是人生本身，这种人生给予的意义是真的，我接受了它"。[1]

托尔斯泰由此彻底背叛了自己所属的阶级，而转向宗法制农民立场，他也由此看到了自己过去生活的毫无意义："自我懂得人事以来，这三十年内我懂些什么呢？我不但没有为了全体而谋生，而且没有为我自己谋生。我像一个寄生虫一样活着，我们自己生活可有什么用处，我发现我的生活是没有用处的。如果人类生活的意义就在于支持人类生活，我这个人三十年来是非但没有支持生活，反而在破坏我自己的生活，破坏别人的生活——我怎么会得到别的答案呢？我只能

1　艾尔德·莫德：《托尔斯泰传》，第1卷，守蜀碧、徐迟译，北京十月文艺出版社，1984年，第397页。

说我的生活是没有意义的，是一个恶。它的确是又没有意义，又恶啊。"[1]正是这种于社会无用的心态压迫着他，使他彻底洗涤自身，转向了宗法制农民，并由此出现了他笔下"忏悔的贵族"系列。这正是异于前面所说的"人"的忏悔阶级的忏悔，民粹派也正是以这种忏悔为精神支柱，自觉地深入到民间，去接近劳苦大众。十月革命之后，知识分子与人民的距离，知识分子在人民面前的自卑，甚至演变成了一种沉重的原罪感，由此才有了《苦难的历程》的知识分子为洗净自身、走向革命、成为革命民众一员的艰苦历程，经过"碱水"、"盐水"、"血水"的浸泡，才使他们中的某些人变得纯而又纯了。

在这种忏悔中，苦难，也就具有了非同一般的意义。它构成了真正的生命运动——即对罪过的意识，从迷误中的解放，人通过苦难意识到自己的罪过，通过对自己罪过的忏悔，摆脱迷误，获得真正的生命幸福。托尔斯泰由此把生命本身即看作是一种自我牺牲。而陀思妥耶夫斯基也曾在十年苦役流放生活中领悟到"苦难"的意义。基督教宣扬人须受苦，方蒙拯救。人子耶稣降临尘世，代世人受苦，遭戏弄，被驱赶，在十字架上以自己的血肉之躯拯救了世界的恶。为此，陀思妥耶夫斯基给尘世中的男男女女指出的一条出路就是：忏悔自身的罪孽，经过苦难的净化，背负起沉重的十字架，舍己以跟随基督，方能走向天国之路。苦难的理想化，构成了陀思妥耶夫作品的一个基本倾向。"受苦是伟大的……在受苦中会产生一种理想。"陀思妥耶夫斯基不断地通过自己作品启示着人们。他曾在阅读《约伯记》时感到一种病态的愉悦，而他作品中的人物也在痛苦的自我折磨、自我忏悔中感到一种"病态的愉悦"：

> 我感到过羞愧（甚至可能至今还在感到羞愧呢），羞愧到了如此程度，我居然感到了某种秘密的、不正常的、有点儿卑鄙的快感。这种快感就是，有时在彼得堡一些最叫人讨厌的夜里，回到自己角落，便特别强烈地感到今天又做了卑鄙的事，而已经做过的事怎么也无法挽回，因此内心隐隐地咬牙切齿地责备自己，折磨自己，最后折磨得使痛苦变成某种可耻的、该死的快感，而且最后变成断然的真正享受！

> ——《地下室手记》

1　艾尔德•莫德：《托尔斯泰传》，第1卷，守蜀碧、徐迟译，北京十月文艺出版社，1984年，第398页。

当忏悔成了一种宗教式的人对自我的超过限度的折磨，反而有可能走向人性的变态。正像《白痴》中所说："意识到自己微不足道和无能为力这种耻辱是有限度的，超越了这个限度，人就无路可走，由此他反倒会开始从自己的耻辱中感到巨大的乐趣。"忏悔，作为人对自我价值的一种认识，人的一种自觉意识，人的痛苦之后的对自我的一种新的确信，应该说是衡量一个人、一个民族心理成熟与否的标志，但发展到极端，成为一种宗教意义上的忏悔：人完完全全地弃绝自我，在折磨自我中感到一种巨大的乐趣，这是人的一种自我异化，它也构成了陀思妥耶夫斯基小说中人物的悲剧。

四、宗教精神

俄罗斯民族，这是一个具有强烈宗教意识的民族。自公元 988年"罗斯受洗"，东正教一直在俄罗斯政治经济及普通人民的生活中占有重要的地位。宗教信仰渗透到俄罗斯人精神生活的各个方面，并在俄罗斯民族精神、心理、价值观念、生活方式各个方面打下深深的烙印。直到二十世纪，苏维埃俄国推崇无神论，但宗教信仰仍在影响着苏维埃人。到九十年代苏联解体，俄罗斯社会生活中宗教大复兴，浓烈的宗教的薰风，吹遍俄罗斯大地，上帝重新成为许多俄罗斯人的精神信仰，这自有它深厚的文化渊源。

俄罗斯文学，以其对社会现实的深刻揭示，对专制制度的猛烈批判，对下层人民的深切同情而著称于世，但不少作家最终又把这种批判和同情归结到爱和道德的完美说教之中，从而形成一种批判与宽恕、愤怒与忍让的奇妙结合。俄罗斯作家，不少都受到宗教的影响。果戈理，这位充满辛辣又辛酸的幽默感的大师，在中年，当他反省自己，恰恰最使他感到罪孽深重的就是那种对现行制度的一切不义的嘲笑。他责难自己的创作，力求要摆脱那"倒霉的时代性"。因此，在《死魂灵》中，在完成了俄罗斯的"地狱"之后，他要构筑一个美好的"天堂"，在泼留希金们、玛尼洛夫们等地狱里的小鬼之后，他要给读者一个理想的基督以作楷模。在《与友人书信选》中，他严格解剖自己、自我忏悔的结果，便是教导人们顺从、忍耐、人人相爱，建立人民与沙皇的理想和谐。这位从幼年起即一直没有摆脱过死亡恐惧的、有忧郁症倾向的作家，是太需要亲爱的基督的抚慰了。

而使人惊奇的是，就连别林斯基，对果戈理《与友人书信选》所表示的极大愤慨，也主要是因为果戈理表现了对"饕餮贪婪、下贱和无耻的化身"的牧师的宽容，对作为"不平等的拥护者、权力的谄媚者、人与人之间的博爱的死敌和迫害者"的教会所发出的甜腻的微笑，对"地上的上帝"沙皇所虔诚烧的香，但别林斯基并没有否定宗教本身，是基督教首先把"自由、平等、博爱的教义传布给人们，用殉道精神发扬了、巩固了这教义的真实性"。这教义还没有被教会玷污时，"曾经是人类的救星"。俄罗斯人的宗教信仰不过是一种迷信，"迷信将随文化而消失，宗教性却常常与之共存"，这种"宗教性"便是"能够以别人的痛苦为痛苦，看到人受压迫也感到切身之痛"。[1]可见，别林斯基所否定的不过是宗教的外在形式及其与之相联系的政治制度，而且仅仅限于东正教，而他对天主教徒还有过赞美之辞，对在博爱主义掩盖下的精致教义也表示了极大的敬意。

而托尔斯泰，人们常常惊奇于他的深刻矛盾性：对现行制度的一切形式包括国家、政治、经济、法律、警察、监狱、教会的猛烈批判与爱、不以暴力抗恶、道德的自我完善的说教。殊不知，这两极对立的矛盾又存在着深刻的内在联系。在托尔斯泰看来，上帝与地上的统治者是不能等而视之的，基督教在本质上就是否定国家、反对一切暴力统治。人人相爱便再也不需要人间的法庭、监狱。人人平等必然要废除可耻的爱国主义、民族主义。一句话，托尔斯泰对现实制度的一切否定都是以其宗教为出发点的。正因为现行的国家制度、教会都不符合他的宗教理想，所以他要否定现行的一切而创立一门新的宗教——以恢复原始教义为目的的爱的宗教。

历史进入二十世纪，旧的上帝已经死了，一些资产阶级知识分子如米·布尔加科夫、梅列日科夫斯基等，在惶惶不可终日的情绪之下，寻求新的神、新的精神支柱，形成了一个颇有声势的派别——寻神派。而一些进步的知识分子，与寻神派稍有不同，便是要创造新神。他们在憧憬社会主义的同时，把新神纳入到社会主义的庙堂之中。卢那察尔斯基竭力要创立"第五宗教"——社会主义宗教，在他看来，社会主义便是新宗教，无产阶级便是体现新教会的奠基石。高尔基把"人民"当作新神加以崇拜，而勃洛克的《十二个》，十二个

---

[1]　别林斯基：《给果戈理的一封信》，见《外国文学评论选》下册，湖南人民出版社，1983年。

赤卫队员成为耶稣十二门徒的化身。俄罗斯作家（包括十月革命前后的一些作家）对上帝的深切依恋，可以说是绝无仅有的，即使在当代苏联文学中，以博爱主义、道德纯洁感为标志的宗教意识也时有体现，这不能不引人深思。

俄罗斯作家对宗教的依恋，其实大多不同于正统教徒的宗教信仰，而是一种对人生究竟的追问及其精神的超越，是人类的一种自我拯救及其对人终极价值的追求，从而构成一种宗教精神。正像陀思妥耶夫斯基，他一生都在怀疑上帝的存在。但他在寻求自身精神与人拯救时，又不得不依赖上帝。"即使上帝不存在，也要造出来。"基督作为一个人世间绝对美妙的人物，便代表了人类永恒的道德理想。这是一种"把大家拴在一起，给心灵引路，使生命的泉源永不枯竭"的思想；是对"恶"的惩罚，对人类的利己主义天性的抑制；也是人类在苦难中的拯救，在面临死亡、面对生之困境时对生命价值的领悟，对灵魂"永生"的渴求，陀思妥耶夫斯基的宗教，也由此成为一种道德化的、人本主义的宗教。陀思妥耶夫斯基的"苦难"造就了他的信仰，他对人的拯救的孜孜不倦寻求造就了他的"上帝"。

托尔斯泰的宗教信仰，同样源于他对人生问题的探索，对生命价值的寻求。对托尔斯泰来说，宗教并不是"神秘教条"，而是一种人生观，是"建立处于新条件之中人类独有生活观念和依赖这个观念而来的活动"。[1]托尔斯泰把那种没有任何意义的生活看作是虽生犹死，而当人领悟了生命的本质就是"爱和自我牺牲"，他也就找到了通向上帝的道路，而天国就存在于人的心中。为此，托尔斯泰首先打破了人格化的神的偶像，对教会所宣扬的上帝创世，三位一体，基督的奇迹般的降生、他行的种种神迹及末日启示，都表示了深刻怀疑。因为在他看来，这一切都经不起最简单的逻辑检验。他曾经举过一个例子："比如，当人们生活在一片平坦的土地上，下面是熊熊燃烧着的地狱，上面有真实的天堂，这时一个人上了山，然后升到天堂，在那里坐下，这句话可能有一点意义：可是拿我对天文学的观念来说，假如一个人从一座山顶开始上升，他会没有地方停下来；假如他想坐下来，他会没有地方可坐而重新跌下来，对于相信太阳系的人，要使他们相信升天，这只是胡说"。[2]

1　《天国在你们心中——列•尼•托尔斯泰文集》，李正荣等译，上海三联书店，1988年，第232页。

2　艾尔德•莫德：《托尔斯泰传》，第1卷，守蜀碧、徐迟译，北京十月文艺出版社，1984年，第420页。

托尔斯泰由此向人们指出了一条从理性出发，而非从信念出发皈依基督的道路。它注定了托尔斯泰对作为教条主义的背叛，对作为"某些人手里的权力"、缺乏理智性的教会的背叛，对一切表面仪式，如洗礼、安魂礼、礼拜仪式的背叛。当剥开了宗教的这一切外衣，宗教的精神本性反而更清晰地凸显出来："宗教的本质在于人的一种预见并指出人类应走的生活道路的天性，在于同以往完全不同的生命意义概念，从这个概念就产生出人类不同于以往的全部未来活动。"[1]

宗教就是一种根据理智和知识建立起来的用以指导人类行动的生活观念，简单地说，也就是一种人生价值观。托尔斯泰认为人类历史上经历过三种生活观念：第一，肉体的或动物的生活观念，生活的目的只在于满足肉体的意志；第二，社会的或者是多神教的生活观念，人的生活目的在于满足部落、家庭、种族、国家这众多个体的集合体的意志；第三，全世界的，或者说是上帝的生活观念，生命既不存在于独自的个体，也不存在于个体的集合体，而在于永恒的、不朽的生命之源——在于上帝之中；为了满足上帝的意志，可以牺牲个体的、家庭的、一定集团的幸福，他们的生命推动力是爱。他们的宗教，在于用事业和真理向万物之始——上帝崇拜。整个人类正从个体的、社会的、集团的生活观念向上帝的生活观念转变。而用以指导我们所有人生活的上帝的生活观念就存在于福音书，特别是耶稣的五条诫命之中。

真正的生命不在于对外在律令的服从，而在于最大程度地接近每一个人内心中发现并意识到的天国的完美。基督教学说不以外部规定，而以达到天国完美的可能性意识指导人们。因而耶稣的五条诫命——不可动怒、不可奸淫、不可起誓、不要与恶人作对、要爱你们的仇敌——具有非同一般的意义。托尔斯泰认为它表现了一种神圣的、永恒的真理，向人们指出了一条从自我走向上帝、接近天国完美的途径。他的不以暴力抗恶、人人相爱、道德的自我完善学说也就由此而生。

这是一种理性宗教，也是一种道德宗教。它向人们指出了一条遵从理性指导的自我解救、自我提升之路。为此，托尔斯泰不仅反对宗教的外在形式，而且对国家、法律、警察、监狱都进行了猛烈抨击。如果说陀思妥耶夫斯基在宣

1　《天国在你们心中——列·尼·托尔斯泰文集》，李正荣等译，上海三联书店，1988年版，第232页。

扬以作为道德完美象征的上帝在拯救有罪的人类学说的同时，又表现了一种以俄罗斯的上帝拯救堕落的西方大俄罗斯民族主义倾向，托尔斯泰却把基督教人道主义与无政府主义结合在一起了，他不仅否定了人世间的一切的外在律令，上帝也被他剥掉了作为神的实体外壳，而成为一种抽象的道德精神。1900年托尔斯泰在读了韦鲁斯的《四福音书的比较研究》后写下过这样一段话：

"这本书很精彩地论证了基督从来没有存在过……接受这个假定或可能性，就等于把最后一个暴露于敌人冲击下的外围阵地摧毁，而使堡垒（善的道德学说，它不是来自任何时间或空间，而是来自人类整个精神生活）得以坚守。"[1]

连上帝是否存在，对托尔斯泰来说都已经是无关重要的问题了。重要的是人心灵的纯洁，是爱，爱所有的人、所有的物。人类正走向一个新的阶段，天国的幸福正在向每一个人招手：因为天国就在你们心中。

托尔斯泰对人的精神终极拯救的寻求，在二十世纪，在帕斯捷尔纳克的《日瓦戈医生》中，我们又仿佛听到了回声。《日瓦戈医生》对十月革命的思考，依据的是一种宗教人本主义的伦理观、价值观。小说中日瓦戈的舅舅韦杰尼亚平把历史看作是世世代代关于死亡之谜的解释以及如何战胜它的探索。事实上，整个《日瓦戈医生》就是对人类死亡与生命之谜的一个求解。日瓦戈依据"福音书中的伦理箴言和准则"，一种道德感，先验的善和仁爱，审视着历史与现实。社会的大变革，"一下子把发臭多年的溃病切掉了"，曾使日瓦戈兴奋不已。这场旨在实现人的幸福的变革，总使人想起耶稣和他的使徒为了"人的觉醒"，开创"人的时代"，到处传布福音。而拉拉从街垒战中领悟到的"被践踏的人是得福了，受侮辱的人得福了"，多么像耶稣基督的山上训示："哀恸的人有福了，因为他们必得安慰……为义受逼迫的人有福了，因为天国是他们的。"[2]但是，当随之而来的是流血、恐怖、家庭的道义基础瓦解，世界仿佛进入一个"末日启示"的时代，人类的"方舟"何在？世界如何走出"末日"，迎接一个"新天新地"的到来？日瓦戈为此始终像个流浪的使徒，苦苦寻求着世界苏生、人性复归之路。他在现实中始终像个多余人，但

1　艾尔德·莫德：《托尔斯泰传》，第2卷，守蜀碧、徐迟译，北京十月文艺出版社，1984年版，第508页。

2　《新约·马太福音》第5章第4节。

又以其对"永恒之道"的追寻，对人终极价值的寻求，从而在对现实的苛刻审视、批判中，获得自身生活的价值。小说多次出现"复活"这一象征性意象。日瓦戈的死，恰恰成了他生命的最后一次辉煌展示，这正应验了那句话：我们的死即是生的开始。

这是一曲生命之歌。作者曾宣称，要使《日瓦戈医生》成为表现其"对艺术、对圣经、对历史中人的生命以及对其他事物的观点"[1]的作品，作者要把"基督教的实质分解出来"。[2]作者通过《圣经》，探索的恰恰是历史与现实中人的命运。耶稣基督的光芒，就像拉拉窗台上的那支蜡烛，不断给作品增加一些温暖。小说结尾，"世世代代将走出黑暗，承受我的审判"，仿佛成了某种神谕与启示。《日瓦戈医生》成了二十世纪一部新的《启示录》。

如果说古希腊文化精神决定了西方文化重知识理性、现实享乐的传统，而基督教的原罪与救赎，向外探求，将人的最终拯救放在上帝身上，决定了西方文化的现实超越精神。西方文学在对现实人生的关注中，常有一个隐含其中或高踞其上的神明。神与人、上帝与撒旦、善与恶、灵与肉、此岸与彼岸、现世与超越……其间蕴含的巨大冲突及由此导致的悲剧感与宗教精神，归根结底，乃是对人的永恒存在、终极价值的关注。对于俄罗斯知识分子来说，静观冥想的哲学思辨与宗教的神秘玄思往往作为一种潜意识根植于他们的心理深层，迫使他们在进行社会批判、现实选择时，往往不自觉地去做人与上帝、灵魂永生的哲学或宗教的玄思，从而使作家在介入现实的同时，又始终保持一种清醒的批判与超越意识，也构成了文学的深刻的宗教精神。

陀思妥耶夫斯基，同样就是这样一位人类灵魂的探索者。他一生都在关注着现实人生的苦难，同时也在永远关注着人类灵魂的苦难。"要在痛苦中寻找幸福"，苦难、圣爱与拯救，构成了陀思妥耶夫斯基小说的基本模式。同时，也造就了整个俄罗斯文学苦难的十字架与十字架上的超越。悲悯，作为一种宗教情感，成了俄罗斯文学的基石。宗教精神，也就成了俄罗斯民族精神中的重要一环。

1　帕斯捷尔纳克：《人与事》，乌兰汗等译，三联书店，1991年版，第288页。
2　帕斯捷尔纳克：《人与事》，乌兰汗等译，三联书店，1991年版，第291页。

五、乡土情结

俄罗斯社会，在十九世纪之前，具有浓厚的农业社会特点。在原始公社解体后，俄罗斯即直接进入以封建制为主体的社会。而以封建生产关系为特征的农奴制又深深打上奴隶制的烙印，并且延续的时间特别长。这种农奴制经济乃是一种自然经济，农奴主的领地成为一个与外界很少联系的自给自足、闭关自守的独立单位，农民直接依附地主，并被紧紧地束缚在土地上，缺乏人身自由，这直接导致了封闭保守型文化的产生。而在农奴制改革后，俄国农民在法律上得到解放，但农民仍在总体上处在宗法制传统文化的影响之下，仍然束缚于村社之中。村社是十七世纪在农奴化过程中发展起来的组织，在进行农奴制改革时，沙皇政府把村社作为农村的基层行政组织，同时赋予其处理内部事务的自治权，从而使村社具有双重性质和双重功能。作为农民在历史过程中由于共同生活需要而自发形成的民主组织，村社要负责农民的全部生活，保护他们的利益，同时作为政府确认的官方组织，村社又是一个行政和警察机构，以连环保的方式对农民加以控制。村社一方面把农民束缚于一个封闭的狭隘天地，另一方面又使农民避免分化，维持自然经济传统，从而使宗法制文化传统得以完整地保持下来。

正是这种封闭型经济下的文化，养成了人的懒怠、守静、不思变动、对于土地和对于古老生活方式的一种深深依恋，导致了对外来新鲜事物的一种本能抗拒。高尔基在分析斯拉夫派的心理时指出：

> 在农村里受过卡拉姆津和茹科夫斯基作品的教养，是纯粹俄罗斯血统，好作梦想的消极人物，他们自小便见惯了故乡懒洋洋的单调生活，见惯了自己的农民总是沉默寡言，被威吓、被鞭打、在苦役劳动中单调地度日，把生命消磨于教堂的酒窟之间——真的，他们见惯了这种特殊的生活，而一旦客身异地，就倍觉这种生活的特点历历在目，在国外，他们不得不面对面接触着这个迅速而明敏、夙夜非懈，在建立自己幸福的资产阶级。外国生活的喧闹、熙攘、活泼，当然使得那些来自一个半睡不醒不欧不亚的国家的人们眼花缭乱，而他们的

祖国仍未能发展工业，未能借俄罗斯建筑师之手来建立高楼大厦，也没有铁路，只遵照彼得的严令寂寞地、平静地生活着。

这种消极的懒惰生活，浪漫派却认为是特殊的精神和谐之表现，是远非争权夺利的极端个人主义的西欧人所能了解的。

——《俄国文学史》

斯拉夫派的这种心理，可以说具有历史的普遍性。对土地、对古老生活方式的眷恋，对发达的西方文明的排拒。在俄国，"祖国"一词，含有故土、祖国、家园、诞生地等之义，即便如此也还难以完全表达尽它的含义。它是俄国人心目中一个最为神圣的词汇，它表达了一种农民式的依附于故乡、国土、集体的思想。曾驻苏联的美国记者赫德里克•史密斯在《俄国人》一书中把俄国人的爱国主义称作是"克瓦斯爱国主义"，克瓦斯是俄国一种家家皆备的饮料，"克瓦斯爱国主义"即指一种质朴的、农民式依附于乡土的、强烈的俄国牌号的爱国主义。它使俄国人对自己的国土有一种深切的依恋之情。使他们往往一离开俄国，即有一种无根的浮萍似的飘泊感，一种对故土的刻骨思念。果戈理曾因普希金的惨死，在绝望的时刻一度想要永远离开俄罗斯，"我不愿把头颅抛落自己的祖国"，但他马上又承认："一条无法砸断的锁链把我和自己的祖国联系在一起，我们的贫穷灰暗的世界，我们的没有烟囱的农舍，光秃的原野——这一切在我的心中胜过最美好的天堂……"[1]陀思妥耶夫斯基也曾几次出国，但绵绵的乡愁总使他感到在国外"到处都是异国他乡，到处都是一只离群的孤雁"[2]，俄罗斯大地的一切都变得那样亲切，也正是在国外，他感到自己变成了一个彻底的"君主主义者"。这种乡土情结在二十世纪的许多俄罗斯知识分子身上仍根深蒂固。俄国诗人布罗茨基（1987年获诺贝尔文学奖）被迫旅居国外后，还向当局写信，请求允许他仍然作为苏联作家的一员。而帕斯捷尔纳克，对俄罗斯故土的爱，使他在留在故土还是去领诺贝尔文学奖的选择面前，毅然选择了前者。连那些曾深受迫害，一心想迁离苏联的犹太人，一旦到了国外，却都感到患上了痛苦的怀乡病，感到他们骨子里是俄罗斯人。长期的文化心理积淀，造就了俄罗斯人这种深厚的乡土情结。

1　佐洛图斯基：《果戈理传》，刘伦振等译，天津人民出版社，1982年，第312页。

2　陀思妥耶夫斯基：《陀思妥耶夫斯基选集•书信选》，冯增义等译，人民文学出版社，1986年，第66页。

而对于不少俄罗斯知识分子来说，在他们心目中，俄罗斯并不是跟城市、跟城市的高楼大厦联系在一起，而是跟乡村、土地联系在一起的。因而他们的回归常常是向俄罗斯乡土的回归。陀思妥耶夫斯基把农民当作俄罗斯的根基，把土地看作建立俄罗斯"村社花园"的基础。他出生、成长、生活、写作都是在城市，但他又是一个城市的批判者，他心目中的理想之乡永远跟乡土联系在一起，他小说中人物的精神归宿也永远是俄罗斯广袤的大地。而托尔斯泰，当他背离了自己的阶级，要成为俄罗斯农民的一员，土地，也就永远成了他最钟情、最具亲和感的所在。他在这里劳作、耕耘、收获，由此找到精神的皈依。

民粹派作家乌斯宾斯基曾在小说《土地的威力》中这样写到土地：

> 只要人民还在土地的威力控制之下，只要从根本上来说他们的生存还不能不听命于土地，只要土地的命令主宰着他们的理智和良心，而且充斥他们的生活，那么，绝大多数俄国人民就会耐心而坚强地承受不幸，就会始终天真烂漫，勇敢刚毅，温顺如赤子，一句话，肩负人间一切重担，为我们所热爱，替我们医治心灵的伤痛，就会保持其刚强而温顺的天性。饰演梅非斯特或恶魔的演员的面孔，只要被大光照耀，就会红光满面。我们的人民只要从头到脚、从外到里，全身都沐浴和浸透着土地母亲散发出的光和热，就会保持本色，就会具有理智和心灵的一切可贵品质，总而言之，就会保持他们的天性，甚至保持他们的原形。红灯一灭，恶魔的面孔就不再发红。使农民脱离土地，脱离土地带来的心事和利益，使他忘记"务农"，那么，俄国人民、人民的世界观、人民发出的热便不复存在。剩下的只是空虚的人体和空虚的器官。随之而来的便是空虚的灵魂，"完全的自由自在"，亦即杳渺的远方，无垠的旷野，可怕的"爱上哪儿就上哪儿"……[1]

土地不再仅仅是人民的休养生息之所，它同时也具有了一种道德内涵。陀思妥耶夫斯基曾把土地当作"把人类改造得更好"，"把野兽变成人"的道德本源。民粹派心目中的理想和谐的社会同样是以土地为基础的。"土地是人民

1　纳乌莫夫乌斯宾斯基卡罗宁等出版社：《俄国民粹派小说特写选》（上），外国文学出版社，1987年，第183页。

在想象中描绘的整个光明未来的基础，是唯一问心无愧的劳动的根本，是以'自愿'相互服从为基础的人与人的关系的本源，这种人与人的关系最容不得'人的'专横，因为大家普遍地、必然地服从于一种不可摧毁、不可战胜、神秘莫测的威力"（《土地的威力》）。而人的堕落、社会罪孽的滋生恰恰源于土地制度被破坏。由此，民粹派以充满深情的笔调，唱出了一支支动人的土地之歌。

十月革命，使俄罗斯社会经历了天翻地覆的变化。在托洛斯基看来，革命乃是城市文明的产物。"实质上，革命意味着与亚细亚方式、与十七世纪、与神圣的俄罗斯、与圣像与蟑螂的彻底决裂；革命不是向彼得之前时代的回忆，恰恰相反，是使全体人民接触文明的运动，是根据人民的利益对文明的物质基础的改革"，[1]许多作家都满腔热情地歌颂了革命，歌颂了革命的策源地——城市，而一些被称作革命的同路人的作家，如皮里尼亚克、叶赛宁、克留耶夫、谢拉皮翁兄弟……他们却时时表现出对过去、对乡村、土地的依恋，从而被托洛斯基称作"农夫化知识分子"，其作品成了"一种新的苏维埃民粹主义"。正像叶赛宁，当他16岁时走进城市，城市对他来说却始终是个陌生的怪物。他把自己称作"莫斯科的一个浪子"，在小酒馆里浪掷着自己的青春，心里面永远回想的却是那田野、小河、白桦林、牲口圈、黑麦田……由此，使他永远成了城市里的一个"流浪汉"、"零余者"。

在肖洛霍夫的《静静的顿河》、帕斯捷尔纳克的《日瓦戈医生》中，同样贯穿着一个回归乡土的主题。肖洛霍夫作为一个自小生活在顿河流域的哥萨克，他对顿河两岸的那一片原野始终有着一种本能的亲切感。高尔基曾把《静静的顿河》看作是"地方文学"，说肖洛霍夫"像一个热爱顿河、哥萨克人的生活和大自然的哥萨克人那样写作"，[2]在主人公葛利高里漫漫漂泊的征途中，土地成了他的心理依托与归宿。葛利高里始终"战战兢兢地紧抓住土地"，不断地怀想着童年时那阳光灿烂、万里无云的晴天，那广阔的草原，夏天的大道、牛车，那扶着犁柄、使劲地吸着潮湿的泥土气息时的美妙情景。小说结尾，他终于回归故土，"站在自家的大门口，手里抱着儿子"，多少个不眠之夜幻想着的心愿实现了。从这个意义来说，葛利高里毕竟找到了他的归

1　托洛斯基：《文学与革命》，刘文飞等译，外国文学出版社，1992年，第80页。
2　高尔基：《论文学》，孟昌、曹葆华、戈宝权译，人民文学出版社，1978年，第281页。

宿，他的"根"。因为他寻求的恰恰是农民式的最最朴素的真理：和平地生活，自由地劳作，合乎人性、道德的社会秩序。

如果说葛利高里是以农民式的执着紧抓着那片土地，那么在《日瓦戈医生》中，作为二十世纪"智者"、"使徒"的日瓦戈，在他以道德眼光审视那场革命并感到失望之余，瓦雷金诺的宁静、安详，几乎与世隔绝的生活仿佛成了他心里的一线阳光。"从清晨到黄昏，为自己和全家工作，盖屋顶，为了养活他们去耕种土地，像鲁滨逊一样，模仿创造宇宙的上帝，跟随着生养自己的母亲，使自己一次又一次地得到新生，创造自己的世界。"[1]这种回归土地的冲动和对素朴生活的追求，与葛利高里的农民式理想虽然不同，但都很典型地体现了俄罗斯民族精神中抹不去的乡土情结。这种乡土情结同样体现在当代苏联许多作家中，如索洛乌欣、舒克申、拉斯普京、阿纳尼耶夫、艾特玛托夫……对乡村、土地的眷念，构成了他们的一种文化心理积淀。

俄罗斯作家，仿佛都是负累重重的地之子，在东方与西方、乡村与城市文化的撞击中，大多不约而同地把深情的目光投向了乡村、土地。这自然跟俄罗斯的东方血缘、自然经济、土地"基础"有关。村社文化在俄罗斯文学中始终散发着动人的温馨气息。作家们在对人格化的乡村、土地的认同中，寄托了一种审美理想、道德期望，显示出为芸芸众生寻求返朴归真、返本归源之路的热望。它决定了不少作家的人格追求、道德理想及艺术把握世界的方式。土地是温馨的，但也是沉重的，从陀思妥耶夫斯基，也从整个俄罗斯这群负累重重的地之子的足迹中，我们感到了文学沉甸甸的分量！

1　帕斯捷尔纳克：《日瓦戈医生》，蓝英年等译，外国文学出版社，1987年，第388页。

后　记

　　较深入地接触陀思妥耶夫斯基，是在研究生求学期间。在"比较文学"课上，我交了篇万余字的作业"精神分析与陀思妥耶夫斯基"。后来想以这个题目做学位论文，那是1987年。导师说这个题目太敏感了点，较难把握，让我换一个。不承想换的却是一个更难把握的课题"论陀思妥耶夫斯基的宗教意识"。导师见我固执如此，也就认可了。于是读作品，看有关宗教及俄罗斯文化方面的书。论文出来了，居然得到导师和答辩委员会专家们的首肯，从此坚定了从文化的角度研究俄罗斯苏联文学的信心。

　　毕业以后很长一段时间，兴趣转向20世纪苏联文学。以年轻人特有的叛逆精神，发了不少偏激之论，居然浪得些虚名。而对陀思妥耶夫斯基，却不敢再去触摸。老实说，研究陀思妥耶夫斯基太痛苦了。阅读他的作品，几乎毫无快感可言。这位被称作"残酷的"、"病态的"天才作家，他笔下充满了人生的苦难、灵魂的煎熬、精神谵妄与分裂的世界，叫你不敢不想不忍去面对。直到1994年，系里让报国家社科基金课题，于是报了个"陀思妥耶夫斯基及其小说的文化阐析"，本来没存希望，结果居然批了，于是重新拣拾起陀思妥耶夫斯基。

　　那真是一段精神的苦难历程。进入陀思妥耶夫斯基的世界，就仿佛幻游中的但丁走进"地狱"："撇下一切希望罢，你们这些进来的人"，冷雨、阴风、冰雹、冰湖、火磔之刑……在忍受了这一切之后，你才得以见到天堂里的一线微光。鲁迅先生曾讲过，他在年轻时候，读了伟大的文学者的作品，虽然敬佩那作者，然而总不能爱的，一共有两个人，一个是陀思妥耶夫斯基，一个即是但丁。读《神曲·炼狱篇》时，见有些鬼魂还在把很重的石头，推上峻峭的岩壁去。这是极吃力的工作，但一松手，可就立刻压烂了自己。不知怎的，自己也好像很是疲乏了。于是就在这地方停住，终于没有能够走到天国去。鲁

225

迅先生作为一位在黑暗与虚无中寻求光明与现实的反抗绝望的英雄，尚且不能走到天国去，何况我辈凡俗中人。

中国文化向来重视对审美式人生的追求。所谓"春有百花秋有月，夏有凉风冬有雪，若无闲事挂心头，便是人间好时节"。虚融淡泊、自得无碍，自有它动人的魅力。由此，我们总在有意无意地拒绝苦难，拒绝苦难中的拯救与超越。当然，我们也就在心理上拒绝了陀思妥耶夫斯基，拒绝了整个俄罗斯文化中所蕴含的那一份悲怆。特别是在我们这个过于崇尚跟着感觉潇洒走一回的时代，陀思妥耶夫斯基的声音便仍如《圣经》中那位希伯来先知在空旷无人的荒野上的呼叫，很少有人去聆听。

无言独上西楼。在每一个寂静的夜晚，面对陀思妥耶夫斯基，倾听他那来自旷野的呼告。多少次不想倾听又不得不倾听，不敢面对又不得不面对。曾发誓写完这部书稿就永远跟这位残酷的作家告别，说不定哪一天又会自动去赴这灵魂的"苦役"。这不，刚发完誓，脑袋里又已闪现一个新的题目"陀思妥耶夫斯基与中国"。也许，这就是宿命，我们终于无可回避，不再潇洒。

所幸的是，在这寂寞的旅途中，仍有不少热心人在关心着我、扶持着我。我的导师张铁夫先生，是他把我领入俄罗斯文学这块广袤而沉重的土地；中国社会科学院外国文学研究所的吴元迈先生给过我许多鼓励；湖南教育出版社的诸位先生面对这部一点也不轻松、自然也不大可能引起最广大的读者共鸣的书稿，居然没有望而却步。生活中的这种种因缘，已经不是"感谢"两字表达得了的，索性就此打住。

何云波
1996年4月于长沙铁道学院

再版后记

　　《陀思妥耶夫斯基与俄罗斯文化精神》出版正好二十年了。1994年，刚过而立之年的我，待在一个工科院校，有幸拿到国家社科基金青年项目"陀思妥耶夫斯基及其小说的文化阐析"。那时，我住在学校的一套旧房子里，带着孩子，上着许多的课，有点空隙，就会走进陀思妥耶夫斯基的世界，流连忘返。住的房子在一楼，阴暗潮湿，经常有老鼠出没。"他把被子抖了一下，一只老鼠突然跳到床单上。他扑过去捉老鼠，老鼠没有跳下床来逃走，却东钻西窜……"（《罪与罚》）恍惚间，现实世界与虚构世界，便交融在一起，不知身在何处，今夕何夕。书稿写完，自己也大病一场，仿佛生命在那一刻，也耗尽了。

　　从来没有这么投入又这么痛苦地写过一本书。因为那是陀思妥耶夫斯基，一个历难的圣徒，让你不得不去面对人生的一些残酷东西，仿佛十字架上的苦刑，历尽磨难，才得救赎。

　　《陀思妥耶夫斯基与俄罗斯文化精神》出版后，各方面反响还不错，先后获得湖南省和教育部的社科成果奖以及中国社会科学院的胡绳青年学术奖提名奖。可以说，那个时候获得的各种荣誉基本上都跟这本书有关。它也让我在书正式出版前，就破格评上教授。我曾经在一篇文章中自嘲说，靠咀嚼作家的苦难获得各种现实的利益，这使我应该感到羞愧呢，还是这个时代的学术本来就是如此。

　　后来，因为一样好玩的东西——围棋，兴趣转向了中国文化，与陀思妥耶夫斯基，似乎有些疏离了。但回想起来，真正能代表我的学术探索所能达到的高度的，一本就是在硕士论文的基础上完成的《陀思妥耶夫斯基与俄罗斯文化精神》，一本是博士论文《弈境：围棋与中国文艺精神》，它们正好代表了我人生的两个阶段。从1987年做硕士论文《论陀思妥耶夫斯基的宗教意识》到

1997年《陀思妥耶夫斯基与俄罗斯文化精神》出版，构成了我人生中一段难忘的记忆。

重校此书时，我正在做关于陀氏的一个新的国家社科基金课题"跨学科视野中的陀思妥耶夫斯基小说研究"，二十年后重新回到陀思妥耶夫斯基。在书的初版《后记》中我曾说："曾发誓写完这部书稿就永远跟这位残酷的作家告别，说不定哪一天又会自动去赴这灵魂的'苦役'。"我不知道这其中是否有一种宿命。

感谢湖南教育出版社，当年在学术著作并不好销的情况下，毅然无偿出版一位青年学者的处女作，且支付酬劳，给人以学术研究的信心与慰藉。感谢华东师范大学出版社将它纳入"中外语言文学学术文库"，重新出版。在功利主义盛行的今天，筹划如此大型的学术文化工程，其胆识与情怀，令人感佩。在书稿的整理过程中，无意中读到当年书稿出版时，朋友们在《中国比较文学》、《俄罗斯文艺》、《中外文化与文论》、《中国文化报》，香港《大公报》，俄罗斯《文学研究》等报刊发表的书评文字。作者如陈建华、王志耕、刘亚丁、曾艳兵、黎跃进等，他们如今都已是著名的学者，当年在一起坐而论道、如切如磋的情景还历历在目。北京外国语大学的李英男教授还把它介绍到俄罗斯。中国社会科学院外国文学研究所当时的所长吴元迈先生为书作序，对年少轻狂如我等的宽容，让人倍受鼓舞。长辈与朋友们的殷殷之情，让我感动。而我的硕士导师张铁夫先生，已经过世，他殷切的目光，却一直是我前行的动力。

书稿除了个别文字、注释作了校正，未做任何加工。尽管二十年的时光，足以改变很多东西。但还是让它保留旧貌吧！因为那里有我一去不复返的青春。

何云波

2017年5月于湘潭大学